Ruth Ware

Im dunklen, dunklen Wald

Thriller

Deutsch von
Stefanie Ochel

dtv

Von Ruth Ware
sind bei dtv außerdem erschienen:
Woman in Cabin 10
Wie tief ist deine Schuld
Der Tod der Mrs Westaway
Hinter diesen Türen
Das Chalet

MIX
Papier aus verantwortungsvollen Quellen
FSC® C019821

Ungekürzte Ausgabe 2018
4. Auflage 2022
dtv Verlagsgesellschaft mbH & Co. KG, München

Titel der englischen Originalausgabe:
›In A Dark, Dark Wood‹
(Harvill Secker, London 2015)

Umschlaggestaltung: Alexandra Bowien/dtv unter Verwendung
eines Fotos von photocase.com/suze
Satz: pagina GmbH, Tübingen
Druck und Bindung: Druckerei C.H.Beck, Nördlingen
Printed in Germany · ISBN 978-3-423-21727-9

Für Kate; und für die anderen drei Fünftel

In einem dunklen, dunklen Wald
steht ein dunkles, dunkles Haus
Und in dem dunklen, dunklen Haus
ist eine dunkle, dunkle Tür,
Und die dunkle, dunkle Tür
führt in den dunklen, dunklen Keller
Und in dem dunklen, dunklen Keller,
da liegt … eine Leiche.

Ich laufe.

Ich laufe durch den mondhellen Wald, Zweige zerren an meinen Kleidern, meine Füße verfangen sich im Dickicht der schneebedeckten Farne.

Die Dornen der Brombeersträucher zerkratzen mir die Hände. Die Atemluft brennt in meinem Hals. Es tut weh. Alles tut weh.

Aber das ist es, was ich am besten kann. Ich laufe. Ich kann es schaffen.

Wenn ich laufe, habe ich stets ein Mantra im Kopf, sei es die Zeit, die ich anpeile, oder der Frust, den ich auf dem Asphalt abschütteln will.

Doch dieses Mal ist da nur ein einziges Wort, ein einziger Gedanke, der in mir pulsiert.

James. James. James.

Ich muss dorthin. Ich muss die Straße erreichen, bevor …

Und dann ist sie da, eine schwarze Schlange aus Asphalt im Mondschein, ich kann das Dröhnen eines nahenden Motors hören, und die weißen Linien leuchten so hell, dass meine Augen schmerzen, die schwarzen Baumstämme wirken wie dunkle Schlitze im Schein des Lichts.

Komme ich zu spät?

Ich schleppe mich über die letzten dreißig Meter, stolpere über umgestürzte Bäume, in meinem Brustkorb schlägt mein Herz wie eine Trommel.

James.

Ich bin zu spät, der Wagen ist zu nah, ich kann ihn nicht aufhalten.

Ich werfe mich auf die Fahrbahn, mit ausgestreckten Armen.

»*Anhalten!*«

1

Es tut weh. Alles tut weh. Das Licht in meinen Augen, das Dröhnen in meinem Kopf. Der Geruch von Blut dringt in meine Nase, es klebt an meinen Händen.

»Leonora?«

Die Stimme dringt nur schwach durch einen Nebel aus Schmerz zu mir. Ich versuche den Kopf zu schütteln, mein Mund kann das Wort nicht formen.

»Leonora, Sie sind jetzt in Sicherheit, Sie befinden sich im Krankenhaus. Wir bringen Sie erst mal zum CT.«

Es ist die Stimme einer Frau, sie spricht deutlich und laut. Ihre Stimme tut mir weh.

»Sollen wir jemanden anrufen?«

Ich versuche wieder, den Kopf zu schütteln.

»Nicht den Kopf bewegen«, sagt sie. »Sie haben eine Kopfverletzung.«

»Nora«, flüstere ich.

»Möchten Sie, dass wir Nora anrufen? Wer ist Nora?«

»Ich … mein Name.«

»Alles klar, Nora. Versuchen Sie, sich zu entspannen. Es wird nicht wehtun.«

Aber es tut weh. Alles tut weh.

Was ist bloß passiert?

Was habe ich getan?

2

Schon beim Aufwachen war mir klar, dass es ein Tag für eine Runde durch den Park war, die längste meiner regelmäßigen Laufstrecken, insgesamt fast fünfzehn Kilometer. Durch das Rattanrollo strahlte die Herbstsonne, was der Bettwäsche einen goldenen Schimmer verlieh, und der Duft des in der Nacht gefallenen Regens drang mir in die Nase. Die Blätter der Platane vor dem Fenster hatten an den Rändern bereits eine goldbraune Färbung angenommen. Ich schloss die Augen und begann, mich zu dehnen, während ich dem Klicken und Ächzen des Heizkörpers und dem gedämpften Rauschen des Verkehrs lauschte; bewusst spürte ich jeden Muskel in meinem Körper, schwelgte in der Erwartung des bevorstehenden Tages.

Ich beginne jeden Morgen auf die gleiche Weise. Vielleicht hängt das mit dem Alleinleben zusammen – man kann sich in seinen Gewohnheiten einrichten, es gibt keine Störung von außen, keine Mitbewohner, die die Milch leer trinken, keine Katze, die ein Haarknäuel auf den Teppich erbricht. Man weiß, dass das, was man am Abend im Schrank gelassen hat, beim Aufwachen noch im Schrank sein wird. Man hat die Kontrolle.

Oder vielleicht liegt es daran, dass ich von zu Hause arbeite. Wenn man keine geregelten Arbeitszeiten hat, können die Tage schnell formlos werden, ineinander verschwimmen. Manchmal ist man um fünf Uhr nachmittags noch im Morgenmantel und hat außer dem Milchmann keinen Menschen gesehen. Es gibt Tage, an denen ich keine einzige menschliche Stimme höre, wenn man mal vom Radio absieht, und ganz ehrlich? Mir gefällt das so. Für eine Schriftstellerin wie mich ist es in vielerlei Hinsicht ideal – allein zu sein mit den Stimmen im Kopf, mit den Figuren, die man selbst geschaffen hat. In der Stille können sie sich zu sehr realen Wesen entfalten. Besonders gesund ist diese Daseinsform allerdings nicht. Darum ist es wichtig, dass man eine Routine entwickelt, an der man sich entlanghangeln kann und die einem hilft, die Werktage von den Wochenenden zu unterscheiden.

Mein Tag beginnt so: Um Punkt halb sieben springt die Heizung an, und das Dröhnen des Boilers weckt mich auf. Ich werfe einen Blick auf mein Handy, um sicherzustellen, dass die Welt nicht über Nacht untergegangen ist – und dann liege ich da und höre dem Knacken und Knarzen des Heizkörpers zu.

Um sieben Uhr mache ich das Radio an, das schon auf BBC Radio 4 eingestellt ist, wo das *Today Programme* läuft, und strecke den Arm aus, um die Kaffeemaschine einzuschalten, die ich am Abend zuvor mit Kaffee und Wasser gefüllt habe, Carte Noire Filterkaffee, und auch den Filter habe ich bereits passgenau eingesetzt. Die Größe meines Apartments hat doch einige Vorteile. Einer davon ist, dass ich sowohl den Kühlschrank als auch die Kaffeemaschine erreichen kann, ohne das Bett zu verlassen.

Normalerweise ist der Kaffee fertig, sobald sie die Schlagzeilen vorgelesen haben, und dann hieve ich mich aus dem warmen Bett, trinke den Kaffee mit einem kleinen Schuss Milch und genehmige mir dazu eine Scheibe Toast mit Bonne-Maman-Himbeermarmelade (ohne Butter – nicht, weil ich auf Diät bin, sondern weil ich zur Marmelade einfach keine Butter mag).

Was danach geschieht, hängt vom Wetter ab. Wenn es regnet, oder ich keine Lust zum Laufen habe, dusche ich, checke meine Mails und beginne mit der Arbeit.

Doch heute war ein wunderschöner Morgen, und ich konnte es kaum abwarten, rauszukommen, die nassen Blätter unter meinen Füßen und den Wind in meinem Gesicht zu spüren. Duschen würde ich danach.

Ich zog ein T-Shirt, Sportleggings und Socken an und schob die Füße in meine Laufschuhe, die neben der Tür standen. Dann joggte ich die drei Stockwerke hinunter zur Straße und raus in die Welt.

Als ich zurückkam, erhitzt und verschwitzt, meine Glieder puddingweich vor Erschöpfung, nahm ich eine lange Dusche und ging meine To-do-Liste für den Tag durch. Ich musste noch eine Supermarktbestellung im Internet aufgeben, ich hatte fast nichts mehr zu essen da. Dann musste ich die Korrekturfahnen meines Buches durchsehen – ich hatte sie der Lektorin für diese Woche zugesagt und noch nicht einmal damit begonnen. Und es war höchste Zeit, dass ich endlich die E-Mails bearbeitete, die über das Kontaktformular meiner Website bei mir eingegangen waren, das schob ich schon seit Ewigkeiten vor mir her. Die meisten waren vermutlich ohnehin Spam-Nachrichten – egal, welche Verifizierungsmaßnahmen man trifft, sie scheinen die Bots nicht abzuhalten. Manchmal sind aber auch sinnvolle Sachen darunter, Bitten um Buchempfehlungen oder Rezensionsexemplare. Und manchmal … manchmal sind es auch Leseranfragen. Im Allgemeinen schreiben einem die Leute, weil ihnen das Buch gefallen hat, wobei durchaus schon der eine oder andere dabei war, der mir unbedingt mitteilen musste, was für ein schrecklicher Mensch ich sei. Doch selbst wenn sie nett sind, ist es oft komisch und unangenehm, wenn dir jemand seine

Reaktion auf deine privaten Gedanken mitteilt, als ob er sein Urteil über dein Tagebuch fällt. Ich bin mir nicht sicher, ob ich mich jemals an dieses Gefühl gewöhnen kann, egal, wie lange ich schreibe. Vielleicht ist das einer der Gründe, warum ich mich jedes Mal mühsam dazu aufraffen muss.

Nachdem ich mich angezogen hatte, fuhr ich den Laptop hoch und klickte mich Stück für Stück durch die E-Mails, nur um eine nach der anderen zu löschen. Viagra. Tipps, wie ich »meine Liebste garantiert befriedigen« könne. Süße Russinnen.

Und dann …

An: Melanie Cho; kate.derby.02@DPW.gsi.gov.uk; T Deauxma; Kimayo, Liz; info@LNShaw.co.uk; Maria Tatibouet; Iris P. Westaway; Kate Owens; smurphy@shoutlinemedia.com; Nina da Souza; French, Chris
Von: Florence Clay
Betreff: CLARES JUNGGESELLINNENABSCHIED!!!

Clare? Ich kannte keine Clare. Außer … Mein Herz begann schneller zu klopfen. Aber die konnte es nicht sein. Ich hatte sie seit zehn Jahren nicht mehr gesehen.

Eine Weile schwebte mein Finger unentschlossen über der Löschen-Taste. Doch dann klickte ich die Nachricht an und begann zu lesen.

HALLO IHR ALLE!!!

Für diejenigen, die mich nicht kennen, mein Name ist Flo, und ich bin Clares beste Freundin von der Uni. Außerdem bin ich – Trommelwirbel – ihre Trauzeugin!! Also werde ich gemäß dem altehrwürdigen Brauch ihren Junggesellinnenabschied organisieren.

Ich habe mit Clare gesprochen, und – ihr könnt es euch sicher schon denken – sie möchte bitte keine aufblasbaren Penisse oder rosa Federboas. Also wird das Ganze etwas anspruchsvoller werden – ein Wochenende in Northumberland, ganz in der Nähe ihres Reviers zu Uni-Tagen – wobei sich bestimmt auch ein paar unanständige Spielchen hineinschmuggeln lassen!!

Clare hat sich dafür das Wochenende vom 14.–16. November ausgesucht. Ich weiß, es ist SEHR kurzfristig, aber wegen Arbeit, Weihnachten etc. blieb leider nicht viel Auswahl. U.A.w.g. bitte umgehend!

Ganz liebe Grüße – ich freu mich drauf, schon bald viele alte und neue FreundInnen zu treffen!!!
Flo xxx

Ich saß da, starrte mit gerunzelter Stirn auf den Bildschirm, kaute auf einem Fingernagel herum und versuchte, mir einen Reim darauf zu machen.

Dann las ich mir erneut die Empfängerliste durch. Da war ein Name, den ich kannte: Nina da Souza.

Damit war es also klar. Es musste sich um Clare Cavendish handeln. Es konnte niemand anders sein. Und ich wusste – oder glaubte mich zu erinnern –, dass sie in Durham studiert hatte, oder war es Newcastle? Das passte schon mal zum Veranstaltungsort Northumberland.

Aber warum? Warum hatte Clare Cavendish mich zu ihrem Junggesellinnenabschied eingeladen?

Konnte es sich um ein Versehen handeln? Hatte diese Flo einfach Clares altes Adressbuch durchforstet und an jeden, den sie darin fand, eine E-Mail geschickt?

Aber es waren nur zwölf Leute … das musste doch bedeuten, dass ich nicht aus Versehen eingeladen worden war. Oder?

Ich saß da und fixierte den Bildschirm, als ob die Pixel mir Antworten auf die Fragen liefern könnten, die mir Bauchschmerzen bereiteten. Ein Teil von mir wünschte sich, ich hätte die Nachricht einfach ungelesen gelöscht.

Plötzlich konnte ich nicht mehr still sitzen. Ich stand auf und eilte zur Tür, dann zurück zum Schreibtisch, wo ich stehenblieb und beklommen auf den Bildschirm starrte.

Clare Cavendish. Warum ich? Warum jetzt?

Diese Flo konnte ich schwerlich fragen.

Es gab nur eine Person, die Bescheid wissen konnte.

Ich setzte mich wieder. Dann begann ich schnell, bevor ich es mir anders überlegen konnte, eine Mail zu verfassen.

An: Nina da Souza
Von: Nora Shaw
Betreff: Junggesellinnenabschied???

Liebste N, hoffe, es geht dir gut. Ich muss zugeben, ich war ein bisschen überrascht, uns beide auf der Liste für Clares Junggesellinnenabschied zu sehen. Gehst du hin? xx

Und dann wartete ich auf eine Antwort.

In den nächsten Tagen versuchte ich, nicht daran zu denken. Ich versuchte, mich auf die Arbeit zu konzentrieren, vergrub mich in den verzwickten Details der Rückfragen meiner Lektorin, aber die E-Mail von Florence schwirrte mir ständig im Hinterkopf herum und lenkte mich ab, wie ein Bläschen auf der Zungenspitze, das immer dann ziept, wenn man es am wenigsten erwartet, oder ein kaputter Fingernagel, den man nicht in Ruhe lassen kann. Die E-Mail rutschte in meinem

Posteingang jeden Tag ein Stückchen weiter nach unten, aber ich konnte sie spüren; ihre rote »Unbeantwortet«-Markierung schien wie ein stummer Vorwurf, und die offenen Fragen, die sich darin verbargen, brachten meinen eingespielten Alltag zusehends aus dem Gleichgewicht.

Antworte endlich, flehte ich Nina in Gedanken an, während ich durch den Park joggte, das Abendessen zubereitete oder einfach ins Leere starrte. Ich überlegte, ob ich sie anrufen sollte. Aber ich wusste nicht, was ich von ihr hören wollte.

Doch dann, ein paar Tage später, als ich beim Frühstück gerade gelangweilt auf meinem Handy die neuesten Twitter-Nachrichten durchging, blinkte plötzlich das »Neue E-Mail«-Symbol auf. Es war eine Mail von Nina. Ich nahm einen Schluck Kaffee, holte tief Luft und öffnete die Nachricht.

Von: Nina da Souza
An: Nora Shaw
Betreff: Re: Junggesellinnenabschied???

Hey, lang nix von dir gehört! Hab grad erst deine Mail gelesen – hatte diese Woche Spätschicht im Krankenhaus. Gott, ehrlich gesagt hab ich da so überhaupt keinen Bock drauf. Die Hochzeitseinladung hab ich schon vor ner Weile bekommen. Hab ja gehofft, dass mir wenigstens der Junggesellinnenabend erspart bleibt. Gehst du? Sollen wir nen Pakt schließen? Ich geh wenn du gehst? Nx

Ich trank meinen Kaffee und betrachtete den Bildschirm. Mein Finger schwebte über dem »Antworten«-Button, aber ich konnte mich nicht überwinden, darauf zu klicken. Ich hatte gehofft, dass Nina wenigstens einige der Fragen würde beantworten können, die mir im Laufe der letzten Tage durch den Kopf geschwirrt waren und sich dort langsam angestaut hatten. Wann sollte die Hochzeit stattfinden? Warum wurde ich zum Junggesellinnenabschied eingeladen, aber nicht zur Hochzeit? Wen würde Clare heiraten?

Hey, weißt du …, begann ich, löschte es jedoch gleich wieder. Nein. So direkt konnte ich sie nicht danach fragen. Das wäre ein eindeutiges Eingeständnis, dass ich nicht die geringste Ahnung hatte, was hier los war. Und ich war schon immer zu stolz gewesen, um zuzugeben, dass ich etwas nicht wusste. Ich kann es nicht ertragen, gegenüber anderen im Rückstand zu sein.

Ich versuchte, die Frage zu verdrängen, während ich mich anzog und duschte. Aber als ich wieder zu meinem Computer kam, waren da zwei weitere ungelesene E-Mails in meinem Posteingang. Die erste stammte von einer von Clares Freundinnen, die leider aufgrund eines Familiengeburtstags nicht teilnehmen konnte. Die zweite war eine weitere E-Mail von Flo. Diesmal wollte sie eine Empfangsbestätigung haben.

An: info@LNShaw.co.uk
Von: Florence Clay
Betreff: JUNGGESELLINNENABSCHIED FÜR CLARE!!!

Liebe Lee,
sorry, dass ich dich noch mal belagere, ich wollte nur wissen, ob du meine E-Mail neulich bekommen hast! Ich weiß, es ist eine Weile her, seit du Clare das letzte Mal gesehen hast, aber sie hatte SO gehofft, dass du kommen kannst. Sie spricht oft über dich, und ich weiß, dass sie es bedauert, dass ihr nach der Schule den Kontakt verloren habt. Ich weiß ja nicht, was da vorgefallen ist, aber sie würde sich WIRKLICH freuen, wenn du kommen würdest – bitte sag doch ja! Es würde ihr Wochenende perfekt machen.
Flo xxx

Ich hätte mich geschmeichelt fühlen sollen – dass Clare mich so gern dabeihaben wollte, dass Flo sich die Mühe gemacht hatte, mich aufzuspüren. Aber so war es nicht. Vielmehr ärgerte ich mich über ihre Aufdringlichkeit, und die verlangte Empfangsbestätigung empfand ich als Eingriff in meine Privatsphäre. Ich fühlte mich kontrolliert, ausspioniert.

Ich schloss die E-Mail und öffnete das Dokument, an dem ich gerade arbeitete, doch obwohl ich alle Gedanken an die Einladung entschlossen aus meinem Kopf drängte, hingen Flos Worte wie ein Echo in der Luft und nagten an mir. *Ich weiß ja nicht, was da vorgefallen ist.* Es klang wie ein weinerliches Kind. Nein, dachte ich verbittert. Das weißt du nicht. Also hör auf, in meiner Vergangenheit herumzustöbern.

Ich hatte mir geschworen, nie dorthin zurückzukehren.

Mit Nina war es anders – Nina wohnte inzwischen in London, und wir liefen einander manchmal in der Gegend um Hackney über den Weg. Sie war heute genauso Teil meines Londoner Lebens, wie sie es damals in Reading gewesen war.

Aber Clare – Clare gehörte zweifellos in die Vergangenheit, und ich wollte, dass sie dort blieb.

Und doch gab es einen Teil von mir – einen kleinen, hartnäckigen Teil, der an meinem Gewissen nagte –, der das nicht wollte.

Clare war meine Freundin gewesen. Meine beste Freundin, für eine lange Zeit. Trotzdem war ich davongelaufen, ohne mich umzudrehen, ja, sogar ohne eine Nummer zu hinterlassen. Was für eine Freundin war ich nur?

Unruhig stand ich auf und kochte mir, weil mir nichts Besseres einfiel, noch einen Kaffee. Ich sah der Maschine zu, wie sie zischend und gurgelnd ihre Arbeit verrichtete, während ich angespannt an meinem Fingernagel herumkaute und an die zehn Jahre zurückdachte, in denen ich keinen Kontakt zu ihr gehabt hatte. Als die Maschine endlich fertig war, schenkte ich mir eine Tasse ein und trug sie zurück zum Schreibtisch, machte mich aber nicht wieder an die Arbeit. Stattdessen öffnete ich die Google-Startseite und tippte »Clare Cavendish Facebook« in die Suchmaske.

Wie sich herausstellte, gab es jede Menge Clare Cavendishs. Mein Kaffee war längst kalt geworden, als ich endlich eine fand, von der ich glaubte, dass es die richtige sein könnte. Das Profilbild war ein Schnappschuss von einem verkleideten Pärchen auf einer Doctor-Who-Mottoparty. Unter der ausladenden roten Perücke war es schwer zu erkennen, doch etwas an der Art, wie die Frau den Kopf zurückwarf, ließ mich innehalten, als ich mich durch die nicht enden wollende Liste scrollte. Der Mann war als Matt Smith verkleidet, mit mittellangem, zur Seite gekämmtem Haar, Hornbrille und Fliege. Ich klickte das Bild an, um es zu vergrößern, und betrachtete die beiden lange in dem Versuch, unter dem roten Haar ihre Gesichtszüge auszumachen. Je länger ich schaute, umso mehr war ich überzeugt, dass es Clare *war*. Den Mann erkannte ich definitiv nicht, da war ich mir sicher.

Ich klickte auf das »Info«-Feld. Unter »Gemeinsame Freunde« war »Nina da Souza« zu lesen. Also war es definitiv Clare. Unter »Beziehungsstatus« hieß es: »In einer Beziehung mit William Pilgrim«. Bei dem Namen stutzte ich. Er kam mir irgendwie bekannt vor. Jemand aus der Schule? Aber der einzige William in unserem Jahrgang war Will Miles gewesen. *Pilgrim.* Ich konnte mich an niemanden mit diesem Namen erinnern. Ich klickte auf sein Profilbild, aber es zeigte bloß ein Foto eines halbvollen Bierglases.

Ich ging zurück zu Clares Profilbild. Während ich es mir ansah und überlegte, was ich tun sollte, spukte Flos E-Mail durch meinen Kopf: *Sie hatte SO gehofft, dass du kommen kannst. Sie spricht oft über dich.*

Ich fühlte einen Stich im Herzen. Schuldgefühle?

Ich war gegangen, ohne zurückzublicken; verstört, aus der Bahn geworfen. Lange hatte es mich alle Konzentration gekostet, einen Fuß vor den anderen zu setzen, nach vorn zu blicken, die Vergangenheit sicher in Schach zu halten.

Selbsterhaltung: Mehr brachte ich nicht zustande. Ich hatte mir nicht gestattet, an all das zu denken, was ich zurückgelassen hatte.

Aber jetzt sah ich Clare in die Augen, die kokett unter ihrer roten Perücke hervorlugten, und ich glaubte, in ihrem Blick etwas Flehendes zu sehen, einen Vorwurf.

Und da erinnerte ich mich. An das Glücksgefühl, das sie auslösen konnte, wenn sie in einem Raum voller Menschen ausgerechnet auf dich zukam. An ihr leises, glucksendes Lachen, die Zettelchen, die sie mir im Unterricht geschrieben hatte, ihren hintergründigen Humor.

Ich erinnerte mich daran, wie ich, vielleicht sechs Jahre alt, bei ihr übernachtet hatte, zum ersten Mal weg von zu Hause, und wachlag, während ich dem sanften Schnurren ihres Atems lauschte. Ich hatte einen Albtraum gehabt, ins Bett gemacht, und Clare – Clare umarmte mich und gab mir ihren Stoffteddy zum Knuddeln, während sie in die Wäschekammer schlich, um ein neues Laken zu holen und das andere im Wäschekorb zu verstecken.

Ich hörte die leise, müde Stimme ihrer Mutter im Flur, die fragte, was denn los sei, und Clare, wie sie ohne zu zögern antwortete: »Ich hab meine Milch verschüttet und Lees Bett ganz nass gemacht.«

Einen Moment lang war ich wieder dort, vor zwanzig Jahren, ein kleines, verschrecktes Mädchen. Ich konnte ihr Zimmer geradezu riechen – unseren säuerlichen Atem, den süßen Duft der Badekugeln in dem Glasgefäß auf dem Fensterbrett, das frisch gewaschene Bettlaken.

»Bitte sag es niemandem«, flüsterte ich, als wir das Bett

bezogen und ich die nasse Schlafanzughose in meinem Koffer versteckte. Sie schüttelte den Kopf.

»Natürlich nicht.«

Und das tat sie auch nie.

Ich saß immer noch so da, als mein Computer plötzlich ein leises »Ping« von sich gab und eine weitere E-Mail anzeigte. Sie war von Nina. *Also was ist der Plan? Flo will's jetzt wissen. Ja zu unserem Pakt? Nx* Ich stand auf und eilte zur Tür, meine Finger kribbelten in Erwartung der Dummheit, die ich nun begehen würde. Ich rannte zurück, und bevor ich es mir anders überlegen konnte, tippte ich *Ok. Abgemacht. xx*

Ninas Antwort kam eine Stunde später. *Wow! Jetzt bin ich echt überrascht. Positiv überrascht natürlich. Abgemacht also. Wag es ja nicht mich hängen zu lassen! Ich bin Ärztin, vergiss das nicht. Ich kenn mindestens drei Arten einen Menschen zu töten, ohne Spuren zu hinterlassen. Nx*

Ich atmete tief durch, öffnete Flos erste E-Mail und begann zu schreiben.

Liebe Florence (Flo?),

ich komme sehr gerne. Bitte sag Clare danke, dass sie an mich gedacht hat. Ich freue mich, euch alle zu treffen und Clare wiederzusehen.

Alles Liebe, Nora (Clare wird mich als Lee kennen)

P.S. Wenn es was Neues gibt, schick es mir am besten an diese Adresse. Die andere kontrolliere ich nicht so oft.

Danach überschlugen sich die E-Mails. Es gab eine Flut von Absage-Rundmails, die alle die kurzfristige Planung als Grund angaben. *Bin an dem Wochenende verreist … Tut mir so leid, ich muss arbeiten ... Trauerfall in der Familie ...* (Nina: *Die nächste Person, die den »Allen antworten«-Button missbraucht, mache ich höchstpersönlich zum Trauerfall.) Ich kann leider nicht, weil ich da in Cornwall Schnorcheln gehe!* (Nina: *Schnorcheln? Im November? Konnte sie sich keine bessere Ausrede einfallen lassen? Mann, wenn ich gewusst hätte, dass die Latte so niedrig hängt, hätte ich gesagt, dass ich irgendwo in Chile in ner Mine verschüttet bin.*)

Noch mehr Arbeit, mehr anderweitige Verpflichtungen. Und dazwischen ein paar Zusagen.

Schließlich stand die Liste fest. Clare, Flo, Melanie, Tom (Nina an mich: *???*), Nina und ich.

Nur sechs Leute. Das erschien mir nicht gerade viel für jemanden, der so beliebt war wie Clare. Oder so beliebt, wie sie in der Schule gewesen war. Aber es war auch wirklich kurzfristig.

Hatte sie mich deshalb eingeladen? Ging es lediglich darum, mehr Zusagen für etwas zu bekommen, was sonst eine ziemlich mickrige Veranstaltung werden würde? Nein, das klang nicht nach Clare, jedenfalls nicht nach der, die ich kannte. Die Clare, die ich kannte, hätte genau die Personen eingeladen, die sie wollte, und es als so exklusiv verkauft, dass nur eine Handvoll Menschen willkommen waren.

Ich schob die Erinnerungen beiseite, begrub sie unter einer Decke aus Alltagsroutine. Aber sie kamen immer wieder an die Oberfläche – beim Laufen, mitten in der Nacht, immer dann, wenn ich am wenigsten darauf gefasst war.

Warum, Clare? Warum jetzt?

3

Der November kam erschreckend schnell. Ich gab mir alle Mühe, das Ganze zu verdrängen und mich auf die Arbeit zu konzentrieren, aber je näher das bewusste Wochenende rückte, umso schwerer fiel es mir. Ich lief längere Strecken, um mich vor dem Schlafengehen so richtig auszupowern, doch sobald mein Kopf auf das Kissen sank, fingen die Stimmen an zu flüstern. *Zehn Jahre. Nach allem, was passiert ist.*

War ich dabei, einen riesengroßen Fehler zu begehen?

Wenn Nina nicht gewesen wäre, hätte ich wohl doch versucht, mich aus der ganzen Nummer herauszulavieren. So aber kam der Vierzehnte, und es geschah: An einem kalten, ungemütlichen Morgen stieg ich mit der Tasche in der Hand in Newcastle aus dem Zug, Nina an meiner Seite, die eine selbstgedrehte Zigarette rauchte und nach allen Regeln der Kunst vor sich hin maulte, während ich mir an dem Kiosk am Gleis einen Kaffee besorgte. Wie ich ihrem Gemecker entnahm, war es für sie bereits der dritte Junggesellinnenabschied in diesem Jahr (an dieser Stelle nahm sie einen kräftigen Zug von ihrer Zigarette), der letzte hatte sie fast fünfhundert Pfund gekostet (noch ein Zug) und dieser lief alles in allem sogar auf rund tausend Pfund hinaus, wenn man die Hochzeit miteinrechnete (sie blies den Qualm aus). Wäre es nach ihr gegangen, hätte sie ihnen einfach einen Scheck über tausend Pfund ausgestellt und sich ihren Jahresurlaub für eine bessere Gelegenheit aufgespart. Und außerdem, schimpfte sie, während sie den Zigarettenstummel mit ihrem schmalen Absatz ausdrückte, warum genau durfte sie Jess eigentlich nicht mitbringen?

»Weil es ein Junggesellinnenabschied ist«, sagte ich. Ich schnappte mir meinen Kaffee und folgte Nina in Richtung des Parkhausschildes. »Der Witz daran ist ja gerade, dass die Partner zu Hause bleiben. Sonst könnte man auch gleich auf den ganzen verdammten Rest scheißen und den Bräutigam mitnehmen.«

Normalerweise fluche ich eigentlich nie, außer wenn Nina dabei ist. Irgendwie bringt sie diese dunkle Seite in mir zum Vorschein, als gäbe es tief in mir drin ein pöbelndes kleines Miststück, das nur darauf wartet, rausgelassen zu werden.

»Du kannst immer noch nicht Auto fahren?«, fragte Nina, als wir die Reisetaschen in den Kofferraum des gemieteten Ford warfen. Ich zuckte mit den Schultern.

»Eine der vielen Alltagskompetenzen, die ich mir nie angeeignet habe. Tut mir leid.«

»Bei mir brauchst du dich dafür nicht zu entschuldigen.« Sie schob sich mit ihren langen Beinen auf den Fahrersitz, knallte die Tür zu und steckte den Schlüssel ins Zündschloss. »Ich hasse es, Beifahrer zu sein. Autofahren ist wie Karaoke – man selbst ist der Hammer, aber bei allen anderen ist es entweder peinlich oder beängstigend.«

»Na ja, es ist eben … wenn man in London wohnt, scheint ein Auto eher wie ein Luxusobjekt, nicht wie eine Notwendigkeit. Findest du nicht?«

»Ich nutze Car-Sharing, um meine Eltern zu besuchen.«

»Hmmm.« Ich blickte aus dem Fenster, während Nina versuchte, den Gang einzulegen. Wir hoppelten kurz über den Parkplatz, dann hatte sie ihn gefunden. »Australien wäre eine ziemliche Strecke in einem Volvo.«

»Oh, stimmt, ich hatte ganz vergessen, dass deine Mutter ausgewandert ist. Mit … wie heißt er noch? Dein Stiefvater?«

»Philip«, antwortete ich. Warum komme ich mir immer vor wie ein schmollender Teenager, wenn ich seinen Namen sage? Es ist doch ein ganz gewöhnlicher Name.

Nina warf mir einen scharfen Blick zu, dann deutete sie mit dem Kopf auf das Navi.

»Kannst du das mal einschalten und die Postleitzahl eintippen, die Flo uns geschickt hat? Das ist unsere einzige Hoffnung, lebend aus dem Stadtzentrum rauszukommen.«

Westerhope, Throckley, Stanegate, Haltwhistle, Wark … die Schilder rauschten an uns vorbei wie eine Form konkreter Poesie, die Straße wand sich wie ein eisengraues Band, das man achtlos über die von Schafen abgegrasten Moore und niedrigen Hügel geworfen hatte. Der Himmel über uns war wolkenverhangen und gewaltig, und die kleinen Steinhäuser, die wir in regelmäßigen Abständen passierten, schienen sich in die Kuhlen der Landschaft zu kauern, als hätten sie Angst, entdeckt zu werden.

Da ich nicht navigieren musste und im Auto nicht lesen kann, schloss ich die Augen, blendete Nina und das Radio aus und war allein mit den Fragen, die an mir nagten.

Warum jetzt, Clare? Warum ich?

Lag es schlicht und ergreifend daran, dass sie bald heiraten würde und zu diesem Anlass eine alte Freundschaft wieder aufleben lassen wollte? Aber wenn es so war, warum hatte sie mich dann nicht zur Hochzeit eingeladen? Nina hatte sie eingeladen, also konnte es sich schon mal nicht um eine Feier im engsten Familienkreis handeln.

Ich stellte mir vor, wie sie den Kopf schüttelte und mich ermahnte, geduldig zu sein, abzuwarten. Clare hatte schon immer ein Faible für Geheimnisse gehabt. Ihre Lieblingsbeschäftigung war es, etwas über dich herauszufinden und dann Anspielungen zu machen. Es ging nicht darum, es weiterzuerzählen – sondern um versteckte Andeutungen in Gesprächen, die nur man selbst verstehen konnte. Andeutungen, die einem verrieten, *dass sie Bescheid wusste.*

In Hexham hielten wir an, um eine Kleinigkeit zu essen und damit Nina eine rauchen konnte, und fuhren dann weiter in Richtung des Kielder Forest, auf Landstraßen, über denen der Himmel endlos schien. Doch als die Wege schmaler wurden, schienen die Bäume auf dem abgeweideten Torfboden immer näher zu rücken, bis sie schließlich wie Wachposten am Wegesrand standen, die nur noch von einer schmalen Steinmauer zurückgehalten wurden.

Als wir in den Wald hineinfuhren, verlor das Navi das GPS-Signal und schaltete sich schließlich ganz aus.

»Warte mal.« Ich wühlte in meiner Handtasche. »Ich hab mir die Wegbeschreibung ausgedruckt.«

»Na, wenn du nicht noch Pfadfinderin des Jahres wirst«, spottete Nina, doch ich konnte ihr die Erleichterung anhören. »Warum nehmen wir nicht einfach das Handy?«

»Darum.« Ich hielt mein Smartphone hoch, das verzweifelt nach Empfang suchte und es nicht schaffte, Google Maps zu laden. »Auf die Dinger ist kein Verlass.« Ich sah mir den Ausdruck an. *The Glass House, Stanbridge Road* stand in der Überschrift. »Okay, gleich müsste rechts ein Weg abgehen. Eine Kurve und dann rechts ab, muss jeden Moment kommen …« Die Gabelung rauschte an uns vorbei, und ich sagte – sanft, wie ich fand: »Das war gerade die Abzweigung, wir sind dran vorbeigefahren.«

»Toll navigiert, danke.«

»Wie bitte?«

»Du könntest die Abfahrt vielleicht erwähnen, bevor wir dort sind, was meinst du?« Sie imitierte die Roboterstimme des Navi-Geräts. »In – fünfzig – Metern rechts abbiegen. In – dreißig – Metern rechts abbiegen. Sie haben Ihre Abfahrt verpasst. Bitte wenden Sie, sobald es gefahrlos möglich ist.«

»Also gut, Sie haben Ihre Abfahrt verpasst. Bitte wenden Sie, sobald es gefahrlos möglich ist.«

»Scheiß auf gefahrlos.« Nina stieg auf die Bremse und wendete das Auto in einer Kurve. Ihre schlechte Laune gab dem Manöver zusätzlichen Schwung. Ich machte die Augen zu.

»Was hattest du noch mal über Karaoke gesagt?«

»Ach, jetzt stell dich nicht so an. Das hier ist eine Sackgasse, da kommt schon keiner.«

»Bis auf das halbe Dutzend anderer Leute, die zu dem Junggesellinnenabschied eingeladen sind.«

Vorsichtig öffnete ich die Augen und stellte fest, dass wir nun mit ziemlichem Tempo in die entgegengesetzte Richtung fuhren. »Okay, hier ist es. Auf der Karte sieht es wie ein Fußweg aus, aber Flo hat ihn eindeutig markiert.«

»Es *ist* ein Fußweg.«

Sie schlug das Lenkrad ein, und wir holperten um die Kurve. Dann ruckelte und rumpelte das kleine Auto den matschigen, mit tiefen Kratern übersäten Weg entlang.

»Ich glaube, der Fachbegriff lautet ›unbefestigte Straße‹«, bemerkte ich mit angehaltenem Atem, während Nina einem riesigen schlammgefüllten Graben auswich, der eher wie eine Trinkstelle für Nilpferde aussah, und um eine weitere Kurve bog. »Ist das die Auffahrt zum Haus? Der Weg muss fast einen Kilometer lang sein.«

Wir waren beim letzten Kartenausdruck, dessen Maßstab so groß war, dass es sich fast schon um eine Luftaufnahme zu handeln schien. Darauf waren keine anderen Häuser zu erkennen.

»Wenn das wirklich ihre Auffahrt ist …«, sie brachte die Worte nur stoßweise hervor, weil wir gerade über eine weitere tiefe Furche hüpften, »… dann sollten sie sich gefälligst darum kümmern. Wenn bei dem Mietwagen das Fahrgestell kaputtgeht, wird jemand verklagt. Mir ist egal, wer, aber ich werde einen Teufel tun und das bezahlen.«

Wenig später bogen wir um die nächste Kurve und waren plötzlich da. Nina lenkte den Wagen durch ein schmales Tor, parkte und stellte den Motor ab. Wir stiegen aus und betrachteten das Haus, das sich vor uns erhob.

Ich weiß nicht genau, was ich erwartet hatte, aber jedenfalls nicht das. Ein reetgedecktes Landhäuschen vielleicht, mit Holzbalken und niedrigen Decken. Was tatsächlich hier im Wald stand, war eine seltsame Anhäufung von Glas und Stahl, wie achtlos hingeworfen von einem Kind, das genug hatte von seinen allzu minimalistischen Bauklötzen. Das Ganze wirkte so unglaublich fehl am Platz, dass Nina und ich einfach nur dastanden und es mit offenem Mund anstarrten.

Als die Tür aufging, sah ich einen Schopf hellblonder Haare aufblitzen und wurde für einen Moment von Panik erfasst. Das hier war ein Fehler. Ich hätte niemals herkommen dürfen. Aber nun war es zu spät für einen Rückzieher.

Im Eingang stand Clare.

Nur war sie irgendwie … anders.

Es war immerhin zehn Jahre her, rief ich mir ins Gedächtnis. Menschen verändern sich, sie nehmen zu. Mit sechzehn sind wir anders als mit sechsundzwanzig – gerade ich sollte das wissen.

Aber Clare – es war, als ob in ihr etwas zerbrochen, ein Licht in ihrem Innern erloschen wäre.

Doch dann begann sie zu sprechen, und die Illusion war dahin. Ihre Stimme war das Einzige, was keinerlei Ähnlichkeit mit Clare hatte. Die Stimme war tief, ganz anders als Clares hohe und mädchenhafte, und sie klang sehr, sehr nach Oberschicht.

»Hi!!!«, sagte sie. Irgendwie gab der Klang ihrer Stimme dem Wort drei Ausrufezeichen, sodass ich bereits wusste, wer sie war, bevor sie weitersprach. »Ich bin Flo!«

Wenn man den Bruder oder die Schwester eines Prominenten sieht, fühlt es sich manchmal so an, als sehe man die Person selbst, aber verzerrt wie in einem Jahrmarktspiegel. Nur ist die Verzerrung so subtil, dass es schwerfällt, genau auszumachen, was anders ist; man weiß nur, *dass* etwas anders ist. Etwas Wesentliches fehlt, wie ein schiefer Ton im Lied.

Das war die Frau an der Tür.

»Oh mein Gott!«, rief sie. »Ich freu mich ja so, euch zu sehen! Ihr seid bestimmt …« Sie sah erst mich an, dann Nina und entschied sich, auf Nummer sicher zu gehen. Nina ist eins fünfundachtzig groß und Brasilianerin. Na ja, zumindest ihr Vater stammt aus Brasilien. Sie wurde in Reading geboren, und ihre Mutter ist aus Dalston. Sie hat das Profil eines Falken und das Haar einer Eva Longoria.

»Nina, oder?«

»Ja.« Nina streckte die Hand aus. »Und du bist Flo, nehme ich an?«

»Ganz recht.«

Nina warf mir einen Blick zu, bei dem ich mir ein Lachen nur mühsam verkneifen konnte. Ich hätte nie gedacht, dass es wirklich Leute gab, die »ganz recht« sagten, oder wenn doch, dass man es ihnen in der Schulzeit oder spätestens im Studium mit einer ordentlichen Ladung Hohn und Spott ausgetrieben hätte.

Aber vielleicht war Flo aus härterem Holz geschnitzt.

Flo schüttelte Nina begeistert die Hand und wandte sich dann mit einem strahlenden Lächeln an mich. »Dann musst du wohl Lee sein, hab ich recht?«

»Nora«, erwiderte ich automatisch.

»Nora?« Verwirrt runzelte sie die Stirn.

»Mein Name ist Leonora«, erklärte ich. »In der Schule war ich Lee, aber mittlerweile ist mir Nora lieber. Das hatte ich in meiner E-Mail ja schon erwähnt.«

Ich hatte Lee immer gehasst. Das war ein Jungenname, ein Name, wie geschaffen für Hänseleien und Reime. *Lee Lee muss mal Pipi.*

Lee war ein für alle Mal gestorben. Jedenfalls, wenn es nach mir ging.

»Oh, alles klar. Ich habe eine Cousine, die Leonora heißt! Wir sagen Leo zu ihr.«

Ich zuckte leicht zusammen. Nicht Leo, auf keinen Fall Leo. So hat mich nur eine einzige Person jemals genannt.

Zwischen uns breitete sich betretenes Schweigen aus, bis Flo es mit einem leicht angespannten Lachen brach. »Ha! Okay. Also dann, wir werden ja sooo viel Spaß haben! Clare ist noch nicht hier, aber ich dachte, als Trauzeugin sollte ich meine Pflicht tun und als Erste kommen!«

»Welche furchtbaren Foltermethoden hast du dir denn für uns ausgedacht?«, fragte Nina, als sie ihren Koffer über die Schwelle zerrte. »Federboas? Schokoladenpenisse? Ich muss dich vorwarnen, gegen die Dinger bin ich allergisch – ich erleide einen anaphylaktischen Schock. Ich hoffe, ich kann meinen Autoinjektor in der Tasche lassen.«

Flo lachte nervös. Ihre Augen huschten zwischen mir und Nina hin und her, während sie offensichtlich versuchte herauszufinden, ob Nina nur Spaß machte. Ninas Art ist nicht leicht einzuschätzen, wenn man sie nicht kennt. Nina erwiderte ihren Blick mit größter Ernsthaftigkeit, und ich konnte ihr ansehen, dass sie mit dem Gedanken spielte, es noch weiter auf die Spitze zu treiben.

»Schönes, äh … Haus«, warf ich schnell ein, um sie abzulenken, obwohl »schön« nicht unbedingt das erste Wort war, das mir in den Sinn kam. Trotz all der Bäume, die es umgaben, wirkte das Gebäude auf schmerzliche Weise ungeschützt, seine gewaltige Glasfront machte es für das gesamte Tal einsehbar.

»Ja, nicht wahr?« Flo strahlte. Sie wirkte erleichtert, als wähnte sie sich wieder auf sicherem Terrain. »Eigentlich ist es das Ferienhaus meiner Tante, aber im Winter kommt sie nicht oft hierher – es ist ihr zu einsam. Zum Wohnzimmer geht's hier entlang …« Sie führte uns durch einen hallenden Flur, dessen Wände so hoch wie das gesamte Haus waren, und in einen langen, niedrigen Raum, dessen Außenwand vollständig aus Glas bestand, mit Blick auf den Wald. Ich fühlte mich seltsam entblößt in diesem Raum, so, als ob wir uns auf einer Theaterbühne befanden und unsere Rollen vor einem im Wald versteckten Publikum zum Besten gaben. Ich erschauderte, drehte mich mit dem Rücken zum Glas und sah mich um. Trotz der langen, weichen Sofas wirkte der Raum merkwürdig leer – und gleich darauf wurde mir klar, warum. Es war nicht einfach die Abwesenheit jeglicher Unordnung oder die minimalistische Ausstattung – drei Töpfe auf dem Kaminsims, ein einsames Rothko-Gemälde an der Wand –, sondern die Tatsache, dass in dem gesamten Raum kein einziges Buch zu sehen war. Es fühlte sich kein bisschen wie ein Ferienhaus an – überall, wo ich bisher übernachtet hatte, hatte es wenigstens ein Regal mit zerfledderten Dan Browns oder Agatha Christies gegeben. Das hier dagegen kam mir eher wie ein Ausstellungsraum vor.

»Festnetz gibt es hier.« Flo zeigte auf ein altmodisches

Telefon mit Wählscheibe, das in dieser modernen Umgebung seltsam verloren wirkte. »Der Handyempfang ist sehr schlecht, aber das hier könnt ihr gerne benutzen.«

Es war jedoch nicht das Telefon, das mich in seinen Bann zog. Über dem schmucklosen modernen Kamin befand sich etwas, das noch deplatzierter wirkte: eine polierte Schrotflinte auf hölzernen, in die Wand gebohrten Pflöcken. Das ganze Arrangement wirkte, als sei es aus einem Landgasthaus entwendet und hierher verpflanzt worden. War die Flinte echt?

Ich versuchte, meinen Blick loszureißen, und merkte, dass Flo immer noch sprach.

»… und die Schlafzimmer sind oben«, schloss sie. »Braucht ihr Hilfe mit euren Taschen?«

»Nein, geht schon«, antwortete ich, während Nina im gleichen Moment erwiderte: »Na ja, wenn du so fragst …«

Flo wirkte etwas verdutzt, griff aber tapfer nach Ninas riesigem Rollkoffer und begann, ihn über die mattgläsernen Treppenstufen nach oben zu schleppen.

»Wie gesagt«, keuchte sie, als wir um den Treppenpfosten bogen. »Es gibt vier Schlafzimmer. Ich dachte mir, Clare und ich teilen uns eins, ihr nehmt das zweite, und Tom bekommt sein eigenes, logo.«

»Logo«, sagte Nina, ohne eine Miene zu verziehen.

Ich war zu sehr damit beschäftigt, die Mitteilung zu verdauen, dass ich mir ein Zimmer würde teilen müssen. Ich hatte gehofft, ich würde einen Rückzugsraum haben.

»Und dann bleibt noch Mel – also Melanie. Sie hat ein sechs Monate altes Baby, also dachte ich, sie hat von uns allen wohl am ehesten ein eigenes Zimmer verdient.«

»Was? Sie bringt das Baby aber nicht mit, oder?« Nina klang aufrichtig erschrocken.

Flo gab ein kreischendes Lachen von sich und schlug sich gleich darauf verlegen die Hand vor den Mund, um die Lautstärke zu dämpfen. »Nein! Ich meinte bloß, dass sie mehr als wir anderen ihre Nachtruhe nötig hat.«

»Ach so, alles klar.« Nina spähte in eines der Schlafzimmer. »Welches ist denn unseres?«

»Die beiden Zimmer hinten sind die größten. Du und Lee, ihr könnt das rechte haben, da stehen zwei Einzelbetten drin. In dem anderen steht ein Himmelbett für zwei Personen, aber mir macht es nichts aus, mit Clare zusammenzurücken.«

Oben angekommen blieb sie schwer atmend stehen und deutete auf eine helle Holztür auf der rechten Seite. »Bitte schön.«

Im Zimmer standen zwei ordentliche weiße Betten und ein niedriger Schminktisch, alles so anonym wie in einem Hotelzimmer, und auf der gegenüberliegenden Seite gab die obligatorische Glaswand nach Norden hin den Blick auf den Kiefernwald frei. Hier ergab sie weniger Sinn. Hinter dem Haus ging es den Hang hinauf, also hatte man von hier keine so spektakuläre Aussicht wie auf der Vorderseite. Stattdessen hatte es eine eher klaustrophobische Wirkung – eine Mauer aus Dunkelgrün, die schon in der Abenddämmerung wie ein riesiger Schatten wirkte. In beiden Ecken hingen schwere cremefarbene Vorhänge, und ich musste gegen den Drang ankämpfen, sie hastig über die riesige Glasfläche zu zerren.

Hinter mir ließ Flo mit einem dumpfen Knall Ninas Koffer zu Boden fallen. Ich drehte mich um, und sie lächelte, ein breites Strahlen, durch das sie plötzlich fast so hübsch wie Clare wirkte.

»Irgendwelche Fragen?«

»Ja«, antwortete Nina. »Kann ich hier drin rauchen?«

Flos Lächeln verschwand. »Ich fürchte, da hat meine Tante was dagegen. Aber ihr habt einen Balkon.« Sie kämpfte kurz mit der Falttür in der Glaswand, dann schob sie sie mit Schwung auf. »Hier kannst du rauchen, wenn du magst.«

»Super«, sagte Nina. »Danke.«

Flo ruckelte erneut an der Tür und zog sie wieder zu. Sie richtete sich auf, ihre Wangen ganz rosig vor Anstrengung, und wischte sich die Hände am Rock ab. »Gut, ich lasse euch mal in Ruhe auspacken. Wir sehen uns gleich unten, ja?«

»Ganz recht!«, antwortete Nina überschwänglich, und ich versuchte, es zu überspielen, indem ich mit übertrieben lauter Stimme »Danke!« rief, was mich merkwürdig aggressiv klingen ließ.

»Äh, ja … okay!«, sagte Flo verunsichert, bevor sie sich aus dem Türrahmen zurückzog und verschwand.

»Nina …«, sagte ich warnend, als sie auf die Glaswand zuging, um auf den Wald zu blicken.

»Was?«, erwiderte sie über ihre Schulter hinweg und bemerkte dann: »Also, dieser Tom gehört definitiv dem männlichen Geschlecht an. Warum sonst sollte Flo derart entschlossen sein, sein böses, böses Y-Chromosom von unserer holden Weiblichkeit fernzuhalten?«

Mir entfuhr ein Prusten. Das war typisch Nina – man sieht ihr Dinge nach, die andere Leute sich niemals erlauben dürften. »Ich gehe davon aus, dass er schwul ist – glaubst du nicht? Ich meine, warum wäre er sonst auf einem Junggesellinnenabschied?«

»Äh, auch wenn dir das anscheinend nicht ganz klar ist: Nur weil jemand vom anderen Ufer ist, heißt das nicht, dass er automatisch das Geschlecht wechselt. Glaube ich. Obwohl, warte mal …« Sie sah an sich herab. »Nee, da ist alles klar. Beide Doppel-Ds anwesend und bestens in Form.«

»Das meinte ich nicht, das weißt du genau.« Schwungvoll knallte ich meinen Koffer aufs Bett, doch dann fiel mir mein Kulturbeutel ein, und ich ging beim Öffnen des Reißverschlusses behutsamer vor. Ganz oben lagen meine Laufschuhe, und ich stellte sie ordentlich neben die Tür, als beruhigendes kleines »Notausgang«-Symbol. »Bei solchen Veranstaltungen geht es doch zum Teil um eine Würdigung des männlichen Körpers. Das haben Frauen mit schwulen Männern gemeinsam.«

»Na toll, das sagst du mir *jetzt*? Die perfekte Ausrede, und du behältst sie einfach für dich. Könntest du bitte, wenn ich das nächste Mal zu einem Junggesellinnenabschied eingeladen werde, an die ganze Runde eine Absage schicken, in der steht: *Sorry, Nina kann leider nicht kommen, denn sie weiß den männlichen Körper nicht zu würdigen?*«

»Ach, um Himmels willen. Ich sagte *zum Teil.*«

»Schon gut.« Sie drehte sich wieder zum Fenster und blickte hinaus in den Wald, dessen Baumstämme inzwischen kaum mehr als dunkle Striche im grünen Zwielicht der Dämmerung waren. Ihre Stimme klang brüchig, mit einem Anflug von Tragik. »Ich bin es gewohnt, von der heteronormativen Gesellschaft ausgeschlossen zu werden.«

»Ach, leck mich«, knurrte ich. Lachend drehte sie sich um.

»Warum sind wir eigentlich hier?«, fragte sie, während sie sich rückwärts auf ihr Bett warf und die Schuhe abstreifte. »Ich weiß nicht, wie es mit dir ist, aber ich habe Clare seit ungefähr drei Jahren nicht gesehen.«

Ich antwortete nicht. Ich wusste nicht, was ich sagen sollte.

Warum war ich gekommen? Warum hatte Clare mich eingeladen?

»Nina«, begann ich. Ich hatte einen Kloß im Hals und fühlte, wie sich mein Herzschlag beschleunigte. »Nina, wer …?«

Aber bevor ich die Frage zu Ende bringen konnte, wurde der Raum von einem lauten Klopfen erfüllt, das durch den offenen Flur nach oben hallte.

Es war jemand an der Tür.

Plötzlich war ich mir nicht mehr sicher, ob ich schon bereit war, die Antworten auf meine Fragen zu erhalten.

4

Nina und ich sahen einander an. Mein Herz pochte wie ein entferntes Echo des Türklopfens, doch ich versuchte, ein ruhiges Gesicht zu bewahren.

Zehn Jahre. Hatte sie sich verändert? Hatte *ich* mich verändert?

Ich schluckte.

Man konnte den Schall von Flos Schritten in der hohen Eingangshalle hören, dann das schrille Kreischen von Metall auf Metall, als sie die schwere Tür öffnete, gefolgt von Stimmengemurmel, als der Neuankömmling das Haus betrat.

Ich lauschte angespannt. Es klang nicht wie Clare. Vielmehr klang das, was da neben Flos Lachen zu hören war, eindeutig männlich.

Nina rollte sich auf die Seite und stützte sich auf den Ellenbogen. »Na, sieh mal einer an … scheint, als sei der Träger des Y-Chromosoms eingetroffen. Sollen wir runtergehen und den wilden Stier in unserem Hühnerstall kennenlernen?

Was? Wieso guckst du mich so an?«

»Ninaaa. Lass es.«

»Was soll ich lassen?« Sie schwang ihre Füße auf den Boden und stand auf.

»Uns zu blamieren. Beziehungsweise ihn.«

»Wieso blamieren? Es ist nun mal eine Mädelsveranstaltung, und er ist der einzige Mann, da beißt die Maus keinen Faden ab.«

Und schon war sie unterwegs, rannte in Strümpfen die Glasstufen hinab, und im nächsten Moment hörte ich ihre Stimme, die durch das Treppenhaus nach oben schallte.

»Hallo, ich glaube, wir kennen uns noch nicht …«

Ich glaube, wir kennen uns noch nicht. Also war es definitiv nicht Clare.

Ich holte tief Luft und folgte ihr nach unten in den Flur.

Ich sah die kleine Gruppe zunächst von oben. An der Eingangstür stand eine junge Frau mit glänzendem schwarzem Haar, das sie am Hinterkopf zu einem Knoten zusammengebunden hatte – vermutlich war das Melanie. Sie reagierte lächelnd und nickend auf etwas, das Flo sagte, aber sie schien abgelenkt, denn selbst während Flo sprach, tippte sie auf dem Bildschirm ihres Handys herum. Ihr gegenüber stand ein Typ mit einem Burberry-Koffer in der Hand. Er hatte glattes, kastanienbraunes Haar und war fast schon penibel ordentlich gekleidet. Sein weißes Hemd hatte er zweifellos frisch aus der Reinigung – kein normaler Mensch wäre in der Lage, solch makellose Bügelfalten zu produzieren –, und dazu trug er eine graue Wollhose, eindeutig von Paul Smith. Als er meine Schritte auf der Treppe hörte, blickte er auf und lächelte.

»Hi, ich bin Tom.«

»Hi, ich bin Nora.« Ich nahm die letzten paar Stufen und streckte die Hand aus. Irgendwas an seinem Gesicht kam mir unglaublich bekannt vor, und ich versuchte herauszufinden, was genau es war, während wir einander die Hand gaben, doch ich kam nicht drauf. Dann wandte ich mich an die dunkelhaarige Frau: »Und du bist bestimmt … Melanie?«

»Äh, ja. Hi.« Sie riss sich von ihrem Handy los und setzte

ein verlegenes Lächeln auf. »Sorry, dass ich … es ist nur … ich hab mein Baby bei meinem Mann gelassen. Zum ersten Mal. Ich wollte nur mal kurz zu Hause anrufen und sagen, dass ich angekommen bin. Gibt es hier gar keinen Empfang?«

»Praktisch gar nicht«, antwortete Flo bedauernd. Ihr Gesicht war gerötet; schwer zu sagen, ob vor Nervosität oder Freude. »Tut mir leid. Manchmal gibt es am oberen Ende des Gartens oder von den Balkonen aus ein schwaches Signal, je nachdem, bei welchem Anbieter du bist. Aber wir haben einen Festnetzanschluss im Wohnzimmer. Ich zeig's dir.«

Sie führte Melanie ins Wohnzimmer, und ich wandte mich wieder Tom zu. Ich wurde einfach das merkwürdige Gefühl nicht los, dass ich ihn schon mal gesehen hatte.

»Und, woher kennst du Clare?«, fragte ich unbeholfen.

»Ach, du weißt schon. Theaterleute. Jeder kennt jeden! Eigentlich haben wir uns durch meinen Mann kennengelernt – er ist Regisseur.«

Nina zwinkerte mir hinter Toms Rücken übertrieben zu. Ich warf ihr einen bösen Blick zu, setzte jedoch schnell wieder eine freundliche Miene auf, als ich sah, dass Tom etwas ratlos dreinschaute.

»Sorry, sprich ruhig weiter«, sagte Nina etwas ernsthafter.

»Also, Clare habe ich jedenfalls bei einer Fundraising-Veranstaltung für die Royal Theatre Company kennengelernt. Bruce hat dort zu der Zeit gerade Regie geführt, und Clare und ich sind darüber ins Gespräch gekommen.«

»Bist du Schauspieler?«, erkundigte sich Nina.

»Nein, ich schreibe Theaterstücke.«

Ich finde es immer komisch, andere Schriftsteller zu treffen. Dadurch entsteht automatisch ein gewisses Kameradschaftsgefühl, eine Verbundenheit, als wären wir beide Mitglieder einer exklusiven Geheimloge. Ich frage mich, ob es Klempnern auch so geht, wenn sie anderen Klempnern begegnen, oder ob Finanzbuchhalter sich heimlich zunicken. Vielleicht liegt es daran, dass wir uns relativ selten über den Weg laufen; Schriftsteller verbringen für gewöhnlich den Großteil ihres Arbeitslebens allein.

»Nora ist Schriftstellerin«, sagte Nina. Sie ließ den Blick zwischen uns beiden hin- und herschweifen, als hätte sie gerade zwei Bantamgewichte aufeinander losgelassen.

»Ach, echt?« Tom musterte mich, als ob er mich jetzt erst richtig wahrnahm. »Was schreibst du so?«

Die verhasste Frage. Ich finde es nach wie vor nicht angenehm, über mein Schreiben zu sprechen – ich kann mich einfach nicht an das Gefühl gewöhnen, dass andere in meiner Gedankenwelt herumwühlen.

»Äh … Romane«, gab ich vage zur Antwort. Kriminalromane wäre präziser gewesen, aber wenn man damit herausrückt, kommen die Leute immer gleich mit Vorschlägen für Handlungsstränge und Mordmotive.

»Echt? Unter welchem Namen schreibst du?«

Das war die höfliche Version der Frage: »Habe ich schon mal von dir gehört?« Die meisten Menschen formulieren es weniger elegant.

»L. N. Shaw«, sagte ich. »Das N steht für nichts, ich habe gar keinen Zweitnamen. Ich habe es nur eingefügt, weil L. Shaw irgendwie komisch klang. L. N. kann man leichter aussprechen, finde ich. Und du schreibst also Stücke?«

»Ja. Irgendwie beneide ich Romanautoren immer – ihr könnt über alles die Kontrolle behalten. Ihr müsst euch nicht mit Schauspielern herumschlagen, die eure besten Zeilen massakrieren.« Er warf mir ein Lächeln zu, bei dem unnatürlich weiße und regelmäßige Zähne zum Vorschein kamen. Ich fragte mich, ob er sich Veneerschalen hatte einsetzen lassen.

»Aber es ist doch bestimmt nett, mit anderen Leuten zusammenzuarbeiten?«, fragte ich vorsichtig. »Ich meine, die Verantwortung zu teilen. Ein Theaterstück ist schließlich ein ziemlich großes Projekt.«

»Ja, das stimmt schon. Man muss zwar auch den Ruhm teilen, aber wenn es komplett in die Hose geht, ist es wenigstens nicht nur die eigene Schuld.«

Ich wollte noch etwas sagen, doch in dem Moment war aus dem Wohnzimmer ein »Pling« zu hören, als Melanie den Hörer auflegte. Tom drehte den Kopf in die Richtung, aus der das Geräusch kam, und vielleicht lag es an seiner Kopfhaltung oder seinem Ausdruck, jedenfalls wurde mir plötzlich klar, wo ich ihn schon mal gesehen hatte.

Das Foto. Clares Profilbild auf Facebook. Das war *er.* Also war die Person auf dem Foto gar nicht ihr Verlobter.

Ich war noch dabei, diese Erkenntnis zu verarbeiten, als Melanie lächelnd auf uns zukam.

»So, ich habe Bill erreicht. Alles in bester Ordnung an der Heimatfront. Tut mir leid, dass ich ein bisschen abgelenkt war – ich bin noch nie über Nacht weg gewesen, und es kostet mich einiges an Überwindung. Nicht, dass Bill es nicht allein hinbekommt, bestimmt schafft er das … ach egal, ich sollte aufhören zu labern. Du bist Nora, stimmt's?«

»Geht doch schon mal ins Wohnzimmer!«, rief Flo aus der Küche. »Ich mache uns Tee.«

Gehorsam marschierten wir los und versammelten uns im Wohnzimmer, und ich beobachtete Tom und Melanie, wie sie den riesigen Raum mit seiner langen Glasfront in Augenschein nahmen.

»Die Aussicht auf den Wald ist schon was Besonderes, nicht?«, bemerkte Tom schließlich.

»Ja.« Ich starrte hinaus in den Wald. Es wurde langsam dunkel, und dank der Schatten sah es irgendwie so aus, als hätten alle Bäume kollektiv einen großen Schritt auf das

Haus zugetan und sich nach vorne gebeugt, um den Himmel zu verschließen. »Man fühlt sich ein bisschen exponiert, findet ihr nicht? Vor allem, weil es keine Vorhänge gibt.«

»Bisschen so, als ob einem der Rockzipfel hinten in der Strumpfhose hängen bleibt«, sagte Melanie unerwartet und lachte.

»Mir gefällt's«, befand Tom. »Es ist wie eine Bühne.«

»Und wir sind die Zuschauer?«, fragte Melanie. »Die Aufführung kommt mir allerdings ein bisschen langweilig vor. Und die Schauspieler sind etwas hölzern!« Sie deutete hinaus auf die Bäume, für den Fall, dass wir den Witz nicht verstanden hatten. »Versteht ihr? Die Bäume, hölzern …«

»Ja, ja, schon kapiert«, erwiderte Nina säuerlich. »Aber ich glaube, Tim meinte etwas anderes, oder?«

»Tom«, korrigierte Tom. Es lag eine leichte Schärfe in seiner Stimme. »Aber ja, ich meinte es andersherum. Wir sind die Schauspieler.« Er drehte sich zur Glaswand um. »Die Zuschauer … die Zuschauer sind da draußen.«

Aus irgendeinem Grund lief mir bei seinen Worten ein Schauder über den Rücken. Vielleicht waren es die Baumstämme, die wie stumme Wächter in der zunehmenden Dunkelheit standen. Oder vielleicht war es die Nachwirkung der Kälte, die Tom und Melanie von draußen mit hereingebracht hatten. Was es auch war, wir hatten London im Herbst verlassen, und nun schien es hier, so viel weiter nördlich, als wäre über Nacht der Winter eingekehrt. Das lag nicht nur an den eng zusammenstehenden Kiefern, die mit ihren dichten Nadeln kein Licht durchließen, oder an der kalten, klaren Luft, die baldigen Frost verhieß. Bald würde die Nacht hereinbrechen, und das Haus fühlte sich immer mehr an wie ein gläserner Käfig, der sein Licht blind in die dämmernde Nacht strahlte, wie eine einsame Laterne. Ich stellte mir vor, wie tausende Motten, unaufhaltsam angezogen von seinem

Glanz, darauf zuflogen, kreisend und zitternd, nur um an seinem kalten, unwirtlichen Glas zu verenden.

»Mir ist kalt«, sagte ich, um das Thema zu wechseln.

»Mir auch.« Nina rieb sich die Arme. »Meint ihr, wir können dieses Kamin-Dings anwerfen? Ist das ein Gasofen?«

Melanie kniete sich davor. »Es ist ein Holzofen.« Sie hantierte an einem Griff, und eine Tür auf der Vorderseite ging auf. »Ich habe so einen ähnlichen zu Hause. Flo!«, rief sie in Richtung Küche. »Ist es okay, wenn wir den Ofen anmachen?«

»Klar!«, rief Flo zurück. »Auf dem Kaminsims liegen Anzünder. In einem Keramiktopf. Ich bin gleich fertig, falls ihr Hilfe braucht.«

Tom ging zum Sims und begann, in die Handvoll minimalistischer Töpfe zu schielen, doch dann hielt er plötzlich inne, als seine Augen denselben Gegenstand erfassten, der kurz zuvor mich hatte erstarren lassen.

»Ach du liebe Zeit.« Es war die Schrotflinte, die knapp über Augenhöhe auf ihren hölzernen Trägern saß. »Hier hat wohl noch keiner von Tschechows Gewehr gehört?«

»Tschechow?«, kam eine Stimme aus dem Flur. Es war Flo, die sich mit einem Tablett auf der Hüfte durch die Tür schob. »Der Russe? Keine Sorge, da sind bloß Platzpatronen drin. Meine Tante hat das nur, um die Kaninchen zu verjagen. Die fressen die Blumenzwiebeln und graben den Garten um. Sie schießt von der Veranda auf sie.«

»Es wirkt ein bisschen … texasmäßig, oder?«, fragte Tom. Er eilte auf Flo zu, um ihr mit dem Tablett zu helfen. »Ich habe eigentlich kein Problem mit diesem Redneck-Flair, aber es hier so direkt vor der Nase zu haben – ich weiß ja nicht. Es ist ein bisschen befremdlich für diejenigen unter uns, die morbide Gedanken lieber etwas auf Abstand halten.«

»Ich weiß, was du meinst«, erwiderte Flo. »Sie sollte es

wohl besser in einem Gewehrschrank aufbewahren oder so. Aber es stammt nun mal von meinem Großvater und ist so eine Art Familienerbstück. Und das Gemüsebeet ist direkt hier vor der Tür – also jedenfalls im Sommer –, da ist es einfach praktischer, es gleich zur Hand zu haben.«

Melanie brachte das Feuer in Gang, Flo schenkte allen Tee ein und tischte die Plätzchen auf, und das Gespräch wechselte zu anderen Themen – Leihwagengebühren, steigende Wohnungsmieten, ob man Milch oder Tee zuerst eingießen sollte. Ich schwieg, in Gedanken versunken.

»Tee?«

Einen Moment lang rührte ich mich nicht, antwortete nicht. Dann tippte mir Flo auf die Schulter, und ich zuckte zusammen.

»Möchtest du Tee, Lee?«

»Nora«, erwiderte ich und rang mir ein Lächeln ab. »Sorry ... tut mir leid. Habt ihr auch Kaffee? Das hätte ich wohl etwas früher sagen sollen, aber ich stehe nicht so auf Tee.«

Flo wirkte betroffen. »Tut mir echt leid, ich hätte welchen ... Nein, es ist keiner da. Und jetzt ist es wahrscheinlich auch zu spät, um noch welchen zu besorgen – das nächste Dorf ist vierzig Minuten entfernt, und der Laden dürfte inzwischen geschlossen sein. Ich hatte beim Einkaufen Clare im Sinn, und sie liebt Tee über alles – ich hatte nicht gedacht ...«

»Kein Problem«, unterbrach ich sie lächelnd. »Wirklich.« Ich nahm die Tasse, die sie mir entgegenhielt, und trank einen Schluck. Der Tee war brühend heiß und schmeckte absolut widerlich – wie Bratensaft mit heißer Milch.

»Sie müsste bald hier sein.« Flo blickte auf ihre Uhr. »Soll ich mal den Ablauf durchgehen, damit alle wissen, was auf dem Programm steht?«

Alle nickten, und Flo holte eine Liste hervor. Ich spürte, wie Nina neben mir stumm seufzte.

»Also, Clare müsste so um sechs hier sein, dann, dachte ich, stoßen wir erst mal an – es ist Schampus im Kühlschrank, und ich hab Zutaten für Mojitos und Margaritas besorgt. Ich fand, ein richtiges Abendessen können wir uns eigentlich sparen« – Nina war ihre Bestürzung anzusehen – »und hab stattdessen einfach Pizza und Dips geholt. Das bauen wir nachher auf dem Wohnzimmertisch auf, und jeder bedient sich, wie er mag. Währenddessen, dachte ich, könnten wir vielleicht ein paar Kennenlernspiele spielen. Clare kennt ihr natürlich alle, aber ich glaube, die meisten von uns kennen einander noch nicht so gut ... stimmt das? Am besten machen wir schon mal eine kleine Vorstellungsrunde, bevor Clare kommt, was meint ihr?«

Wir alle sahen einander an, musterten uns gegenseitig und fragten uns, wer in der Runde wohl beherzt genug wäre, den Anfang zu machen. Zum ersten Mal versuchte ich, Tom, Melanie und Flo mit der Clare, die ich kannte, in Beziehung zu setzen. Es fiel mir nicht ganz leicht.

Bei Tom war es einfach – mit seinen teuren Klamotten und seinem Theaterhintergrund war es nicht schwer, die Gemeinsamkeiten zu erkennen. Clare hatte sich schon immer gern mit gutaussehenden Menschen umgeben, Frauen wie Männern, und sie schien auf unkomplizierte, großzügige Weise stolz auf die Attraktivität ihrer Freunde. In ihrer Bewunderung lag nichts Geheucheltes – sie war selbst schön genug, um sich von der Schönheit anderer nicht bedroht zu fühlen –, und sie liebte es, Menschen dabei zu helfen, das Beste aus sich zu machen, selbst den nicht so vielversprechenden Kandidaten, zu denen auch ich zählte. Mir fiel wieder ein, wie Clare es genossen hatte, mich vor einer großen Party von Geschäft zu Geschäft zu schleifen. Dort hielt sie mir dann so lange Kleider an den mageren, flachbrüstigen Körper und betrachtete mich mit abschätzend geschürzten Lippen, bis sie das eine gefunden hatte, das wie für mich gemacht war. Sie hatte ein Auge dafür, was einem gut stand. Sie war es auch, die mir geraten hatte, mein Haar kurz zu schneiden. Damals hatte ich nicht auf sie gehört. Jetzt, zehn Jahre später, trug ich eine Kurzhaarfrisur und wusste, dass sie recht gehabt hatte.

Bei Melanie und Flo war es kniffliger. Irgendwas, das Melanie in den ersten E-Mails geschrieben hatte, hatte mich vermuten lassen, dass sie Anwältin oder vielleicht Buchhalterin war, und sie wirkte tatsächlich ein bisschen so, als hätte sie sich im Kostüm wohler gefühlt. Sie trug eine teure Handtasche und teure Schuhe, dazu aber eine Jeans, die die Clare von vor zehn Jahren wohl als »Mutti-Jeans« bezeichnet hätte: standardblau, hoher Bund und so unvorteilhaft geschnitten, dass sie an der Hüfte Falten warf.

Flos Jeans dagegen war ein Designermodell, in dem sie sich allerdings eher unbehaglich zu fühlen schien. Das gesamte Outfit wirkte, als hätte sie es komplett dem Schaufenster eines All-Saints-Ladens entnommen, ohne Rücksicht darauf, ob es ihr passte oder stand, und während ich sie beobachtete, zupfte sie unsicher an ihrem Top, um es über das Speckröllchen zu ziehen, das über den zu engen Bund ihrer Hose quoll. Es sah aus wie ein Outfit, das Clare sich selbst aussuchen würde; um es Flo zu empfehlen, musste man jedoch schon ziemlich böswillig sein.

Flo und Melanie standen in einem merkwürdigen Kontrast zu Tom. Mir fiel es schwer, mir Clare mit einer der beiden vorzustellen. Waren sie ehemalige Kommilitoninnen, die nach dem Studium in Kontakt geblieben waren? Ich kannte diese Art von Freundschaft, man lernte sich in der Begrüßungswoche für Erstsemester kennen und stellte mit der Zeit fest, dass man nichts miteinander gemein hatte, außer, dass man im selben Wohnheim wohnte – aber irgendwie schickte man sich dennoch weiter Geburtstagskarten und likte sich gegenseitig auf Facebook. Andererseits war es inzwischen zehn Jahre her, dass ich Clare zum letzten Mal gesehen hatte. Vielleicht war die Clare von Melanie und Flo jetzt die wahre Clare.

Während ich mich in der Runde umsah, merkte ich, dass die anderen das Gleiche taten: Sie musterten die Gäste, die sie nicht kannten, und versuchten, sie mit ihrer Vorstellung von Clare in Einklang zu bringen. Mein Blick begegnete dem von Tom, der mich mit offener, fast feindselig wirkender Neugier anstarrte. Ich senkte den Blick. Keiner wollte als Erster den Mund aufmachen. Die Stille dehnte sich zu einem betretenen Schweigen aus.

»Ich fange an«, erbarmte Melanie sich schließlich. Sie strich sich das Haar aus dem Gesicht und nestelte an etwas herum, das an ihrem Hals hing. Ich erkannte ein winziges silbernes Kreuz von der Art, wie man es zur Taufe geschenkt bekommt. »Ich bin Melanie Cho, also, jetzt Melanie Blaine-Cho, aber das geht einem nicht ganz so leicht von den Lippen, und deswegen hab ich für die Arbeit meinen Mädchennamen beibehalten. Ich hab während des Studiums mit Flo und Clare in einer WG gewohnt, aber weil ich nach der Schule erst mal zwei Jahre Auszeit genommen habe, bin ich ein bisschen älter als ihr … glaube ich zumindest, wobei ich nicht weiß, wie es mit dir ist, Tom. Ich bin achtundzwanzig.«

»Siebenundzwanzig«, sagte Tom.

»Also bin ich quasi die Oma in der Runde. Ich habe vor kurzem ein Kind bekommen, also vor sechs Monaten. Und ich stille noch, daher seht es mir bitte nach, wenn ich plötzlich mit riesigen nassen Flecken auf den Brüsten aus dem Zimmer stürme.«

»Also heißt es dieses Wochenende Abpumpen und Wegschütten?«, erkundigte sich Flo verständnisvoll. Hinter ihr verdrehte Nina die Augen und griff sich theatralisch an die

Kehle, als ob sie sich selbst erwürgen wollte. Ich tat so, als hätte ich es nicht gesehen.

»Ja, ich habe überlegt, die Milch aufzubewahren, aber dann dachte ich, ich werde ja vermutlich Alkohol trinken und außerdem wäre es echt lästig, das alles wieder mit nach Hause zu schleppen. Äh, was sonst noch? Ich wohne in Sheffield. Ich bin Anwältin, aber zurzeit im Mutterschutz. Mein Mann kümmert sich heute um Ben. Ben ist unser Baby. Er ist … ach was, ich will euch nicht langweilen. Er ist einfach süß.«

Sie lächelte, wodurch sich ihre bis dahin eher sorgenvolle Miene erhellte und tiefe Grübchen auf ihren Wangen erschienen. Ich fühlte einen Stich in der Brust. Es war nicht etwa ein Kinderwunsch – unter gar keinen Umständen wollte ich schwanger sein –, sondern das stechende Verlangen nach solch erfülltem, unkompliziertem Lebensglück.

»Na los, her mit den Fotos«, forderte Tom.

Melanies Grübchen traten erneut zum Vorschein, und sie zog ihr Handy hervor. »Ja, also, wenn ihr darauf besteht. Das hier war direkt nach der Geburt.«

Auf dem Foto lag sie in einem Krankenhausbett, ihr Gesicht war bleich, fast wächsern, und die Haare hingen ihr in schwarzen Zöpfen über die Schulter, während sie erschöpft, aber glücklich auf ein weißes Bündel in ihren Armen hinabstrahlte.

Ich konnte nicht länger hinsehen.

»Und hier lächelt er – es war nicht sein erstes Lächeln, davon habe ich leider kein Foto, aber Bill war da gerade in Dubai, also musste ich sicherstellen, dass ich das nächste erwische, um es ihm per SMS zu schicken. Und so sieht er jetzt aus – man kann das Gesicht nicht gut erkennen, er hat seinen Teller auf dem Kopf, der Süße.«

Das Baby hatte keinerlei Ähnlichkeit mehr mit dem finster dreinblickenden Wesen aus dem ersten Bild – inzwischen war es ein pausbäckiges, pummeliges Kerlchen, das sich vor Lachen kaum einkriegte. Sein Gesicht war halb verdeckt von einer orangefarbenen Plastikschale, und eine schmierige grüne Masse lief an seinen runden Wangen herab.

»Ach du meine Güte!«, rief Flo. »Er ist Bill wie aus dem Gesicht geschnitten, oder?«

»Oh Gott!« Tom wirkte teils amüsiert, teils entsetzt. »Willkommen im Elterndasein. Bitte geben Sie Ihre nur chemisch zu reinigenden Kleidungsstücke am Eingang ab.«

Melanie steckte ihr Handy wieder ein, immer noch ein Lächeln auf den Lippen.

»Ein bisschen ist es tatsächlich so. Aber es ist erstaunlich, wie schnell man sich daran gewöhnt. Mittlerweile kommt es mir völlig normal vor, mein Haar nach Haferbreiklumpen zu durchsuchen, bevor ich das Haus verlasse. Ach, lasst uns nicht über ihn sprechen. Ich habe schon genug Heimweh und will es nicht noch schlimmer machen. Was ist mit dir, Nina?« Sie wandte sich Nina zu, die neben dem Kamin saß und die Arme um ihre Knie geschlungen hatte. »Wir haben uns mal in Durham getroffen, kann das sein? Oder habe ich mir das eingebildet?«

»Nein, das stimmt, ich war mal dort. Ich glaube, ich war auf dem Weg nach Newcastle, um einen Kumpel zu besuchen. Ich weiß nicht, ob ich Flo damals auch getroffen habe, aber ich erinnere mich definitiv, dass wir beide uns in der Bar über den Weg gelaufen sind – habe ich recht?«

Melanie nickte.

»Für die, die es noch nicht wissen: Ich bin Nina und bin mit Clare und Nora zur Schule gegangen. Ich bin Ärztin … genau genommen mache ich zurzeit meinen Facharzt in Chirurgie. Ich war gerade erst drei Monate für ›Ärzte ohne Grenzen‹ im Ausland, wo ich sehr viel mehr über Schussverletzungen gelernt habe, als mir lieb ist … Trotz allem, was die Boulevardblätter euch weismachen wollen, gibt es davon in Hackney gar nicht so viele.«

Sie rieb sich übers Gesicht, und zum ersten Mal, seit wir London verlassen hatten, sah ich ihre Fassade ein wenig bröckeln. Ich wusste, dass die Zeit in Kolumbien sie mitgenommen hatte, aber ich hatte sie seit ihrer Rückkehr erst zweimal gesehen und beide Male hatte sie nicht darüber gesprochen, außer, um ein paar Witze über das Essen zu machen. In diesem kurzen Moment bekam ich eine Ahnung davon, was es bedeutete, wenn man beruflich Menschen zusammenflickte … und manchmal dabei scheiterte.

»Egal.« Sie zwang sich zu einem Lächeln. »Tim, Timmy-Boy, Timbo: Leg los.«

»Ja …«, sagte Tom, mit einem etwas schiefen Lächeln. »Also, ich schätze, das Erste, was ihr über mich wissen solltet, ist, dass mein Name *Tom* lautet. Tom Deauxma. Ich bin Bühnenautor, wie schon gesagt. Na ja, ich bin keine große Nummer, aber ich habe viel in der alternativen Szene gemacht und ein paar Preise gewonnen. Außerdem bin ich mit dem Theaterregisseur Bruce Westerly verheiratet – vielleicht habt ihr von ihm gehört?«

Es folgte eine Pause. Nina schüttelte den Kopf. Tom ließ seinen Blick durch die Runde schweifen, bis er schließlich erwartungsvoll auf mir haften blieb. Zögerlich schüttelte auch ich den Kopf. Ich fühlte mich schlecht, aber Lügen half auch nichts. Er stieß einen kleinen Seufzer aus.

»Na ja, wenn man nicht beim Theater ist, nimmt man die Regisseure vermutlich nicht so wahr. Jedenfalls habe ich auf diese Weise Clare kennengelernt – durch ihre Arbeit für die Royal Theatre Company. Bruce arbeitet öfter mal mit ihnen zusammen – und er hat natürlich auch bei *Coriolanus* Regie geführt.«

»Natürlich«, sagte Flo und nickte ernst. Nachdem ich gerade so schändlich versagt hatte, glaubte ich, zumindest hier ein bisschen Wissen vortäuschen zu müssen, also stimmte ich möglichst enthusiastisch in Flos Nicken ein. Nina gähnte, stand auf und verließ den Raum, ohne ein Wort zu sagen.

»Wir wohnen in Camden … Wir haben einen Hund namens Spartacus, Spitzname Sparky. Er ist ein Labradoodle. Zwei Jahre alt. Absolut hinreißend, allerdings nicht der ideale Hund für zwei Workaholics, die viel durch die Gegend reisen. Zum Glück haben wir aber einen exzellenten Hundesitter für ihn. Ich bin Vegetarier … Was sonst noch? Oh je, das ist ein schreckliches Armutszeugnis, oder? Zwei Minuten, und es gibt nichts Interessantes mehr über mich zu sagen. Ach ja, ich habe ein Herz auf dem Schulterblatt tätowiert. Das ist alles. Was ist mit dir, Nora?«

Ich fühlte, wie ich aus irgendeinem unerfindlichen Grund plötzlich scharlachrot anlief und meine Finger feucht wurden, sodass mir fast die Tasse entglitt und mir der Tee aufs Knie schwappte. Ich versuchte, den Fleck mit dem Ende meines Schals aufzuwischen, und als ich wieder aufblickte, sah ich, dass Nina zurückgekehrt war. Sie hielt ihren Tabakbeutel in einer Hand und drehte sich mit der anderen eine Zigarette, während sie mich mit ihren großen dunklen Augen beobachtete.

Ich zwang mich zum Sprechen. »Da gibt es nicht viel zu sagen. Ich, äh … Ich kenne Clare aus der Schule, wie Nina. Wir …«

Wir haben seit zehn Jahren nicht miteinander geredet.

Ich weiß nicht, warum ich hier bin.

Ich weiß nicht, warum ich hier bin.

Ich schluckte schmerzhaft. »Wir haben uns ein bisschen aus den Augen verloren.« Mein Gesicht fühlte sich heiß an. Der Ofen war jetzt richtig in Fahrt gekommen. Ich wollte mir das Haar hinter die Ohren streichen, aber ich hatte vergessen, dass es mittlerweile kurz war, und so fuhren meine Finger nur über die kurzen Strähnen. Meine Haut darunter war warm und feucht. »Ähm, ich bin Autorin. Ich habe am UCL studiert und nach dem Studium für eine Zeitschrift gearbeitet, aber ich war ziemlich schlecht darin – selbst schuld, schätze ich, weil ich nämlich die ganze Zeit nur damit verbracht habe, an meinem Roman herumzuschreiben, statt für die Zeitschrift zu recherchieren und Kontakte herzustellen. Jedenfalls habe ich mit zweiundzwanzig mein erstes Buch rausgebracht und bin seitdem Vollzeitschriftstellerin.«

»Und davon kannst du leben?« Tom zog eine Augenbraue hoch. »Respekt.«

»Na ja, nicht ganz. Ich meine, ich gebe hier und da ein bisschen Online-Unterricht ... und schreibe Gutachten und so weiter. Und ich hatte das Glück ...« Glück? Ich wollte mir auf die Zunge beißen. »Okay, Glück ist vielleicht nicht das richtige Wort, aber mein Opa ist gestorben, als ich Teenager war, und er hat mir etwas Geld vererbt, gerade genug, dass ich mir davon ein winziges Apartment in Hackney kaufen konnte. Es ist wirklich klitzeklein, es gibt nur Platz für mich und meinen Laptop, aber ich muss keine Miete zahlen.«

»Ich finde es echt schön, dass ihr alle in Kontakt geblieben seid«, bemerkte Tom. »Du und Clare und Nina, meine ich. Ich glaube, ich habe mit keinem aus meiner Schulzeit noch Kontakt. Mit den meisten hatte ich überhaupt nichts gemeinsam. Es war nicht meine glücklichste Zeit.« Er sah mich unverwandt an, und ich fühlte, wie ich schon wieder rot wurde. Erneut wollte ich meine Haare zurückstreichen, ließ die Hand diesmal aber rechtzeitig sinken. Bildete ich es mir ein, oder lag da etwas leicht Gehässiges in seinem Blick? Wusste er etwas?

Für einen kurzen Moment geriet ich aus der Fassung. Ich wollte etwas erwidern, doch mir fiel nichts ein, das nicht glattweg erlogen gewesen wäre. Während ich um Worte rang und die Stille mit jeder Sekunde unerträglicher wurde, wurde mir einmal mehr schmerzlich bewusst, wie falsch das alles war. Was zum Teufel tat ich hier bloß? Zehn Jahre. Zehn Jahre.

»Ich glaube, die Schulzeit ist für jeden scheiße«, durchbrach Nina endlich die Stille. »Für mich auf jeden Fall.«

Ich sah sie dankbar an, und sie zwinkerte mir kaum merklich zu.

»Was ist dann also das Geheimnis?«, fragte Tom. »Was ist das Geheimnis langlebiger Freundschaft? Wie habt ihr es geschafft, sie über all die Jahre aufrechtzuerhalten?«

Diesmal warf ich ihm einen scharfen Blick zu. Warum verdammt noch mal konnte er es nicht einfach auf sich beruhen lassen? Aber ich konnte nichts sagen – jedenfalls nicht, ohne wie eine Verrückte dazustehen.

»Keine Ahnung«, antwortete ich schließlich. Ich bemühte mich um einen freundlichen Ton, brachte aber nur ein angestrengtes Lächeln zustande. Ich konnte nur hoffen, dass mein Gesichtsausdruck nicht so offensichtlich aufgesetzt wirkte, wie er sich anfühlte. »Glück, schätze ich.«

»Gibt es eine bessere Hälfte?«, erkundigte sich Melanie.

»Nein. Nur mich. Nicht mal einen Labradoodle.« Das war als Scherz gemeint, und sie lachten auch alle brav, aber es klang wie ein dünner, lustloser Chor mit einem mitleidigen Unterton. »Flo?« Hastig reichte ich den Staffelstab weiter, um die Aufmerksamkeit von mir wegzulenken.

Flo strahlte. »Also, ich habe Clare im Studium kennengelernt. Wir haben beide Kunstgeschichte studiert und landeten im selben Wohnheim. Eines Tages ging ich in den Gemeinschaftsraum, und da saß sie, guckte eine Folge *EastEnders* und kaute auf ihren Haaren herum – ihr kennt doch ihre lustige Angewohnheit, eine Locke um ihren Finger zu wickeln und daran zu knabbern. So süß.«

Ich versuchte mich zu erinnern. Hatte Clare das je getan? Es klang eklig. Eine blasse Erinnerung stieg in mir auf, wie Clare im Café neben der Schule saß und sich den Zopf um den Finger wickelte. Ja, vielleicht hatte sie es früher auch schon getan.

»Sie trug dieses blaue Kleid – ich glaube, sie hat es immer noch, ich kann nicht glauben, dass sie da noch reinpasst! Ich habe seit dem Studium mindestens sechs Kilo zugenommen! Jedenfalls bin ich zu ihr gegangen, um Hallo zu sagen, und sie meinte: ›Oh, du hast aber einen tollen Schal‹, und seitdem sind wir unzertrennlich. Es ist einfach – sie ist einfach toll, wisst ihr? Sie ist eine Inspiration für mich und so eine große Stütze. Es gibt nicht viele Menschen, die …« Sie schluckte, brach ab und rang sichtlich um Fassung. Zu meinem Schrecken bemerkte ich, dass sie den Tränen nahe war. »Ach, egal, darum geht es hier ja nicht. Sie ist mein Fels in der Brandung, und ich würde alles für sie tun. Alles. Ich möchte, dass sie den besten Junggesellinnenabschied aller Zeiten hat, versteht ihr? Ich will, dass alles perfekt ist. Es bedeutet mir *alles.* Es ist nun mal … es ist das Letzte, was ich für sie tun kann, wisst ihr?«

Jetzt standen ihr wirklich Tränen in den Augen. Ihr Ton war so eindringlich, dass es fast schon beängstigend war. Als ich mich in der Runde umsah, merkte ich, dass Flos Worte nicht nur mich verblüfft hatten – Tom wirkte ehrlich erschrocken, und Nina hatte die Augenbrauen so weit hochgezogen, dass sie fast unter ihrem Pony verschwanden. Nur Melanie schien unbekümmert, als sei es völlig normal, dass beste Freundinnen so übereinander sprachen.

»Sie heiratet bloß, sie geht doch nicht ins Gefängnis«, erwiderte Nina trocken, doch entweder hörte Flo es nicht, oder sie ignorierte die Bemerkung. Stattdessen hustete sie und wischte sich über die Augen.

»Sorry. Oh Gott, ich bin so eine sentimentale Kuh! Schaut mich nur an.«

»Und, äh, was machst du jetzt so?«, fragte Tom höflich. In diesem Moment wurde mir bewusst, dass Flo uns nur von Clare erzählt hatte und fast nichts über sich selbst.

»Oh.« Flo blickte zu Boden. »Ach, ihr wisst schon. Dies und das. Ich musste nach der Uni eine Auszeit nehmen. Mir ging es damals nicht gut. Clare war großartig. Als ich ... Aber egal. Es ist nur so, sie ist halt ... einfach die beste Freundin, die sich ein Mädchen wünschen kann, echt. Gott, schaut mich bloß an!« Sie putzte sich die Nase und stand auf. »Möchte noch jemand Tee?«

Wir schüttelten alle den Kopf, und sie nahm das Tablett, um es zurück in die Küche zu bringen. Melanie zog ihr Handy heraus und überprüfte einmal mehr den Empfang.

»Okay, das war mal seltsam«, bemerkte Nina ausdruckslos.

»Was?« Melanie blickte auf.

»Flo und der, ich zitiere, ›perfekte Junggesellinnenabschied‹«, klärte Nina auf. »Findest du nicht, dass sie ein bisschen überspannt ist?«

»Oh«, sagte Melanie. Sie warf einen Blick durch die Tür in Richtung Küche, dann senkte sie die Stimme. »Also, ich weiß nicht, ob ich das sagen sollte, aber es bringt ja nichts, um den heißen Brei herumzureden. Flo hatte in ihrem dritten Jahr an der Uni einen kleinen Zusammenbruch. Ich weiß nicht genau, was vorgefallen ist, aber sie hat vor dem Examen abgebrochen – den Abschluss hat sie nie gemacht, soweit ich weiß. Deshalb ist sie ein bisschen, nun ja, *empfindlich,* was diesen Zeitraum betrifft. Sie spricht nicht gern darüber.«

»Ah ja, okay«, sagte Nina. Ich wusste, was sie dachte. Es war nicht etwa ihre Scheu, über die Zeit nach der Uni zu sprechen, die uns so befremdet hatte – das war der am wenigsten sonderbare Teil daran. Was uns irritiert hatte, war der ganze Rest.

5

Ich will schlafen, doch sie leuchten mir in die Augen. Sie machen Tests mit mir, röntgen mich, nehmen mir die blutverkrusteten Kleider weg. Was ist passiert? Was habe ich bloß getan?

Ich werde durch die langen, zu so später Stunde nur spärlich beleuchteten Flure geschoben, vorbei an Stationen mit schlafenden Patienten. Manche von ihnen wachen auf, als ich an ihnen vorbeikomme, und an ihren erschrockenen Mienen kann ich meinen Zustand ablesen, an der Art, wie sie ihren Blick abwenden, voller Mitleid oder Entsetzen.

Die Ärzte stellen mir Fragen, die ich nicht beantworten kann, erzählen mir Dinge, an die ich mich nicht erinnere.

Zu guter Letzt schließen sie mich an einen Monitor an und lassen mich zurück, betäubt und benommen und allein.

Aber nicht völlig allein.

Unter Schmerzen drehe ich mich auf die Seite, und da sehe ich es: Hinter der Gitterglastür sitzt geduldig eine Polizistin auf einem Hocker.

Ich werde bewacht. Aber ich weiß nicht, warum.

Ich liege da und starre durch das Glas hindurch auf den Hinterkopf der Polizistin. Ich verspüre den starken Wunsch, zu ihr zu gehen und ihr Fragen zu stellen, aber ich wage es nicht. Teils, weil ich nicht sicher bin, ob meine wackeligen Beine mich zur Tür tragen werden – aber teils auch, weil ich nicht weiß, ob ich die Antworten verkraften kann.

Eine gefühlte Ewigkeit bleibe ich so liegen, lausche dem

Summen der Geräte und dem Klicken der Morphium-Infusionspumpe. Die Schmerzen in meinem Kopf und meinen Beinen erscheinen allmählich dumpfer und ferner. Endlich kommt der Schlaf.

Ich träume von Blut, es breitet sich aus, formt eine Lache und durchnässt mich. Ich knie darin, versuche es aufzuhalten, doch es gelingt mir nicht. Es durchtränkt meinen Schlafanzug, läuft über den gebleichten Holzboden …

Und dann wache ich auf.

Einen Moment lang liege ich nur da, während mein Herz wie wild pocht und meine Augen versuchen, sich an die gedämpfte Nachtbeleuchtung des Krankenzimmers zu gewöhnen. Ich verspüre einen wahnsinnigen Durst und einen schmerzhaften Druck auf meine Blase.

Auf dem Nachttisch neben mir steht ein Plastikbecher, und unter Aufbringung all meiner Kräfte gelingt es mir, die Hand auszustrecken und einen zitternden Finger um den Rand zu legen, um den Becher heranzuziehen. Es schmeckt fad und nach Plastik, aber, Himmel, noch nie hat es so gutgetan, etwas zu trinken. Ich leere den Becher bis auf den letzten Tropfen, dann lasse ich meinen Kopf zurück aufs Kissen plumpsen. Die Erschütterung setzt ein Feuerwerk in Gang, und ich sehe Sterne, die im schwachen Licht tanzen.

Erst jetzt bemerke ich, dass Kabel unter meiner Bettdecke hervorkommen, die mich mit einem Monitor verbinden, dessen blinkender Bildschirm im Raum verschwommene grüne Schatten wirft. Eines der Kabel ist mit einem Finger meiner linken Hand verbunden, und als ich sie hebe, sehe ich zu meiner Überraschung, dass sie verkratzt und blutig ist und meine ohnehin heruntergekauten Nägel abgebrochen sind.

Ich erinnere mich … da ist ein Auto … ich stolpere über zerbrochenes Glas … ich habe einen Schuh verloren …

Unter den Laken reibe ich meine Füße aneinander, spüre

die Schmerzen im einen und die Wölbung eines Verbands auf dem anderen. Auf dem Schienbein kann ich das Ziehen von einer Art chirurgischem Klebeband fühlen.

Erst als meine Hand meine Schulter berührt, meine rechte Schulter, zucke ich zusammen und blicke an mir herunter.

Unter meinem Krankenhaushemd lugt ein enormer Bluterguss hervor, der sich über meinen gesamten Arm erstreckt. Als ich meine Schulter leicht bewege, sodass der Kragen zur Seite rutscht, sehe ich ein Meer aus Purpurrot, das sich von einem dunklen, geschwollenen Zentrum knapp unter der Achsel in alle Richtungen ausbreitet. Was verursacht so eine merkwürdige, einseitige Verletzung? Ich spüre, dass die Erinnerung zum Greifen nah ist – doch hartnäckig entzieht sie sich meinem Zugriff.

Hatte ich einen Unfall? Einen Autounfall? Bin ich … hat man mich überfallen?

Unter Schmerzen schiebe ich meine Hand unter die Bettdecke und fahre über meinen Bauch, meine Brüste, meine Seiten. Meine Arme sind übersät mit Schnittwunden, aber der restliche Körper scheint in Ordnung zu sein. Ich lege meine Hand auf meinen Oberschenkel, fühle zwischen den Beinen. Da ist etwas Dickes, Windelartiges, aber keine Schmerzen. Keine Schnitte. Keine Blutergüsse zwischen den Beinen. Was auch immer geschehen ist, es war nicht das.

Ich lehne mich wieder zurück und schließe die Augen, ich bin müde – müde vom Ringen um die Erinnerung, müde von all der Angst –, und die Infusionspumpe klickt und surrt, und plötzlich erscheint nichts davon mehr wichtig.

Gerade als ich in den Schlaf sinke, schiebt sich ein Bild in mein Gedächtnis: eine Schrotflinte, die an einer Wand hängt.

Und plötzlich weiß ich es.

Der Bluterguss ist eine Rückstoßverletzung. Ich habe irgendwann vor nicht allzu langer Zeit einen Schuss abgefeuert.

6

»Flo!« Ich steckte den Kopf durch die Küchentür. Flo räumte gerade die Tassen in die Spülmaschine. »Du musst das doch nicht alles allein machen. Soll ich dir helfen?«

»Ach was, sei nicht albern. Ist schon erledigt!« Sie klappte die Spülmaschine zu. »Was gibt's? Kann ich irgendwas tun? Das mit dem Kaffee tut mir echt leid.«

»Was? Ach so – das ist überhaupt kein Problem, ehrlich. Hör mal, wann, sagtest du, wollte Clare ankommen?«

»Gegen sechs, glaube ich.« Sie warf einen Blick auf die Küchenuhr. »Also müssen wir uns noch anderthalb Stunden die Zeit vertreiben.«

»Gut, also ich dachte, ich könnte – wäre es okay, wenn ich solange eine kleine Runde laufen gehe?«

»Laufen?« Sie schien verblüfft. »Na ja, ich schätze schon – aber es wird ja bald dunkel!«.

»Ich werde nicht weit laufen. Es ist nur …« Ich druckste herum. Ich konnte es ihr nicht erklären. Ich fand es schon nicht einfach, es mir selbst zu erklären, aber ich musste einfach mal raus, weg von hier.

Zu Hause laufe ich fast jeden Tag. Ich habe etwa vier verschiedene Strecken: Bei schönem Wetter laufe ich durch den Victoria Park, und wenn es nass oder dunkel ist, durch die Straßen. An zwei Tagen in der Woche gönne ich mir eine Pause – das ist angeblich nötig, damit die Muskeln sich regenerieren –, doch früher oder später überkommt mich der

Drang, und ich muss laufen. Wenn ich es nicht tue, bekomme ich … ich weiß nicht, wie man das nennt. Lagerkoller vielleicht. Eine Art Klaustrophobie. Am Tag zuvor hatte ich keine Zeit zum Laufen gehabt, ich war zu sehr mit Packen und anderen Erledigungen beschäftigt – und nun fühlte ich einen unbändigen Drang, diesem seltsamen Haus zu entkommen. Dabei geht es mir gar nicht so sehr um die körperliche Aktivität – oder zumindest nicht nur. Ich habe es im Fitnessstudio versucht, auf einem Laufband, und es ist einfach nicht das Gleiche. Es geht darum, rauszukommen, keine Wände mehr um mich zu haben, *weglaufen* zu können.

»Ein bisschen Zeit hast du vermutlich schon noch«, meinte Flo und blickte durch das Fenster hinaus in die zunehmende Dämmerung. »Aber du solltest dich beeilen. Wenn es hier erst mal dunkel wird, wird es wirklich sehr, sehr dunkel.«

»Ich beeile mich. Sollte ich eine bestimmte Strecke nehmen?«

»Hmm … ich glaube, am besten läufst du den Waldweg runter … Warte, komm mal mit ins Wohnzimmer.« Sie ging voran und deutete durch die riesige Glasfront auf eine schemenhafte Lücke zwischen den Bäumen. »Siehst du, da ist ein Fußweg. Er führt durch den Wald bis zur Hauptstraße. Der Boden da dürfte fester und weniger matschig sein als auf der Zufahrt – viel einfacher zum Laufen. Folge einfach dem Pfad, bis du zum Asphalt kommst, dann würde ich rechts die Hauptstraße entlanglaufen und zurück über die Zufahrt – dann wird es nämlich zu dunkel sein, um durch den Wald zurückzulaufen, der Pfad ist nicht umzäunt und du könntest in die komplett falsche Richtung laufen. Warte mal.« Sie ging wieder in die Küche, wühlte in einer Schublade und zog etwas hervor, das aussah wie ein unordentlich zusammengelegter Strumpfhalter. »Nimm das mit – eine Stirnlampe.«

Ich bedankte mich und eilte hoch ins Zimmer, um meine

Laufsachen anzuziehen. Nina lag auf dem Bett, starrte die Decke an und hörte Musik auf ihrem iPhone.

»Diese Flo hat echt ein bisschen zu lange im Mondlicht gestanden, oder?«, bemerkte sie im Plauderton, als ich das Zimmer betrat, und nahm ihre Kopfhörer heraus.

»Ist das eine medizinische Diagnose, Dr. da Souza?«

»Ja. Vom lateinischen *Morbus lumen lupus,* die Mondscheinkrankheit, die zurückgeht auf den alten heidnischen Glauben, demzufolge der Wahnsinn auf das Baden im Schein des Vollmonds zurückzuführen ist.«

Ich lachte, während ich mir die Jeans abstreifte und mir Thermolaufhose und Laufhemd überzog. »*Lupus* heißt Wolf. Du meinst *luna,* vermute ich. Wo sind meine Schuhe? Ich hatte sie neben die Tür gestellt.«

»Hab ich unters Bett gepfeffert. Jedenfalls spielen Werwölfe bei Vollmond verrückt. Kommt also aufs Gleiche raus. Apropos verrückt: Du willst jetzt noch rausgehen?«

»Ja.« Ich bückte mich, um unters Bett zu schauen. Da waren meine Turnschuhe, meilenweit entfernt. Vielen Dank auch, Nina. Ich kniete mich hin und versuchte, sie unter dem Bett hervorzuangeln. Meine Stimme wurde von der Bettdecke gedämpft, als ich fragte: »Wieso?«

»Hm, mal überlegen.« Sie begann, die Gründe an ihren Fingern abzuzählen. »Es ist dunkel, du kennst dich in der Gegend nicht aus, unten gibt es Wein und Essen – ach, und hatte ich schon erwähnt, dass es draußen verflucht noch mal stockzappenduster ist?«

»Es ist nicht zappenduster.« Ich sah aus dem Fenster, während ich mir die Schnürsenkel band. Es war schon ziemlich dunkel, aber nicht schwarz. Die Sonne war untergegangen, aber der Himmel war klar und wurde von einem diffusen, perlgrauen Licht im Westen erhellt sowie von einem runden, weißen Mond, der im Osten hinter den Bäumen emporstieg. »Und heute ist Vollmond, also wird es gar nicht *so* dunkel.«

»Ach wirklich, Miss Leonora ›*Ich wohne seit acht Jahren in London und habe mich während der ganzen Zeit nie weiter als fünfzig Meter von einer Straßenlaterne entfernt*‹ Shaw?«

»Ja, wirklich.« Ich machte Doppelknoten in die Schnürsenkel und richtete mich auf. »Lass mich doch einfach, Nina. Ich muss raus oder ich werde wirklich verrückt, Mond hin oder her.«

»Aha. Findest du es echt so schlimm hier?«

»Nein, nein.«

Doch genauso war es. Ich konnte es nicht erklären. Ich konnte Nina nicht erklären, wie es sich angefühlt hatte, dass ein paar Fremde unten in meiner Vergangenheit mit Clare herumgestochert hatten, als bohrte jemand in einer noch nicht verheilten Wunde. Es war ein Fehler gewesen herzukommen – so viel wusste ich inzwischen. Aber ohne eigenes Auto steckte ich hier so lange fest, bis Nina sich entschloss abzureisen.

»Nein, ist schon okay. Ich will nur mal raus. Und zwar jetzt sofort. Bis in einer Stunde.«

Ich machte mich auf den Weg, die Treppe hinunter, und ihr spöttisches Lachen verfolgte mich, bis ich endlich durch die Tür war.

»Lauf nur … es gibt kein Entkommen!«

Draußen am Waldrand nahm ich einen tiefen Zug von der sauberen, klaren Luft und begann, mich aufzuwärmen. Ich machte ein paar Dehnübungen an der Garagenwand und blickte hinaus in den Wald. Das Gefühl der drohenden Gefahr, der Beengtheit, das ich im Haus empfunden hatte, war verschwunden. Lag es an all dem Glas? Dem Gefühl, dass da draußen jemand stehen, hineinsehen könnte, ohne dass wir je davon erfahren würden? Oder lag es an der seltsamen Anonymität der Räume, die mich an sozialwissenschaftliche Experimente, an Wartezimmer im Krankenhaus erinnerte?

Hier draußen, merkte ich, war der Eindruck, beobachtet zu werden, schlagartig verflogen.

Ich begann zu laufen.

Es war ganz leicht. Das hier war leicht. Keine Fragen, keiner, der nachhakte und bohrte, nur die schneidende, süße Luft und das leise Geräusch meiner Schritte auf dem Teppich aus Kiefernnadeln. Es hatte ordentlich geregnet, aber das Wasser konnte auf dieser weichen, lockeren Erde einsickern und lagerte sich nicht ab wie auf dem kompakten, furchigen Boden der Auffahrt. Es gab kaum Pfützen und schlammige Stellen, kilometerweit nur saubere, federnde Pfade, unter meinen Sohlen die fortgewehten Nadeln von tausend Bäumen.

In meiner Familie gibt es sonst keine Läufer – jedenfalls nicht, dass ich wüsste –, aber meine Großmutter liebte es, spazieren zu gehen. Sie erzählte mir, dass sie als junges Mädchen, wenn sie Streit mit einer Freundin hatte, deren Namen mit Kreide auf ihre Sohlen schrieb, und dann so lange spazieren ging, bis der Name verschwunden war. Wenn die Kreide schließlich fort war, so sagte sie, sei auch ihr Groll verklungen gewesen.

Das mache ich nicht. Aber ich habe ein Mantra im Kopf, und ich laufe so lange, bis es vom Pochen meines Herzens und dem Hämmern meiner Füße übertönt wird.

An diesem Abend hörte ich – obwohl ich nicht böse auf sie war, oder zumindest nicht mehr –, wie mein Herz ihren Namen schlug: *Clare, Clare, Clare, Clare.*

Tief, tief hinein in den Wald rannte ich, durch die zunehmende Dunkelheit und die sanften Klänge der Nacht. Ich sah Fledermäuse im Dämmerlicht herabschießen und hörte Tiere, die ihren Unterschlupf verließen. Ein Fuchs kreuzte den Pfad vor mir, blieb darauf stehen, blickte mich mit unverfrorenem Hochmut an, und mit seiner schlanken Nase folgte er meinem Geruch, als ich im stillen Dämmerlicht an ihm vorbeilief.

Das hier war leicht – hier im Zwielicht bergab zu sausen war fast wie Fliegen. Und ich hatte keine Angst, trotz der Dunkelheit. Hier draußen gab es keine stummen Wächter hinter einer Glaswand, sondern freundliche Wesen, die mich im Wald willkommen hießen, mir Platz machten, während ich, rasant und kaum außer Atem, den Waldpfad entlanglief.

Bergauf würde es schwieriger werden, der Lauf zurück über die zerfurchte, schlammige Zufahrt. Ich musste sie erreichen, bevor es so dunkel wurde, dass ich die Erdlöcher nicht mehr sehen konnte. Also rannte ich schneller, strengte mich an. Ich wusste nicht mal, wie weit die Strecke war. Aber ich wusste, was meine Beine leisten konnten, und behielt einen ausgreifenden, lockeren Schritt bei. Ich sprang über einen umgestürzten Baum, schloss einen Moment die Augen – was in diesem schwachen Licht ziemlich leichtsinnig war – und fühlte mich fast, als ob ich fliegen und niemals wieder den Boden berühren würde.

Endlich konnte ich die Straße sehen, eine blassgraue Schlange in der nächtlichen Schattenwelt. Als ich aus dem Wald hinaustrat, vernahm ich den sanften Ruf einer Eule und befolgte Flos Anweisung, indem ich rechts abbog. Ich war noch nicht lange auf der Straße, als ich plötzlich ein Auto hinter mir hörte. Zur Sicherheit blieb ich stehen und drückte mich dicht an die Böschung. Ich hatte nicht das Bedürfnis, von jemandem überfahren zu werden, der um diese Zeit nicht mit einem Jogger auf der Straße rechnete.

Das Geräusch kam näher, unerträglich laut in der Stille der Nacht, und dann war es auf meiner Höhe, der Motor dröhnend wie eine Kettensäge. Die grellen Scheinwerfer blendeten mich – und dann war es weg, verschwunden in der Dunkelheit, lediglich die Rücklichter waren noch zu sehen, wie ein Paar rubinroter Augen in der tiefschwarzen Nacht, die erschrocken vor etwas zurückwichen.

Blinzelnd und nachtblind stand ich da. Obwohl ich einen Moment lang abwartete, in der Hoffnung, dass meine Augen sich wieder an die Dunkelheit gewöhnen würden, schien die Nacht nun unendlich schwärzer als noch ein paar Minuten zuvor, und plötzlich hatte ich Angst, in den Graben am Straßenrand zu fallen oder über einen Ast zu stolpern. Ich griff nach Flos Stirnlampe in meiner Hosentasche und streifte sie umständlich über. Es fühlte sich komisch an, das Band saß so eng, dass der Verschluss unangenehm drückte, aber doch so lose, dass ich befürchtete, sie zu verlieren. Wenigstens konnte ich jetzt den Asphalt vor mir sehen, und die weißen Straßenmarkierungen strahlten im Schein der Lampe zurück.

Eine Unterbrechung des weißen Streifens signalisierte mir, dass ich die Zufahrt erreicht hatte, also verlangsamte ich mein Tempo und bog ab.

Nun war ich wirklich dankbar für die Stirnlampe. Von Laufen konnte jetzt nicht mehr die Rede sein, ich wagte lediglich ein langsames, vorsichtiges Joggen, wobei ich versuchte, den Schlammkuhlen und den Schlaglöchern auszuweichen, die einem unachtsamen Knöchel zum Verhängnis werden konnten. Trotz meiner Vorsicht waren meine Turnschuhe bald schlammverkrustet, und jeder Schritt fühlte sich an, als würde ich Ziegel mit mir herumschleppen – ein halbes Pfund Matschklumpen an jeder Sohle. Die nachher saubermachen würde ein Spaß werden.

Ich versuchte, mir ins Gedächtnis zu rufen, wie weit es wohl war – weniger als ein Kilometer? Fast wünschte ich, ich wäre doch durch den Wald zurückgelaufen, ganz egal, wie dunkel es auch war. Doch in der Ferne konnte ich bereits den Lichtkegel des Hauses sehen, dessen blanke Glasfassade die Nacht goldhell erleuchtete.

Der Schlamm sog an meinen Füßen, als wollte er mich in der Dunkelheit bei sich behalten. Ich biss die Zähne zusammen und zwang meine müden Beine, schneller zu laufen.

Ich hatte etwa die Hälfte des Weges geschafft, als ich von unten, aus Richtung der Straße, ein Geräusch hörte. Ein Auto, und es wurde langsamer.

Ich hatte keine Uhr bei mir und mein Handy hatte ich im Haus liegen lassen, aber es konnte doch noch nicht sechs Uhr sein? Ich war garantiert keine Stunde gelaufen, nicht mal annähernd.

Doch da war es, das Brummen eines Motors, der herunterschaltete, als das Auto um die Kurve bog, gefolgt von einem knirschenden, knurrenden Dröhnen, als es sich mühsam den Hügel hinaufarbeitete und holpernd ein Schlagloch nach dem anderen überwand.

Als der Wagen näher kam, blieb ich stehen, lehnte mich flach gegen die Hecke und hielt mir die Hand vor die Augen, um sie vor dem grellen Scheinwerferlicht zu schützen. Ich hoffte, dass der Wagen mich beim Vorbeifahren nicht mit allzu viel Schlamm bespritzen würde, doch zu meiner Überraschung hielt er an, wobei der Auspuff eine Wolke ausstieß, die im Mondlicht weiß leuchtete. Ich hörte das Surren eines elektrischen Fensterhebers, und heraus schallte Beyoncé, die aber rasch gedämpft wurde, als jemand die Lautstärke herunterdrehte.

Ich trat einen Schritt näher, mein Herz pochte so heftig, als wäre ich viel schneller gerannt. Die Stirnlampe hatte ich so eingestellt, dass sie den Boden anstrahlte. So war sie eher zum Gehen als zum Reden geeignet, doch es gelang mir nicht, sie gerade nach vorn zu richten. Schließlich riss ich mir die Lampe vom Kopf und richtete sie mit der Hand auf das blasse Gesicht der jungen Frau am Steuer des Wagens.

Auch wenn das eigentlich nicht nötig war.

Ich wusste, wer es war.

Clare.

»*Lee?*«, fragte sie, fast ungläubig. Das Licht schien ihr direkt in die Augen, sodass sie blinzeln und sie mit ihrer Hand abschirmen musste.

»Mein Gott, bist du das wirklich? Ich hätte nicht … Was machst du hier?«

7

Einen Moment lang war ich verunsichert. War das Ganze ein Irrtum? War es möglich, dass gar nicht *sie* mich eingeladen hatte und das alles auf Flos Mist gewachsen war?

»Ich … es ist doch … dein J-junggesellinnenabschied«, stotterte ich. »Hast du nicht …«

»Weiß ich doch, Dummerchen!« Sie lachte, und aus ihrem Mund strömte eine nervöse Wolke weißen Atems in die kalte Luft. »Ich meinte, was machst du hier draußen? Trainierst du für eine Expedition in die Arktis oder so?«

»Ich war bloß ein bisschen laufen.« Ich bemühte mich, es klingen zu lassen, als sei es die normalste Sache der Welt. »Es ist gar nicht so k-kalt. Bloß ein bisschen frisch.« Inzwischen war mir vom langen Stillstehen allerdings wirklich kalt geworden, und mein zitternder Körper strafte meine letzten Worte sichtlich Lügen.

»Steig ein, ich nehm dich mit.« Sie beugte sich vor und öffnete die Beifahrertür.

»Ich, äh … meine Schuhe sind ziemlich verdreckt …«

»Keine Sorge. Das ist ein Mietwagen. Steig schon ein, bevor wir beide erfrieren.« Ich stapfte um das Auto herum zur Beifahrerseite und stieg ein. Sofort fühlte ich, wie die Wärme des Autos durch meine kalte, schweißgetränkte Thermokleidung drang. Der Schlamm hatte meine Schuhe völlig durchweicht, und das Patschen meiner Zehen im nassen Innenfutter ließ mich erschauern.

Clare legte den Gang ein und schaltete das Autoradio aus. *Single Ladies* verstummte mitten im Satz. Die plötzliche Stille war ohrenbetäubend.

»Also …« Sie blickte mich von der Seite an. Sie war so schön wie eh und je. Es war verrückt gewesen zu glauben, zehn Jahre würden bei Clare einen Unterschied machen. Ihre Schönheit kam von innen heraus. Selbst hier im Halbdunkel des Autos, eingemummt in einen alten Kapuzenpulli und einen riesigen Schal, sah sie umwerfend aus. Sie hatte das Haar oben am Kopf in einem hinreißend unordentlichen Knoten zusammengebunden, aus dem einzelne Strähnen herausgerutscht waren und ihr auf die Schulter fielen. Ihre Nägel waren lackiert, der Lack war an einigen Stellen ein klein wenig abgesplittert – aber nicht gewollt stylish, so etwas konnte man Clare nicht unterstellen. Nein, es stimmte einfach alles.

»Also«, sagte auch ich, wie ein Echo. Neben Clare war ich mir immer wie die zweite Geige vorgekommen. Zehn Jahre hatten daran nichts geändert, wie ich feststellen musste.

»Lang nicht gesehen.« Sie schüttelte den Kopf und klopfte mit den Fingerspitzen auf das Lenkrad. »Aber echt, ich meine … es ist wirklich schön, dich zu sehen, Lee.«

Ich schwieg.

Ich wollte ihr sagen, dass ich nicht mehr die war, an die sie sich zu erinnern glaubte – ich war jetzt Nora, nicht Lee.

Ich wollte ihr sagen, dass es nicht ihre Schuld war, dass nicht sie der Grund war, warum ich mich nicht gemeldet hatte – dass es ganz allein an mir lag. Aber … das stimmte nicht ganz.

Vor allem wollte ich sie fragen, warum ich hier war.

Aber das tat ich nicht. Ich sagte nichts. Ich saß einfach da und starrte das Haus an, während wir darauf zufuhren.

»Es ist *wirklich* schön, dich zu sehen«, betonte sie noch einmal. »Und du bist jetzt Schriftstellerin, richtig?«

»Ja, das stimmt«, sagte ich. Die Worte fühlten sich in meinem Mund seltsam, beinahe unecht an, so als würde ich lügen oder von jemand anderem erzählen, einer entfernten Verwandten vielleicht. »Ich bin Schriftstellerin. Ich schreibe Krimis.«

»Ja, das habe ich gehört. Ich hab einen Artikel darüber in der Zeitung gelesen. Ich bin so … Ich freue mich so für dich. Das ist doch großartig! Du kannst sehr stolz auf dich sein.«

Ich zuckte mit den Schultern. »Es ist bloß ein Job.« Der Satz klang steif und verbittert – so meinte ich es nicht. Ich weiß, dass ich mich glücklich schätzen kann. Und ich habe hart dafür gearbeitet. Ich sollte stolz sein. Ich bin es auch.

»Und was ist mit dir?«, brachte ich heraus.

»Ich bin im PR-Bereich. Ich mache Öffentlichkeitsarbeit für die Royal Theatre Company.«

PR. Das passte. Unwillkürlich musste ich lächeln, und diesmal kam es von Herzen. Clare hatte schon immer ein unglaubliches Talent dafür gehabt, Geschichten zu erfinden, schon damals, mit zwölf. Eigentlich sogar schon mit fünf.

»Ich … ich bin richtig glücklich«, sagte sie leise. »Und hör mal, ich finde es schade, dass wir den Kontakt verloren haben – dich jetzt zu sehen ist … ach, wir hatten schon gute Zeiten, oder?« Im gespenstisch grünen Licht des Armaturenbretts blickte sie mich an. »Weißt du noch, unsere erste Zigarette?« Sie lachte. »Der erste Kuss … der erste Joint … das erste Mal, dass wir uns heimlich in einen Über-achtzehn-Film reingeschmuggelt haben …«

»Und das erste Mal, dass wir aus einem Kino geflogen sind«, konterte ich und wünschte gleich darauf, es hätte nicht so schnippisch geklungen. Warum bloß verhielt ich mich so defensiv?

Aber Clare lachte nur. »Haha, das war so peinlich! Und

wir dachten, wir wären so schlau gewesen – dass Ricky uns die Tickets kauft und wir durch die Toiletten reinschleichen. Ich dachte nicht, dass die auch direkt vor dem Kinosaal noch mal kontrollieren.«

»Rick! Den hatte ich schon ganz vergessen. Was macht er denn jetzt so?«

»Weiß der Himmel! Sitzt vermutlich im Gefängnis. Für Sex mit einer Minderjährigen, wenn es Gerechtigkeit auf der Welt gibt.«

Als wir vierzehn oder fünfzehn waren, war Clare ein Jahr lang mit Rick zusammen gewesen. Er war damals schon zweiundzwanzig, hatte lange, fettige Haare, ein Motorrad und einen Goldzahn. Ich hatte ihn nie leiden können – selbst mit vierzehn hatte ich es seltsam und eklig gefunden, dass Clare mit einem so alten Typen schlafen wollte, und das, obwohl er uns Zutritt zu Clubs ermöglichen und Alkohol kaufen konnte.

»Bäh, der war so ein schmieriger Typ«, sagte ich, bevor ich mich eines Besseren besinnen konnte. Ich biss mir auf die Zunge, doch Clare lachte nur.

»Ja, total! Ich kann nicht glauben, dass ich das damals nicht gemerkt habe. Und ich kam mir so cool vor, weil ich Sex mit einem älteren Mann hatte! Aus heutiger Sicht wirkt es eher wie … kurz vor der Pädophilie.« Sie schnaubte ungläubig und japste gleich darauf nach Luft, als der Wagen über ein Schlagloch donnerte. »Ups! Sorry!«

Wir schwiegen eine Weile, während sie das Auto über den letzten, holprigsten Teil der Auffahrt lenkte. Zu guter Letzt erreichten wir den kiesbedeckten Vorplatz des Hauses, wo Clare den Wagen passgenau in die Lücke zwischen Ninas Leihwagen und Flos Landrover manövrierte.

Clare schaltete den Motor aus. Eine Zeitlang saßen wir still im Dunkeln und ließen das Haus auf uns wirken, in dem die

Figuren sich wie Schauspieler auf einer Bühne bewegten, genau wie Tom es gesagt hatte. Da war Flo, die in der Küche zugange war und sich gerade über den Ofen bückte. Melanie saß im Wohnzimmer mit dem Telefon auf dem Schoß und Tom hatte sich auf einem Sofa direkt gegenüber der Glaswand ausgestreckt und blätterte in einer Zeitschrift. Nina war nicht zu sehen – vermutlich war sie auf dem Balkon eine rauchen.

Was tue ich hier?, dachte ich wieder, und der Gedanke wurde immer quälender. *Warum bin ich bloß gekommen?*

Dann wandte sich Clare mir zu, ihr Gesicht erleuchtet vom goldenen Glanz, der vom Haus ausging. »Lee …«, setzte sie an, im gleichen Moment, als ich begann: »Hör mal …«

»Was ist?«, fragte sie.

Ich schüttelte den Kopf. »Nein, du zuerst.«

»Nein, du. War nicht wichtig, ehrlich.«

Das Herz pochte so heftig in meiner Brust, dass es schmerzte, und plötzlich konnte ich sie nicht mehr stellen, diese Frage, die mir auf der Zunge lag. Stattdessen brachte ich hervor: »Ich bin nicht mehr Lee. Ich bin Nora.«

»Was?«

»Mein Name. Ich möchte nicht mehr Lee genannt werden. Das habe ich noch nie gemocht.«

»Oh.« Sie verstummte, wohl um das Gehörte erst mal sacken zu lassen. »Okay. Von jetzt an also Nora, ja?«

»Ja.«

»Na gut, ich werde mir Mühe geben, daran zu denken. Aber es wird nicht leicht, schließlich kenne ich dich seit – wie viel? einundzwanzig Jahren – als Lee.«

Du hast mich doch nie gekannt, durchfuhr es mich unwillkürlich. Aber das war Unsinn, natürlich kannte Clare mich. Sie kannte mich, seit ich fünf war. Das war genau das Problem – sie kannte mich zu gut. Sie konnte durch die brüchige erwachsene Fassade blicken und das magere, ängstliche Kind dahinter sehen.

»Warum, Clare?«, brach es plötzlich aus mir hervor.

Sie schaute auf, ihr Gesicht fragend und weiß in der Dunkelheit. »Warum was?«

»Warum bin ich hier?«

»Oh Gott.« Sie blickte hinab auf ihre Hände. »Ich wusste, dass du das fragen würdest. Ich nehme an, wenn ich sage, um der guten alten Zeiten willen, kaufst du mir das nicht ab?«

Ich schüttelte den Kopf. »Das ist ja wohl nicht der wahre Grund, oder? Du hattest zehn Jahre Zeit, um wieder Kontakt aufzunehmen, wenn du es gewollt hättest. Warum ausgerechnet jetzt?«

»Weil ich …« Sie holte tief Luft, und zu meinem Erstaunen erkannte ich, dass sie nervös war. Das war fast ein Schock. Ich hatte sie immer nur als einen völlig beherrschten Menschen gekannt; schon mit sechs Jahren hatte ein Blick von ihr gereicht, und selbst die strengsten Lehrer waren dahingeschmolzen oder eingeknickt, je nachdem, worauf sie es gerade abgesehen hatte. In gewisser Weise war dies wohl auch der Grund, warum wir Freundinnen geworden waren. Sie hatte das, wonach ich mich sehnte: eine totale, allumfassende Selbstbeherrschung. Selbst in ihrem Schatten hatte ich mich stärker gefühlt. Aber das war jetzt anders.

»Weil …«, begann sie erneut und verschränkte die Finger. Ich sah ihre brüchigen, lackierten Nägel blutrot aufblitzen, als sie das Licht vom Haus einfingen und in den Innenraum des Fahrzeugs zurückwarfen. »Weil ich fand, dass du das Recht hast, es zu erfahren. Das Recht, es von mir persönlich zu hören. Ich habe … habe mir geschworen, dass ich es dir persönlich sage.«

»Dass du mir was sagst?« Ich beugte mich vor. Ich war nicht erschrocken, nur verwundert. Ich dachte nicht mehr an meine schmutzigen, nassen Schuhe, den Schweißgeruch an meiner Kleidung. Alles, was ich wahrnahm, war der besorgte Ausdruck in Clares Gesicht, die so ängstlich und verletzlich wirkte, wie ich sie nie zuvor gesehen hatte.

»Es geht um die Hochzeit«, erklärte sie. Sie senkte ihren Blick. »Es geht um … es geht darum, wen ich heirate.«

»Wen denn?«, fragte ich. Und dann, um sie zum Lachen zu bringen, um die Anspannung zu lösen, die das Auto erfüllt hatte und auf mich übergegangen war, ergänzte ich: »Es ist aber nicht Rick, oder? Ich hab's doch gew–«

»Nein«, unterbrach sie mich und sah mir endlich in die Augen. In ihrem Blick lag nicht mal der Hauch eines Lachens, sondern nur eine Art eiserner Entschlossenheit, so als wappnete sie sich für etwas, das zwar schmerzhaft, aber nicht zu vermeiden war. »Nein. Es ist James.«

8

Ich starrte sie einen Moment lang an, in der verzweifelten Hoffnung, dass ich mich verhört hätte.

»Wie bitte?«

»Es … es ist James. Ich werde James heiraten.«

Ich schwieg. Ich saß nur da, starrte auf die Wache haltenden Bäume und hörte, wie das Blut in meinen Schläfen rauschte. In mir staute sich etwas an, ein Schreien, das jeden Moment aus mir herausbrechen wollte. Doch ich sagte nichts. Ich drängte es zurück.

James?

Clare und *James*?

»Deshalb wollte ich, dass du kommst.« Sie sprach jetzt schnell, als ob sie wusste, dass ihr nicht viel Zeit blieb, dass ich jeden Moment aus dem Auto steigen und davonstürmen könnte. »Ich wollte dich nicht … ich dachte, dass ich dich besser nicht zur Hochzeit einladen sollte. Das wollte ich dir nicht zumuten. Aber ich hätte es nicht ertragen, wenn du es von jemand anderem erfahren hättest.«

»Aber wer … wer zur Hölle ist dann William Pilgrim?« Es platzte aus mir heraus wie eine Anklage. Eine Sekunde lang sah Clare mich ratlos an. Dann dämmerte ihr, was ich meinte, und ihr Ausdruck veränderte sich. Im gleichen Moment wurde mir klar, woher ich diesen Namen kannte, und ich begriff, wie dumm ich gewesen war. Billy Pilgrim. *Schlachthof 5 oder Der Kinderkreuzzug*. James' Lieblingsbuch.

»Das ist sein Facebook-Name«, sagte ich matt. »Ein Pseudonym – damit seine Fans sein persönliches Profil nicht finden können. Deshalb hat er auch kein Profilbild, hab ich recht?«

Clare nickte, sie sah elend aus. »Ich hatte nicht vor, dich in die Irre zu führen«, sagte sie flehend. Sie legte ihre warme Hand auf meine tauben, schlammbespritzten Finger. »Und James meinte, dass du es wissen solltest, bevor …«

»Moment mal, was?« Abrupt zog ich meine Hand weg. »Du hast mit *ihm* darüber gesprochen?«

Sie nickte und schlug die Hände vors Gesicht. »Lee – es tut …« Sie hielt inne und holte tief Luft, und ich hatte den Eindruck, dass sie ihre Gedanken ordnen musste, sich zurechtlegen, was sie als Nächstes sagen würde. Als sie schließlich weitersprach, war da eine Spur von Trotz in ihrer Stimme, ein Aufflackern der Clare, die ich kannte, jener Clare, die stets zum Angriff bereit war, die lieber kämpfend untergehen würde, als einen Vorwurf auf sich sitzen zu lassen. »Hör zu, ich werde mich nicht entschuldigen. Keiner von uns beiden hat etwas falsch gemacht. Aber bitte, wirst du uns deinen Segen geben?«

»Wenn ihr doch nichts falsch gemacht habt«, erwiderte ich mit schneidender Stimme, »warum braucht ihr ihn dann?«

»Weil du meine Freundin warst! Meine beste Freundin!«

Warst.

Wir bemerkten gleichzeitig die Vergangenheitsform, und ich sah meine eigene Reaktion in Clares Gesicht gespiegelt.

Ich biss mir auf die Lippen, so fest, dass es wehtat. Meine Zähne gruben sich tief in die weiche Haut.

Ihr habt meinen Segen. Sag es einfach. Sag es!

»Ich …«

Aus Richtung des Hauses war ein Geräusch zu hören. Die Tür ging auf, und da stand Flo, inmitten eines leuchtenden Rechtecks. Sie beschirmte ihre Augen, während sie in die

Dunkelheit hinausstarrte. Um besser zu sehen, stellte sie sich auf die Zehenspitzen und reckte den Kopf, wobei sie fast vornüberfiel. Sie wirkte, als könne sie nur mühsam ihre Aufregung unterdrücken, wie ein Kind vor einer Geburtstagsparty, dessen Vorfreude jeden Moment in Hysterie umschlagen konnte.

»Hallooo?«, rief sie. Ihre Stimme klang erschreckend laut in der abendlichen Stille.

Clare stieß einen zitternden Seufzer aus und öffnete die Tür. »Flopsie!« Ihre Stimme bebte kaum wahrnehmbar. Nicht zum ersten Mal fiel mir auf, was sie doch für eine gute Schauspielerin war. Es wunderte mich nicht, dass sie beim Theater gelandet war. Nur erstaunlich, dass sie nicht selbst auf der Bühne stand.

»Clare-Bär!«, quietschte Flo und stürmte die Treppe hinab auf uns zu. »Mein Gott, du bist ja doch schon da! Ich hab ein Geräusch gehört und gedacht … aber dann kam keiner.« Hastig stolperte sie den Weg vor dem Haus entlang, wobei ihre Hasenpantoffeln auf dem Kies knirschten. »Was machst du denn ganz allein hier draußen im Dunkeln, du Dummerchen?«

»Ich habe mit Lee gesprochen. Mit Nora, meine ich.« Clare machte eine Handbewegung in meine Richtung. »Sie ist mir in der Auffahrt über den Weg gelaufen.«

»Oh, na, ein Glück, dass du sie nicht überfahren hast! Huch!« Flo war im Dunkeln über etwas gestolpert und landete direkt vor dem Auto unsanft auf ihren Knien. Sie sprang auf und zupfte sich die Kleider zurecht. »Schon gut, nichts passiert!«

»Komm mal wieder runter!«, lachte Clare und umarmte Flo. Sie flüsterte Flo etwas ins Ohr, das ich nicht hören konnte, und Flo nickte. Ich zog am Türgriff und stieg ungelenk aus dem Auto. Es war ein Fehler gewesen, die letzten Meter zum Haus nicht zu gehen – weil ich so abrupt vom Laufen zum Sitzen übergegangen war, waren meine Muskeln steif geworden. Jetzt hatte ich Mühe, aufrecht zu gehen.

»Ist alles okay mit dir, Lee?«, erkundigte sich Clare, die sich umgedreht hatte, als sie mich aussteigen hörte. »Du humpelst ja.«

»Mir geht's gut.« Ich bemühte mich, genauso unbekümmert zu klingen wie sie. James. *James.* »Soll ich dir mit den Taschen helfen?«

»Danke, aber ich hab nicht viel dabei.« Sie öffnete den Kofferraum und nahm eine Umhängetasche heraus. »Na dann los, Flo, zeig mir unser Zimmer.«

Nina war weit und breit nicht zu sehen, als ich mühsam die letzte Stufe auf dem Weg zu unserem Zimmer erklomm. Die schlammverkrusteten Turnschuhe hielt ich an den Schnürsenkeln in der Hand. Ich pellte mir die verdreckten Leggings und das schweißnasse Top vom Leib und kroch in meiner Unterwäsche unter die Bettdecke. So lag ich da und starrte in den Lichtkreis, den die Nachttischlampe an die Decke warf.

Es war ein Fehler gewesen. Was hatte ich mir bloß dabei gedacht?

Zehn Jahre hatte ich versucht, James zu vergessen, mir einen Kokon aus Selbstvertrauen und Eigenständigkeit zu bauen. Hatte geglaubt, es könnte mir gelingen. Ich hatte ein gutes Leben. Nein, ein *großartiges* Leben. Ich liebte meine Arbeit, hatte eine eigene Wohnung und ein paar tolle Freunde, von denen keiner James oder Clare oder sonst irgendwen aus meinem früheren Leben in Reading kannte.

Ich war völlig ungebunden – in emotionaler, finanzieller oder sonstiger Hinsicht. Und das machte mich zufrieden. Und zwar so was von verdammt zufrieden, danke der Nachfrage.

Und jetzt das.

Das Schlimmste daran war, dass ich Clare eigentlich nichts

vorwerfen konnte. Sie hatte recht: Sie und James hatten nichts falsch gemacht. Sie waren mir nichts schuldig, keiner von beiden. James und ich waren schon über ein Jahrzehnt nicht mehr zusammen, verdammt noch mal. Nein, die Einzige, der ich etwas vorwerfen könnte, war ich selbst. Dass ich nicht darüber hinweg war. Dass ich nicht darüber hinwegkommen *konnte.*

Ich hasste James dafür, dass er so eine Macht über mich hatte. Ich hasste es, dass ich jeden Mann, den ich traf, mit ihm verglich. Das letzte Mal, als ich mit jemandem geschlafen hatte – was inzwischen auch schon wieder zwei Jahre her war – hatte er mich aufgeweckt, seine Hand auf meine Schulter gelegt. »Du hast geträumt«, hatte er gesagt. »Wer ist James?« Beim Anblick meines schuldbewussten Gesichts hatte er seine Beine aus dem Bett geschwungen, war aufgestanden, hatte sich angezogen und war aus meinem Leben verschwunden. Und ich hatte mir nie die Mühe gemacht, ihn anzurufen.

Ich hasste James und ich hasste mich selbst. Und ja, mir ist völlig bewusst, dass ich damit wie der größte Versager aller Zeiten klinge: Ein Mädchen lernt mit sechzehn einen Jungen kennen und ist die nächsten zehn verdammten *Jahre* von ihm besessen. Ehrlich, niemandem ist das deutlicher bewusst als mir. Wenn ich mich selbst in einer Bar treffen und mit mir ins Gespräch kommen würde, würde ich mich auch erbärmlich finden.

Ich konnte die anderen unten reden und lachen hören und den Duft von Pizza riechen, der durch das Treppenhaus nach oben zog.

Ich würde hinuntergehen und mit ihnen reden und lachen müssen. Stattdessen zog ich die Knie an die Brust, kniff die Augen zu und stieß einen stummen Schrei aus, der nur in meinen Kopf zu hören war.

Dann streckte ich meinen Körper aus, gegen den Widerstand meiner müden Muskeln, stand auf und nahm das oberste Handtuch von dem Stapel, den Flo fein säuberlich am Fußende unserer Betten platziert hatte.

Ich ging über den Flur ins Badezimmer, schloss die Tür hinter mir ab und ließ das Handtuch zu Boden fallen. Über der Badewanne gab es ein weiteres vorhangloses Klarglasfenster, das auf äußerst beunruhigende Weise den Blick in den Wald freigab. Die Position des Fensters bedeutete zwar faktisch, dass niemand hereinsehen konnte, der nicht auf einer fünfzehn Meter hohen Kiefer saß, aber während ich meine Unterwäsche auszog, musste ich dennoch dem Drang widerstehen, die Arme vor der Brust zu verschränken, um meine Nacktheit vor den Augen der Dunkelheit zu verbergen.

Kurz spielte ich mit dem Gedanken, mich einfach nur umzuziehen, aber ich war müde und schlammbespritzt und wusste, dass ich mich nach einer heißen Dusche besser fühlen würde, also trat ich vorsichtig in die ebenerdige Kabine, drehte das Wasser auf und streckte mich dankbar, als der riesige Duschkopf erst zweimal keuchte und ächzte und mich dann mit einem kraftvollen heißen Wasserstrahl übergoss.

Von der Dusche aus konnte ich aus dem Fenster schauen, doch in der Dunkelheit war kaum etwas zu erkennen. Das helle Badezimmerlicht verwandelte das Glas in eine Art Spiegel, und so konnte ich, während ich mich einseifte und meine Beine rasierte, in der immer stärker beschlagenen Fensterscheibe neben dem blassen, gespenstischen Mond nur die Reflexion meines eigenen Körpers sehen. Was für ein Typ Mensch musste Flos Tante sein? Dies war ein Haus für Voyeure. Nein, das waren ja Menschen, die andere beobachteten. Was war das Gegenteil davon? Exhibitionisten.

Menschen, die gesehen werden wollten.

Vielleicht war es im Sommer anders, wenn das Licht von

draußen bis spät in den Abend hereinflutete. Vielleicht war es dann ein Haus, aus dem man hinausgucken konnte, in den Wald. Aber jetzt, im Dunkeln, war es umgekehrt. Es fühlte sich an wie eine Glasvitrine, in der Kuriositäten ausgestellt wurden, damit alle Welt sie betrachten konnte. Oder wie ein Käfig im Zoo. Ein Tigergehege, ohne Versteckmöglichkeit. Ich musste an die eingesperrten Tiere denken, die in ihren Käfigen auf- und abliefen, Tag für Tag, Woche für Woche, und dabei langsam, aber sicher verrückt wurden.

Als ich fertig war, stieg ich vorsichtig aus der Dusche und betrachtete mich in dem beschlagenen Spiegel, nachdem ich den kondensierten Dampf mit der Hand weggewischt hatte.

Beim Anblick des Gesichts, das mir entgegensah, erschrak ich. Es wirkte kampflustig. Das lag zum Teil an meinem kurzen Haar, das nach der Dusche und dem Trockenrubbeln auf aggressive Weise stachelig und herausfordernd wirkte, wie bei einem Boxer zwischen zwei Runden. Mein Gesicht sah in dem grellen Licht weiß und starr aus, meine Augen dunkel und anklagend, umgeben von Schatten, als wäre ich verprügelt worden.

Ich seufzte und nahm meinen Kulturbeutel hervor. Ich schminke mich nicht stark, aber ich hatte immerhin die absolute Grundausstattung dabei: Lipgloss und Wimperntusche. Kein Rouge, daher rieb ich mir ein bisschen Lipgloss auf die Wangenknochen, um meine Blässe zu übermalen. Dann zog ich mir eine saubere Röhrenjeans und ein graues Top an.

Von irgendwo weit unten war plötzlich Musik zu hören. Es klang nach Billy Idols *White Wedding*. Vielleicht hielt das jemand für einen guten Witz.

»Le – Nora, mein ich!«, schallte Flos Stimme durchs Treppenhaus, lauter noch als Billy Idol, der gerade verkündete, es sei ein schöner Tag, um von vorn zu beginnen. »Es gibt Essen!«

»Ich komme!«, rief ich zurück. Mit einem Seufzer raffte ich meine Schmutzwäsche zu einem Bündel zusammen, nahm meinen Kulturbeutel und öffnete die Tür.

9

Während ich unter der Dusche gestanden hatte, war der Mädelsabend so richtig in Gang gekommen.

Im Wohnzimmer hatten Tom und Clare ein iPhone angeschlossen und tanzten um den Wohnzimmertisch zu Billy Idol, während Melanie vom Sofa aus über sie lachte.

In der Küche herrschte brütende Hitze. Der Backofen lief auf Hochtouren, und ich sah, wie jemand gigantische Mengen an Pizza auf einem Holzbrett arrangierte und Plastikbecher mit verschiedensten Dips in Schalen umfüllte. In einem kurzen Moment der Verwirrung dachte ich, es sei Clare – die Person trug die gleiche graue Jeans und das gleiche silberne Top, die ich nebenan an Clare gesehen hatte. Dann stellte sie sich gerade hin, wischte sich den Pony aus der Stirn und ich erkannte Flo. Sie trug genau die gleiche Kleidung wie Clare.

Bevor ich mich damit weiter auseinandersetzen konnte, stieg mir jäh der stechende Geruch von etwas Verkohltem in die Nase. »Brennt hier gerade was an?«, fragte ich.

»Oh Gott! Die Pitabrote!«, kreischte Flo. »Lee, kannst du sie bitte retten, bevor der Feueralarm losgeht?«

Ich rannte durch die Küche, die sich in kürzester Zeit mit Rauch gefüllt hatte, nahm die Pitas aus dem Toaster und schleuderte sie ins Waschbecken. Dann versuchte ich, die Tür am anderen Ende der Küche zu öffnen. Sie war verschlossen, und die Klinke klemmte ein bisschen, aber zu guter Letzt gelang es mir, sie weit aufzustoßen.

Eiskalte Luft strömte herein, und erstaunt stellte ich fest, dass die Pfützen auf dem Rasen inzwischen gefroren waren.

»Ich habe im Weinregal nachgeschaut und kann keinen Tequila finden«, hörte ich Ninas Stimme aus dem Flur, und dann: »Verdammt, ist das eisig! Mach die Tür zu, du Wahnsinnige!«

»Die Pitas sind angebrannt«, erklärte ich, zog die Tür aber wieder zu. Wenigstens war die Temperatur in der Küche jetzt etwas erträglicher.

»Er ist nicht im Keller?« Flo richtete sich auf und strich sich eine verschwitzte Strähne aus dem Gesicht. Ihr Gesicht war von der Hitze puterrot geworden. »Mist. Wo in aller Welt kann er dann sein?«

»Hast du im Kühlschrank geguckt?«, fragte Nina. Flo nickte.

»Tiefkühler?«, fragte ich.

Sie schlug sich die Hand vor die Stirn. »Na klar – jetzt fällt es mir wieder ein. Ich dachte, es wäre besser, falls wir eisgekühlte Margarita wollen. Mann, ich bin so ein Trottel.«

»*Amen!*«, formte Nina stumm mit ihren Lippen in meine Richtung, bevor sie sich bückte und den Gefrierschrank unter der Theke öffnete. »Hier ist er!« Ihre Stimme klang durch das Surren des Tiefkühlschranks leicht gedämpft. Sie stand auf, eine vereiste Flasche in der Hand, und nahm zwei Limetten aus der Obstschale. »Nora, schnapp dir ein Brett und ein Messer. Oh, und den Salzstreuer. Flo, hattest du nicht gesagt, hier seien irgendwo Schnapsgläser?«

»Ja, hinter der Spiegeltür am anderen Ende des Wohnzimmers. Aber findest du wirklich, wir sollten gleich mit dem Schnaps anfangen? Wäre es nicht vernünftiger, wenn wir uns erst mal was Erfrischendes gönnen? Mojitos oder so was?«

»Scheiß auf vernünftig«, erwiderte Nina im Hinausgehen. Im Flur flüsterte sie mir zu: »Ich brauch schon was Stärkeres, um das durchzustehen.«

Als wir das Wohnzimmer betraten, drehten sich Clare und Tom zu uns um, und Clare stieß einen Juchzer aus und tanzte auf uns zu, um Nina die Flasche und mir das Messer aus der Hand zu nehmen. Sie wirbelte zum Wohnzimmertisch zurück, wobei ihr Top in dem schwach beleuchteten Raum glitzerte, und knallte beides mit einem Krachen auf den Glastisch.

»Tequila-Shots! Die hab ich seit meinem einundzwanzigsten Geburtstag nicht mehr getrunken. Ich schätze, so lange hab ich auch gebraucht, um den Kater loszuwerden.«

Nina ließ die Limetten neben die anderen Sachen auf den Tisch kullern und machte sich dann daran, den Schrank nach Gläsern zu durchforsten, während Clare sich vor den Tisch kniete und begann, die Limetten in Scheiben zu schneiden.

»Die Braut zuerst!«, sagte Melanie, und Clare grinste. Wir schauten zu, wie Clare eine Prise Salz auf ihren Daumenansatz streute und ein Stück Limette nahm. Nina füllte ein Schnapsglas bis zum Rand und drückte es ihr in die Hand. Clare leckte das Salz ab, trank den Tequila in einem Zug und biss mit zusammengekniffenen Augen fest auf die Limette. Dann spuckte sie sie auf den Teppich und stellte das Glas energisch auf den Tisch, sich schüttelnd und lachend zugleich.

»Puh! Oh Gott, meine Augen tränen. Wenn ich noch so einen trinke, hab ich die Wimperntusche bald im ganzen Gesicht.«

»Junge Dame«, sagte Nina streng, »wir fangen gerade erst an. Le–, ich meine, Nora ist als Nächstes dran.«

»Übrigens …«, sagte Tom beiläufig, während ich mich vor den Tisch kniete. »Wenn ihr was Exquisiteres wollt, könnten wir auch auf Tequila Royale umsteigen.«

»Tequila Royale?« Ich sah zu, wie Nina das winzige Glas so vollgoss, dass der Schnaps an den Seiten überlief und auf dem Glastisch eine Pfütze bildete. »Was ist das – mit Champagner?«

»Schon möglich. Aber nicht nach meinem Rezept.« Tom griff in seine Hosentasche und fischte ein kleines Tütchen weißen Pulvers hervor. »Wie wär's hiermit? Ist vielleicht ein bisschen interessanter als Salz.«

Ach du liebe Zeit. Ich warf einen Blick auf die Uhr. Noch nicht mal acht. Bei dem Tempo würden wir bis Mitternacht alle den Verstand verloren haben.

»Koks?«, fragte Melanie. Sie verschränkte die Arme und bedachte Tom mit einem eisigen Blick. In ihrer Stimme schwang Missbilligung mit. »Ernsthaft? Wir sind doch keine Studis mehr. Manche von uns sind Eltern. Ich glaube nicht, dass das mit Abpumpen und Wegschütten erledigt ist.«

»Dann lass es halt«, erwiderte Tom mit einem Schulterzucken, aber er klang gereizt.

»Essen ist fertig!« Die peinliche Stille wurde durchbrochen, als Flo im Türrahmen erschien. Ihre Arme zitterten unter dem Gewicht des riesigen, vollbeladenen Pizzabretts. Zusätzlich hatte sie sich noch eine Flasche unter den Arm geklemmt. »Kann mal jemand den Tisch freiräumen, bevor ich unsere kleine Mahlzeit auf dem Teppich meiner Tante verteile?«

»Weißt du was«, schlug Clare vor, während Nina und ich auf dem Wohnzimmertisch Platz schufen. Sie lehnte sich zu Tom hinüber und gab ihm einen salzigen Limettenkuss. »Das heben wir uns für den Nachtisch auf.«

»Kein Problem«, sagte Tom leichthin. Er steckte das Päckchen wieder in die Hosentasche. »Ich habe sowieso nicht das Bedürfnis, meine doch recht teuren Rauschmittel Leuten aufzunötigen, die sie nicht zu schätzen wissen.«

Melanie lächelte schmal, zog die Flasche unter Flos Arm hervor, während diese das Tablett auf dem Tisch abstellte, und stand auf.

»Hm. Apropos Champagner …«

»Ganz recht! Es ist ja wohl ein besonderer Anlass«, sagte Flo. Sie strahlte, offenbar hatte sie von der angespannten Stimmung, die zwischen Melanie und Tom herrschte, nichts mitbekommen. »Lass den Korken knallen, Mel! Ich hol schon mal die Gläser.«

Während Melanie die Folie abpulte, öffnete Flo den Spiegelschrank und begann, darin herumzuwühlen. Mit leicht gerötetem Gesicht und einem halben Dutzend Sektflöten in den Händen wandte sie sich wieder um, gerade als ein lautes Knallen ertönte, der Korken durch die Luft flog und am Flachbildfernseher abprallte.

»Hoppla!« Melanie schlug die Hand vor den Mund. »Tut mir leid, Flo.«

»Kein Problem«, beteuerte Flo strahlend, doch während Melanie sich vorbeugte, um den Champagner auszuschenken, inspizierte sie unauffällig den Bildschirm und wischte mit ihrem Ärmel darüber, wobei sie ein wenig nervös um sich blickte.

Wir alle nahmen uns ein Glas und ich versuchte zu lächeln. Ich mag Champagner eigentlich nicht – ich bekomme davon dröhnende Kopfschmerzen und Magenprobleme, und außerdem mag ich generell keine Getränke mit Kohlensäure, Punkt –, aber dankend abzulehnen kam offenbar nicht infrage.

Flo hielt ihr Glas hoch und sah sich in der kleinen Runde um, wobei sie jedem Einzelnen von uns in die Augen schaute, bevor ihr Blick schließlich an Clare hängen blieb.

»Auf einen grandiosen Junggesellinnenabschied«, sagte sie. »Einen *perfekten* Junggesellinnenabschied, für die beste

Freundin, die man sich nur wünschen kann. Auf meinen Fels in der Brandung. Meine allerbeste Freundin. Meine Heldin und meine Inspiration: Clare!«

»Und auf James«, ergänzte Clare lächelnd. »Sonst kann ich nicht trinken. Ich bin nicht egozentrisch genug, um auf mich selbst anzustoßen.«

»Oh«, sagte Flo nach einer kurzen Pause. »Na ja, ich meine, ich dachte halt … sollte sich dieses Wochenende nicht nur um dich drehen? Ich dachte, der Sinn des Ganzen wäre es, den Bräutigam mal kurz zu vergessen. Aber klar, wenn es dir lieber ist. Auf Clare und James!«

»Auf Clare und James!«, riefen wir im Chor und tranken.

Ich spürte, wie die sauren Bläschen in meiner Kehle sprudelten und mir das Schlucken schwer machten.

Clare und James. Clare und *James.* Ich konnte es immer noch nicht glauben – ich konnte sie mir beim besten Willen nicht als Paar vorstellen. Hatte er sich in zehn Jahren wirklich so verändert?

Ich starrte immer noch in mein Glas, als Nina mich in die Seite stupste. »Komm schon, versuchst du etwa, im Champagnersatz deine Zukunft zu lesen? Ich glaube, das wird nichts.«

»Ich war nur in Gedanken«, sagte ich und bemühte mich um ein Lächeln. Nina zog die Augenbrauen hoch, und mir blieb kurz das Herz stehen, weil ich fürchtete, dass eine ihrer berüchtigten scharfzüngigen Bemerkungen bevorstand, die einen wirklich treffen und verletzen konnten.

Doch bevor sie etwas sagen konnte, klatschte Flo in die Hände und rief: »Nur keine Hemmungen! Greift zu!«

Nina nahm einen Teller und ein Stück Pizza. Ich tat es ihr gleich. Die Salamipizza war mit einer Lage Peperoni belegt, von der chemisch riechendes rötliches Öl über das ganze Brett floss, aber nach dem Laufen hatte ich Hunger. Ich nahm ein Stück Salamipizza und eins von der mit Spinat und Pilzen und füllte den Rest meines Tellers mit dem verkohlten Pitabrot und Hummus.

»Leute, nehmt euch Servietten, ich möchte keine Fettflecken auf dem Teppich«, mahnte Flo, die um uns herumschlich, während wir zulangten. »Ach, und seht zu, dass ihr die vegetarischen Stücke Tom überlasst, ja?«

»Flops.« Clare legte ihr eine Hand auf die Schulter. »Ich bin sicher, das geht in Ordnung. Tom kann das unmöglich alles alleine essen. Außerdem ist doch im Tiefkühlschrank noch was, falls wir mehr brauchen.«

»Ich weiß«, antwortete Flo. Ihr Gesicht war rot, und sie steckte sich ungeduldig die Haare zurück in die Klammer. Auf ihrem silbernen Top war ein Fleck von der Pizzasoße. »Aber es geht ums Prinzip. Wenn jemand die vegetarische Option will, soll er sie vorher bestellen. Ich habe kein Verständnis für Leute, die sich auf das vegetarische Essen stürzen, nur weil ihnen die Fleischoption nicht zusagt. Das führt dann bloß dazu, dass die vegetarischen Gäste leer ausgehen.«

»Tut mir leid«, sagte ich. »Hör mal, ich habe ein Stück von der Pilzpizza genommen. Soll ich das wieder zurücklegen?«

»Natürlich nicht«, sagte Flo scharf. »Das ist jetzt sicher voll mit Fett von der Salami.«

Kurz spielte ich mit dem Gedanken, sie darauf hinzuweisen, dass ohnehin bereits alles mit Salamifett getränkt war und dass sie die Pizzen, wenn es ihr damit so ernst war, vielleicht lieber auf unterschiedlichen Brettern hätte servieren sollen, aber ich biss mir auf die Zunge.

»Schon okay«, beschwichtigte Tom. Er hatte drei Stücke Pilzpizza und einen dicken Klacks Hummus auf seinen Teller gehäuft. »Das reicht mir, ehrlich. Wenn ich noch mehr esse, wird Gary mich dazu verdonnern, bis Weihnachten täglich Klimmzüge zu machen.«

»Wer ist Gary?«, wollte Flo wissen. Sie nahm ein Stück

von der Salamipizza und setzte sich aufs Sofa. »Ich dachte, deine bessere Hälfte heißt Bruce?«

»Gary ist mein Privattrainer.« Tom sah ein wenig selbstgefällig an seinem Waschbrettbauch herunter. »Er hat es nicht leicht mit mir, der Arme.«

»Du hast einen privaten Fitnesstrainer?« Flo schien tief beeindruckt.

»Schätzchen, jeder, der etwas auf sich hält, hat einen.«

»Ich nicht«, bemerkte Nina knapp. Sie schob sich ein Stück Pizza in den Mund und nuschelte mit vollem Mund: »Ich geh einfach ins Fitnessstudio und trainiere. Ich brauch keinen Deppen, der mich dabei anbrüllt. Beziehungsweise …«, sie hielt inne, um runterzuschlucken, »… dafür habe ich meinen iPod. Aber *den* Deppen kann ich wenigstens auf Zufallswiedergabe schalten, falls mir die ewig gleiche Leier zu monoton wird.«

»Ach kommt, Leute!« Tom lachte. »Ich kann doch hier nicht der Einzige sein, also bitte! Nora, was ist mit dir? Du scheinst mir nicht an einem Schriftstellerwanst zu leiden.«

»Ich?« Ich blickte von meiner Pizza hoch, überrumpelt, plötzlich im Rampenlicht zu stehen. »Nein! Ich bin noch nicht mal Mitglied im Fitnessstudio, ich laufe nur. Die Einzigen, die mich anbrüllen, sind die Teenager im Victoria Park.«

»Aber Clare bestimmt?«, flehte Tom. »Melanie? Kommt schon! Jemand muss doch zu mir halten. Das ist was ganz Normales!«

»Ich habe einen Trainer«, gab Clare zu. »Aber« – sie hob die Hand, als Tom bereits zum Triumphgeheul ansetzte – »*nur* weil ich ein paar Pfund loswerden musste, um in mein Hochzeitskleid zu passen!«

»Ich hab noch nie verstanden, wieso Leute das tun.« Nina nahm einen weiteren Bissen von der Pizza. Ihr lief etwas Soße am Kinn herunter, doch sie fing es mit der Zunge auf und fuhr dann fort: »Ein Kleid zwei Nummern zu klein kaufen, meine ich. Schließlich hat der Typ dir doch vermutlich den Antrag gemacht, als du noch den dicken Hintern hattest.«

»Halloo?« Clare lachte, aber ihre Stimme klang leicht gereizt. »Ich hatte keinen dicken Hintern! Und es war nicht wegen James, obwohl er sich auch einen Trainer genommen hat, wie ich vielleicht hinzufügen sollte. Es geht nur darum, dass ich an dem Tag so schön wie möglich aussehen will.«

»Und schön können nur dünne Leute sein?«

»Das habe ich nicht gesagt!«

»Na ja, aber du hast ›so schön wie möglich‹ nun mal gerade mit ›zwei Nummern kleiner‹ gleichgesetzt.«

»Ein paar Pfund leichter«, warf Clare hitzig ein. »*Du* hast von den zwei Kleidergrößen angefangen. Und überhaupt, du hast gut reden! Du bist doch dünn wie eine Bohnenstange!«

»Durch Zufall«, erwiderte Nina ein wenig überheblich. »Nicht, weil ich es darauf angelegt hätte. Ich diskriminiere Menschen nicht wegen ihrer Körperform. Frag Jess.«

»Ach, um Himmels willen!« Clare stellte ihren Teller auf dem Tisch ab. »Pass auf, ich finde halt, dass ich *persönlich* besser aussehe, wenn ich näher an Größe 36 als an Größe 38 bin, okay? Das hat nichts mit anderen Leuten zu tun.«

»Nina«, mahnte Flo. Aber Nina kam gerade erst richtig in Fahrt. Sie nickte ernst, während Tom hinter vorgehaltener Hand kicherte und Melanie ihr süffisantes Grinsen kaum verbergen konnte.

»Ja, klar, schon kapiert«, sagte sie. »Es hat nichts zu tun mit unserer kollektiven Idealisierung magersüchtiger Models und der permanenten Darstellung klapperdürrer Hungerhaken in den Medien. Vielmehr …«

»Nina!«, wiederholte Flo, diesmal mit unverhohlener Wut

in der Stimme. Sie stand auf und knallte ihren Teller auf den Tisch. Nina schaute verblüfft auf.

»Wie bitte?«

»Du hast mich schon verstanden. Ich weiß nicht, was du für ein Problem hast, aber lass es einfach gut sein sein, okay? Das ist Clares Abend, und ich werde es nicht zulassen, dass du Streit anfängst.«

»Wer fängt hier Streit an? Ich bin nicht diejenige, die Teller durch die Gegend schmeißt«, entgegnete Nina kühl. »Echt blöd, wo du doch so gut auf die Sachen deiner Tante achtgeben wolltest.«

Wir alle folgten ihrem Blick und sahen den Sprung in dem Teller, den Flo auf den Wohnzimmertisch geschmettert hatte. Kurz flackerte vor meinem inneren Auge das Bild eines rasenden, zum Angriff bereiten Stieres auf.

»Jetzt hör mal zu!«, fauchte Flo wütend, und im Raum wurde es still. Regungslos verharrten wir, Pizzastücke und Sektgläser auf halbem Weg zum Mund, und warteten auf den großen Knall.

»Ist schon gut«, sagte Clare in das gespannte Schweigen hinein. Sie streckte die Hand aus, zog Flo neben sich aufs Sofa und lachte. »Ganz ehrlich. Das ist einfach Ninas Humor. Du wirst dich an ihre Art gewöhnen. Sie will mich nicht fertigmachen. Echt nicht.«

»Genau«, bestätigte Nina. Sie nickte, ohne eine Miene zu verziehen. »Tut mir leid. Ich finde bloß die tragisch unrealistischen Körpervorstellungen, denen Frauen sich unterwerfen, einfach zum Schießen.«

Flo musterte Nina eine Weile unsicher, dann sah sie zurück zu Clare. Schließlich stieß sie ein kurzes Lachen aus. Es war nicht besonders überzeugend.

»Also, Leute«, unterbrach Tom die Stille, die folgte. »Auf dieser Party gibt es für meinen Geschmack noch nicht *an-*

nähernd genug Trunkenheit und zügellose Entgleisungen. Wer will noch einen Kurzen?« Er sah sich in der Runde um, und sein Blick fiel auf mich. Ein feixendes Grinsen breitete sich auf seinem sonnenbankgebräunten Gesicht aus. »Nora, du siehst noch viel zu nüchtern aus. Du hattest gar keinen Aperitif.«

Ich stöhnte. Doch Nina nickte heftig und schob mir das volle Glas unter die Nase, während Tom ein Stück Limette und den Salzstreuer hochhielt. Es hatte keinen Zweck. Am besten machte ich es wie bei bitterer Medizin: Luft anhalten und runter damit.

Tom streute das Salz auf mein Handgelenk. Ich leckte es ab, nahm das Glas, leerte es in einem Zug und fischte die Limette aus Toms Fingern. Die Frucht zerplatzte zwischen meinen Zähnen, während mir der Tequila brennend die Kehle hinabrann. Ich wartete einen Moment, ertrug den Geschmack mit zusammengebissenen Zähnen, bis sich schließlich ein vertrautes Wärmegefühl in meinen Adern ausbreitete und ich spürte, wie sich an den Rändern meines Sichtfeldes etwas löste und die Wirklichkeit ein bisschen abmilderte.

Vielleicht würde sich das Wochenende leicht betrunken deutlich besser überstehen lassen.

Ich bemerkte, dass die anderen mich erwartungsvoll ansahen. Das Schnapsglas befand sich noch in meiner Hand. »Geschafft!« Ich knallte es auf den Tisch und ließ die Limettenschale auf meinen leeren Teller fallen. »Wer ist als Nächstes dran?«

»Wie wär's jetzt mit einem Royale?«, fragte Tom schelmisch. Er hielt das weiße Tütchen in die Luft.

Clare gab mir einen Stoß in die Rippen. »Komm schon, um der alten Zeiten willen, ja? Weißt du noch, unsere erste Line?«

Natürlich wusste ich das noch, obwohl ich mir ziemlich sicher war, dass es sich nicht um Kokain gehandelt hatte. Eher zermahlenes Aspirin, und selbst damals hatte ich es nicht wirklich tun wollen. Ich war einfach Clare gefolgt, wie ein Schaf, aus Angst, abgehängt zu werden.

»Wir machen es zusammen«, sagte Clare zu Tom. »Leg noch eine für Nina, die macht auch mit, oder, Frau Doktor?«

»Ihr wisst doch, wie Ärzte sind«, erwiderte Nina trocken. »Wir haben einen notorischen Hang zur Selbstmedikation.«

Tom kniete sich an die Ecke des Glastisches, zückte seine Kreditkarte und das Tütchen, und wir alle sahen zu, wie er das Pulver feierlich ausschüttete, feinhackte und in vier gleich große Lines unterteilte. Dann blickte er auf und zog fragend die Augenbrauen hoch. »Ich schätze mal, Milchpumpen-Mel wird nicht mitmachen, aber was ist mit dir, Flo, Meisterin der Gastlichkeit?«

Ich sah hinüber zu Flo. Ihr Gesicht war tiefrosa, so als hätte sie deutlich mehr als das eine Glas Champagner getrunken, das ich in ihrer Hand gesehen hatte.

»Leute«, sagte sie mit sichtlicher Anspannung. »Ich ... ich finde das nicht so toll. Ich meine, das ist das Haus meiner Tante. Was, wenn ...«

»Ach, Flopsie!« Clare gab ihr einen Kuss und hielt ihr den Mund zu, damit sie nicht mehr protestieren konnte. »Sei nicht albern. Du musst ja nichts nehmen, aber ich glaube nicht, dass deine Tante hier mit Spürhunden aufkreuzt und unsere Namen aufschreibt.«

Flo schüttelte den Kopf, entwand sich Clare und begann, die Teller wegzuräumen. Melanie stand auch auf.

»Ich helf dir«, sagte sie demonstrativ.

»Auch gut, dann bleibt mehr für uns!« Toms Heiterkeit hatte einen leicht aggressiven Unterton. Er rollte eine Zehnpfund-Note zusammen und sniefte seine Line, wischte sich danach über die Nase und rieb sich die verbliebenen Körner ins Zahnfleisch. »Clare?«

Clare kniete sich hin und tat es ihm nach, so routiniert, dass es mich ein bisschen stutzig machte. Ich fragte mich, wie oft sie das wohl machte. Sie stand auf, wankte leicht und lachte dann. »Gott, ich kann doch nicht jetzt schon high sein. Muss wohl der Tequila sein! Nina?« Sie streckte ihr den Zehner entgegen. Nina verzog das Gesicht.

»Nein danke! Diesen Rotzlappen kannst du einer nichtsahnenden Kassiererin andrehen. Ich nehm meinen eigenen, danke.« Sie riss einen Streifen vom Titelblatt des *Vogue Living*-Magazins, das auf dem Kaminsims lag, und sog die dritte Line ein. Mit leichtem Unbehagen betrachtete ich das verschandelte Cover und hoffte, dass Flo es nicht bemerken würde, wenn sie zurückkam.

»Nora?«

Ich seufzte. Ja, ich hatte mit Clare meine erste Line gezogen. Es war auch eine meiner letzten gewesen. Das soll nicht heißen, dass ich während des Studiums nicht geraucht, getrunken und auch andere Drogen genommen hätte. Aber für Kokain hatte ich nie viel übrig. Es brachte mir irgendwie nichts.

Jetzt kam ich mir vor wie eine absurde Karikatur, wie ich unbeholfen auf Knien auf dem Teppich herumrutschte und Nina zusah, wie sie die *Vogue Living* für mich noch weiter zerrupfte. Es fühlte sich an wie eine Szene aus einem schlechten Horrorfilm – kurz bevor der Messerstecher reinkommt und beginnt, alle niederzumetzeln. Das Einzige, was uns jetzt noch fehlte, waren ein paar am Swimmingpool herumknutschende Teenager, die als Erstes dran glauben mussten.

Ich sniefte meine Line und stand wieder auf, spürte, wie das Blut aus meinem Kopf wich und wie meine Nase und der hintere Teil meines Mundraums sich plötzlich taub und komisch anfühlten.

Ich war zu alt für so was. Eigentlich war das noch nie mein

Ding gewesen, selbst zu Schulzeiten nicht. Ich hatte bloß mitgemacht, weil ich mich nicht traute, Nein zu sagen. Vage, wie durch einen Dunstschleier, erinnerte ich mich daran, wie James sich über die Scheinheiligkeit des Ganzen ausgelassen hatte: »Diese Leute sind so lächerlich! Sie fasten für den guten Zweck, boykottieren Nestlé-Produkte, und werfen dann ihr Taschengeld den kolumbianischen Drogenbaronen in den Rachen. Vollidioten. Merken die eigentlich gar nicht, wie widersprüchlich das ist? Ein bisschen selbstangebautes Gras dagegen – jederzeit!«

Ich ließ mich aufs Sofa sinken, schloss die Augen und fühlte, wie sich Tequila, Champagner und Koks in meinen Adern vermischten. Den ganzen Abend hatte ich versucht, den Jungen, den ich damals kannte, mit der Clare von heute in Verbindung zu bringen, und das hier machte die ganze Sache nur noch merkwürdiger. Hatte er sich wirklich so sehr verändert? Saßen sie jetzt Seite an Seite in ihrer Londoner Wohnung und schnupften Koks? Und wenn ja, dachte er manchmal daran, was er mit sechzehn gesagt hatte, und wurde er sich der Ironie dabei bewusst, der Ironie, dass er jetzt selbst einer dieser Vollidioten war, über die er sich vor all den Jahren mokiert hatte?

Die Vorstellung tat weh, wie eine alte, halbverheilte Wunde, die sich plötzlich meldete.

»Lee?« Wie durch einen Schleier hörte ich Clares Stimme und öffnete widerwillig die Augen. »Lee! Aufgewacht! Du bist doch nicht schon betrunken, oder?«

»Nein, bin ich nicht.« Ich setzte mich auf und rieb mir das Gesicht. Irgendwie musste ich die ganze Sache überstehen. Augen zu und durch, einen anderen Weg gab es jetzt nicht mehr. »Um ehrlich zu sein, bin ich nicht mal annähernd betrunken genug. Wo ist der Tequila?«

10

»Ich hab noch nie …« Clare hatte sich auf dem Sofa ausgestreckt und ihre Füße auf Toms Schoß gelegt. Ihr Haar schimmerte im Schein des Feuers. Sie hielt ein Schnapsglas in der einen und ein Limettenstück in der anderen Hand, als wöge sie verschiedene Optionen ab. »Ich bin nie dem Mile High Club beigetreten.«

In der Runde herrschte Stille, bis Flo ein schallendes Lachen von sich gab. Schließlich hob Tom langsam und mit trockenem Gesichtsausdruck sein Schnapsglas.

»Prost, Schätzchen!« Er trank den Tequila auf ex, saugte die Limettenscheibe aus und verzog das Gesicht.

»Ach, du und *Bruce*!«, erwiderte Clare. Ihr Lachen klang leicht spöttisch, aber nicht bösartig. »Ihr habt es vermutlich in der ersten Klasse getrieben!«

»Businessclass, aber ja.« Er füllte sein Glas wieder auf und sah sich in der Runde um. »Wie jetzt? Bin ich hier der Einzige, der darauf trinkt?«

»Was?« Melanie blickte von ihrem Handy auf. »Sorry, ich dachte gerade, ich hätte einen halben Balken Empfang, aber er ist wieder weg. Hattest du Wahrheit oder Pflicht?«

»Weder noch, wir sind beim nächsten Spiel angekommen«, sagte Tom. Er lallte ziemlich. Er hatte in seinem Leben schon eine Menge absonderlicher Dinge getan, und das rächte sich bei dieser Art von Spielen. »Wir spielen *Ich hab noch nie …* Und ich bin eben schon Mitglied im Mile High Club.«

»Oh, sorry.« Melanie kippte geistesabwesend ihren Schnaps runter und wischte sich über den Mund. »Bitte sehr. Flo, kann ich noch mal euer Festnetz benutzen?«

»Oooh nein!«, widersprach Clare und wedelte mit dem Zeigefinger. »So leicht kommst du uns nicht davon.«

»Ganz sicher nicht!«, rief Flo. »Wie und wo bitte schön, Madame?«

»Als ich mit Bill in den Flitterwochen war. Es war ein Nachtflug. Ich hab ihm in der Toilettenkabine einen geblasen. Zählt das auch? Ich hab ja jetzt eh schon getrunken.«

»Na ja, genau genommen ist er damit Mitglied im Mile High Club, nicht du«, stellte Tom mit einem langen, anzüglichen Augenzwinkern klar. »Aber da du schon getrunken hast, lassen wir es ausnahmsweise mal gelten. Weiter also! Okay, ich bin dran. Ich hab noch nie … verdammt, was habe ich noch nie getan? Ah, ich weiß, ich habe noch nie Wassersport ausprobiert.«

Es folgte schallendes Gelächter, keiner trank, und Tom stöhnte. »Was, echt?«

»Wassersport?«, fragte Flo unsicher. Ihr Glas schwebte halb in der Luft, während sie sich in der Runde umblickte und herauszufinden versuchte, was so lustig war. »Wie jetzt, Tauchen und so? Ich habe gesegelt, zählt das?«

»Nein, Süße«, sagte Clare und beugte sich vor, um Flo etwas ins Ohr zu flüstern. Auf Flos Gesicht war Erschrecken zu lesen, gefolgt von Belustigung, gemischt mit Ekel.

»Im Ernst? Das ist ja widerlich!«

»Ach, kommt schon«, bettelte Tom. »Beichtet es eurem Onkel Tom, wir Mädels sind doch unter uns, und es gibt nichts, wofür man sich schämen müsste.« Wieder folgte Stille, und Clare lachte.

»Sorry, aber das hast du davon, wenn du mit Spießern wie uns abhängst. Komm schon, nimm es wie ein Mann.«

Tom schüttete den Schnaps hinunter, füllte wieder nach und lehnte sich auf dem Sofa zurück, die Hand über den Augen. »Verdammt, jetzt muss ich für eine vergeudete Jugend büßen. Alles dreht sich.«

»Du bist dran, Lee«, verkündete Clare vom Sofa aus. Ihr Gesicht war gerötet, und ihr goldenes Haar hing ihr in zotteligen Strähnen auf die Schulter. »Schieß los.«

Mir sank der Mut. Dies war der Moment, den ich gefürchtet hatte. Die ganze letzte Runde hatte ich versucht, mich durch den Nebel aus Tequila, Champagner und Rum zu tasten und mir etwas einfallen zu lassen, was ich sagen könnte, aber alle Erinnerungen führten immer wieder zurück zu James. Ich dachte an all die Dinge, die ich nie getan hatte, nie gesagt hatte. Ich schloss die Augen, und prompt schien der Boden unter meinen Füßen zu schwanken.

Es war eine Sache, dieses Spiel in einem Raum voller Freunde zu spielen, die im Grunde schon so gut wie alles übereinander wussten. In dieser unbehaglichen Mischung aus Fremden und alten Bekannten war es dagegen etwas ganz anderes. *Ich hab noch nie* … oh Gott, was sollte ich bloß sagen?

Ich habe nie erfahren, was seine Gründe waren.

Ich habe ihm nie verziehen.

Ich bin nie über ihn hinweggekommen.

»Lee …«, flötete Clare. »Jetzt komm schon, du willst doch nicht, dass ich dich in der nächsten Runde blamiere.«

In meiner Kehle stieg der fiese Geschmack von Tequila und Koks auf. Ich konnte nicht noch mehr trinken. Sonst würde ich mich übergeben müssen.

Ich habe ihn nie wirklich gekannt.

Wie konnte er Clare heiraten?

»Ich habe mich noch nie tätowieren lassen«, platzte es aus mir heraus. Ich wusste, dass ich mich damit auf sicherem

Terrain bewegte, denn Tom hatte bereits zugegeben, dass er ein Tattoo hatte.

»Mist …« Er stöhnte und stürzte den Schnaps herunter.

Flo lachte. »Oh nein! So leicht kommst du uns nicht davon! Zeigen, zeigen!«

Mit einem Seufzer begann er, sein Hemd aufzuknöpfen, wobei er einen Teil seines gebräunten, durchtrainierten Oberkörpers entblößte. Er schob den Ärmel an einer Schulter herunter und drehte sich mit dem Rücken zu uns. Es war ein Herz mit einem Pfeil, auf dem in geschwungenen Lettern der Schriftzug *Not So Dumb* prangte. »Bitte sehr.« Er knöpfte sich das Hemd wieder zu. »Na los, jetzt die anderen. Ich kann nicht der Einzige sein.«

Wortlos zog Nina den Saum ihrer Jeans ein wenig hoch, um den Blick auf einen Vogel auf der Außenseite ihres Knöchels freizugeben.

»Was ist das?« Flo beugte sich zu ihr vor, um genauer hinzusehen. »Eine Amsel?«

»Ein Falke«, stellte Nina richtig. Ohne weitere Erklärung zupfte sie ihr Hosenbein wieder herunter und trank ihren Schnaps.

Flo schüttelte den Kopf. »Ich bin ein zu großer Angsthase. Aber Clare hat eins!«

Clare grinste und hievte sich aus dem Sofa. Sie kehrte uns den Rücken zu und zog ihr silbernes Top hoch. Es schimmerte wie das Schuppenkleid eines Fisches. Von der Mitte ihres Hosenbundes aus stiegen zwei schwarze, keltische Muster empor, die sich in kurvigen Linien zu ihrer schmalen Taille hochrankten.

»Ein Arschgeweih!«, prustete Nina.

»Jugendsünde«, erläuterte Clare mit leichter Reue in der Stimme. »Trinkgelage in Brighton, als ich zweiundzwanzig war.«

»Das wird ganz entzückend aussehen, wenn du alt und schrumpelig bist«, bemerkte Nina. »Zumindest wird es dem jungen Mann, der dir im Altersheim den Hintern abputzen muss, den Weg weisen.«

»Dann hat der Arme wenigstens was zum Gucken.« Clare zog lachend ihr Top wieder herunter, warf sich zurück aufs Sofa und leerte ihr Glas. »Mel?«, rief sie.

Doch Melanie hatte das Telefon hinter sich her in den Flur gezogen; die Fährte der Schnur und der leise, eindringliche Klang ihrer Stimme verrieten ihre Position. »... Und er hat die Flasche angenommen?«, hörten wir aus dem Gang. »Wie viel hat er getrunken?«

»Vergiss die«, sagte Nina entschieden. »Mann über Bord. Okay. Ich habe nie ... ich habe nie ... ich habe nie ...« Sie sah mich an, dann Clare, und plötzlich war da ein sehr gemeiner Ausdruck auf ihrem Gesicht. Mir wurde flau im Magen. Wenn sie getrunken hat, ist Nina nicht immer besonders sympathisch. »Ich habe nie mit James Cooper gefickt.«

Ein unsicheres Lachen ging durch die Runde. Clare zuckte die Achseln und trank.

Dann richteten sich ihre kornblumenblauen und Ninas kaffeebraune Augen auf mich. Es war still im Raum, doch im Hintergrund hörte man den Gesang von *Florence and the Machine,* die uns mitteilte, dass ihr Freund Särge baue.

»Fick dich selbst, Nina.« Meine Hand zitterte, als ich den Schnaps hinunterschüttete. Dann stand ich auf und ging in den Flur, meine Wangen brannten, und ich fühlte mich plötzlich sehr, sehr betrunken.

»Du kannst ihm einfach eine halbe Banane zum Frühstück geben«, sagte Melanie gerade. »Aber Trauben musst du vorher halbieren oder in dieses Fruchtsaugerding tun.«

Ich drängte mich an ihr vorbei, die Treppe hoch, wobei

mich Flos verständnislose Worte verfolgten: »Was denn? Was ist los?«

Oben angekommen stürzte ich ins Badezimmer und verriegelte die Tür. Dann kniete ich mich vor die Toilettenschüssel und würgte und würgte, bis da nichts mehr war, was ich erbrechen konnte.

Himmel, war ich betrunken. Betrunken genug, um wieder runterzugehen und Nina eine zu knallen, dafür, dass sie so ein fieses, Zwietracht säendes Biest war. Gut, sie kannte nicht die ganze Geschichte zwischen mir und James. Aber sie wusste genug, um zu wissen, dass sie mich in eine unmögliche Lage brachte – mich und Clare.

In diesem Moment hasste ich sie alle: Nina, weil sie mich mit ihren furchtbaren, provozierenden Fragen aufstacheln wollte, Flo und Tom, weil sie so blöd gegafft hatten, als ich trank, Clare, weil sie mich überhaupt erst eingeladen hatte. Doch am meisten hasste ich James – weil er Clare einen Antrag gemacht und so die ganze Kette in Bewegung gesetzt hatte. Ich hasste selbst die arme, schuldlose, ahnungslose Melanie, einfach weil sie hier war.

Erneut überfiel mich Brechreiz, aber es war nichts mehr übrig außer dem ekelhaften Tequilageschmack, als ich dastand und ins Klobecken spuckte. Ich drückte die Spülung und ging zum Spiegel über dem Waschbecken, um mir den Mund auszuspülen und mir Wasser ins Gesicht zu spritzen. Mein Gesicht war bleich, mit einer fleckigen, nervösen Röte auf den Wangenknochen, und meine Wimperntusche war verschmiert.

»Lee?« Es klopfte an der Tür. Ich erkannte Clares Stimme und schlug die Hände vors Gesicht.

»Ich … br-brauch noch eine Minute.« Verdammt, jetzt stotterte ich auch noch. Dabei hatte ich nicht mehr gestottert, seit ich von der Schule abgegangen war. Irgendwie hatte ich es abgeschüttelt, als ich Reading verlassen hatte, zusammen mit der traurigen, unbeholfenen Person namens Lee. Nora hatte nie gestottert. Ich war dabei, mich wieder in Lee zu verwandeln.

»Lee, es tut mir leid. Nina hätte das nicht …«

Ach, hau doch ab, dachte ich. *Bitte. Lass mich einfach in Ruhe.*

Vor der Tür waren leise Stimmen zu hören. Mit zitternden Fingern versuchte ich, die verlaufene Wimperntusche mit einem Stück Klopapier wegzuwischen.

Oh Gott, das war alles so erbärmlich. Es war, als wären wir wieder in der Schule – Zickenkrieg, Lästereien und der ganze Mist. Ich hatte mir geschworen, nie wieder zurückzukehren. Es war ein Fehler gewesen. Ein schrecklicher, schrecklicher Fehler.

»Es tut mir leid, Nora.« Das war Ninas Stimme, lallend, aber mit einem Anflug echter Sorge – so klang es zumindest. »Ich wollte nicht … bitte, komm raus.«

»Ich muss ins Bett«, sagte ich. Ich hatte ein Kratzen im Hals, war heiser vom Erbrechen.

»Le– Nora, *bitte*«, bettelte Clare. »Komm schon, es tut mir leid. Nina tut es auch leid.«

Ich holte tief Luft und schob den Riegel auf.

Sie standen vor der Tür, ihre zerknirschten Gesichter angestrahlt vom Licht des Badezimmers.

»Bitte, Lee.« Clare nahm meine Hand. »Komm wieder mit runter.«

»Ist schon okay«, beteuerte ich. »Wirklich. Aber ich bin echt müde, ich bin schon um fünf aufgestanden, um den Zug zu nehmen.«

»Na schön …« Clare ließ widerstrebend meine Hand los. »Solange du nicht weiter schmollst.«

Ich spürte, wie sich meine Zähne unwillkürlich zusammenpressten. *Ruhig bleiben. Mach jetzt kein Drama.*

»Keine Sorge, ich ›sch-schmolle‹ schon nicht«, erwiderte ich und bemühte mich, leichtherzig zu klingen. »Ich bin einfach nur müde. Also dann, ich putz mir mal die Zähne. Wir sehen uns morgen.«

Ich schob mich an ihnen vorbei zum Schlafzimmer, um meinen Kulturbeutel zu holen, doch als ich wiederkam, standen sie immer noch da, und Nina klopfte mit dem Fuß aufs Parkett.

»Das ist also echt dein Ernst?«, fragte sie. »Du willst abspringen? Verdammt, Lee, es war nur ein Witz. Wenn irgendjemand hier beleidigt sein könnte, dann Clare, und sie hat kein Problem damit. Hast du seit der Schule deinen Humor verloren?«

Einen Moment lang gingen mir all die Antworten durch den Kopf, die ich hätte geben können. Es war eben *kein* Witz gewesen. Sie wusste sehr genau, was die Frage für mich bedeutete, und sie hatte das Thema James absichtlich an genau dem Ort und in genau dem Moment angesprochen, in dem ich keine Möglichkeit hatte, auszuweichen oder abzuwiegeln.

Aber was für einen Zweck hätte es? Wie ein Idiot hatte ich angebissen und war auf Knopfdruck in die Luft gegangen. Es war nun mal geschehen.

»Ich springe nicht ab«, widersprach ich erschöpft. »Es ist schon Mitternacht. Ich bin seit fünf Uhr wach. Bitte, ich möchte wirklich nur etwas schlafen.«

Noch während ich es sagte, wurde mir bewusst, dass ich flehend klang, nach Ausflüchten suchte, mich dafür entschuldigen wollte, dass ich die Party verließ. Diese Erkenntnis verstärkte nur meinen Widerstand. Wir waren doch nicht mehr sechzehn. Wir mussten nicht aneinander kleben, als wären wir durch eine unsichtbare Nabelschnur verbunden. Wir waren getrennter Wege gegangen und hatten es überlebt. Dass ich schlafen ging, würde Clares Junggesellinnenparty nicht auf ewig ruinieren, und ich brauchte mich auch nicht zu rechtfertigen wie ein Gefangener vor dem Femegericht.

»Ich gehe ins Bett«, wiederholte ich.

Es folgte eine Pause. Clare und Nina wechselten einen Blick, dann sagte Clare: »Okay.«

Aus irgendeinem irrationalen Grund ärgerte mich dieses eine Wort mehr als alles andere – ich wusste, dass es nur Zustimmung ausdrückte, doch es schwang etwas darin mit, bei dem sich mir die Nackenhaare sträubten: Sie erteilte mir ihre Erlaubnis. *Du kannst mich nicht mehr herumkommandieren.*

»Nacht«, sagte ich knapp und schob mich an ihnen vorbei ins Badezimmer. Durch das Rauschen des Wassers und das Schrubben der Zahnbürste hindurch konnte ich sie vor der Tür flüstern hören. Ich blieb so lange dort stehen und wischte mir die Wimperntusche ungewöhnlich sorgfältig von den Augen, bis ihre Stimmen verstummten und ich hörte, wie ihre Schritte sich auf dem Parkett entfernten.

Ich atmete aus, spürte eine Anspannung von mir weichen, die größer gewesen war, als ich selbst bemerkt hatte, und fühlte, wie sich die Muskeln in meinem Nacken und meinen Schultern lösten.

Warum? Warum hatten sie immer noch so viel Macht über mich, besonders Clare? Und warum ließ ich es zu?

Ich seufzte, stopfte Zahnbürste und Zahnpasta wieder in meinen Kulturbeutel, öffnete die Tür und huschte durch den Flur ins Schlafzimmer. Es war kühl und still, ganz anders als im überheizten, übervölkerten Wohnzimmer. Im Hintergrund lief Jarvis Cocker, seine Stimme schwebte durch den offenen Flur nach oben, doch es war nur noch ein dumpfer Bass zu hören, als ich die Tür schloss und mich aufs Bett fallen ließ. Ich empfand unbeschreibliche Erleichterung. Wenn ich die Augen schloss, konnte ich mir beinahe vorstellen, ich sei wieder in meiner kleinen Wohnung in Hackney; es fehlte nur der Klang von Fahrzeugen und Hupen.

Ich sehnte mich so sehr dahin zurück, dass ich fast meinen abgenutzten, weichen Blumenbettbezug unter meinen Handflächen spüren, mein Rattanrollo sehen konnte, das in Sommernächten sanft gegen das geöffnete Fenster klapperte.

Doch dann klopfte es an der Tür, und als ich die Augen aufschlug, fiel mein Blick durch das Glas auf den pechschwarzen Wald. Ich seufzte und machte mich gerade bereit, zur Tür zu gehen, als es erneut klopfte.

»Lee?«

Ich stand auf und öffnete. Draußen stand Flo, die Hände in die Hüften gestemmt.

»Lee! Ich kann nicht fassen, dass du Clare das antust!«

»Was?« Ich war plötzlich ungeheuer müde. »Dass ich ihr *was* antue? Ins Bett gehe?«

»Ich habe mir so viel Mühe gegeben, damit dies ein perfektes Wochenende für Clare wird – ich bring dich um, wenn du es am ersten Abend ruinierst!«

»Ich ruiniere gar nichts, Flo. Du bist diejenige, die hier aus einer Mücke einen Elefanten macht, nicht ich. Ich möchte nur ins Bett. Okay?«

»Nein, es ist nicht okay. Ich werde nicht zulassen, dass du alles zunichtemachst, wofür ich gearbeitet habe.«

»Ich möchte doch nur ins Bett«, wiederholte ich mantraartig.

»Also, du bist echt ein … ein selbstsüchtiges Biest«, platzte Flo heraus. Ihr Gesicht war rot angelaufen, und sie schien den Tränen nah. »Clare … Clare ist die Beste, okay? Und sie verdient es … sie verdient …« Ihr Kinn bebte.

»Ja, ja, schon gut«, sagte ich, und bevor ich es mir anders überlegen konnte, knallte ich ihr die Tür vor der Nase zu.

Eine Weile blieb sie schwer atmend draußen stehen, und

ich dachte, wenn sie jetzt heult, dann muss ich rausgehen und mich entschuldigen. Ich kann nicht hier rumsitzen und zuhören, wie sie vor meiner Tür zusammenbricht.

Aber das tat sie nicht. Mit einiger Anstrengung gelang es ihr, sich zusammenzureißen und nach unten zu gehen, während ich, nun selbst den Tränen nah, zurückblieb.

Ich weiß nicht, wann Nina zurückkam, aber es war spät, sehr spät. Ich lag wach, eingewickelt in meine Decke mit dem Kissen über meinem Kopf und stellte mich schlafend, während sie durch den Raum schlurfte, Kosmetikfläschchen umwarf und über ihren Koffer stolperte.

»Schläfst du?«, flüsterte sie, als sie in das Bett neben mir schlüpfte.

Ich überlegte, ob ich sie ignorieren sollte, doch dann seufzte ich und drehte mich um. »Nein. Vermutlich, weil du sämtliche Flaschen und Dosen in diesem Raum umgestoßen hast.«

»Sorry.« Sie wickelte sich in ihre Decke, und ich konnte den Glanz ihres Auges sehen, als sie gähnte und müde blinzelte. »Hör mal, tut mir leid wegen vorhin. Ich dachte echt nicht …«

»Ist schon in Ordnung«, sagte ich kraftlos. »Mir tut es auch leid. Ich habe überreagiert. Ich war einfach müde und betrunken.« Ich hatte mir schon vorgenommen, mich am Morgen bei Flo zu entschuldigen. Wer auch immer daran schuld war, es war mit Sicherheit nicht sie.

»Nein, es war meine Schuld«, beteuerte Nina. Sie drehte sich auf den Rücken und legte sich die Hand über die Augen. »Ich muss immer provozieren. Aber es ist halt auch schon zehn Jahre her. Da könnte man doch erwarten …« Sie verstummte. Aber ich wusste, was sie meinte. Man konnte in der Tat erwarten, dass ein normaler Mensch inzwischen über die Ereignisse hinweg wäre, sie hinter sich gelassen hätte.

»Ich weiß«, sagte ich erschöpft. »Glaubst du nicht, dass es mir selbst auch lieber wäre? Es ist so ein Armutszeugnis.«

»Nora, was ist bloß passiert damals? Irgendwas muss doch vorgefallen sein. So verhält man sich einfach nicht nach einer normalen Trennung.«

»Nichts ist vorgefallen. Er hat Schluss gemacht. Nichts weiter.«

»Da hab ich was anderes gehört.« Sie rollte sich wieder auf die Seite, und ich konnte in der Dunkelheit ihren Blick auf meinem Gesicht spüren. »Ich hab gehört, dass du Schluss gemacht hast.«

»Na, dann hast du etwas Falsches gehört. Er hat mit mir Schluss gemacht. Per SMS, falls du es genau wissen willst.«

Kurz darauf hatte ich das Telefon weggeschmissen. Das heiter unbeschwerte »Piep-Piep«, das den Eingang einer Nachricht begleitete, hatte mir jedes Mal einen Stich versetzt.

»Okay … Aber trotzdem. Hör mal, ich hab dich nie gefragt, aber hat er …?«

Sie hielt inne. Ich konnte spüren, wie es in ihr arbeitete, wie sie nach Worten für etwas suchte, das heikel war. Ich schwieg. Was auch immer es war, das sie sagen wollte, ich würde ihr nicht zur Hilfe kommen.

»Ach, scheiß drauf, es gibt keine Art, das zu sagen, ohne aufdringlich zu wirken, aber ich muss es einfach fragen. Er hat dich … er hat dich nicht geschlagen, oder?«

»*Was?*«

Damit hatte ich nicht gerechnet.

»Okay, offenbar nicht, sorry.« Nina drehte sich wieder auf den Rücken. »Tut mir leid. Aber ehrlich, Lee …«

»*Nora.*«

»Sorry! Sorry, Clare hat mich angesteckt. Und du hast recht. Es ergibt auch gar keinen Sinn. Aber so wie du reagiert hast, als ihr euch getrennt habt – da darfst du dich nicht wundern, wenn die Leute sich fragen …«

»*Die Leute?*«

»Ja, Mensch, wir waren sechzehn – dass du die Stadt verlassen hast und dann James' Zusammenbruch, das war schon ziemlich dramatisch. Es wurde geredet, das ist ja wohl klar.«

»Ach du Schande!« Ich starrte an die Decke. Alles war still bis auf ein merkwürdiges, sanftes Rieseln draußen, wie Regen, nur weicher. »Das haben die Leute echt gedacht?«

»Ja«, bestätigte Nina lakonisch. »Ich schätze, das war die beliebteste Theorie. Das oder dass er dich mit irgendwas Unschönem angesteckt hat.«

Gott. Armer James. Bei allem, was er getan hatte: Das hatte er nicht verdient.

»Nein«, sagte ich schließlich. »Nein, James Cooper hat mich nicht geschlagen. Oder mich mit etwas angesteckt. Und das darfst du gerne allen erzählen, wenn du noch mal mitbekommst, dass jemand ›sich fragt‹. Also, gute Nacht, ich werde jetzt schlafen.«

»Was war es denn? Wenn es das nicht war? Was ist passiert?«

»Gute Nacht.«

Ich drehte mich auf die Seite, lauschte der Stille, Ninas aufgebrachtem Atem und dem leisen Rieseln vor dem Fenster.

Und dann endlich schlief ich ein.

11

Stimmen. Draußen im Korridor. Durch den Morphiumnebel kriechen sie in meinen Traum hinein, und einen Moment lang glaube ich, dass ich zurück im Glass House bin und Clare und Flo vor meiner Tür flüstern, während sie mit zitternden Händen das Gewehr halten.

Wir hätten das ganze Haus überprüfen sollen …

Dann öffne ich die Augen und erinnere mich, wo ich bin.

Das Krankenhaus. Die Leute vor meiner Tür sind Schwestern, Pfleger im Nachtdienst … vielleicht auch die Polizistin, die ich zuvor gesehen habe.

Ich liege da und blinzle, versuche, mein müdes, umnebeltes Gehirn in Gang zu setzen. Wie spät ist es? Die Lichter im Krankenhaus sind für die Nacht gedimmt, aber ich habe keine Ahnung, ob es neun Uhr abends oder vier Uhr morgens ist.

Ich wende meinen Kopf zur Seite, um nach meinem Telefon zu suchen. Immer, wenn ich aufwache, kontrolliere ich die Uhrzeit auf meinem Handy. Es ist das Erste, was ich tue. Aber der Nachttisch neben meinem Bett ist leer. Mein Handy ist nicht da.

Auf dem Stuhl am Fenster hängen keine Kleider, das Nachthemd hat keine Taschen. Mein Handy ist weg.

Ich liege da und sehe mich in dem kleinen, schwach beleuchteten Zimmer um. Es ist ein Einzelzimmer, was etwas merkwürdig ist – aber vielleicht war die reguläre Station voll belegt. Oder vielleicht ist das einfach das normale Vorgehen hier. Es gibt keine anderen Patienten, die ich fragen könnte, keine Uhr an der Wand. Falls der sanft blinkende grüne Monitor neben meinem Kopf eine Zeitanzeige hat, kann ich sie jedenfalls nicht sehen.

Einen Moment lang überlege ich zu rufen, die Polizistin draußen zu fragen, wie spät es ist, wo ich bin, was mir zugestoßen ist.

Dann fällt es mir wieder ein: Sie spricht mit jemand anderem, es waren ihre leisen Stimmen, die mich geweckt haben. Ich schlucke, es fühlt sich trocken und rauh an, und ich hebe meinen Kopf unter Schmerzen aus dem Kopfkissen, um mein Anliegen hervorzukrächzen. Doch bevor ich sprechen kann, dringt ein Satz durch das dicke Glas der Tür und klebt meine trockene Zunge an meinen Gaumen.

»Himmel«, höre ich, »also haben wir es jetzt mit Mord zu tun?«

12

Als ich erwachte, herrschte eine klare, helle Stille, gestört allein von Ninas leisem Schnarchen im Nachbarbett. Doch wie ich so dalag, mich streckte und wünschte, ich hätte mein Wasserglas nachgefüllt, begann ich allmählich, die Klänge des Waldes zu unterscheiden: Vogelgesang, knackende Äste, ein weiches »Plumps«, das ich nicht zuordnen konnte, gefolgt von einem sachten Geriesel, wie Zettel, die auf den Boden gleiten.

Ich sah auf mein Handy – 06:48, immer noch kein Empfang –, dann schnappte ich mir eine Strickjacke und tapste zum Fenster. Als ich den Vorhang zurückschob, musste ich beinahe lachen. Es hatte über Nacht geschneit, nicht stark, doch genug, um die Landschaft in eine viktorianische Ansichtskarte zu verwandeln. *Das* war also das merkwürdige Rieseln gewesen, das ich in der Nacht gehört hatte. Ich hätte nur aus dem Fenster sehen müssen.

Der Himmel strahlte in den prächtigsten Rosa- und Blautönen, die Wolken wurden von unten pfirsichfarben angeleuchtet, und der Boden präsentierte sich als ein weicher, gesprenkelter Teppich aus Weiß, schraffiert mit Spuren von Vogelfüßen und herabgefallenen Kiefernnadeln.

Bei dem Anblick juckte es mich in den Füßen, und ich wusste sofort und unmissverständlich, dass ich jetzt laufen *musste.*

Meine Laufschuhe auf der Heizung waren noch schlammverkrustet von gestern, aber sie waren trocken, ebenso wie meine Leggings. Ich zog mir ein Thermohemd über und eine Mütze, befand aber, dass ich keine Jacke brauchen würde.

Selbst an einem eisigen Tag produziere ich beim Laufen genug Wärme, um mich warmzuhalten, vorausgesetzt, es weht kein starker Wind. Dieser Morgen war ruhig. Kein Ast bewegte sich im Wind, und wenn Schnee von den Bäumen fiel, lag es an der Schwerkraft, nicht am Wind; es waren die Zweige, die sich unter ihrer schweren Last bogen.

Aus allen Räumen konnte ich sanftes Schnarchen hören, als ich leise auf Socken die Treppe hinunterstieg. Die Schuhe zog ich erst an, als ich die Fußmatte erreicht hatte, um die Böden von Flos Tante zu schonen. Die Vordertür war mit einer einschüchternden Menge von Schlössern und Riegeln gesichert, also lief ich auf Zehenspitzen in die Küche, deren Außentür nur eine Klinke und einen Schlüssel hatte. Der Schlüssel ließ sich leicht umdrehen, und ich hob die Klinke an. Beim Aufziehen der Tür fuhr ich plötzlich zusammen, als ich mich fragte, ob es vielleicht einen Alarm gab, den ich zuerst hätte deaktivieren müssen – doch das Sirenengeheul blieb aus, und ich schlüpfte unbemerkt hinaus in den eisigen Morgen und begann mit Aufwärmübungen.

Etwa vierzig Minuten später joggte ich langsam den Waldweg entlang zurück, meine Wangen glühend vor Kälte und Anstrengung, mein Atem eine weiße Wolke vor dem Hintergrund des gleißend blauen Himmels. Ich fühlte mich leicht und entspannt, den Frust und die Spannungen hatte ich irgendwo im Wald zurückgelassen. Trotzdem überkam mich eine leichte Beklommenheit, als ich sah, dass die Kombitherme Dampfwolken ausstieß wie eine Lokomotive. Jemand war schon auf und benutzte das heiße Wasser.

Ich hatte gehofft, dass ich noch eine ruhige Stunde für

mich haben würde, während die anderen schliefen, dass ich allein frühstücken könnte, ohne peinlichen Smalltalk. Aber als ich mich näherte, sah ich, dass jemand nicht nur aufgestanden, sondern auch draußen gewesen war. Im Schnee waren Fußspuren vom Hintereingang zur Garage und zurück. Seltsam. Alle Autos standen geparkt vor dem Haus, im Freien. Warum sollte jemand in die Garage gehen?

Doch allmählich begann ich in meinem verschwitzten Hemd zu frieren, jetzt, da ich mich nicht mehr den Hügel hochkämpfte, und ich wollte Kaffee. Ich ging auf die Küchentür zu. Wer auch immer jetzt schon wach war, würde eine Erklärung haben.

»Hallo«, rief ich leise, als ich die Tür öffnete, da ich die anderen nicht wecken wollte. »Ich bin's nur.«

Drinnen saß jemand am Küchentresen, über ein Mobiltelefon gebeugt. Sie hob ihren Kopf, und ich erkannte Melanie.

»Hey!« Sie lächelte mir zu, wobei tiefe Pfirsichgrübchen in ihrer Wange aufblitzten und wieder verschwanden. »Ich dachte, dass sonst noch keiner wach wäre. Du bist im Schnee laufen gewesen? Du Wahnsinnige!«

»Es ist so schön draußen.« Ich trat den Schnee auf der Fußmatte ab, zog die Laufschuhe aus und hielt sie an den Schnürsenkeln fest. »Wie spät ist es?«

»Halb acht. Ich bin seit etwa zwanzig Minuten auf. Das ist so typisch – meine einzige Chance, mal auszuschlafen, ohne dass Ben mich aufweckt, und hier sitze ich und kann nicht schlafen.«

»Du bist darauf konditioniert«, sagte ich, und sie seufzte.

»Verdammt wahr. Magst du Tee?«

»Ich hätte lieber Kaffee, falls du welchen machst.« Dann erst fiel es mir ein. »Ach Mist, es gibt ja gar keinen Kaffee, oder?«

»Nein. Das bringt mich um. Zu Hause bin ich auch ein

Kaffeetyp. Im Studium immer nur Tee, aber Bill hat mich bekehrt. Ich habe schon versucht, so viel Tee zu trinken, dass ich auf die gleiche Koffeinmenge komme, aber ich glaube, meine Blase verkraftet das nicht.«

Tja, dann. Immerhin war Tee heiß und flüssig.

»Ich hätte sehr gern einen Tee. Ist es okay, wenn ich erst kurz dusche und mich umziehe? Ich bin schon gestern in den Klamotten gelaufen, ich stinke bestimmt.«

»Kein Problem. Ich wollte auch Toast machen. Wenn du zurückkommst, ist alles fertig.«

Als ich zehn Minuten später wieder hinunterkam, schlugen mir der Duft von frischem Toast und die Stimme von Melanie entgegen, die *The Wheels on the Bus* summte.

»Hey«, sagte sie, als ich die Küche betrat und dabei mein Haar mit dem Handtuch trockenrubbelte. »Also, es gibt Marmite, Marmelade oder Erdbeerkonfitüre.«

»Keine Himbeere?«

»Nö.«

»Dann Marmite, bitte.«

Sie strich es auf die Toastscheibe, schob mir den Teller zu und blickte dann verstohlen auf ihr Handy, das auf der Tischplatte lag. Ich nahm einen Bissen und fragte: »Immer noch kein Empfang?«

»Nein.« Ihr höfliches Lächeln verflog. »Das macht mir echt zu schaffen. Er ist erst sechs Monate alt und er ist ein bisschen unruhig, seit wir mit der festen Nahrung angefangen haben. Es ist … ich weiß, es ist blöd, aber ich finde es einfach schrecklich, von ihm getrennt zu sein.«

»Kann ich mir vorstellen«, sagte ich mitfühlend, obwohl ich es nicht wirklich konnte. Was ich dagegen sehr gut nachvollziehen konnte, war der Wunsch, nach Hause zu fahren, und der musste noch ungleich viel stärker sein, wenn da jemand Kleines und Hilfloses darauf wartete, dass man zurückkam. »Wie ist er so?«, erkundigte ich mich in dem Versuch, sie aufzuheitern.

»Oh, er ist ganz zauberhaft!« Ihr Lächeln kehrte zurück, diesmal ein wenig überzeugender, und sie nahm ihr Telefon und begann, durch die Fotogalerie zu scrollen. »Guck mal, hier hat er gerade seinen ersten Zahn.«

Ich blickte auf ein verschwommenes Bild von einem mondgesichtigen Kind, das überhaupt keine erkennbaren Zähne hatte, doch da wischte sie schon weiter, auf der Suche nach einem anderen Foto. Wir kamen an einem vorbei, das an eine Explosion in einer Senffabrik erinnerte, und sie zog eine Grimasse. »Oh Gott, tut mir leid.«

»Was war das denn?«

»Da hatte Ben nicht nur die Windel vollgemacht, sondern das Zeug auch noch in seine Haare geschmiert und ich hab ein Foto gemacht, um es Bill auf die Arbeit zu schicken.«

»Bill und Ben? Wie in dieser Fernsehserie?«

»Ja, ich weiß«, lachte sie verlegen. »Wir haben irgendwann angefangen, ihn Ben zu nennen, als er noch in meinem Bauch war. Als Witz eigentlich, aber dann ist es haften geblieben. Ich habe ein etwas schlechtes Gewissen deswegen, aber ich nehme mal an, dass er nicht allzu oft im Leben mit seinem Vater als Doppelnummer auftreten muss. Oh, guck dir mal das hier an – da war er zum ersten Mal schwimmen!«

Dieses Bild war deutlicher zu erkennen – ein erschrockenes kleines Gesicht in einem hellblauen Wasserbecken, den Mund zu einem entrüsteten roten »Oh!« verzogen.

»Er sieht wirklich lieb aus«, lobte ich und bemühte mich, nicht wehmütig zu klingen. Gott weiß, ich will kein Baby haben, doch manchmal fühle ich mich beim Anblick glücklicher Familien ein wenig ausgeschlossen, selbst wenn es nicht so gemeint ist.

»Das ist er auch«, erwiderte Melanie, ihre Züge jetzt ganz sanft. »Ich kann mich sehr glücklich schätzen.« Fast unbewusst berührte sie das Kreuz an ihrer Halskette und seufzte. »Ich wünschte nur, es gäbe Empfang hier. Ich dachte, ich wäre so weit, ihn mal allein zu lassen, aber jetzt … zwei Nächte sind zu viel. Ich frage mich die ganze Zeit: Was, wenn etwas schiefgeht und Bill mich nicht erreichen kann?«

»Aber er hat doch die Festnetznummer von hier, oder?« Ich nahm noch einen Bissen Toast mit Marmite.

Melanie nickte. »Ja, schon. Apropos …« Sie warf erneut einen Blick auf die Uhr auf ihrem Handy. »Ich hatte ihm gesagt, dass ich am Morgen anrufen würde. Er wollte ungern so früh anrufen, weil er Sorge hatte, dass er damit alle aufwecken würde. Macht es dir was aus, wenn ich mal schnell …?«

»Überhaupt nicht«, versicherte ich, und sie stand auf, spülte ihre Tasse aus und stellte sie auf den Küchentresen. »Ach, übrigens«, es fiel mir plötzlich wieder ein, als sie auf die Tür zuging. »Was ich noch fragen wollte: Warst du heute Morgen in der Garage?«

»Nein?« Sie schien überrascht, sodass es eher wie eine Frage klang. »Wieso? War sie offen?«

»Keine Ahnung, ich bin nicht bis zur Tür gegangen. Aber da waren Fußspuren, die dorthin führten.«

»Wie merkwürdig. Ich war's nicht.«

»Seltsam.« Ich nahm einen weiteren Bissen und kaute nachdenklich. Die Fußspuren waren frisch, also mussten sie irgendwann entstanden sein, *nachdem* heute Nacht der Schnee gefallen war. »Glaubst du, es könnte …«, setzte ich an, hielt dann aber inne.

»Was?«

Ich hatte nicht zu Ende gedacht, was ich sagen wollte, und jetzt fiel es mir merkwürdig schwer, es auszusprechen. »Na ja … ich bin eigentlich davon ausgegangen, dass es jemand war, der vom Haus zur Garage gelaufen ist und wieder zurück. Aber es könnte auch andersrum gewesen sein.«

»Wie … also jemand, der hier herumschnüffelt? Gab es denn Fußspuren hin zur Garage?«

»Ich habe keine gesehen. Aber die Garage ist so nah am Waldrand, und ich glaube nicht, dass man die Spuren dort sehen könnte – der Schnee liegt da zu ungleichmäßig und lückenhaft.«

Außerdem hätte ich diese Spuren, so es sie denn gegeben hätte, bei meinem Waldlauf zertrampelt. Aber das erwähnte ich nicht.

»Egal«, sagte ich und griff entschlossen nach der Teetasse. »Das ist doch albern. Es war vermutlich bloß Flo, die irgendwas holen musste.«

»Ja, da hast du wahrscheinlich recht«, meinte Melanie.

Sie zuckte mit den Schultern und ging aus dem Zimmer. Kurz darauf hörte ich ein leises Klimpern, als sie den Hörer abhob. Doch statt des Ratterns der Wählscheibe folgte danach noch ein Klimpern und noch eins und noch eins, und schließlich ein »Peng«, als sie den Hörer auf die Gabel knallte.

»Verdammt noch mal, die Leitung ist tot! Also, jetzt reicht's mir echt. Was, wenn Ben etwas zustößt?«

»Moment.« Ich stellte meinen Teller in die Spülmaschine und folgte ihr ins Wohnzimmer. »Lass mich mal. Vielleicht liegt es an der Nummer.«

»Nein, es liegt nicht an der Nummer.« Sie reichte mir den Hörer. »Die Leitung ist tot. Hör doch.«

Sie hatte recht. Es gab kein Freizeichen, bloß das Hallen einer leeren Leitung und ein schwaches Klicken.

»Das muss am Schnee liegen.« Ich dachte an die Zweige im Wald, die sich unter ihrer Last bogen. »Bestimmt ist ein Ast abgebrochen und hat eine Leitung durchtrennt. Die Techniker werden das sicher wieder reparieren können, aber …«

»Aber *wann?*«, fragte Melanie. Ihr Gesicht war gerötet und aufgeregt, und in ihren Augen waren Tränen zu sehen. »Ich wollte Clare gegenüber keine große Sache draus machen, aber das ist mein erstes Mal weg von zu Hause, und um ehrlich zu sein, geht es mir echt mies dabei. Ich weiß, ich sollte einen auf ›Juhu! Mädelsabend!‹ machen, aber ich will das eigentlich gar nicht mehr – die ganze Sauferei und das blödsinnige Gezicke. Mir ist es scheißegal, wer mit wem geschlafen hat. Ich will nur nach Hause und mit Ben knuddeln. Willst du den wahren Grund wissen, warum ich so früh aufgestanden bin? Weil meine Brüste steinhart waren von all der Milch, und das tat so weh, dass ich davon aufgewacht bin, nur um dann feststellen zu müssen, dass sie schon ausgelaufen waren, über das ganze verdammte Bett.« Jetzt weinte sie wirklich, so sehr, dass ihr bereits die Nase lief. »Ich m-musste aufstehen und ins Waschbecken abpumpen. Und jetzt r-reicht es mir wirklich, ich hab ja überhaupt k-keine Ahnung, wie es ihnen geht. Ich will hier nicht mehr sein.«

Ich starrte sie an und biss mir auf die Lippen. Ein Teil von mir wollte sie umarmen, ein anderer schreckte vor ihrem tränenüberströmten, rotzverschmierten Gesicht zurück.

»Hey«, sagte ich. »Hör mal … wenn du dich hier so unwohl fühlst …«

Doch dann verstummte ich. Sie hörte gar nicht zu. Sie sah mich nicht mal an, sondern starrte durch das Fenster hindurch auf den schneebedeckten Wald und schien über etwas nachzugrübeln. Sie atmete langsam ein und aus, während ihr Schluchzen abebbte.

»Melanie?«, versuchte ich es schließlich.

Sie wandte sich mir zu und wischte sich mit dem Ärmel ihres Morgenmantels übers Gesicht. »Ich fahre«, verkündete sie.

Es kam so plötzlich, dass ich nicht wusste, was ich sagen sollte.

»Flo wird mich umbringen, aber das ist mir egal. Clare wird es nichts ausmachen. Ich glaube, sie hat sich sowieso nie viel aus diesem Junggesellinnenabschied gemacht. Das haben wir alles nur Flo zu verdanken, die irgendwie besessen ist von der Idee, die beste Freundin der Welt zu sein. Glaubst du, ich komme mit dem Auto die Zufahrt runter?«

»Ja«, versicherte ich. »Unter den Bäumen liegt nur eine dünne Schneeschicht. Aber was ist denn dann mit Tom? Du hattest ihn doch mitgenommen, oder?«

»Erst ab Newcastle.« Sie wischte sich erneut übers Gesicht. Nun, da sie eine Entscheidung getroffen hatte, wirkte sie ruhiger. »Bestimmt kann Clare oder Nina oder sonst wer ihn mitnehmen. Ist sicher kein Problem.«

»Ja, da hast du wohl recht.« Ich biss mir auf die Lippen, während ich mir Flos Reaktion auf all dies vorstellte. »Hör mal, bist du sicher, dass du nicht noch ein bisschen länger durchhältst? Die werden die Telefonverbindung bestimmt bald wieder hergestellt haben.«

»Nein. Mein Entschluss steht fest, ich fahre jetzt. Ich meine, ich warte schon noch, bis Flo wach ist, aber ich werde jetzt packen. Oh! Was für eine Erleichterung.« Sie lächelte plötzlich, und wo gerade noch finstere Wolken über ihr Gesicht gezogen waren, strahlte nun förmlich die Sonne. Selbst die Grübchen kehrten auf ihre Wangen zurück. »Danke fürs Zuhören. Sorry, dass ich ein bisschen durchgedreht bin, aber du hast mir die Augen geöffnet. Ich meine, du hast recht – wenn man keinen Spaß hat, warum sollte man bleiben? Clare würde nicht wollen, dass ich hier weiter rumhänge und mich dabei elend fühle.«

Ich sah ihr nach, wie sie langsam die Treppe hochging, vermutlich, um ihre Sachen zu packen, und dachte über ihre letzten Worte nach.

Warum sollte man bleiben? Plötzlich wurde mir bewusst,

dass ich nicht gewollt hatte, dass sie wegfuhr. Nicht, weil ich sie mochte oder vermissen würde – dafür kannte ich sie nicht gut genug, obwohl ich sie durchaus sympathisch fand –, sondern weil ich meine eigenen Fluchtfantasien hegte. Und wenn eine fehlte, würde es das Ganze ungleich komplizierter machen – nun würde der zusätzliche Druck auf den Zurückgebliebenen lasten, den Verlust von Melanie wettzumachen.

Und ohne Auto, ohne das Alibi eines kleinen Babys, welchen Grund könnte ich mir schon ausdenken, der nicht als Missgunst ausgelegt werden würde, wegen James, wegen der Tatsache, dass die Bessere gewonnen und sich meinen Ex-Freund geschnappt hatte?

Ich hatte geglaubt, dass ich schon vor langer Zeit aufgehört hätte, mich einen Dreck darum zu scheren, was Clare Cavendish von mir dachte. Während ich langsam zurück in die Küche ging, erkannte ich, dass ich mich getäuscht hatte.

13

Clare hatte ich so kennengelernt: Es war mein erster Tag in der Grundschule, ich saß allein an einem Tisch und versuchte, nicht zu weinen. Alle anderen hatten schon den der Schule angegliederten Kindergarten besucht, nur ich nicht, und ich kannte niemanden. Ich war klein und dürr und hatte harte kleine Zöpfchen, die meine Mutter mir fest an die Kopfhaut flocht, »um die Läuse fernzuhalten«.

Ich konnte schon lesen, aber ich wollte nicht, dass irgendjemand das mitbekam. Meine Mutter hatte gesagt, dass ich mich unbeliebt machen würde, wenn ich als kleine Besserwisserin aufträte, und dass die Lehrer mir außerdem die richtige Methode beibringen würden, nicht meine eigene, improvisierte.

So saß ich also allein da, während die anderen Kinder sich in Paaren an den Tischen zusammenfanden und drauflosplapperten. Und dann betrat Clare den Raum. Ich hatte noch nie zuvor jemand so Schönes gesehen. Den Schulregeln zum Trotz trug sie ihr langes Haar offen, und es glänzte im Sonnenlicht wie frisch aus einem Shampoo-Werbespot. Sie sah sich im Raum um, sah die anderen Kinder, von denen eins oder zwei hoffnungsvoll auf den Stuhl neben sich klatschten und riefen: »Clare! Clare, komm neben mich!«

Und sie wählte mich.

Ich weiß nicht, ob jemand nachvollziehen kann, wie es ist, von jemandem wie Clare ausgewählt zu werden. Es ist, als ob sich ein Scheinwerfer genau auf dich richtet und dich in seinem warmen Licht badet. Du fühlst dich zugleich bloßgestellt und geschmeichelt. Alle sehen dich an, und du kannst die Verwunderung auf ihren Gesichtern lesen: »Warum ausgerechnet sie?«

Clare setzte sich neben mich, und ich spürte, wie ich mich von einem Niemand in einen Jemand verwandelte. Einen Jemand, mit dem sich die Leute tatsächlich unterhalten und sogar anfreunden wollten.

Sie lächelte, und ich konnte nicht anders, als ihr Lächeln zu erwidern. »Hallo«, sagte sie. »Ich bin Clare Cavendish, und meine Haare sind so lang, dass ich darauf sitzen kann. Ich werde im Krippenspiel die Maria sein.«

»Ich …«, versuchte ich zu antworten. »Ich bin L-Le…«

Ich bin Leonora, hatte ich sagen wollen. Doch Clare lächelte nur.

»Hi, Lee.«

»Clare Cavendish.« Die Klassenlehrerin klopfte gegen die Tafel, um unsere Aufmerksamkeit zu gewinnen. »Warum sind deine Haare nicht zusammengebunden?«

»Ich bekomme davon Migräne.« Clare wandte ihr engelsgleiches, von der Sonne erleuchtetes Gesicht der Lehrerin zu. »Meine Mama sagt, ich soll nicht. Ich hab einen Zettel vom Arzt.«

So war Clare.

Konnte es stimmen, dass sie eine Bescheinigung vom Arzt hatte? Würde irgendein Arzt, der noch alle Sinne beisammenhatte, einer Fünfjährigen eine Bescheinigung ausstellen, die ihr erlaubt, die Haare offen zu tragen?

Aber irgendwie schien das keine Rolle zu spielen. Clare Cavendish hatte es gesagt, dadurch wurde es wahr. Im Krippenspiel wurde sie Maria. Und ich wurde Lee. Die unauffällige, stotternde Lee. Ihre beste Freundin.

Ich habe nie vergessen, was Clare an jenem ersten Tag getan hat. Sie hätte jede wählen können. Sie hätte ihre Beliebtheit ausspielen und neben einem der Mädchen mit Barbie-Haarspangen und Lelli-Kelly-Schuhen sitzen können.

Stattdessen wählte sie das einzige Mädchen, das still war, allein, und sie verwandelte mich.

Als Clares beste Freundin wurde ich in alle Spiele einbezogen und war nicht dazu verdonnert, am Spielfeldrand darauf zu warten, dass jemand mich fragte, ob ich mitspielen wollte, und mir währenddessen nicht anmerken zu lassen, wie einsam ich mich dabei fühlte. Ich wurde zu Geburtstagen eingeladen, weil Clare mich dabeihaben wollte, und als bekannt wurde, dass Clare zum Spielen zu mir nach Hause gekommen war und sich lobend über meine Schaukel und mein Puppenhaus geäußert hatte, begannen die anderen Mädchen, meine zaghaften Einladungen anzunehmen.

Fünfjährige können unglaublich grausam sein. Sie sagen Dinge, die ein Erwachsener niemals sagen würde – beißende Bemerkungen darüber, wie man aussieht, spricht oder riecht, wie man sich anzieht. Wenn jemand in einem Büro solche Dinge sagen würde, würde man ihn wegen Mobbings feuern, aber in der Schule ist es einfach die natürliche Ordnung der Dinge. Jede Klasse hat einen unbeliebten Sündenbock, neben dem kein Kind sitzen will, dem immer die Schuld zugeschoben wird und der in allen Mannschaftsspielen als Letztes gewählt wird. Und ebenso unweigerlich hat jede Klasse eine Königin, eine, die den Ton angibt. Wenn es in unserer Klasse so eine Königin gab, dann war es Clare, und ohne ihre Freundschaft hätte ich leicht zum Sündenbock werden können und für immer allein an jenem Tisch sitzen müssen. Ein Teil von mir, die verängstigte Fünfjährige in meiner erwachsenen Hülle, wird ihr dafür ewig dankbar sein.

Das soll nicht heißen, dass es immer leicht war, Clares Freundin zu sein. Der Scheinwerferstrahl aus Wärme und Zuneigung konnte ebenso willkürlich weitergeschwenkt werden, wie er sich auf einen gerichtet hatte. Es konnte vorkommen, dass man plötzlich nicht mehr verteidigt, sondern verspottet und verhöhnt wurde. An vielen Tagen kam ich weinend nach Hause, wegen etwas, das Clare gesagt oder getan hatte. Doch sie war lustig und großzügig, und ihre Freundschaft war ein Rettungsanker, ohne den ich nicht auskam, daher verzieh ich ihr einfach alles.

Meine Mutter hingegen hielt nichts von Clare, aus Gründen, die sich mir nie völlig erschlossen. Es ergab keinen Sinn, denn in vielerlei Hinsicht ähnelte Clare der Tochter, zu der meine Mutter mich immer hatte machen wollen – charmant, gesprächig, beliebt, nicht allzu kopflastig. Als die Grundschulzeit dem Ende zuging, machte meine Mutter keinen Hehl aus ihrer Hoffnung, dass ich die Aufnahme aufs örtliche Gymnasium schaffen würde und Clare nicht. Doch Clare schaffte es. Sie war keine Streberin, das konnte man ihr wirklich nicht nachsagen, aber sie war gescheit und Prüfungen meisterte sie stets ohne große Anstrengung.

Also ging meine Mutter zur Lehrerin und erwirkte, dass wir in verschiedene Klassen eingeteilt wurden. Und ich fand im Unterricht eine neue Gefährtin, mit der ich ein ebenso ungleiches Paar abgab: die kratzbürstige Nina mit ihren dünnen braunen Beinen und großen dunklen Augen. Nina war hoch aufgeschossen, während ich eher kurz geraten war, sie lief die achthundert Meter in zweieinhalb Minuten, sie war witzig und hatte vor niemandem Angst. Es war gefährlich, sich in ihrer Nähe aufzuhalten, denn ihre scharfe Zunge unterschied nicht zwischen Freund und Feind – es war genauso wahrscheinlich, dass man zur Zielscheibe ihrer Witze wurde, wie dass man darüber lachen würde. Aber ich mochte sie. Und in vieler Hinsicht fühlte ich mich mit ihr sicherer als mit Clare.

Doch die neue Situation machte keinen Unterschied. Außerhalb des Unterrichts suchte Clare meine Nähe. Wir verbrachten die Mittagspause zusammen. Wir schwänzten zusammen und gaben im Woolworths unser Taschengeld aus, für die CDs, die Clare mochte, oder den glitzernden Nagellack, den wir in der Schule nicht tragen durften. Nur einmal, mit fünfzehn, wurden wir erwischt. Plötzlich legte sich eine schwere Hand auf unsere Schultern. Das wütende Gesicht von Mr Bannington beugte sich über uns und drohte, uns der Schule zu verweisen, es unseren Eltern zu erzählen, uns für den Rest unseres Lebens nachsitzen zu lassen …

Clare sah zu ihm auf, ihre blauen Augen klar und voller Aufrichtigkeit. »Es tut mir so leid, Mr Bannington«, sagte sie, »aber heute ist der Geburtstag von Lees Großvater. Sie wissen doch, der, bei dem sie früher gelebt hat?« Sie hielt inne und warf ihm einen bedeutungsvollen Blick zu, als wolle sie ihn auffordern, sich zu erinnern und eins und eins zusammenzuzählen. »Lee ging es nicht gut, und sie fühlte sich nicht in der Lage, zum Unterricht zu gehen. Es tut mir leid, wenn wir Unrecht getan haben.«

Einen Moment lang stutzte ich. War heute wirklich Opas Geburtstag? Sein Tod lag jetzt ein Jahr zurück. Hatte ich es wirklich vergessen? Dann setzte mein Verstand wieder ein, und mit ihm kam die Wut. Nein, *natürlich* nicht. Sein Geburtstag war im Mai. Es war doch erst März.

Mr Bannington stand da, kaute auf seinem Schnurrbart herum und runzelte die Stirn. Dann legte er mir die Hand auf die Schulter. »Nun ja, unter diesen Umständen … Ich kann so etwas nicht zulassen, Mädchen. Stellt euch nur mal vor, es gäbe einen Feueralarm und Menschen würden ihr Leben aufs Spiel setzen, um nach euch zu suchen. Versteht ihr? Also lasst es bitte nicht zur Gewohnheit werden. Doch unter den Umständen werden wir kein Wort mehr darüber verlieren. Dieses eine Mal.«

»Es tut mir leid, Mr Bannington.« Clare ließ den Kopf hängen, wirkte beschämt und unsicher. »Ich wollte doch nur eine gute Freundin sein. Es ist schwer für Lee, wissen Sie?«

Mr Bannington hüstelte gerührt, verabschiedete sich mit einem kurzen Kopfnicken, drehte sich auf dem Absatz um und verschwand.

Ich war so wütend, dass ich auf dem Weg zurück zur Schule kein Wort herausbrachte. Wie konnte sie es wagen. Wie konnte sie es *wagen*.

Am Schultor legte sie mir die Hand auf die Schulter. »Hör mal, Lee, ich hoffe, es macht dir nichts aus. Ich wusste nicht, was ich sonst sagen sollte. Verstehst du? Ich war diejenige, die dich zum Schwänzen überredet hat, und da dachte ich, dass es meine Verantwortung ist, uns auch wieder da rauszuboxen.«

Mein Gesicht blieb starr. Ich dachte daran, was meine Mutter gesagt hätte, wenn man mich suspendiert hätte, und dass Clare uns beide herausgepaukt hatte. Ich dachte an den Mai und wie ich den Tag – den echten Geburtstag meines Großvaters – würde durchstehen müssen, ohne es zu erwähnen, ohne jemals wieder ein Wort darüber zu verlieren.

»Danke«, sagte ich, mit einer harten, unnatürlichen Stimme, die nicht stotterte, die nicht nach mir klang.

Clare lächelte nur, und ich fühlte wieder ihre Sonnenwärme auf mir. »Gern geschehen.«

Ich spürte, wie ich dahinschmolz und, fast gegen meinen Willen, ihr Lächeln erwiderte.

Schließlich hatte sie doch nur eine gute Freundin sein wollen.

»Nein.«

»Flo …«

»Du gehst nicht.«

Einen Moment lang stand Melanie reglos in der Mitte der Küche, als fragte sie sich, was sie darauf erwidern sollte. Dann stieß sie ein ungläubiges Lachen aus.

»Tja. Wie du siehst … gehe ich sehr wohl.« Sie warf sich die Tasche über die Schulter und versuchte, sich an Flo vorbei zur Tür zu schieben.

»Nein!«, rief Flo. In ihrer Stimme schwang Hysterie mit. »Ich werde nicht zulassen, dass du alles kaputt machst!«

»Sei nicht so ein Psycho, Flo«, blaffte Melanie zurück. »Ich weiß – ich weiß, dass dir das wichtig ist, aber Clare ist es doch scheißegal, ob ich hier bin oder nicht. Du hast ein Bild davon im Kopf, wie alles sein sollte, aber du kannst die Menschen nicht zwingen, da mitzuziehen. Reiß dich mal zusammen!«

»Du …« Flo richtete den Zeigefinger auf Melanie. »… du bist eine schlechte Freundin. Ein schlechter *Mensch*.«

»Ich bin keine schlechte Freundin.« Melanie klang auf einmal sehr müde. »Ich bin einfach bloß Mutter. Mein Leben dreht sich verdammt noch mal nicht um Clare Cavendish. Und jetzt geh mir bitte aus dem Weg.«

Sie drängte sich an Flos ausgestreckten Armen vorbei in den Flur und sah auf.

»Clare! Du bist ja auf!«

»Was ist denn los?«

Clare kam in einem zerknitterten Leinenkleid die Treppe hinunter. Die Sonne schien durch das Fenster in ihrem Rücken auf sie herab und erleuchtete ihr Haar wie einen Heiligenschein.

»Ich habe laute Stimmen gehört. Was ist denn los?«

»Ich fahre heim.« Melanie ging ein paar Stufen auf Clare zu, drückte ihr einen kurzen Kuss auf die Wange und schob sich die Tasche auf der Schulter zurecht. »Es tut mir leid – ich hätte gar nicht erst kommen sollen. Ich bin noch nicht so weit, Ben allein zu lassen, und die Sache mit dem Telefon macht es nur schlimmer …«

»Welche Sache mit dem Telefon?«

»Die Festnetzleitung ist tot«, erklärte Melanie. »Aber das ist es nicht. Nicht wirklich. Ich will nur … Ich will einfach nur wieder nach Hause. Ich hätte nicht kommen sollen. Du bist mir nicht böse, oder?«

»Natürlich nicht.« Clare gähnte und strich sich eine Strähne aus den Augen. »Sei nicht albern. Wenn du dich hier nicht wohlfühlst, dann geh ruhig. Wir sehen uns ja auf der Hochzeit.«

»Ja.« Melanie nickte. Dann beugte sie sich vor, warf einen kurzen Blick über die Schulter auf Flo und sagte mit leiser Stimme: »Hör mal, Clare, sieh zu, dass sie sich wieder in den Griff bekommt, ja? Das ist nicht … es ist nicht gesund. Für niemanden.«

Dann öffnete sie die Tür, knallte sie hinter sich zu, und das Letzte, was wir hörten, war das Knirschen der Reifen, während ihr Auto über die mit tiefen Spurrillen durchzogene Einfahrt davonholperte.

Flo brach in Tränen aus. Während ich noch dastand und überlegte, was ich tun sollte, tun konnte, kam Clare gähnend die letzten Stufen hinunter, nahm Flo am Arm und führte sie in die Küche. Ich hörte Flos abgehacktes Schluchzen und Schniefen und dazu Clares beruhigende Stimme. Im Hintergrund blubberte der Wasserkocher.

»Du hast mir das Leben gerettet«, japste Flo zwischen den Schluchzern. »Wie kann ich das je vergessen?«

»Ach Schätzchen«, hörte ich Clare sagen. In ihrer Stimme lag eine Art liebevoller Verzweiflung. »Wie oft muss ich …«

Ich zog mich nach oben zurück. Rückwärts schlich ich die

Stufen hinauf, wobei ich mich bemühte, leicht und leise aufzutreten, doch sobald ich den Treppenabsatz erreicht hatte, drehte ich mich um und stürzte davon. Mir war bewusst, dass ich mich wie ein Feigling benahm, aber ich konnte nicht anders.

Die Tür zu dem Schlafzimmer, das ich mit Nina teilte, war geschlossen. Als ich die Klinke herunterdrücken und hineingehen wollte, hörte ich Ninas Stimme von drinnen, die ganz untypisch klang, sanft und voller Sehnsucht.

»… vermiss dich auch. Gott, ich wünschte, ich wäre bei dir zu Hause. Bist du noch im Bett?« Lange Pause. »Ich kann dich kaum hören. Ja, der Empfang ist furchtbar, ich hab gestern schon versucht, dich anzurufen, aber es ging nicht. Ich hab auch jetzt nur einen halben Balken.« Noch eine Pause. »Nein, nur ein Typ namens Tom. Er ist ganz okay. Ach Jess, Süße, ich liebe dich …«

Ich hüstelte. Ich wollte nicht mitten in ihr Gespräch platzen. Nina legt nicht oft ihre harte Schale ab, und wenn sie es tut, dann will sie nicht, dass man es mitbekommt. Das weiß ich aus Erfahrung.

»… ich wünschte, ich könnte mich zu dir kuscheln. Ich vermisse dich so. Hier ist echt der Arsch der Welt – nichts als Bäume und Hügel. Ich spiele fast mit dem Gedanken abzureisen, aber ich glaube nicht, dass Nora …«

Ich hustete wieder, diesmal lauter, und rüttelte an der Klinke. Nina unterbrach ihr Gespräch und rief: »Hallo?«

Als ich die Tür öffnete, grinste sie mich an.

»Ach, Nora kommt gerade rein. Wir haben ein Zimmer zusammen. Was? Du bist schon wieder weg.« Pause. »Haha – keine Sorge, definitiv nicht! Ja, sage ich ihr. Okay, ich sollte Schluss machen. Ich kann dich kaum verstehen. Ich liebe dich auch. Tschüss. Lieb dich.« Sie legte auf und lächelte mir aus dem Stapel von Kissen entgegen. »Schöne Grüße von Jess.«

»Oh, schön, dass du sie erreicht hast. Ist alles gut bei ihr?« Ich liebe Jess. Sie ist klein und rund und ungezwungen, sie hat ein Lächeln, das einen ganzen Raum erhellen kann, und sie ist niemals bissig – im Grunde ist sie das genaue Gegenteil von Nina. Sie sind das perfekte Paar.

»Ja, es geht ihr gut. Sie vermisst mich. Logisch.« Nina streckte sich, bis ihre Gelenke knackten, und seufzte. »Gott, ich wünschte, sie wäre hier. Oder ich wäre nicht hier. Eins von beiden.«

»Na ja, gerade ist ein Platz frei geworden. Wir sind eine weniger.«

»Was?«

»Melanie ist gefahren. Die Festnetzverbindung ist abgebrochen, und da hat es ihr gereicht.«

»Im Ernst? Das ist ja wie bei Agatha Christie und den Zehn kleinen Eskimos.«

»Indianern.«

»Bitte?«

»Es waren zehn kleine Indianer. Im Buch.«

»Es waren Eskimos.«

»Nein, waren es nicht.« Ich setzte mich aufs Bett. »Im Original war es zuerst das N-Wort, wenn du es genau wissen willst, dann Indianer und dann Soldaten, als man befand, dass es vielleicht irgendwie seltsam sei, ethnische Minderheiten abzumurksen. Eskimos waren es nie.«

»Gut, von mir aus.« Nina winkte ab und ließ die Eskimos Eskimos sein. »Gibt es unten Kaffee?«

»Nein. Nur Tee, schon vergessen?« Ich griff nach einem Pulli, zog ihn mir über den Kopf und strich mir die Haare glatt. »Clare trinkt keinen Kaffee, also tun wir es auch nicht.«

»Gott, die verdammte Flo. Die schwirrt wie ein Satellit um Clare herum. Wie hat sie denn Melanies Abreise aufgenommen?«

»Hmm. Wenn du genau hinhörst, kannst du es vielleicht …« Ich verstummte, und wir beide lauschten dem unverkennbaren Klang heftigen Schluchzens aus der Küche.

Nina verdrehte die Augen. »Die ist echt gestört. Das ist mein voller Ernst. Sie war schon zu Unizeiten komisch – ist dir aufgefallen, dass sie sich genauso anzieht wie Clare? Das hat sie früher schon gemacht. Aber jetzt …«

»Ich glaube nicht, dass sie gestört ist.« Ich verlagerte mein Gewicht auf dem Bett. Das Thema war mir unangenehm. »Clare hat eine starke Anziehungskraft – wenn man nicht so viel Selbstbewusstsein hat …« Ich hielt inne, während ich versuchte, Worte für das zu finden, was ich immer gespürt hatte – dass meine eigene Persönlichkeit einen leeren Raum darstellte, ein Vakuum, das nur darauf gewartet hatte, dass jemand wie Clare es füllte. Mir war klar, dass Nina das niemals würde verstehen können – bei all ihren Fehlern, an Persönlichkeit mangelte es ihr nicht. Sie lag da, sah mich vom Kissen aus fragend an und zuckte dann mit den Schultern.

»Clare ist *perfekt*, verstehst du, was ich meine?«, sagte ich schließlich. »Es ist verständlich, dass man das für sich selbst auch will und glaubt, sein Ziel durch Nachahmung erreichen zu können.«

»Mag sein.« Nina setzte sich auf und zupfte ihr dünnes Top zurecht. »Ich glaube trotzdem, dass bei ihr ein paar Schrauben locker sind. Aber egal. Hör mal, ich wollte noch sagen, dass es mir echt leidtut wegen gestern Abend. Ich hatte keine Ahnung, dass es dich so treffen würde. Aber ehrlich, warum bist du denn überhaupt gekommen, wenn dir das immer noch so nahegeht?«

Ich zog meine Jeans an und stand auf. Ich biss mir auf die Lippen, während ich darüber nachdachte, was ich Nina erzählt hatte und was nicht. Mein Instinkt rät mir immer, mir nicht in die Karten schauen zu lassen, keine Ahnung, warum. Ich mag es nicht, anderen Menschen, selbst Freunden, gegenüber auch nur die geringste Schwäche zu zeigen. Ich war schon immer ein eher zurückgezogener Mensch, und das hat sich nur noch verstärkt, seit ich allein lebe und arbeite. Aber mir war natürlich bewusst, dass mich das auf Dauer in den Wahnsinn treiben konnte, wenn ich nicht aufpasste – genau wie Flo, nur eben auf meine Weise.

»Ich bin gekommen, weil …« Ich holte tief Luft und zwang mich weiterzusprechen. »… weil ich keine Ahnung hatte, dass Clare James heiratet.«

»*Was?*« Nina schwang ihre Beine aus dem Bett und sah mich an. Eingeschüchtert zuckte ich mit den Schultern. Wenn man es so ausdrückte, klang es tatsächlich ganz schön armselig. »Was, machst du Witze? Also hat Clare dich quasi hierhergelockt, um dich mit dem Scheiß zu überfallen?«

»N-nicht ganz.« Verdammt. *Hör auf zu stottern.* »Sie sagte, sie wollte es mir persönlich sagen. Dass sie fand, dass sie mir das schuldig sei.«

»So ein Schwachsinn!« Nina zog sich ein Hemd über den Kopf, und einen Moment lang klang ihre Stimme gedämpft, dann wurde sie wieder deutlich, als ihr Kopf oben zum Vorschein kam. Ihre Wangen waren rot vor Empörung. »Wenn sie es dir hätte persönlich sagen wollen, wäre es ja wohl normal gewesen, dass sie dich fragt, ob du mal was mit ihr trinken gehen willst. Anstatt dich in einen gottverlassenen Wald zu locken. Was hat sie sich dabei gedacht?«

»Ich … ich glaube nicht, dass sie es so gemeint hat.« Himmel, warum musste ich sie eigentlich verteidigen? »Ich glaube, sie hat einfach nicht gedacht …«

»Pff!« Nina stand auf und begann wütend, ihre Haare zu kämmen. Die Strähnen knisterten, als sie die Bürste durchzog. »Wie kann es sein, dass man ihr so einen *Mist* andauernd durchgehen lässt? Sie kommt jedes Mal wieder ungeschoren davon! Weißt du noch, wie sie allen Leuten in der Zehnten erzählt hat, dass ich Debbie Harry heiß fand? Und dann behauptet hat, sie hätte es nur getan, weil es ihr so leidtat, dass ich ›mit einer Lüge leben‹ musste? Und wie plötzlich alle Welt so tat, als hätte sie mir einen verdammten *Gefallen* getan?«

»Ich …« Ich wusste nicht, was ich sagen sollte. Das mit Debbie Harry war brutal gewesen. Ich sah noch immer Ninas schockiertes Gesicht vor mir, als sie ins Klassenzimmer kam und Clare *Hanging on the Telephone* summte, mit diesem charakteristischen Lächeln auf ihrem Gesicht, begleitet von dem Gekicher der ganzen Klasse.

»Es geht immer nur um sie. Es geht darum, wie sie rüberkommt und wie sie sich fühlt. Damals wollte sie als fürsorgliche, liberale, verständnisvolle Freundin rüberkommen, also musste es raus, scheiß drauf, ob ich schon so weit war, es anderen Leuten zu sagen. Und jetzt möchte sie das Gefühl haben, dass sie reinen Gewissens mit James in den Sonnenuntergang segeln kann – und schwupps bringt sie dich in eine Position, in der du praktisch keine andere Wahl hast, als ihr zu verzeihen.«

So hatte ich es noch nicht betrachtet. Aber in gewisser Weise hatte Nina recht.

»Ich ärgere mich gar nicht so sehr über das, was Clare getan hat«, sagte ich, auch wenn ich tief in meinem Inneren wusste, dass dies nur zum Teil stimmte. »Was mir wirklich zu schaffen macht …«

»Was?«

Doch plötzlich konnte ich es nicht mehr aussprechen. Das Gefühl, vollkommen nackt und bloß zu sein, war zurück, und so schüttelte ich nur den Kopf und wandte mich ab, um mir meine Socken anzuziehen.

Was ich hatte sagen wollen, bevor mich der Mut verließ, war: Was wusste James davon? Hatte er diesem Plan zugestimmt?

»Wir könnten abhauen«, schlug Nina beiläufig vor, als sie sich die Jeans zuknöpfte und sich zu ihren vollen ein Meter fünfundachtzig aufrichtete. »Wir können einfach selber in den Sonnenuntergang segeln und Clare und Flo ihren Verrücktheiten überlassen.«

»Und Tom.«

»Ach ja, und Tom.«

»Das könnten wir natürlich tun, ja …« Es war eine verlockende Idee, und so ließ ich sie mir eine Weile durch den Kopf gehen, während Nina weiter ihre Haare bürstete.

Aber, nein, das konnten wir nicht. Das wusste ich eigentlich. Zumindest *ich* konnte es nicht.

Wenn ich gleich Nein gesagt hätte, bevor wir hierhergekommen waren, wäre es etwas anderes gewesen. Aber wenn ich jetzt, während des Junggesellinnenabschieds, einen Rückzieher machte, konnte es dafür nur eine Erklärung geben. Ich konnte mir vorstellen, wie sie alle nach meiner Abreise spekulieren würden: *Die arme Nora, armes Huhn, sie ist so am Ende wegen James, hat Clares Junggesellinnenabschied ruiniert, weil sie sich nicht für sie freuen konnte.*

Und was am schlimmsten war – er würde es erfahren. Ich konnte sie vor mir sehen, wie sie sich in ihrer makellosen Londoner Wohnung im Bett zusammenkuschelten, und Clares besorgtes Seufzen hören. *Ich mach mir Sorgen, James, es ist, als wäre sie nie über dich hinweggekommen.*

Und er – und er –

Ich spürte, wie sich meine Hände zu Fäusten ballten, während Nina mich gespannt anblickte. Ich zwang mich, sie wieder zu lockern, und stieß ein kurzes, falsch klingendes Lachen aus.

»Schön wär's, oder? Aber es geht nicht. Jetzt, nach Melanies Abreise, käme das quasi einem *Fick dich* gleich.«

Nina sah mich lang und ernst an und schüttelte dann den Kopf. »Okay. Ich finde zwar, du bist ein bisschen masochistisch drauf. Aber in Ordnung.«

»Es ist doch nur noch eine Nacht.« Ich redete mir selbst gut zu. »Eine Nacht schaffe ich ja wohl.«

»Alles klar. Also noch eine Nacht.«

14

Wenn ich doch bloß abgereist wäre.

Ich wünschte, ich könnte schlafen, aber ich kann es nicht, trotz der sanft klickenden und surrenden Morphiumpumpe. Stattdessen liege ich wach, lausche den Stimmen im Flur, dem Polizisten und der Polizistin, die leise die Geschehnisse besprechen, und das eine Wort hallt wieder und wieder durch meinen Kopf: *Mord. Mord. Mord.*

Kann das sein? Kann das wirklich sein?

Wer ist tot?

Clare? Flo? *Nina?*

Mein Herz setzt einen Moment lang aus. Nicht Nina. Nicht die schöne, schnoddrige, übersprudelnde Nina. Bitte nicht …

Ich muss mich erinnern. Ich muss versuchen, mich daran zu erinnern, was dann passiert ist. Ich weiß, dass sie bei Tagesanbruch hier reinkommen werden, um mir Fragen zu stellen. Sie warten draußen darauf, dass ich aufwache, dass sie mit mir sprechen können.

Bis dahin muss ich meine Version der Ereignisse parat haben.

Aber was ist als Nächstes passiert? Die Ereignisse dieses Tages wirbeln und donnern in meinem Kopf herum, verheddern sich ineinander, die Wahrheit vermischt sich mit den Lügen. Mir bleiben nur noch ein paar Stunden, um Ordnung zu schaffen. Also, Schritt für Schritt. Was ist dann passiert?

Meine Hand tastet nach meiner Schulter, nach dem riesigen Bluterguss.

15

Als Nina und ich nach unten kamen, hatte Flo aufgehört zu weinen und sich das Gesicht gewaschen und aß nun einen Marmeladentoast, offenbar entschlossen, so zu tun, als sei nichts geschehen.

»Gibt's Kaffee?«, fragte Nina unschuldig, aber ich erkannte an ihrem Ton, dass sie bloß stichelte.

Flo sah gequält auf, und ihre Lippe bebte wieder.

»Ich … ich hatte das vergessen, weißt du noch? Aber ich besorge heute welchen, wenn wir auf den Schießplatz gehen, versprochen.«

»*Was?*« Wir beide starrten Flo an, die ein wässriges Lächeln aufsetzte.

»Ja, es sollte eine Überraschung sein. Wir gehen Tontauben schießen.«

Ich stieß ein kurzes, erschrockenes Lachen aus. Nina rührte sich nicht.

»Ernsthaft?«

»Ja, klar. Wieso?«

»Weil … es ist einfach … auf einem Junggesellinnenabschied? Schießen?«

»Ich dachte, das könnte Spaß machen. Mein Cousin hat seinen Junggesellenabschied da gefeiert.«

»Ja, aber …« Nina verstummte wieder, und ich konnte ihre Gedanken lesen, als seien sie in ihre Stirn gestanzt. *Warum können wir nicht in ein blödes Wellnessbad und anschließend in einen Club gehen wie normale Leute? Andererseits kann sie uns auf dem Schießplatz zumindest keine rosa Federboas aufzwingen, oder? Könnte also schlimmer sein.*

Ich fragte mich, ob sie auch an Kolumbien dachte. An die Schusswunden, die sie dort vor nicht allzu langer Zeit behandelt hatte.

»Ähm … okay«, sagte sie schließlich.

»Die sind wie Tonteller«, versicherte Flo beflissen. »Ihr braucht euch also keine Sorgen zu machen, wenn ihr Vegetarier seid oder was gegen Jagdsport habt.«

»Ich bin keine Vegetarierin.«

»Ich weiß. Aber falls du eine wärst.«

»Ich bin keine.« Nina verdrehte die Augen und ging zum Brotkasten, auf der Suche nach mehr Toast.

»Ich dachte, wir könnten hier einen kleinen Brunch machen – vielleicht mit ein paar Spielen? Ich habe ein Quiz vorbereitet!«

Nina verzog demonstrativ das Gesicht.

»Und danach ziehen wir los. Und kommen dann für Drinks und Curry wieder hierher.«

»Curry?« Wir alle drehten uns um und entdeckten Tom, der die Treppe herunterkam. Er trug nur seine Pyjamahose und einen offenen Morgenmantel und rieb sich die Augen. Seine Hose hing tief auf den Hüften, und es war eine beeindruckende Menge an Bauchmuskeln zu sehen.

»Ich sag es ja nicht gerne, Tim, aber du hast dein Hemd vergessen«, bemerkte Nina. »Ich finde, du solltest es anziehen. Du willst doch die arme Nora nicht mehr in Versuchung führen als unbedingt nötig.«

Ich warf eine Toastrinde nach ihr. Sie wich aus, und das Geschoss traf Flo.

»Ups, sorry, Flo!«

»Hört auf, ihr zwei!«, schimpfte Flo. Tom gähnte bloß,

band dann aber seinen Morgenmantel zu und zwinkerte mir zu.

»Wie lautet also der Plan für heute?«, erkundigte er sich, während er eine Scheibe Toast von dem Teller nahm, den Flo ihm zuschob.

»Schießen«, antwortete Nina, ohne mit der Wimper zu zucken. Toms Augenbrauen verschwanden fast in seinem Haaransatz.

»Wie bitte?«

»Schießen. Das ist anscheinend, was Flo unter einem rauschenden Fest versteht.«

Flo blickte Nina an, nicht ganz sicher, ob die sich gerade über sie lustig machte oder nicht.

»Also, *eigentlich* geht es um Tontaubenschießen«, stellte sie trotzig klar. »Das macht total Spaß!«

»Okay.« Tom kaute seinen Toast und sah sich in der Runde um. »Bin ich als Letzter aufgestanden? Ah – nein. Melanie schläft noch, nehme ich an?«

»Melanie …«, begann Flo mit empörter Stimme, doch in diesem Moment kam Clare zurück aus dem Wohnzimmer und unterbrach sie, indem sie Flo einfach übertönte.

»Melanie musste weg«, erklärte sie. »Familienangelegenheiten. Keine Sorge, Tom, Nina oder ich können dich nach Newcastle mitnehmen. Aber die gute Nachricht ist, dass wir jetzt alle in ein Auto passen, also müssen wir uns um die Strecke keine Gedanken machen – ich fahre und Flo kann navigieren, sie weiß, wo es hingeht.«

»Toll«, sagte Nina. »Super. Wir können *Auf der Mauer, auf der Lauer* singen und uns auf dem Rücksitz zanken. Ich kann's kaum erwarten.«

»Okay, ich denke, es ist Zeit für das Quiz«, verkündete Flo. Sie verrenkte sich fast den Hals, um mich, Tom und Nina auf dem Rücksitz anzublicken. Ich saß eingequetscht in der Mitte, und mir war bereits schlecht, was durch Toms penetrantes Aftershave nicht besser wurde. Oder vielleicht war es auch Clares Parfüm. In dem beengten Raum war es schwer auseinanderzuhalten. Ich wollte ein Fenster öffnen, aber draußen schneite es. Zu allem Überfluss war auch noch die Heizung voll aufgedreht.

»Also, Clare gegen euch dahinten«, fuhr Flo fort. »Bitte die Hände an die Buzzer für Runde eins.«

»Warte, warte«, rief Nina. »Worum geht es bei dem Quiz, und was ist der Preis?«

»Es geht natürlich um James«, sagte Clare auf dem Vordersitz amüsiert. »Stimmt's, Flops?«

»Natürlich!«, antwortete Flo. Sie lachte. Mir war mehr und mehr danach, mich zu übergeben. »Der Preis ist … keine Ahnung. Ruhm? Oh, nein, ich hab's. Das Verliererteam darf für den Rest des Tages diese hier anziehen!« Sie kramte in ihrem Rucksack und zog eine Handvoll knapper Unterhosen hervor, auf deren Rückseite der Slogan *Ich ♥ James Cooper* prangte.

Ich spürte, wie sich vor Wut alle Muskeln in meinem Körper anspannten. Nina hüstelte und warf mir einen mitleidigen Blick zu.

»Ähm, Flo …«, wandte sie vorsichtig ein, doch Flo plapperte unbeirrt weiter.

»Keine Sorge! Über der Hose, meine ich – oder halt auf dem Kopf oder so. Also, erste Frage. Die geht an das Team Rücksitz, mit einem Bonuspunkt an Clare für jede Frage, die ihr nicht beantworten könnt, sie aber schon. Was ist James' zweiter Vorname?«

Ich schloss meine Augen gegen die Übelkeit und hörte Nina und Tom zu, die über die Antwort stritten.

»Ich bin mir ziemlich sicher, dass er mit einem C anfängt«, sagte Tom. »Chris vielleicht?«

Karl. Mit K.

»Nein, das ist es nicht«, widersprach Nina. »Es hat was mit Russland zu tun. Sein Vater war Professor für Russische Politik. Theodor. Oder was ist noch mal Stalins Vorname?«

»Josef. Aber ich bin mir sicher, dass es nicht Josef ist. Außerdem, wer würde sein Kind nach Stalin benennen?«

»Okay, dann halt nicht Stalin. Nenn mal einen anderen berühmten Russen.«

Ich biss die Zähne aufeinander. *Karl.*

»Dostojewski? Lenin? Marx?«

»Karl Marx!«, rief Nina. »Der ist zwar kein Russe, aber das ist es! Es ist Karl. Da bin ich mir sicher.«

Trotz meines zunehmenden Brechreizes konnte ich mir ein Lächeln über ihren Ehrgeiz nicht verkneifen. Nina konnte einfach nicht verlieren, egal wobei – sei es Streit, sei es ein Brettspiel –, und sagte oft, das sei der Grund, warum sie keine Wettkampfsportart betrieb, denn sie konnte es nicht ertragen, gegen *irgend*jemanden zu verlieren, selbst wenn es Usain Bolt wäre.

»Ist das eure endgültige Antwort?«, fragte Flo mit strenger Miene. Meine Augen waren immer noch geschlossen, doch ich fühlte, wie Nina an meiner Seite heftig nickte.

»Karl. Mit K.«

»Korrekt! Frage zwei. Was ist James' Sternzeichen?«

»Er war einer der Ältesten im Jahrgang«, antwortete Nina wie aus der Pistole geschossen. »Das weiß ich noch. Definitiv September oder Oktober.«

»Nein, ich glaube, es ist August«, widersprach Tom. »Ich bin mir sicher, dass es August ist.«

Sie kabbelten sich eine Weile, diskutierten hin und her, bis Nina schließlich fragte: »Nora, was meinst – Moment, geht's dir nicht gut? Du bist etwas blass um die Nase.«

»Mir ist ein bisschen schlecht«, erwiderte ich knapp.

»Oh Gott.« Nina wich ruckartig vor mir zurück, doch auf dem engen Rücksitz kam sie nicht weit. »Mach mal jemand ein Fenster auf. Tom, los.« Sie stieß mich an und sagte: »Mach die Augen auf. Es hilft, auf die Straße zu gucken – damit gibst du dem Gehirn die Information, dass du in Bewegung bist.«

Widerwillig öffnete ich die Augen. Flo auf dem Vordersitz grinste. Clare fuhr unbeirrt weiter, und ich konnte im Rückspiegel erkennen, dass sie ein belustigtes Lächeln auf den Lippen hatte. Einen Augenblick lang trafen sich unsere Blicke, und ihr Lächeln verrutschte etwas. In diesem Moment – nur einen Moment lang – wollte ich ihren perfekten, wunderschönen Wangenknochen eine Ohrfeige verpassen.

»Ich bin mir *sicher*, dass es August ist«, beharrte Tom. »Ich weiß noch, dass ich mal mit ihm und Bruce zu den Proms gegangen bin.«

»Herrgott noch mal«, zischte ich. »Es ist der zwanzigste September. Keine Ahnung, welches Sternzeichen das ist.«

»Jungfrau«, verkündete Tom, ohne zu zögern. Er schien mir meine Gereiztheit nicht übel zu nehmen. »Bist du dir mit dem Datum sicher, Nora?«

Ich nickte.

»Okay, Jungfrau. Das ist unsere Antwort.«

»Zwei Punkte für Team Rücksitz!«, jubelte Flo. »Clare, da hast du gleich einiges aufzuholen. Nächste Frage: Was ist James' Lieblingsessen?«

Ich wollte die Augen schließen, aber ich wagte es nicht. Das hier war Folter.

Stattdessen sah ich hinab auf meinen Schoß, um nur ja nicht Clare anblicken zu müssen, und bohrte meine Fingernägel in meine Handfläche, um mich von der Übelkeit und den Erinnerungen, die ungebeten auf mich einstürmten, abzulenken. Vor meinem inneren Auge blitzte ein Bild von James auf, klar und deutlich, wie er nach der Schule ausgestreckt auf seinem Bett lag und eine Schale Klementinen verputzte. Er liebte die Dinger. Jäh stach mir der Geruch in die Nasenlöcher – das süße Aroma des Safts, der Duft in seinem Zimmer, nach zerwühlten Laken, nach ihm. Früher hatte ich Klementinen geliebt – ihren Geruch an seinen Fingern, die Schalen, die ich in seiner Jackentasche fand. Heute rühre ich sie nicht mehr an.

»Panang Curry?«, fragte Tom unsicher, und Flo verzog das Gesicht.

»*Fast* – aber ich kann dir nur einen halben Punkt dafür geben. Panang mit …«

»Tofu«, sagte Tom prompt. Flo nickte.

»Drei Punkte! Noch zwei Fragen, dann ist Clare dran. Frage vier – in welchem Stück hatte James sein West-End-Debüt?«

»Was verstehst du denn genau unter West End?«, hakte Tom nach. »Ich meine, zählst du das National Theatre mit? Ich persönlich würde das nämlich nicht.«

Raunend tauschten sich Flo und Clare aus, dann drehte Flo sich wieder um.

»Okay, lasst es mich umformulieren in *London*-Debüt.«

Ich habe James mal gegoogelt. Nur ein einziges Mal. Google war voll mit Bildern von ihm – Fotos von ihm im Kostüm, auf der Bühne, Werbeposter, Schnappschüsse seines lächelnden Gesichts auf Wohltätigkeitsveranstaltungen und Premierenabenden. Die Bilder, die ich nicht ertragen konnte, waren die, auf denen er direkt in die Kamera blickte und mich direkt durch den Bildschirm anzusehen schien. Als ich beim Hinunterscrollen ein Bild fand, auf dem er nackt auf der Bühne stand, in *Equus*, schloss ich den Browser mit zitternden Händen, als sei ich auf etwas Grausames oder Obszönes gestoßen.

Tom und Nina berieten sich über meinen Kopf hinweg.

»Wir glauben, es war als Zweitbesetzung in *The History Boys*«, antwortete Nina schließlich.

Flo zog scharf die Luft ein. »Ooooh! Knapp daneben. Tut mir leid – das war seine zweite Rolle. Weiter an Clare?«

»*Vincent in Brixton*«, sagte Clare. »Ein Punkt für mich.«

»Nie davon gehört«, meinte Nina.

Tom beugte sich über mich, um sie zu boxen. »Es hat den Laurence Olivier Award für das Beste Neue Stück bekommen! *Und* einen Tony.«

»Sagt mir auch nichts. Wer ist Tony?«

»Himmel!« Tom warf die Arme in die Luft. »Ich muss mit einem verdammten Kulturbanausen im Auto sitzen.«

»Okay«, ging Flo mit lauter Stimme dazwischen. »Fünfte und letzte Frage, bevor Clare an der Reihe ist. Wann und wo hat James Clare den Antrag gemacht?«

Ich schloss wieder meine Augen und hörte, wie Tom und Nina im Chor protestierten.

»Das ist nicht fair!«

»Es sollten zumindest Fragen sein, bei denen die *Möglichkeit* besteht, dass Clare sie nicht beantworten kann.«

»Er hat sie an ihrem Geburtstag gefragt«, sagte Tom. »Das weiß ich. Denn am nächsten Tag haben Bruce und ich sie zum Mittagessen getroffen, und da präsentierte sie uns diesen Ring. Wo ist er, Clare?«

»Oh, ich …« Ich hörte, wie Clare hastig herunterschaltete, weil wir zu schnell in eine Kurve gebogen waren. »Ich hab ihn zu Hause gelassen. Um ehrlich zu sein, habe ich mich noch nicht daran gewöhnt, ihn zu tragen, und habe immer Panik, ihn zu verlieren.«

»Und was den Ort angeht …« Ich konnte das Stirnrunzeln in Toms Stimme förmlich hören. »Ich schieße mal ins Blaue und sage: J. Sheekey?«

»Ach, ganz knapp!« Wieder zog Flo laut die Luft ein. »Geburtstag stimmt, aber es war in der Bar im Southbank Centre. Sorry, nur ein halber Punkt. Also, das macht … dreieinhalb Punkte für euch und anderthalb für Clare.«

»Ein paar davon waren echt fies«, murrte Tom. »Aber wir werden uns schon noch rächen.«

»Also, Runde zwei. Frage eins an Clare. Wie hieß James' erstes Haustier?«

»Mist.« Clare schien ratlos. »Ich glaube, es war ein Hamster, aber ich weiß es ehrlich nicht.«

»Team Rücksitz?«

»Keine Ahnung«, sagte Nina. »Nora?«

Zumindest war ihrer Stimme zu entnehmen, dass es ihr unangenehm war, als wüsste sie, wie weh mir das alles tat. Ich wusste die Antwort tatsächlich. Aber ich würde den Teufel tun und es ihnen sagen. Ich schüttelte bloß den Kopf.

»Ein Meerschweinchen namens Mindy. Null Punkte. Frage zwei. Welche weibliche Prominente ist James' Idol?«

Clare lachte auf. »Okay, um meine Selbstachtung zu wahren, sage ich mal, die Person, die mir am ähnlichsten sieht. Und das ist … Gott, wem sehe ich ähnlich? Himmel. Egal, was man sagt, bei so was wirkt man immer gleich total abgehoben. Okay, er mag starke, lustige Frauen. Ich sage … Billie Piper.«

»Du siehst kein bisschen aus wie Billie Piper!«, protestierte Nina. »Na ja, außer, dass ihr beide blond seid.«

»Also, es ist nicht Billie Piper«, sagte Flo. »Es ist …« Sie nahm ihren Zettel zur Hand. »Gott, ich habe keine Ahnung, wer das ist: Jean, wie spricht man das aus? Morrow? Clare?«

»Sagt mir auch nichts. Ist das eine Theaterschauspielerin, Tom?«

»Hier bitte rechts«, unterbrach Flo, und wir nahmen die Kurve mit einem Schwung, bei dem sich mir der Magen umdrehte.

»Jeanne Moreau«, erklärte Tom. »Das ist eine französische

Schauspielerin. Sie hat in diesem Truffaut-Film mitgespielt. *Jules und Jim* war es, glaub ich. Aber ich wusste nicht, dass sie James' Lieblingsschauspielerin ist.«

»Na ja, ich würde sie auch nicht gerade als Prominente bezeichnen«, brummte Clare, als wir über eine gewölbte Brücke schlingerten und an Fahrt aufnahmen. Die Übelkeit meldete sich wieder. »Nächste Frage.«

»Was ist James' Lieblingsmodedesigner?«

Lieblingsmodedesigner? Der James, den ich kannte, hätte allein schon über die Vorstellung gelacht. Ich fragte mich, ob es eine Fangfrage war und Clare jeden Moment »Oxfam« antworten würde.

Clare trommelte mit den Fingern auf das Lenkrad und überlegte. »Ich schwanke zwischen Alexander McQueen«, sagte sie schließlich, »und Comme des Garçons. Aber ich sage mal ... McQueen. Vor allem, weil er hauptsächlich McQueen trägt.«

Oh Mann.

»Korrekt!«, verkündete Flo. »Also, um genau zu sein, steht hier: ›Wenn es um Leute geht, die ich cool finde, dann wohl Vivienne Westwood, aber wenn du Designer meinst, die ich auch wirklich trage, dann McQueen.‹ Also schätze ich mal, dass das zählt. Frage vier: Welchen Körperteil ...«, sie begann zu lachen, »... hat sich James im Alter von zehn Jahren versehentlich beim Laubsägen im Kunstunterricht abgeschnitten?«

»Er hat ein Stück von seinem Finger abgesäbelt«, antwortete Clare wie aus der Pistole geschossen. »Die Narbe hat er heute noch.«

Ich kniff die Augen noch fester zu. So deutlich erinnerte ich mich an diese Narbe, einen weißen Kreis auf dem Knöchel seines kleinen Fingers, und die lange silbrige Linie, die außen an seinem Handgelenk entlanglief, ganz blass auf seiner gebräunten Haut. Ich erinnerte mich daran, wie ich die Narbe mit Küssen nachzeichnete, den Unterarm entlang bis zur Armbeuge, und wie James dalag, total verkrampft und zitternd, und versuchte, nicht zu lachen, als meine Lippen die kitzlige zarte Haut auf der Innenseite seines Arms streiften.

»Richtig!«, sagte Flo. »Du hast gut aufgeholt. Jetzt steht es dreieinhalb für beide. Also ist die letzte die Entscheidungsfrage. Wenn Clare es weiß, gewinnt sie, und ihr dahinten müsst die Höschen anziehen. Also, Trommelwirbel bitte. Mit wie viel Jahren hat James seine Unschuld verloren?«

Der Brechreiz stieg mir die Kehle hoch, und ich schlug die Augen auf.

»Halt den W-Wagen an.«

»Was?« Clare sah mich durch den Rückspiegel an. »Himmel, Lee, du bist ganz grün.«

»Halt den Wagen an.« Ich hielt mir eine Hand vor den Mund. »Ich muss …«

Ich konnte nicht weitersprechen. Ich presste meine Lippen zusammen und atmete durch die Nase, während Clare bremste. Hastig kletterte ich über Ninas Schoß nach draußen und stellte mich an den schneebedeckten Straßenrand, die Hände auf die Knie gestemmt. Ich schlotterte, als die letzten Wogen der Übelkeit über mich hinwegbrandeten.

»Alles in Ordnung?«, hörte ich Flos besorgte Stimme hinter mir. »Kann ich irgendwas für dich tun?«

Ich konnte nicht sprechen. Ich schüttelte bloß vehement den Kopf und wünschte, sie würde weggehen. Wünschte, sie alle würden weggehen.

»Geht's dir besser, Lee?«, säuselte Clares Stimme durchs Autofenster.

Nora, dachte ich, *du blöde Kuh.* Doch ich sagte nichts. Ich wartete nur darauf, dass mein bebender Atem sich wieder normalisierte und der Brechreiz nachließ.

»Ist alles okay, Nora?« Das war Nina, die plötzlich neben

mir stand und ihre Hand auf meine Schulter legte. Ich nickte, dann richtete ich mich langsam auf und machte einen langen, zittrigen Atemzug. Die kalte Luft brannte in meiner Lunge, aber es war eine klare, reinigende Kälte, eine Erleichterung nach der stickigen Hitze des Wagens.

»Ja. Tut mir leid. Mir ist bloß ein bisschen … ich glaube, das war das Sitzen auf dem Rücksitz.«

»Ich glaube, es war Flos unappetitliches Quiz«, befand Nina. Sie gab sich keine Mühe, ihre Stimme zu senken, und ich zuckte an Flos Stelle zusammen und warf einen entschuldigenden Blick nach hinten, doch entweder hatte sie es nicht gehört oder sie machte sich nichts daraus. Sie plauderte unbekümmert mit Clare. »Flo«, sagte Nina und kehrte zum Auto zurück, »ich denke, Nora sollte lieber vorne sitzen, wäre das in Ordnung?«

»Ja klar! Absolut, vollkommen in Ordnung. Absolut. Nora, du armes Ding! Du hättest doch sagen müssen, dass es dir schlecht geht.«

»Alles okay«, sagte ich steif, doch ich nahm den Vordersitz ein, den Flo frei gemacht hatte, und schlüpfte neben Clare ins Auto. Sie warf mir einen mitleidigen Blick zu, und als Flo vom Rücksitz aus enthusiastisch »Alles klar! Zurück zum Quiz!« rief, wurde sie von Clare unterbrochen.

»Ich glaube, wir können uns auf einen Gleichstand einigen, ja, Flo? Vielleicht haben wir alle fürs Erste genug Quiz gehabt.«

»Oh.« Flo machte ein langes Gesicht, und irgendwie tat sie mir leid. Wer auch immer die Schuld an diesem ganzen Chaos trug, es war nicht sie. Das Einzige, was sie verbrochen hatte, war, Clare eine gute Freundin sein zu wollen.

16

»Leonora!« Eine Hand schüttelt mich und reißt mich aus dem Schlaf. »Leonora, ich muss Sie leider aufwecken. Leonora.«

Ich spüre, wie meine Augenlider von Fingern hochgezogen werden und jemand mit einem grellen, blendenden Licht hineinstrahlt.

»Au!« Ich blinzle und zucke zurück, worauf eine Hand mein Kinn loslässt.

»Tut mir leid, Kleines, sind Sie jetzt wach?«

Das Gesicht ist beunruhigend nah, ihre Augen starren in meine. Ich blinzle wieder und nicke.

»Ja. Ja, ich bin wach.«

Ich weiß nicht, wann ich weggedöst bin. Es fühlte sich an, als hätte ich die halbe Nacht wach gelegen, die Silhouetten der Polizisten durch das Glas hindurch beobachtet und in meinem Kopf die Ereignisse durchgespielt, versucht, mich zu erinnern. Das Tontaubenschießen. Daher kam die Rückstoßverletzung. Ich darf nicht vergessen, das der Polizei zu erzählen … sofern ich es schaffe, in meinem Kopf einigermaßen für Ordnung zu sorgen.

Aber je mehr ich mich dem annähere, was dann geschah – was auch immer es war –, desto verschwommener werden meine Erinnerungen. Was ist geschehen? Warum bin ich hier?

Ich muss diese letzten Worte laut ausgesprochen haben, denn die Schwester schenkt mir ein freundliches Lächeln.

»Sie hatten einen kleinen Autounfall.«

»Ist mit mir alles in Ordnung?«

»Ja, nichts gebrochen.« Sie spricht mit dem angenehm rollenden R der Northumberland-Region. »Aber Sie müssen sich den Kopf ziemlich übel angestoßen haben. Das hat Ihnen ein Paar wunderhübsche Veilchen eingebracht – aber keine Brüche. Deshalb musste ich Sie auch aufwecken. Wir müssen Sie alle paar Stunden untersuchen, um sicherzugehen, dass sich Ihr Zustand über Nacht nicht verschlimmert.«

»Ich habe geschlafen«, sage ich blödsinnigerweise und reibe mir das Gesicht. Es tut so weh, als wäre ich mit dem Kopf voran durch ein Fenster gesprungen.

»Vorsicht bitte«, mahnt die Schwester. »Sie haben einige Schnittwunden und Prellungen davongetragen.«

Ich reibe meine Füße aneinander, spüre den Dreck, den Splitt und das Blut. Ich fühle mich widerlich. Außerdem muss ich pinkeln.

»Kann ich duschen?«, frage ich. Mein Kopf fühlt sich ganz benebelt an.

In der Ecke des Zimmers kann ich eine Duschkabine sehen. Die Krankenschwester wirft einen Blick in die Krankenakte am Fuß des Bettes. »Lassen Sie mich eben den Doktor fragen. Ich sage nicht Nein, aber ich möchte gern sichergehen.«

Sie wendet sich zum Gehen, wodurch ich einen Blick auf die Silhouette vor der Tür erhasche. Schlagartig fällt es mir wieder ein: das Gespräch, das ich in der Nacht gehört habe. Es kommt mir vor wie ein Albtraum. Hat das wirklich stattgefunden? Habe ich tatsächlich gehört, was ich glaubte zu hören, oder habe ich das bloß geträumt?

»Warten Sie«, bitte ich. »Warten Sie, ich hab letzte Nacht gehört, wie die Leute da draußen …«

Aber da ist sie schon weg. Die Tür schwingt hinter ihr zu und schickt einen Schwall von Essensgerüchen und Geräuschen aus dem Korridor ins Zimmer. Kaum, dass sie draußen ist, greift die Polizistin sie beim Arm, und ich höre einzelne Gesprächsfetzen, sehe, wie die Schwester entschieden den Kopf schüttelt. »Noch nicht«, höre ich, »… Erlaubnis des Arztes … muss warten.«

»Ich glaube, Ihnen ist nicht bewusst …« Die Stimme der Polizistin ist leise, aber ihre Aussprache ist so gestochen scharf wie die einer Nachrichtensprecherin, sodass ihre Worte viel deutlicher durch die Glastür dringen als das nordenglische Gebrumm der Schwester. »… dass es sich hier nun um eine Mordermittlung handelt.«

»Ach, nein!« Die Schwester ist entsetzt.

»Leider ja.«

Also ist es wahr. Ich habe es mir nicht eingebildet. Was ich gehört habe, war nicht bloß das Ergebnis von zu viel Morphium und einem malträtierten Schädel.

Es ist wahr.

Mühsam stemme ich mich in den Kissen hoch. Das Herz schlägt mir bis zum Hals, und auf dem Monitor zu meiner Linken sehe ich, wie die dünne grüne Linie in panischen Sprüngen ausschlägt.

Es ist definitiv jemand tot.

Jemand ist *tot*.

Aber wer?

17

»Willkommen in Tuckett's Wood«, begrüßte uns der Mann mit einem leicht gelangweilten australischen Akzent. Er war braungebrannt und hatte kantige Gesichtszüge, und er erinnerte mich ein wenig an Tom Cruise – danach zu urteilen, wie Flo ihn anstarrte, mit großen grünen Augen und leicht geöffnetem Mund, konnte ich erkennen, dass nicht nur mir die Ähnlichkeit aufgefallen war. »Ich bin Grig und für heute euer Ausbilder.«

Er verstummte kurz, schien uns einmal durchzuzählen und sagte dann: »Moment, ich habe hier sechs Personen auf der Liste. Hat sich jemand unerlaubt von der Truppe entfernt?«

»Ja«, antwortete Flo knapp. »Das hat in der Tat jemand getan. Dreimal dürft ihr raten, wen *ich* mir vorstelle, wenn ich das Feuer eröffne.«

»Also sind wir heute zu fünft?«, hakte der Ausbilder unbeeindruckt nach. Anscheinend hatte er nicht bemerkt, wie angespannt und verärgert Flo war. »Auch gut. Okay, kommen wir als Erstes zu den Sicherheitsvorkehrungen ...«

Er begann einen langen Vortrag über Gehörschutz, Alkohol, die Vorschriften zum Führen von Waffen und so weiter.

Nachdem alles geklärt war – ja, wir alle waren komplette Anfänger, nein, keiner von uns besaß einen Waffenschein, und ja, wir waren alle volljährig und nüchtern – unterzeichneten wir ein langes Formular zur Verzichterklärung und marschierten durch zum hinteren Teil der nach außen offenen Anlage, wo der Ausbilder uns musterte.

»Ich kann nur sagen, Gott sei Dank trägt keiner von euch pinke Federboas und so einen Firlefanz. Ihr könnt euch gar nicht vorstellen, wie viel Ärger wir hier manchmal mit Junggesellinnenabschieden haben. Du …«, er zeigte auf Flo, »Flo, richtig? Deine Jacke ist ein bisschen dünn. Du solltest dich vielleicht etwas dicker anziehen, gegen den Rückstoß.« Er wühlte in einer Truhe herum, die hinter ihm stand, und fischte eine wattierte Barbour-Jacke hervor. Flo schnitt eine Grimasse, zog sie jedoch widerstandslos an.

»Sorry, ich muss einfach fragen«, setzte sie an, während sie den Reißverschluss zuzog. »Heißt du wirklich Grig? Ist das ein Spitzname?«

»Nein, Grig. Kurz für Grigory.«

»Ach so, *Greg*«, sagte Flo und lachte dabei ein wenig zu laut. Greg warf ihr einen leicht befremdeten Blick zu.

»Ja, sag ich doch. Und jetzt ist es wichtig, sich vor Augen zu führen«, fuhr er fort, wobei er eine Schrotflinte hervorholte und auf den Bocktisch legte, »dass eine Flinte eine tödliche Waffe ist. Vergesst das nie. Behandelt sie mit Respekt, und sie wird euch mit Respekt behandeln. Wenn ihr meint, damit herumalbern zu müssen, könnt ihr getrost davon ausgehen, dass ihr am Ende den Kürzeren zieht. Und das Allerallerwichtigste, richtet niemals, absolut niemals, eine Waffe, ob geladen oder nicht, auf eine Person, und wenn beim Abdrücken nichts passiert, kommt nicht auf die Idee, im Gewehrlauf nachzugucken, was los ist. Das klingt alles ganz banal, aber ihr würdet euch wundern, wie viele Leute sich nicht an diese grundlegenden Sicherheitsregeln halten.« Er schüttelte den Kopf.

»Okay. Dann gehen wir jetzt mal die Grundlagen durch, wie man die Waffe lädt, schließt und öffnet, und danach ziehen wir los in den Wald und versuchen es mit ein paar Tonscheiben. Falls ihr Fragen habt, meldet euch. Die ersten Patronen, mit denen wir heute schießen werden …«

Wir alle lauschten schweigend, während er die technischen Details erklärte. Die verrückte Autofahrt war fast vergessen. Ich war froh, etwas zu haben, auf das ich mich konzentrieren konnte, um nicht mehr an Clare und James denken zu müssen, und ich hatte den Eindruck, dass es den anderen ähnlich ging – oder zumindest den meisten von ihnen. Nina und Clare hatten das Thema gewechselt, als Flo versucht hatte, über die Pläne für die Flitterwochen zu sprechen. Tom hatte gar nichts mehr gesagt und den Rest der Fahrt hauptsächlich damit verbracht, auf seinem Blackberry herumzutippen. Allerdings hatte ich bemerkt, wie er Clare und mir einen kurzen Blick zuwarf, und mir war klar, dass er über alles Buch führte.

Wenn du darüber schreibst, dachte ich, *bringe ich dich um,* doch ich sagte nichts, sondern nickte nur, während Greg über Wurfmaschinen dozierte.

Endlich war er mit seinem Vortrag fertig, und wir alle marschierten in Gregs Gefolge aus der Hütte hinein in den spärlich bewachsenen Kiefernforst, die Flinten über die Schulter gehängt.

»Hey, wenn dir das Spaß macht, kannst du ja eine Schrotflinte auf die Hochzeitsliste setzen!«, sagte Flo zu Clare und gab ein lautes, wieherndes Lachen von sich. »Dann haben wir eine echte Shotgun-Wedding, was?«

Clare lachte. »Ich glaube, James würde mich umbringen, wenn ich jetzt noch an der Geschenkeliste herumpfusche. Wir haben fast einen ganzen Tag im Kaufhaus verbracht, bis wir uns auf das geeinigt hatten, was jetzt draufsteht. Ihr könnt euch nicht vorstellen, was für Auseinandersetzungen wir hatten – allein die Kaffeemaschine auszusuchen hat gut und gerne zwei Stunden gedauert. Ist eine Empfehlung von Heston Blumenthal ein Plus- oder ein Minuspunkt? Brauchen wir einen Milchaufschäumer? Sollten wir einen Vollautomaten oder eine von diesen Kapselmaschinen nehmen …«

»Ach bitte, Vollautomat natürlich, oder?«, mischte sich Tom ein. »George Clooney kann sagen, was er will, aber Kapseln sind soo Nullerjahre. Das sind die Wassersprudler unserer Zeit. Auf den ersten Blick eine gute Idee, bei genauerer Betrachtung aber im Grunde sinnlos und unpraktisch.«

»Du hörst dich an wie James!«, sagte Clare. »Andererseits ist der Vollautomat ja gut und schön, aber was, wenn die Mühle kaputtgeht? Das war mein Argument. Dann steht man da mit einem nutzlosen Gerät. Aber wenn man eine separate Mühle kauft …«

»Das ist wohl wahr«, konstatierte Tom mit einem Nicken. »Und, wofür habt ihr euch entschieden?«

»Na ja, ich bin ein Teemensch, wie du weißt. James ist der Kaffeesüchtige. Also habe ich ihm die endgültige Entscheidung überlassen, und er hat den Sage-Vollautomaten von Heston Blumenthal genommen.«

»Bruce hat sich letztes Jahr auch so eine angesehen. Stattliches Ding. Und fast sechshundert Pfund, wenn ich mich recht erinnere?«

»Ungefähr«, bestätigte Clare.

Nina sah mich an und verdrehte die Augen. Ich versuchte, keine Miene zu verziehen, doch innerlich stimmte ich ihr zu. Sechshundert Pfund für eine Kaffeemaschine? Ich mag Kaffee ja, aber sechshundert Pfund? Und auch noch auf der Geschenkeliste? Ich wusste, dass sie sich nichts dabei dachte, aber es hatte etwas ungewollt Anstößiges, wie sie so lässig davon ausging, dass andere Menschen in der Lage – und dazu bereit – waren, derartige Summen für sie auszugeben.

Oder vielleicht war es James, der davon ausging.

Die Vorstellung hinterließ einen unangenehmen Nachgeschmack.

»Okay«, rief Greg, als wir an eine große, grüne Lichtung kamen. Auf der gegenüberliegenden Seite befand sich eine kleine Mauer aus Betonklötzen. »Alle mal stehenbleiben. Jetzt also zu den Patronen, die wir heute benutzen.« Es war Greg anzumerken, dass er diesen Vortrag oft herunterbetete. »Wir schießen mit einem Kaliber von 7,5 mm. Das eignet sich gut für Schrot mittlerer Reichweite und damit im Grunde für alle Arten von Wurfscheibenschießen, ob Jagd, Trap oder Skeet. Das hier«, er hielt eine Patrone hoch, »ist eine scharfe 7,5-mm-Patrone. Der Schrot selbst ist in die Spitze der Hülse gepackt«, er klopfte auf das runde Ende, »dann kommt der Wattepfropf, dann das Pulver, und die Zündung befindet sich hier in der Metallkappe. Und jetzt, bevor wir loslegen, werde ich euch die Wirkung einer solchen 7,5-mm-Patrone auf einen menschlichen Körper demonstrieren.«

»Ich hoffe, du fragst jetzt nicht nach Freiwilligen!«, johlte Flo.

Greg sah sie an, ohne eine Miene zu verziehen. »Sehr nett, dass du dich freiwillig meldest, junge Dame!«

Flo lachte nervös. Sie wirkte erschrocken und gleichzeitig hocherfreut. »Eigentlich sollte das die Braut machen!«, protestierte sie, als Greg sie heranwinkte, aber schließlich ging sie doch hinüber und stellte sich neben ihn, mit gerötetem Gesicht, das sie in gespielter Furcht mit den Händen bedeckte.

»Okay. Also, Flo hat sich freundlicherweise bereiterklärt, dabei zu helfen, die Wirkung einer Gewehrladung Schrot aus nächster Nähe zu demonstrieren.« Er hielt einen Moment inne und zwinkerte uns dann zu. »Aber keine Sorge, sie muss nicht als Kanonenfutter herhalten. Was ich hier habe«, er hielt ein großes Stück Papier mit einer schwarzen Kontur in die Luft, »ist eine Papierzielscheibe, die normalerweise für Schießübungen mit Handfeuerwaffen benutzt wird.«

Er kramte in seiner Jackentasche, fischte ein paar Reißzwecken heraus und befestigte die Zielscheibe an einem nahegelegenen Baum. Die Rinde war vernarbt und übersät mit Einschlusslöchern, und es war nicht schwer zu erraten, was als Nächstes passieren würde.

»Alle zurücktreten, bitte. Gehörschutz aufsetzen, Flo.«

»Ich komme mir vor wie ein DJ!«, grinste Flo, während sie die neonfarbenen Kopfhörer überzog.

»Jetzt lade ich die Patrone in die Flinte«, er setzte sie ein, »und schließe den Gewehrlauf, wie ich es euch drüben gezeigt habe. Flo, komm hier rüber und stell dich vor mich. Sehr gut, und jetzt bring die Flinte auf Schulterhöhe.« Er hielt die Waffe in Position, um sie an Flos Schulter zu stabilisieren. Flo gab ein leicht hysterisches Kichern von sich.

»Unser Greg ist ganz schön heiß, oder?«, flüsterte Tom mir ins Ohr. »Er dürfte auch gerne meine Haltung korrigieren. Flo jedenfalls scheint nichts dagegen zu haben.«

»Halt sie gut fest«, mahnte Greg. »Und jetzt Finger an den Abzug.« Er hielt Flos Hand und stützte den Kolben und Lauf des Gewehrs. »Und jetzt zieh gaaanz sanft den Abzug. Keine hektischen Bewegungen …«

Es gab einen ohrenbetäubenden Knall, Flo stieß ein kleines Quietschen aus und taumelte rückwärts gegen Gregs Brust, und das Papier vor uns zerbarst in Fetzen.

»Hilfe!«, sagte Tom.

Ich hatte Schießübungen in amerikanischen Filmen gesehen – schöne präzise kleine Löcher nahe dem Zentrum der Silhouette. Doch das hier war anders. Der Schrot hatte die Papierfigur voll in die Brust getroffen, und der gesamte Mittelteil war praktisch zerstört. Vor unseren Augen lösten sich die Beine ab und segelten sanft auf den laubbedeckten Boden.

»Nicht schlecht.« Greg nahm Flo die Schrotflinte ab und kam auf uns zu. Flo trabte neben ihm her. Ihr Gesichtsausdruck und ihre rosigen Wangen verrieten eine Mischung aus Panik und Erregung. Ich war nicht sicher, ob es an dem Nervenkitzel der Explosion lag oder, wie Tom nahegelegt hatte, an der Freude darüber, dass Greg ihr so viel Aufmerksamkeit geschenkt hatte.

»Wie ihr seht«, fuhr Greg fort, »hat dieser eine Schuss aus kurzer Distanz ganz schönen Schaden angerichtet. Wenn das ein echter Mensch wäre, würde ich stark bezweifeln, dass er es bis zurück zum Eingangsbereich schaffen würde, geschweige denn ins Krankenhaus. Die Moral der Geschichte, meine Damen und Herren, lautet: Haben Sie Respekt vor Ihrer Waffe. Okay. Gibt es noch Fragen?«

Stumm schüttelten wir alle den Kopf. Nur Flo strahlte. Nina blickte besonders finster drein. Ich musste wieder an die Schusswunden denken, die sie bei »Ärzte ohne Grenzen« behandelt hatte, und fragte mich, was ihr wohl durch den Kopf gehen mochte.

Greg nickte knapp, als sei er zufrieden mit uns, und dann marschierten wir schweigend hinter ihm her, um uns der Wurfmaschine zu stellen.

18

»Das hat voll Spaß gemacht!« Flo ließ sich rückwärts aufs Sofa fallen und streifte sich die Stiefel ab. Ihre Socken waren pink und flauschig. Sie schüttelte sich den Schnee aus den Haaren – auf der Rückfahrt hatte es wieder angefangen zu schneien. »Das war der Hammer! Tom, du bist ein toller Schütze!«

Tom grinste und plumpste in einen Sessel. »Ich war als Jugendlicher oft beim Bogenschießen. Ich schätze, die Fertigkeiten sind ähnlich.«

»Bogenschießen?« Nina musterte ihn ungläubig. »Wie in ›Robin Hood und seine tollkühnen Gesellen‹? Musstest du auch Strumpfhosen tragen?«

»Eher so wie bei den Olympischen Spielen«, konterte Tom. Er war offensichtlich schon daran gewöhnt, damit aufgezogen zu werden, und schien sich daher kaum etwas daraus zu machen. »Strumpfhosen kamen dabei nicht vor. Ich habe außerdem eine Zeitlang gefochten. Ist gut für den Körper. Echt anstrengend. Heute bin ich nicht mehr so in Form.«

Er spannte einen Bizeps an und betrachtete ihn mit einem scheinbar wehmütigen Ausdruck, konnte seinen leicht selbstzufriedenen Unterton jedoch nicht ganz verbergen.

Nina zog ein mitleidiges Gesicht. »Gott, ja, es muss furchtbar sein, Muckis so groß wie die Brüste eines jungen Mädchens zu haben und dazu das passende Sixpack. Ich weiß nicht, wie Bruce das nur aushält.«

»Hört schon auf, ihr zwei!«, schimpfte Flo.

Clare beobachtete sie vom Sofa aus, und ich ertappte mich dabei, dass ich *sie* beobachtete. Mir fiel wieder ein, wie sehr sie es liebte, andere genauestens zu studieren, wie sie gerne mal eine Bemerkung in die Runde warf wie einen Kieselstein in einen Teich und sich dann still zurückzog, um zu beobachten, wie sich die Wellen ausbreiteten, wenn die anderen daraufhin zu zanken begannen. Es war keine liebenswerte Angewohnheit, doch ich konnte sie nicht dafür verurteilen. Ich verstand es nur allzu gut. Auch ich mochte es lieber zu beobachten, als beobachtet zu werden.

Clare drehte den Kopf, erkannte, dass ich ihr dabei zusah, wie sie Tom und Nina beim Streiten zusah, und schenkte mir ein verschwörerisches Lächeln, das besagte: *Wir verstehen uns.*

Ich sah weg.

Was hatte sie sich davon versprochen, mich hierher einzuladen? Nina betrachtete es als einen Versuch, ihr Gewissen auf meine Kosten zu erleichtern – vergleichbar mit einem Mann, der seiner Frau einen Seitensprung beichtet.

Ich sah es nicht so. Ich glaube nicht, dass Clare meinetwegen schlaflose Nächte durchlitt, nachdem sie mit James etwas angefangen hatte. Außerdem gab es nichts, was ich ihr vorwerfen konnte. Sie war mir nichts schuldig. James und ich hatten uns vor langer Zeit getrennt.

Nein. Ich dachte eher, dass sie vielleicht … dass sie bloß beobachten wollte. Sehen, wie ich es aufnahm. Vielleicht war das auch der Grund gewesen, warum sie Nina damals geoutet hatte. Wie ein Kind, das einen wuselnden Ameisenhaufen sieht und einfach hineinstochern *muss.*

Um dann einen Schritt zurückzutreten … und zu beobachten.

»Was ist mit dir, Lee?«, riss mich Flo jäh aus meinen Gedanken.

»Sorry, was hast du gesagt?«

»Hat es dir gefallen?«

»Geht so.« Ich rieb mir die Schulter, wo ich bereits spüren konnte, dass sich ein Bluterguss entwickelte.

»Beim ersten Mal hat dich der Rückstoß ganz schön erwischt, was?«

Die Heftigkeit hatte mich überrascht; das Gewehr war mit einem Ruck gegen mein Schultergelenk geschlagen, der mir den Atem verschlug.

»Du hättest das Ding ja auch festhalten müssen«, tadelte Tom. »Du hast so gemacht, guck mal.« Er streckte den Arm aus und nahm die Schrotflinte über dem Kaminsims herunter, legte sie an seine Schulter und demonstrierte mir den unsicheren Stand, der mir die Prellung beschert hatte.

Die Mündung des Gewehrs zeigte direkt auf mich. Ich erstarrte.

»Hey!«, sagte Nina scharf.

»Tom!« Clare richtete sich zwischen den Sofakissen mühsam auf und ließ den Blick zwischen Tom und mir hin und her wandern. »Leg das zurück.«

Tom grinste nur. Ich wusste, dass er bloß Spaß machte, doch ich merkte, wie sich unwillkürlich jeder Muskel in meinem Körper anspannte.

»Gott, ich komme mir vor wie Jason Bourne«, seufzte er. »Ich kann förmlich spüren, wie mir die Macht zu Kopf steigt. Hmm … lasst uns mal ein paar Leute verhören. Wie wäre es für den Anfang hiermit: Nora, warum hat Clare in all den Jahren, die ich sie kenne, nie deinen Namen erwähnt?«

Ich versuchte zu sprechen – doch meine Kehle war plötzlich so trocken, dass ich kaum schlucken konnte.

»Tom!«, wiederholte Clare noch bestimmter. »Nenn mich von mir aus paranoid, aber hältst du es wirklich für klug, mit diesem Ding herumzufuchteln, nach allem, was der weise

Grig darüber gesagt hat, welchen Schaden so ein Teil anrichten kann?«

»Sie ist nicht geladen«, beschwichtigte Flo und gähnte. »Meine Tante benutzt sie nur, um Kaninchen zu erschrecken.«

»*Trotzdem*«, beharrte Clare.

»Ich mach doch nur Spaß«, sagte Tom. Wieder setzte er sein wölfisches Grinsen auf, bei dem er seine unnatürlich weißen Zähne zeigte, doch dann ließ er den Lauf sinken und platzierte die Schrotflinte wieder in der Wandhalterung.

Ich sackte nach hinten gegen die Lehne, spürte, wie der Adrenalinrausch nachließ und meine Finger, die ich unbewusst zu Fäusten geballt hatte, sich langsam entspannten. Meine Hände zitterten.

»Haha, sehr witzig«, knurrte Clare. Ihre gerunzelte Stirn verriet, dass sie absolut nichts Komisches daran finden konnte. »Könntest du nächstes Mal, wenn du mit dem Ding rumfuchteln willst, bitte dafür sorgen, dass am anderen Ende nicht eine meiner Freundinnen sitzt?«

Ich warf ihr einen dankbaren Blick zu, und sie verdrehte die Augen, als ob sie sagen wollte: »Vollidiot«.

»Sorry«, erwiderte Tom sanft. »Wie gesagt, es war bloß Spaß, aber ich bitte hiermit vielmals um Verzeihung, falls ich damit jemandem zu nahe getreten sein sollte.« Er machte eine gespielte Verbeugung in meine Richtung.

»Alles klar, entschuldigt mich«, sagte Flo mit einem weiteren Gähnen. »Ich sollte mich besser mal ums Abendessen kümmern.«

»Soll ich dir helfen?«, fragte Clare, und Flos Gesicht leuchtete auf. Ihr Lächeln war wirklich außergewöhnlich – es verwandelte ihr Gesicht vollkommen.

»Ist das dein Ernst? Ich finde, du solltest dich heute wie eine Königin fühlen.«

»Ach was, komm schon. Ich kann Gemüse schnippeln oder so.«

Sie hievte sich aus dem Sofa, und gemeinsam verließen sie den Raum, wobei Clare ihren Arm freundschaftlich um Flos Schultern legte. Tom sah ihnen nach.

»Seltsames Paar, oder?«, bemerkte er.

»Wie meinst du das?«, erkundigte ich mich.

»Ich kann die Clare, die ich kenne, irgendwie nicht ganz mit Flo unter einen Hut bringen. Sie sind so … unterschiedlich.«

Angesichts der Tatsache, dass sie sich äußerlich so ähnelten und beide in fast identische Uniformen aus gebleichter grauer Jeans und gestreiftem Top gekleidet waren, hätte diese Feststellung eigentlich keinen Sinn ergeben dürfen. Doch ich wusste, was er meinte.

Nina streckte sich. »In einer sehr wichtigen Sache sind sie sich aber einig.«

»Ach ja?«

»Beide glauben, dass Clare der Mittelpunkt der Welt ist.«

Tom prustete los, und ich verkniff mir nur mühsam ein Lachen. Nina warf uns aus ihren funkelnden dunklen Augen einen vielsagenden Seitenblick zu. Ein kleines, spöttisches Lächeln umspielte ihre Mundwinkel. Dann streckte sie sich und zuckte mit den Schultern, alles in einer einzigen geschmeidigen Bewegung.

»Okay. Ich werd dann wohl mal meine Alte anrufen.« Sie holte ihr Handy hervor und verzog das Gesicht. »Kein Empfang. Wie ist es bei dir, Lee?«

Nora. Aber ich konnte nicht ständig die Leute korrigieren, ohne langsam als zwanghafter Kontrollfreak zu erscheinen.

»Keine Ahnung«, antwortete ich und klopfte meine Taschen ab. »Komisch, es ist nicht da. Ich bin mir sicher, dass ich es auf der Schießanlage noch hatte – ich weiß genau, dass ich Twitter gecheckt habe. Vielleicht habe ich es im

Auto liegen lassen. Ich glaube aber nicht, dass ich Empfang hätte – seit ich hier angekommen bin, ging gar nichts. Du hattest doch in unserem Zimmer vorhin ein bisschen Empfang, oder?«

»Ja.« Nina hatte den Hörer des Telefons abgenommen und rüttelte wild an der Gabel. »Das hier geht immer noch nicht. Okay. Ich geh nach oben und häng mich vom Balkon, um zu sehen, ob ich ein oder zwei Balken bekomme. Vielleicht kann ich eine SMS schicken.«

»Was ist denn so dringend?«, fragte Tom.

Nina schüttelte den Kopf. »Gar nichts. Ich vermisse sie eben.«

»Versteh schon.«

Wir sahen ihr nach, als sie nach oben verschwand, mit ihren langen Beinen immer zwei Stufen auf einmal nehmend. Tom seufzte und streckte sich auf der Couch aus.

»Willst du Bruce nicht anrufen?«, erkundigte ich mich.

Er schüttelte den Kopf. »Um ehrlich zu sein, hatten wir so etwas wie … nennen wir es eine Meinungsverschiedenheit. Bevor ich losgefahren bin.«

»Ach so.« Ich versuchte, unbeteiligt zu klingen.

Ich weiß nie, was ich in solchen Situationen sagen soll. Ich selbst kann es nicht leiden, wenn andere Leute sich in meine Angelegenheiten einmischen, weshalb ich davon ausgehe, dass es anderen genauso geht. Aber manchmal wollen sie es anscheinend rauslassen, und dann wirkt man selbst kalt und sonderbar, wenn man vor ihren Vertraulichkeiten zurückschreckt. Ich versuche, völlig unvoreingenommen zu bleiben – nicht nach Geheimnissen zu bohren, aber Geständnisse nicht abzuwehren. Und die Wahrheit ist, während ein Teil von mir zwar wirklich nichts von ihren belanglosen Eifersüchteleien und komischen Spleens hören will, ist da ein anderer Teil, der sie am liebsten noch weiter anstacheln würde. Das ist der Teil von mir, der herumsteht und nickt, sich Notizen macht und alles speichert. Es ist so, wie wenn man in eine Maschine hineinschaut, um all die primitiven Mechanismen bei der Arbeit zu beobachten. Einerseits ist es immer wieder enttäuschend, welche Banalitäten die Menschen so umtreiben, doch gleichzeitig ist es faszinierend zu sehen, wie die Spulen und Zahnrädchen im Innern arbeiten.

Das Blöde ist nur, dass sie es dir am nächsten Tag unweigerlich übel nehmen, dass du sie entblößt und schutzlos gesehen hast. Aus diesem Grund bleibe ich absichtlich reserviert und unverbindlich, versuche, sie nicht noch anzuspornen. Doch irgendwie scheint das nicht zu funktionieren. Nur allzu oft finde ich mich auf Partys gegen die Wand gedrängt wieder und lausche einer langen Geschichte darüber, wie Soundso sie ausgenutzt hat, und dann hat er das gesagt und dann ist die mit Dem-und-dem durchgebrannt, und dann hat seine Ex das gemacht …

Man würde erwarten, dass die Menschen sich hüten, ihr Herz einer Schriftstellerin auszuschütten. Man würde erwarten, dass sie wissen, dass wir im Grunde Aasfresser sind, die an den Überresten vergangener Affären und vergessener Streitigkeiten herumpicken, um sie in unserer Arbeit zu verwursten – als zombieähnliche Wiedergeburten ihres früheren Selbst, eingestrickt in ein makabres Flickwerk nach unserem eigenen Entwurf.

Gerade Tom hätte das wissen müssen. Aber es hielt ihn nicht ab. Er erzählte drauflos, in einem gelangweilten, gedehnten Ton, der nicht darüber hinwegtäuschen konnte, dass er offenbar immer noch wütend auf seinen Gatten war. »… Du musst wissen, dass Bruce James seine erste große Chance gegeben hat, als er bei *Black Ties, White Lies* Regie geführt hat, damals vor … Gott, das muss ja jetzt auch schon wieder sieben, acht Jahre her sein. Und vielleicht – ich, meine, ich weiß es nicht – ich hab nie gefragt, was vorgefallen ist, aber Bruce war nicht gerade bekannt dafür, dass er sich auf der Arbeit keusch verhielt. Wir waren damals natürlich noch nicht zusammen. Aber selbstverständlich findet Bruce irgendwie, dass James ihm was schuldig ist, und vielleicht ist es genauso selbstverständlich, wenn James findet, dass er ihm nichts schuldig ist. Ich weiß, dass Bruce ziemlich sauer war über die Sache mit *Coriolanus* und darüber, dass Eamonn für James Partei ergriffen hat … Und als dann diese Gerüchte losgingen über ihn und Richard, da war dann klar, die konnten nur von einer Person ausgehen. Bruce hat mir damals geschworen, dass er Clive besagte Nachricht nie geschickt hatte.«

Er sprach weiter, ein Schwall von Namen und Orten, die mir nichts sagten, und Stücken, die in meiner eigenen kulturellen Landschaft nur flüchtige Eindrücke hinterlassen hatten. Die Details der Verwicklungen zogen an mir vorbei, doch eines war klar: Bruce war sauer auf James, und die beiden hatten eine Vorgeschichte – welcher Art auch immer. Bruce hatte nicht gewollt, dass Tom zu diesem Junggesellinnenabschied ging. Und trotzdem war Tom hier.

»Also jedenfalls kann der mich jetzt mal«, schloss Tom verächtlich. Ich war nicht sicher, ob er Bruce oder James meinte. Er ging rüber zur Anrichte, auf der eine Ansammlung von Flaschen stand: Gin, Wodka, die armseligen Reste des gestrigen Tequila. »Willst du einen Drink? Gin Tonic?«

»Nein, danke. Oder vielleicht einfach nur ein Tonic.«

Tom nickte, ging in die Küche, wo sich Eis und Limetten befanden, und kam dann mit zwei Gläsern zurück.

»Hoch die Tassen«, sagte er mit gerunzelter Stirn, die ihn gut zehn Jahre älter aussehen ließ. Ich nahm einen Schluck und hustete. Tonic war es wohl, doch da war auch Gin drin. Ich hätte mich beschweren können, aber als Tom wie auf

Knopfdruck eine Augenbraue hochzog, konnte ich nur lachen und es hinunterschlucken.

»Also, jetzt sag mal«, setzte er an, bevor er sein Glas leerte und gleich wieder nachfüllte, »was ist zwischen dir und James vorgefallen? Worum ging's da gestern Abend?«

Zuerst antwortete ich nicht. Ich nahm einen weiteren langen Zug von meinem Drink, ließ ihn langsam meine Kehle hinabrinnen und überlegte, was ich sagen sollte. Mein Instinkt riet mir, es mit einem Lachen abzutun, aber früher oder später würde er es sowieso von Clare oder Nina erfahren. Es war besser, ehrlich zu sein.

»James ist … war …« Ich schwenkte mein Glas, die Eiswürfel klirrten gegeneinander, während ich nach den passenden Worten suchte. »Mein Ex«, sagte ich schließlich. Es war die Wahrheit – doch es war so weit entfernt von der ganzen Wahrheit, dass es sich fast wie eine Lüge anfühlte. »Wir waren in der Schule zusammen.«

»In der *Schule*?« Diesmal zog Tom beide Augenbrauen hoch. »Du lieber Himmel. Finstere Zeiten. Erste Liebe?«

»Ja, kann man sagen.«

»Aber jetzt seid ihr Freunde?«

Was sollte ich dazu sagen? Nein, ich habe ihn nicht mehr gesehen seit dem Tag, als er mir die SMS geschickt hat.

Nein, ich habe ihm nie verziehen, was er gesagt hat, was er getan hat.

Nein.

»Ich … nicht wirklich. Wir haben den Kontakt verloren.«

Plötzlich herrschte Stille im Raum, doch nebenan konnten wir Clare und Flo hören, die sich angeregt unterhielten, und von oben war das Rauschen der Dusche zu vernehmen. Nina musste den Versuch aufgegeben haben, Jess anzurufen.

»Also habt ihr euch in der Schule kennengelernt?«, hakte Tom nach.

»So ungefähr. Wir haben zusammen in einem Stück gespielt …«, antwortete ich langsam. Es war seltsam, darüber zu sprechen. Als Erwachsene spricht man nicht so oft darüber, wie einem zum ersten Mal das Herz gebrochen wurde. Doch Tom war mir so gut wie fremd. Es war höchst unwahrscheinlich, dass ich ihm nach diesem Wochenende wieder begegnen würde, und irgendwie spürte ich eine Erleichterung, als ich es ihm erzählte. »*Die Katze auf dem heißen Blechdach.* Ich war Maggie, und James war Brick. Ach, diese Ironie.«

»Wieso Ironie?«, fragte Tom verblüfft. Doch ich konnte nicht antworten. Ich dachte an Maggies Worte im letzten Akt, über das Wahrmachen der Lüge. Aber mir war klar, dass gerade Tom verstehen würde, was es bedeutete, wenn ich ihm die Zeile zitierte, dass er wüsste, was Maggie meint.

Also schluckte ich nur und sagte: »Einfach … die Ironie des Schicksals.«

»Komm schon«, drängte er und lächelte, wobei sich seine gebräunte Wange in Falten legte. »Du musst etwas damit gemeint haben.«

Ich seufzte. Ich würde ihm nicht die Wahrheit sagen. Oder zumindest nicht die Wahrheit, die ich im Sinn hatte. Dann eben eine andere Wahrheit.

»Na ja, ich sollte eigentlich Zweitbesetzung sein. Clare war als Maggie besetzt – sie hatte in fast jedem Stück die Hauptrolle gespielt, seit der Grundschule.«

»Also, was ist passiert?«

»Sie hatte Pfeiffer'sches Drüsenfieber. Hat ein ganzes Halbjahr in der Schule verpasst. Und ich wurde ins Rampenlicht geschubst.« Ich war immer die Zweitbesetzung gewesen. Ich hatte ein gutes Textgedächtnis und war gewissenhaft. Ich merkte, wie Tom mich ansah und sich fragte, worin wohl die Ironie bestand.

»Ist es die Ironie, dass eigentlich sie mit ihm hätte zusammen sein sollen, und jetzt ist sie es auch? Meinst du das?«

»Nein, nicht direkt … Es ist eher so, dass ich es eigentlich hasse, angeguckt und beobachtet zu werden. Und plötzlich hatte ich die Hauptrolle. Vielleicht ziehen alle Schriftsteller es vor, sich hinter ihrem Text zu verstecken, statt auf der Bühne zu stehen. Was meinst du?«

Tom antwortete nicht. Er drehte bloß den Kopf in Richtung des großen Glasfensters, blickte hinaus in den Wald, und ich wusste, dass er an seine Bemerkung vom vorigen Abend dachte: an die Bühne. Das Publikum. Die Zuschauer in der Nacht.

Nach einer Weile folgte ich seinem Blick. Es sah anders aus als am Abend zuvor: Jemand hatte die Sicherheitsbeleuchtung draußen angeschaltet, sodass man nun die Rasenfläche sehen konnte, die sich vor dem Haus erstreckte, ein vollkommen unberührter schneeweißer Teppich, hinter dem die Bäume unbeirrt Wache standen, ihre Stämme kahl und stachelig unter dem Nadeldach. Es hätte mir eigentlich Mut machen sollen – dass man nun die kahle, unberührte Leinwand sehen konnte, die bewies, dass wir allein waren, dass, wer auch immer die Fußspuren hinterlassen hatte, nicht zurückgekommen war. Doch irgendwie fand ich es kein bisschen beruhigend. Es fühlte sich nur noch mehr an wie in einem Theater, wie die Scheinwerfer, die die Bühne in ihr goldenes Licht tauchen, an dessen Rand das Publikum in einem schwarzen Morast versinkt und zu unsichtbaren Zuschauern in der Dunkelheit wird.

Plötzlich schauderte ich, als ich mir die unzähligen Augenpaare in der Nacht vorstellte: Füchse, deren Augen im Laternenlicht gelb aufleuchteten, weißgeflügelte Eulen, verängstigte Spitzmäuse. Doch die Fußstapfen am Morgen hatten nicht von einem Tier gestammt. Sie waren sehr, sehr menschlich gewesen.

»Es hat aufgehört zu schneien«, bemerkte Tom unnötigerweise. »Offen gestanden bin ich ganz froh darüber. Ich hab nämlich keine große Lust, hier für Tage eingeschneit zu sein.«

»Eingeschneit?«, fragte ich. »Im November? Glaubst du, das kann wirklich passieren?«

»Oh ja!« Flos Stimme kam von hinten und ließ mich zusammenschrecken. Sie trug ein Tablett mit Chips und Nüssen, und es sah geradezu niedlich aus, wie sie ihre Zunge zwischen die Zähne klemmte, als sie es vorsichtig auf dem Tisch abstellte. »Passiert im Januar jedes Jahr. Das ist einer der Gründe, warum meine Tante im Winter kaum hier ist. Der Weg wird unpassierbar, wenn es richtig schneit. Aber im November gibt es eigentlich nie so viel Schnee, und ich glaube nicht, dass es ausgerechnet heute passiert. Für heute Abend ist nichts mehr angesagt. Und es sieht doch hübsch aus, oder?«

Sie richtete sich auf, rieb sich über den Rücken, und wir alle starrten aus dem Fenster hinaus auf die schwarzen, drohenden Bäume und den weißen Schnee. Es sah nicht hübsch aus. Es sah karg aus und unerbittlich. Aber das sagte ich nicht. Stattdessen stellte ich die Frage, die die ganze Zeit an mir genagt hatte.

»Flo, was ich noch fragen wollte: Diese Fußspuren heute Morgen, die zur Garage führten – warst du das?«

»Fußspuren?« Flo schien verdutzt. »Um wie viel Uhr?«

»Früh. Sie waren da, als ich vom Laufen zurückkam, so gegen acht. Vielleicht auch schon vorher, auf dem Hinweg habe ich nicht darauf geachtet.«

»Ich war das nicht. Wo, sagst du, sollen sie gewesen sein?«

»Zwischen der Garage und dem Seiteneingang.«

Flo runzelte die Stirn. »Nein … das war definitiv nicht ich. Wie seltsam.« Sie biss sich auf die Lippe, überlegte und sagte dann: »Passt auf, wenn es euch nichts ausmacht, schließ ich einfach jetzt ab – dann vergessen wir es später nicht.«

»Was meinst du damit? Glaubst du, es könnte jemand Fremdes gewesen sein? Jemand von außerhalb?«

Auf Flos fröhlichem Gesicht machte sich plötzlich Unbehagen breit. »Na ja, meine Tante hatte ziemlichen Ärger, als sie das Haus gebaut hat – es gab viele Beanstandungen bei dem Bauantrag. Den Leuten in der Umgebung gefiel es schon mal nicht, dass es ein Zweitwohnsitz sein sollte, und es gab auch einige Beschwerden über den Baustil und die Wahl des Standorts.«

»Lass mich raten«, sagte Tom gedehnt. »Alte Grabstätte amerikanischer Ureinwohner, richtig?«

Flo warf eine Rolle Küchenpapier nach ihm und brachte trotz ihrer Sorge ein Lächeln zustande. »Quatsch. Das Einzige, was hier begraben ist, sind Schafe, soweit ich weiß. Aber das hier ist trotzdem geschütztes Gebiet – ich weiß nicht, ob es tatsächlich im Nationalpark liegt, aber es ist so nah, dass es keinen Unterschied macht. Es wurde schließlich genehmigt, weil es ein bestehendes Gebäude erweiterte – eine Art kleinen Bauernhof. Aber die Leute sagten, es verrate den Geist des Originals ... Egal, langer Rede kurzer Sinn: Als es gerade halb fertiggestellt war, ist es niedergebrannt, und ich glaube, es gilt als gesichert, dass es Brandstiftung war, obwohl nie was bewiesen wurde.«

»Ach du Scheiße!« Tom wirkte entsetzt. Er blickte aus dem Fenster, als erwarte er, jeden Moment brennende Fackeln den Hügel heraufziehen zu sehen.

»Ich meine, es ist nichts Schlimmes passiert!«, versicherte uns Flo. »Es war noch mitten in der Bauphase, also war es leer, und am Ende hat meine Tante sogar noch davon profitiert, weil die Versicherung sehr gut war, sodass sie am Ende mit einem hochwertigeren Bau dastand. Und den Originalplänen zufolge hätte sie einen Teil des alten Hofes erhalten müssen, aber der ist abgebrannt, weswegen sie sich darum keine Gedanken mehr machen musste. Alles in allem würde ich sagen, sie haben ihr einen Gefallen getan. Aber na ja, es hat das Verhältnis zu den Nachbarn schon beeinträchtigt.«

»Es gibt Nachbarn?«, wollte Tom wissen.

»Oh ja. In die Richtung gibt es einen kleinen Weiler, ungefähr eine Meile durch den Wald.« Sie streckte den Arm aus. »Und einen Bauernhof unten im Tal.«

»Wisst ihr«, überlegte ich laut, »was mir wirklich Angst macht, sind nicht die Fußspuren – oder zumindest nicht die Fußspuren an sich. Es ist die Tatsache, dass wir, wenn es nicht geschneit hätte, nie davon erfahren hätten.«

Wir blickten hinaus und sannen über den unberührten weißen Teppich nach, der auch den Pfad zum Wald bedeckte. Meine eigenen Spuren vom Morgen waren aufgefüllt worden – jetzt konnte man nicht mal mehr ahnen, dass je ein Mensch seinen Fuß dorthingesetzt hatte. Es verging ein langer Moment, in dem wir alle still dastanden und darüber nachdachten, über all die Male, die man uns hätte beobachten können, ohne dass wir das Geringste davon mitbekamen.

Flo ging zum Fenster und rüttelte am Hebel. Er war fest verschlossen.

»Gut!«, sagte sie strahlend. »Ich kontrolliere noch die Hintertür, und dann, denke ich, sollten wir mit all dem finsteren Gerede aufhören und uns noch einen Drink genehmigen.«

»Hört, hört«, bemerkte Tom trocken. Er nahm mein leeres Glas, und als er mir dieses Mal einen Doppelten einschenkte, hatte ich nichts dagegen.

19

Als ich raufging, um mich zum Abendessen umzuziehen, fand ich Nina auf dem Bett sitzend, den Kopf in die Hände gelegt. Sie blickte auf, als ich hereinkam, ihr Gesicht grau und verkniffen. Ihr Ausdruck unterschied sich so sehr von ihrem sonstigen trockenen Sarkasmus, dass ich zweimal hinsehen musste.

»Ist alles in Ordnung?«

»Jaa.« Sie wischte sich die Strähnen ihres dunklen, glänzenden Haars aus dem Gesicht. »Ich bin bloß … ach, mir reicht es hier einfach. Es ist, als ob wir wieder in der Schule wären, und gerade kommt irgendwie alles wieder hoch, was ich damals an mir nicht ausstehen konnte. Es fühlt sich an, als wären wir zehn Jahre zurückgerutscht, findest du nicht?«

»Keine Ahnung.« Ich setzte mich auf mein eigenes Bett und dachte über ihre Worte nach. Obwohl ich gestern Abend noch fast die gleichen Gedanken gehabt hatte, kamen sie mir bei Lichte besehen ungerecht vor. Die Clare, die ich aus der Schule kannte, hätte es nicht eine Sekunde lang mit Flo ausgehalten – zumindest nicht ohne einen triftigen Beweggrund. Sie hätte zu Flos dämlicheren Bemerkungen einfach zustimmend genickt und sie auf diese Weise dazu angestachelt, etwas völlig Bescheuertes von sich zu geben, nur um in diesem Moment einen Schritt zurückzutreten, mit dem Finger auf sie zu zeigen und zu lachen. Von solcher Grausamkeit war an diesem Wochenende nichts zu spüren gewesen. In Wahrheit war ich einigermaßen beeindruckt von ihrer Toleranz. Es war offenkundig, dass mit Flo irgendetwas nicht stimmte – und ich bewunderte, wie einfühlsam Clare sich bemühte, ihr zu helfen. Schwer zu sagen, ob ich es nur zehn Tage mit Flo ausgehalten hätte, geschweige denn zehn Jahre. Clare war offenbar großherziger und gutmütiger, als ich ihr zugetraut hatte.

»Ich finde eigentlich, dass Clare sich ganz schön verändert hat«, sagte ich. »Sie scheint irgendwie …« Ich hielt inne, suchte nach dem richtigen Wort. Vielleicht gab es das nicht. »Sie scheint einfach irgendwie *netter.*«

»Menschen ändern sich nicht«, entgegnete Nina bitter. »Sie werden nur besser darin, ihr wahres Ich zu verbergen.«

Ich kaute auf meiner Lippe herum, während ich mir diese Worte durch den Kopf gehen ließ. Stimmte das? Ich hatte mich verändert – jedenfalls redete ich mir ein, dass es so war. Ich war viel selbstbewusster geworden, viel eigenständiger. Während der gesamten Schulzeit hatte ich mich auf die Unterstützung meiner Freunde verlassen, mein Selbstwertgefühl auf ihnen aufgebaut, hatte ein Teil des Rudels sein wollen, dazugehören wollen. Schließlich hatte ich erkannt, dass das nicht möglich war, und war seitdem ein sehr viel glücklicherer – wenn auch einsamerer – Mensch.

Aber vielleicht hatte Nina recht. Vielleicht hatte ich nur gelernt, das unbeholfene Kind in mir, das so verzweifelt hatte dazugehören wollen, zu verstecken. Vielleicht war das Ich, das ich geworden war, nur eine dünne Schicht, die jederzeit unter Schmerzen abgeschält werden konnte.

»Ich weiß auch nicht«, sprach Nina weiter. »Es ist nur … findest du nicht, dass das Mittagessen einfach unerträglich war?«

Das war es in der Tat gewesen. Es war ausschließlich um die Hochzeitsplanungen gegangen: Wo der Empfang stattfinden würde, was Clare tragen würde, was die Brautjungfern tragen würden, ob Räucherlachs nun als Vorspeise übertrieben war oder nicht oder warum die vegetarische Alternative immer Ziegenkäse enthielt. Und noch schlimmer war es geworden, als ich erkennen musste, dass ich eine unsichtbare Linie überschritten und den Zeitpunkt verpasst hatte, an dem ich hätte zugeben können, dass ich nicht eingeladen war. Ich hätte sofort etwas sagen sollen, es beichten, gleich am ersten Abend einen Witz daraus machen sollen. Jetzt gab es kein Zurück mehr, denn dadurch hätte es so ausgesehen, als hätte ich allen etwas vorgegaukelt. So blieb mir nichts anderes übrig, als gute Miene zum bösen Spiel zu machen – das war zwar nicht direkt gelogen, lief unterm Strich aber auf dasselbe hinaus. Clares mitleidige Blicke waren da auch keine große Hilfe gewesen.

»Ich sag mal nicht ›Brautmonster‹«, fuhr Nina fort, »weil es sich hier ja wohl eher um ein ›Brautjungfernmonster‹ zu handeln scheint. Aber wenn ich noch einmal etwas über Hochzeitsandenken, Beinenthaarung oder Trauzeugenreden hören muss … Kannst du dir James bei alledem vorstellen?«

Ich hatte bewusst vermieden, über James und die Hochzeit nachzudenken, so wie man es vermeidet, eine wundgescheuerte Stelle zu berühren. Doch jetzt, wo ich versuchte, ihn mir inmitten dieses Trubels vorzustellen, wurde mir klar, dass ich es nicht konnte. Den James, den ich kannte, mit seinem rasierten Hinterkopf und dem Haarknoten auf dem Kopf, der zerschlissenen Krawatte seiner Schuluniform, den James, der sich mit dem Whisky seines Vaters betrunken hatte und um Mitternacht auf das Kriegerdenkmal der Schule geklettert war, um Gedichte von Wilfred Owen in den Nachthimmel zu rufen, den James, der am letzten Tag des Schuljahrs Liedzeilen von Pink Floyd mit Lippenstift auf das Auto der Schulleiterin geschrieben hatte … diesen James konnte ich mir beim besten Willen nicht in einem Smoking vorstellen, und auch nicht, wie er Clares Mutter einen Kuss gab und brav über die Rede seines Trauzeugen lachte.

Die ganze Unterhaltung war so qualvoll gewesen, dass mir fast übel geworden war, und Ninas heimliche Blicke hatten es nur noch schlimmer gemacht. Wenn es eines gibt, das ich noch weniger mag, als verletzt zu werden, dann ist es, dabei gesehen zu werden. Ich habe es schon immer vorgezogen, mich davonzuschleichen und meine Wunden im Stillen zu lecken. Doch Nina hatte recht. Es war wirklich kein Fall von Brautmonster-Syndrom. Im Gegenteil: Clare war während des gesamten Mittagessens ungewöhnlich still geblieben. Flo war es gewesen, die das Gespräch auf dieses Thema gelenkt hatte, und Tom hatte sie angestachelt. Einmal hatte Clare sogar vorgeschlagen, das Thema zu wechseln. Es war nicht anzunehmen, dass sie ihre Liebe fürs Scheinwerferlicht seit der Schulzeit abgelegt hatte. Wahrscheinlicher war es, dass sie dabei an mich gedacht hatte.

»Wenn ich den Mumm gehabt hätte, hätte ich abgesagt«, sagte Nina mürrisch. »Bei der Hochzeit, meine ich. Aber Jess hätte mich umgebracht. Sie liebt Hochzeiten. Das ist fast schon zwanghaft. Sie hat für diese hier sogar schon einen neuen Fascinator gekauft. Ich meine, geht's noch? Einen verdammten Fascinator?!«

»Sie hätte es dir bestimmt verziehen«, antwortete ich leichthin. »Wobei: Vermutlich hättest du ihr einen Antrag machen müssen, um es wiedergutzumachen.«

»Das kann schon noch passieren. Würdest du kommen?«

»Na klar.« Ich boxte sie sanft auf den Arm. »Ich würde sogar zum Junggesellinnenabschied kommen. Sofern du einen veranstaltest.«

»Das kannst du knicken«, erwiderte Nina. »Falls – und ich betone: *falls* – ich je heiraten sollte, ziehen wir vorher eine

Nacht um die Häuser, und das war's. So eine angeberische Hütte am Arsch der Welt kommt nicht in die Tüte.« Sie seufzte und stand auf. »Weißt du, was Flo sich heute Abend für uns ausgedacht hat?«

»Was denn?«

»So ein bescheuertes Ouijabrett. Ich sag's dir: Wenn sie eins mit ›sexy‹ Antworten mitgebracht hat, hol ich die Flinte von der Wand und schieb sie ihr dahin, wo es wehtut – geladen oder nicht.«

»Okay, *das hier*«, verkündete Flo, während sie Zettel auf dem Wohnzimmertisch verteilte, »wird ein Riesenspaß.«

»Meine Kristallkugel ist sich da nicht so sicher«, murmelte Nina vor sich hin. Clare warf ihr einen warnenden Blick zu, doch entweder hatte Flo Ninas Bemerkung nicht gehört oder sie hatte beschlossen, die Spitze zu übergehen. Sie war weiter eifrig dabei, den Tisch zu präparieren, indem sie Kerzen zwischen den halbleeren Weinflaschen aufstellte.

»Hat jemand ein Feuerzeug?«

Nina kramte in der Tasche ihres Jeans-Minirocks und zog ein Zippo hervor, und Flo zündete die Kerzen mit andächtigem Ausdruck an. Mit jeder Kerze, die sie entzündete, flackerte im Widerschein des Fensters eine dazugehörige Flamme auf. Flo hatte die Außenbeleuchtung ausgeschaltet, und der Wald war dunkel, lediglich vom Mond ging ein wenig Licht aus. Der Raum war nur schwach beleuchtet, sodass wir die Umrisse der eng zusammenstehenden Bäume, den blassen Schnee und die Silhouette des Waldes vor dem minimal helleren Himmel sehen konnten. Nun sah es aus, als ob in den Bäumen kleine Irrlichter tanzten, schwache, gespenstische Flammen, die sich im doppelverglasten Fenster gleich zweimal spiegelten.

Ich stand auf, ging zum Fenster und formte meine Hände zu einem Sichtschutz, um in die Nacht hinauszublicken. Es war vollkommen still. Doch mir fielen wieder die Fußstapfen und die kaputte Telefonleitung ein, und ich konnte es mir nicht verkneifen, verstohlen den Hebel der Verandatür zu überprüfen. Er war fest verriegelt.

»Mel hätte das hier schrecklich gefunden«, sagte Clare nachdenklich, als ich wieder zum Tisch zurückkam und Flo die letzte Kerze anzündete. »Ich bin mir fast sicher, dass sie jetzt noch religiöser ist als zu Unizeiten.«

»Ich kann nicht ganz nachvollziehen, wieso das Zwiegespräch mit einem einzigen eingebildeten Freund irgendwie anders sein sollte als das Zwiegespräch mit einem ganzen Haufen von ihnen«, bemerkte Nina spöttisch.

»Lass doch, es ist ihr Glaube, okay? Kein Grund, beleidigend zu werden.«

»Ich bin nicht beleidigend. Man kann per definitionem nicht jemanden beleidigen, der gar nicht da ist. Dafür braucht man einen Beleidigten, nicht nur einen Beleidiger.«

»Wenn im Wald ein Baum umfällt und es ist niemand da, der es hören kann, macht er dann ein Geräusch?«, fragte Tom mit einem spöttischen Lächeln. Er lehnte sich auf dem Sofa zurück und nahm einen großen Schluck Wein. »Mann, es ist Jahre her, dass ich das gemacht habe. Meine Tante stand total auf Geisterbeschwörung und so was. Nach der Schule bin ich oft zu ihr nach Hause gegangen, und da haben wir mit diesem traditionellen Brett Ouija gespielt, also auf dem mit den Buchstaben.«

Ich wusste, was er meinte – das war die Art Ouijabrett, die ich in Filmen gesehen hatte. Das, was Flo da aufbaute, war etwas anders, eher wie ein Kugelschreiber auf Rädern.

»So ist es einfacher«, erklärte Flo. Ihre Zungenspitze lugte zwischen ihren Zähnen hervor, während sie versuchte, den Stift in seinem Halter zu befestigen. »Ich habe es schon mal probiert, und das Problem mit dem Zeiger ist, dass man, wenn man nicht schnell genug ist, viele Buchstaben verpassen kann. So wird alles gleich aufgezeichnet.«

»Hat es denn geklappt?«, erkundigte sich Clare. »Als du es ausprobiert hast, meine ich?«

Flo nickte ernst. »Oh ja. Ich bekomme normalerweise immer irgendeine Botschaft. Meine Mutter sagt, ich hätte eine natürliche Begabung dafür, Schwingungen aus dem Jenseits zu empfangen.«

»Aha«, sagte Nina. Sie verzog keine Miene, doch ich wusste, dass eine sarkastische Bemerkung im Anzug war.

»Was hat es denn gesagt?«, warf ich hastig ein, um es gar nicht erst so weit kommen zu lassen. »Beim letzten Mal, meine ich?«

»Es ging um meinen Großvater«, erzählte Flo. »Er wollte Oma mitteilen, dass er glücklich war und dass sie wieder heiraten sollte, wenn sie es wollte. So, bitte schön, alles vorbereitet. Sind wir bereit?«

»So bereit, wie ich nur sein kann«, antwortete Clare. Sie stürzte den letzten Rest Wein hinunter und stellte ihr Glas ab. »Okay. Was müssen wir tun?«

Flo winkte uns alle zu sich herüber.

»Also – legt eure Finger auf die Planchette. Nur ganz leicht – ihr wollt sie nicht führen, sondern nur das Vehikel für die Impulse sein, die ihr aus dem Jenseits empfangt.«

Nina verdrehte die Augen, legte ihre Fingerspitzen jedoch widerspruchslos auf die Planchette. Tom und ich taten es ihr gleich. Clare folgte als Letzte.

»Bereit?«, fragte Flo.

»Bereit«, sagte Clare.

Flo atmete tief ein und schloss die Augen. Ihr Gesicht glühte im Kerzenschein, als würde sie von innen beleuchtet. Ich sah, wie ihre Augen sich unter den Lidern bewegten, hin- und herhuschten, etwas suchten, das sie nicht sehen konnte.

»Ist hier ein Geist, der mit uns sprechen möchte?«, begann sie.

Die Planchette bewegte sich umständlich in Kreis- und Spiralbewegungen über das Blatt, ohne Formen zu erzeugen, die irgendeinen Sinn ergaben. Keiner von uns schob sie an, da war ich mir ziemlich sicher.

»Ist hier heute Abend ein Geist anwesend?«, wiederholte Flo ernsthaft. Ich sah, wie Nina verstohlen lächelte. Die Bewegungen der Planchette wurden nun zielgerichteter.

J.

»Das heißt Ja! Oh, wow!«, flüsterte Flo. Sie blickte auf, ihr Gesicht strahlte. »Habt ihr das gesehen? Als ob sie von einem Magneten angezogen würde. Habt ihr das gespürt?«

Ich hatte etwas gespürt. Allerdings hatte es sich eher so angefühlt, als ob sie von jemand anderem in der Runde geschoben wurde, doch ich sagte nichts.

»Wie lautet der Name des Geistes?«, fragte Flo gespannt.

Die Planchette setzte sich wieder in Bewegung:

TE … QUI … lange Pause … *TE … QUI …*

»›Qui‹ bedeutet ›wer‹ auf Französisch«, flüsterte Flo. »Vielleicht haben wir hier einen französischen Geistführer?«

… *L* … Tom und Nina fingen beide an zu lachen, als schließlich das *A* unter der Planchette zum Vorschein kam. Selbst Clare konnte sich ein Prusten nicht verkneifen. Die Planchette scherte aus, glitt in einer geraden Bewegung zum Rand des Papiers und fiel schließlich unter unser aller Gekicher klappernd zu Boden.

Flo starrte einen Moment lang das Blatt an und runzelte verständnislos die Stirn. Dann begriff sie. Sie rückte ein Stück vom Tisch weg und verschränkte die Arme.

»Okay.« Sie blickte von Clare zu Tom und dann zu mir. Ich bemühte mich um einen neutralen Gesichtsausdruck. »Wer war das? Das ist nicht witzig! Ich meine, okay, ein bisschen witzig ist es schon, aber wie sollen wie je etwas herausfinden, wenn ihr nur herumalbert! Tom?«

»Ich war's nicht!« Tom warf die Arme in die Luft. Nina setzte ihre Unschuldsmiene auf, was mich in meinem Verdacht bestärkte, dass sie es gewesen war.

»Also, wer auch immer es war ...« Flos Gesicht war gerötet und sah verärgert aus. »Ich finde das nicht so toll. Ich habe mir so viel Mühe gegeben, und ihr ruiniert ...«

»Hey, hey, Flops.« Clare streckte eine Hand aus. »Reg dich ab, okay? Das war doch nur Spaß. Es wird nicht noch mal passieren. Okay?« Sie blickte streng in die Runde. Wir alle setzten unsere reumütigsten Gesichter auf.

»Na gut«, sagte Flo schmollend. »Aber das ist eure letzte Chance! Wenn ihr noch mal herumpfuscht, packe ich das hier weg, und dann spielen wir ... Trivial Pursuit!«

»Was für eine Drohung«, bemerkte Tom ernst, doch seine Lippen zuckten. »Ich verspreche, dass zumindest ich mich wie ein Engel benehmen werde. Nur verschone mich mit dem rosa Tortenstück!«

»Also gut«, verkündete Flo. Sie holte tief Luft, während wir alle wieder unsere Finger auf der Planchette platzierten. Sie vibrierte leicht, und ich sah, dass Ninas Schultern immer noch zuckten, weil sie sich das Lachen verkneifen musste, doch sie biss sich auf die Lippe und nahm sich zusammen, und unter Clares strengem Blick ebbten die Bewegungen schließlich ab.

»Wir bitten um Verzeihung für den Leichtsinn *einiger* Mitglieder unserer Runde«, sagte Flo bedeutungsvoll. »Gibt es hier einen Geist, der mit uns sprechen möchte?«

Dieses Mal bewegte sich die Planchette langsamer, eher so, als ob es aus eigenem Antrieb geschah. Doch sie formte unmissverständlich ein weiteres J und hielt dann an.

»Bist du ein Freund von jemandem hier?«, flüsterte Flo.

?, schrieb die Planchette.

Dieses Mal glaubte ich nicht, dass jemand nachhalf – und ich konnte den anderen ansehen, dass sie das Gleiche dachten. Keiner lachte mehr. Clare wirkte sogar etwas beunruhigt.

»Weißt du, Flopsie, ich bin nicht sicher …«, setzte sie an.

Tom tätschelte ihre Hand. »Schon gut, Liebes. Es sind nicht wirklich Geister – nur das Unterbewusstsein der Gruppe, das Wörter formt. Manchmal ist das Ergebnis ganz aufschlussreich.«

»Wer ist hier?« Flo hatte ihre Augen geschlossen. Ihre Finger ruhten ganz leicht auf der Planchette. Falls irgendjemand sie steuerte, dann nicht sie, da war ich mir sicher. Die Planchette bewegte sich erneut und begann in kreisenden, unregelmäßigen Bewegungen Buchstaben zu formen. Tom las sie der Reihe nach vor.

»M … E, vielleicht? Oder war das ein F? … L … I … T … T … A … Okay, also das ist schon mal ein Wort. Melitta. Kennt jemand eine Melitta?«

Wir alle schüttelten den Kopf.

»Vielleicht ist es der Geist einer früheren Anwohnerin«, schlug Nina mit ernster Stimme vor. »Und sie ist hier, um uns davor zu warnen, auf ihren heiligen Schafknochen herumzutrampeln.«

»Vielleicht«, sagte Flo. Sie öffnete die Augen. Sie leuchteten grün, und in der Dunkelheit wirkten sie riesig. Die Zornesröte von vorhin war verschwunden und einer gespannten Blässe gewichen.

Sie schloss die Augen wieder und fragte in gedämpftem, ehrfurchtsvollem Ton: »Gibt es hier jemanden, mit dem du sprechen möchtest, Melitta?«

J.

»Hast du eine Botschaft für einen aus der Gruppe?«

J.

»Wen aus der Gruppe?«

F … FL …

»Für mich?« Flo riss die Augen weit auf. Sie schien verdutzt, beinahe ängstlich. Um genau zu sein sah sie aus, als bereute sie die ganze Idee. »Du hast eine Botschaft für mich?«

J.

Flo schluckte. Ihre freie Hand umklammerte die Tischkante, so fest, dass ihre Handknöchel weiß hervortraten.

»Okay«, sagte sie tapfer. Doch die Planchette war schon wieder in Bewegung.

K … A … U … buchstabierte sie langsam, und dann, in einer einzigen, fließenden Bewegung: *F KAFFEE.*

Einen Moment lang herrschte Schweigen, dann lachte Nina schallend auf.

»Fick dich doch!«, rief Flo. Wir alle schraken zusammen, und mir wurde klar, dass dies das erste Mal war, dass ich Flo fluchen gehört hatte. Sie sprang auf, und die Planchette flog über den Tisch. Weingläser und Kerzen stürzten zu Boden, Wachs spritzte auf den Teppich. »Wer war das? Das ist nicht mehr lustig, Leute! Ich hab es wirklich satt. Nina? Tom?«

»Ich war's nicht!«, schwor Nina, aber sie lachte so heftig, dass ihr Tränen aus den Augen liefen. Tom gab sich mehr Mühe, seine Heiterkeit zu verbergen, doch auch er kicherte hinter vorgehaltener Hand.

»Es tut mir leid«, sagte er und versuchte verzweifelt, ein ernstes Gesicht zu machen. »Es tut mir leid. Das ist nicht l-lu…« Doch er konnte den Satz nicht zu Ende sprechen.

Flo drehte sich ruckartig zu mir um und warf mir einen anklagenden Blick zu. Ich war dabei, den Wein auf dem Teppich abzutupfen.

»Du bist ganz still, Lee, sitzt da, als könntest du kein Wässerchen trüben!«

»Was?« Ich sah auf, ehrlich überrascht. »W-wie b-bitte?«

»Du hast mich schon verstanden! Ich hab es so satt, wie du hier herumsitzt, wie eine heimtückische kleine Maus, und dich hinter meinem Rücken über mich lustig machst.«

»Das tu ich doch gar nicht«, widersprach ich. Doch ich fühlte mich unbehaglich, denn natürlich musste ich daran denken, wie ich mich bei unserer Ankunft von Ninas Hänseleien zum Lachen hatte verleiten lassen. »Ich meine ... ich hab nicht ...«

»Ihr haltet euch ja alle für so perfekt.« Flo atmete schwer. Es klang wie Schluchzen, als ob sie jeden Moment in Tränen ausbrechen würde. »Ihr glaubt alle, dass ihr so toll seid, mit euren Abschlüssen, euren Jobs und euren Wohnungen in London.«

»Flo ...«, beschwichtigte Clare. Wieder legte sie ihre Hand auf Flos Arm, aber Flo schüttelte sie ab.

»Ganz ruhig«, sagte Tom besänftigend. »Hör mal, ich weiß ehrlich nicht, wer es war, aber ich verspreche, das war das letzte Mal, dass jemand Unfug angestellt hat, okay?« Er sah sich in der Runde um. »Alles klar, Leute? Wir versprechen es, okay? Dieses Mal wirklich.«

Er wollte nur helfen, doch ich spürte ein flaues Gefühl in der Magengegend. Wir hätten das Spiel wegpacken sollen, als Flo zum ersten Mal in die Luft gegangen war – jetzt noch weiterzumachen konnte nur schiefgehen, wo Flo schon so aufgebracht und reizbar war.

»F-findet ihr n-nicht ...«, begann ich nervös.

»Ich f-finde, du solltest jetzt endlich die Klappe halten«, fauchte Flo wütend, wobei sie mein Stottern mit unheimlicher Präzision imitierte. Ich war so perplex, dass ich nichts sagte, sondern einfach mit offenem Mund dasaß und sie anstarrte. Es war, als ob mir ein Teletubby ins Gesicht gespuckt hätte.

»Ach komm, Flopsie«, sagte Clare. »Gib uns noch eine

Chance, okay? Ich verspreche, dass alle es jetzt ernst nehmen werden. Sonst bekommen sie es mit mir zu tun.«

Flo stürzte mit zitternder Hand ihr Glas Wein hinunter. Dann setzte sie sich schwerfällig wieder an den Tisch und legte ihre Hand auf die Planchette. »Letzte Chance«, gewährte sie uns barsch.

Alle nickten, und widerstrebend legte ich meine Finger zurück auf das Brett.

»Lass uns diesmal eine Frage stellen«, schlug Tom mit ruhiger Stimme vor. »Um damit eine Richtung vorzugeben. Wie wäre es mit … Werden Clare und James ein langes und glückliches Leben führen?«

»Nein!«, rief Clare mit lauter Stimme. Wir alle wandten die Köpfe nach ihr um, erschrocken über die Heftigkeit ihrer Reaktion. »Nein – passt auf, ich will nur … ich will James nicht mit reinziehen, okay? Ich habe ein schlechtes Gefühl dabei. Das hier soll ein Spaß sein, aber ich habe keine Lust, mir von einem Stift erzählen zu lassen, dass ich mit dreißig geschieden sein werde.«

»Okay«, sagte Tom sanft, aber ich konnte ihm seine Verblüffung anmerken. »Wie wäre es dann mit mir. Welchen Hochzeitstag werden Bruce und ich erreichen?«

Wir alle legten unsere Finger auf die Planchette und spürten, wie sie sich in Bewegung setzte.

Diesmal war es ganz anders. Kein ruckelndes Schubsen und Zerren mehr, sondern eine durchgehende, lässig dahinfließende Handschrift, die sich in spiralförmigen Windungen über das Papier zog.

»*P … A … P … A …*«, buchstabierte Flo. »Papa? Was soll das bedeuten? Das ist kein Hochzeitstag.«

»Papier vielleicht?« Tom betrachtete stirnrunzelnd den Zettel. »Das ergibt keinen Sinn. Die papierne Hochzeit ist doch … nach zwei Jahren oder so. Das haben wir letztes Jahr gefeiert. Vielleicht bedeutet es Opal. Das erste P könnte auch ein O sein.«

»Vielleicht sagt er uns seinen Namen«, meinte Flo atemlos. Ihr Ärger von eben war verflogen, und sie schien ganz aufgeregt, fast ein wenig überdreht. Sie schenkte sich Wein nach, stürzte ihn in drei gierigen Schlucken herunter und stellte das Glas unsicher auf dem Boden ab. Ich sah, dass ihr silbergraues Top, der Zwilling von dem, das Clare trug, einen Rotweinfleck auf dem Ärmel hatte. »Sie halten sich ja nicht immer an unsere Anweisungen. Fragen wir ihn. Wie ist dein Name, Geist?«

Der Stift setzte wieder an, schlingerte über das Blatt, in großen, eilig geformten Buchstaben, die die gesamte Fläche einnahmen, und überschrieb die Worte von zuvor.

PA … las ich, und dann … *BY* auf der anderen Seite des Blattes. Dann verlangsamte der Stift sich, stoppte, und Flo reckte den Hals, um den Text vorzulesen.

»Papa Begby. Wow. Wer in aller Welt ist das?«

Sie ließ ihren Blick über die schulterzuckende und kopfschüttelnde Runde schweifen.

»Nora?«, wandte sich Flo plötzlich an mich. »Weißt du, wer das ist?«

»Gott, nein!«, rief ich reflexhaft. Um ehrlich zu sein, war mir irgendwie mulmig. Das vorher war ziemlich offensichtlicher Blödsinn gewesen. Dies hier fühlte sich entschieden anders an. Auch die anderen schienen beunruhigt. Clare kaute auf einer Haarsträhne herum. Nina bemühte sich um einen unbeteiligten Gesichtsausdruck, doch ich konnte sehen, wie sie in ihrer Rocktasche an ihrem Feuerzeug herumspielte, es unter dem Stoff nervös hin- und herdrehte. Tom wirkte richtiggehend schockiert, selbst in dem schwachen Licht sah sein Gesicht fahl aus. Nur Flo schien ehrlich erfreut.

»Wow«, hauchte sie. »Ein echter Geist. Papa Begby. Vielleicht ist das der Typ, dem der Hof gehört hat? Papa Begby«, sagte sie ehrfürchtig, an die Leere über unseren Köpfen gerichtet. »Papa Begby, hast du eine Botschaft für uns hier heute Abend?«

Wieder bewegte sich der Stift, diesmal ruckartiger.

M … las ich. Einen Moment lang hielt ich den Atem an. Bitte keine Kaffeewitze mehr.

M … M … M …

Die Bewegungen wurden schneller und schneller, und dann gab es plötzlich einen Knacks und die Planchette kam ruckelnd zum Stehen. Clare hob sie hoch und schlug die Hand vor den Mund.

»Oh Flopsie, das tut mir leid.«

Ich sah auf den Tisch. Der Kugelschreiber hatte sich sauber durch das Papier und in das polierte Holz darunter gebohrt.

»Deine Tante …«

»Ach, das macht nichts«, sagte Flo ungeduldig. Sie schob die Planchette zur Seite und hob den Zettel hoch. »Was steht da?«

Wir alle blickten ihr über die Schulter, lasen mit, als sie den Zettel hin und her drehte, um die verschlungene Schrift zu entziffern.

M M MMMMMÖRDERRRRRRRRRRRR

»Oh Gott.« Jetzt schlug auch Tom die Hand vor den Mund.

»Das ist nicht witzig«, zischte Nina. Ihr Gesicht war kreidebleich, als sie einen Schritt zurücktrat und jeden von uns prüfend anblickte. »Wer hat das geschrieben?«

»Hört mal«, sagte Tom. »Ich geb zu, das mit dem Kaffee war ich. Aber das hier hab ich nicht geschrieben – so was würde ich nie tun!«

Wir alle sahen einander an, suchten in den Augen der anderen nach Anzeichen eines schlechten Gewissens.

»Vielleicht seid ihr auf dem Holzweg«, wandte Flo ein. Die Röte war in ihr Gesicht zurückgekehrt, doch diesmal war da weniger Wut als vielmehr ein Anflug von Triumph zu spüren. »Vielleicht war es ja eine echte Botschaft. Immerhin gibt es ein paar Dinge, die ich über euch weiß, über euch alle.«

»Was meinst du damit?«, fragte Tom. Er klang misstrauisch. »Clare, wovon redet sie da?«

Clare antwortete nicht, sondern schüttelte bloß den Kopf. Ihr Gesicht war ganz weiß geworden, ihre Lippen blutleer unter dem öligen Glanz des Lipgloss. Ich merkte, dass ich schwer und schnell atmete, fast hyperventilierte.

»Hey«, sagte Nina plötzlich. Ihre Stimme klang merkwürdig, als ob sie mich von weit her erreichte. »Hey, Nora, ist alles in Ordnung?«

»Mir geht's gut«, beteuerte ich, oder versuchte es zumindest. Ich war nicht sicher, ob die Worte tatsächlich herauskamen. Die Wände schienen plötzlich näher zu rücken, der Raum wurde kleiner, während gleichzeitig die riesige Glasfront sich weiter öffnete, wie ein Maul mit spitzen, kieferförmigen Zähnen, das nur darauf wartete, uns alle zu verschlingen. Ich spürte, wie Hände mich bei den Armen packten, mich aufs Sofa schoben und mir den Kopf zwischen meine Knie drückten.

»Ganz ruhig«, mahnte Nina mit fester Stimme, und plötzlich fiel mir wieder ein, dass sie ja Ärztin war, medizinischer Profi, und nicht bloß eine Freundin, mit der ich alle paar Monate mal etwas trinken ging. »Ganz ruhig. Kann mal jemand eine Tüte holen, eine Papiertüte?«

»Hysterische Kuh«, hörte ich Flo böse zischen, bevor sie aus dem Raum stampfte.

»Mir geht's gut«, wiederholte ich. Ich versuchte, mich aufzurichten, stieß Ninas Hände zur Seite. »Ich brauch keine Papiertüte. Alles okay.«

»Bist du sicher?« Nina musterte mich prüfend. Ich nickte so überzeugend wie möglich.

»Alles in bester Ordnung. Sorry, ich weiß nicht, was gerade mit mir los war. Zu viel Wein. Aber es geht mir gut, versprochen.«

»Zu viel Drama«, sagte Tom, mehr zu sich als zu uns, doch sein Ton war nüchtern, und ich wusste, dass es nicht gegen mich gerichtet war.

»Ich werde mal … ich glaub, ich geh mal kurz an die frische Luft. Es ist zu heiß hier drin.«

Es war wirklich heiß, der Kamin glühte wie ein Schmelzofen. Nina nickte.

»Ich komme mit.«

»*Nein!*«, rief ich, viel heftiger als beabsichtigt. Mit ruhigerer Stimme fügte ich hinzu: »Ehrlich, ich würde lieber allein sein. Ich muss nur mal durchatmen. Okay?«

Draußen lehnte ich mich mit dem Rücken gegen die Glasschiebetüren der Küche. Der Himmel über mir war von einem samtigen Tiefblau, und der Mond leuchtete erstaunlich weiß, umgeben von einem blassen, eisigen Lichthof. Ich spürte, wie die frostige Nachtluft mich umhüllte und mein erhitztes Gesicht, meine schweißnassen Handflächen kühlte. So stand ich da, lauschte dem Pochen meines eigenen Herzens und versuchte, die Schläge zu verlangsamen, ruhiger zu werden.

Wie lächerlich, dass ich derart in Panik verfallen war. Es gab keinen Grund anzunehmen, dass es bei der Botschaft um mich gegangen war. Doch was hatte Flo da am Ende gesagt?

Es gibt ein paar Dinge, die ich über euch weiß.

Was hatte sie gemeint? Wen von uns meinte sie?

Wenn sie mich meinte, konnte sie sich nur auf eine Sache bezogen haben. Und Clare war die Einzige, die wusste, was geschehen war. Hatte sie es Flo erzählt?

Ich war mir nicht sicher. Ich wollte glauben, dass sie es

nicht getan hatte. Ich versuchte, mir all die Geheimnisse ins Gedächtnis zu rufen, die ich Clare im Laufe der Jahre anvertraut hatte. Geheimnisse, die sie stets für sich behalten hatte.

Doch stattdessen fiel mir wieder ein, wie ich in die Schule zurückgekommen war, um meine Französischprüfung abzulegen, und mir eines der anderen Mädchen in der Schlange die Hand auf die Schulter gelegt hatte. *Es tut mir so leid,* hatte sie gesagt, *du bist so tapfer,* und auf ihrem Gesicht war ehrliches Mitleid zu lesen gewesen, doch gleichzeitig hatte sie fast freudig erregt gewirkt, so wie man es manchmal im Fernsehen sieht, wenn Teenager sich im Interview zum tragischen Tod eines Schulfreundes äußern. Die Traurigkeit ist da und sie ist echt, doch da ist eben auch eine Spur von Freude über den Nervenkitzel des Ganzen, die *Wirklichkeit* des Ganzen.

Ich wusste nicht genau, was sie meinte – es war möglich, dass sie auf die Trennung von James anspielte. Doch dafür schien mir ihre Reaktion etwas extrem, und ich begann mich zu fragen, ob Clare jemandem erzählt hatte, was passiert war. Während der ganzen Prüfung zerbrach ich mir darüber den Kopf. Als die zwei Stunden um waren, wusste ich, was ich zu tun hatte. Denn ich wusste, dass die Zweifel mich verrückt machen würden.

Ich ging nie wieder zurück.

Jetzt schloss ich meine Augen, spürte die Kälte auf meinem Gesicht, spürte, wie der Schnee durch meine dünnen Socken drang, und lauschte den zarten Geräuschen der Nacht, dem Knacken und Rascheln von schneebeladenen Ästen, die unter ihrem Gewicht abbrachen, dem Rufen einer Eule, dem seltsamen, eindringlichen Schrei eines Fuchses.

Ich hatte nie auf dem Land gelebt. Ich war in einem Vorort von Reading groß geworden und nach London gezogen, sobald ich achtzehn war. Dort lebte ich seitdem.

Dennoch konnte ich mir vorstellen, hier zu leben, in der Stille und Einsamkeit, wo man nur dann Menschen begegnete, wenn man es wollte. Allerdings würde ich nicht unter einer gigantischen Käseglocke leben wollen. Ich würde ein kleines, unauffälliges Haus haben, das Teil der Landschaft wäre.

Ich dachte an das Bauernhäuschen, das hier einst gestanden hatte, bevor es niedergebrannt worden war. Ich stellte mir ein längliches, flaches Gebäude vor, die Silhouette gleich der eines Tieres, das sich verstecken will, wie ein Hase, der sich flach auf den Boden presst. Da hätte ich wohnen können, dachte ich.

Als ich die Augen wieder öffnete, brannte das grelle Licht aus dem Haus, das den Schnee erleuchtete, schmerzhaft auf meiner Netzhaut. Es war ein so aufdringliches Licht, so verschwenderisch, wie ein goldener Leuchtturm, der seinen Strahl rücksichtslos in die Dunkelheit feuert. Nur dass eben ein Leuchtturm Schiffe abhalten soll. Dieser Ort hier war mehr wie eine Laterne, die die Motten anzieht.

Ich erschauderte. Ich musste aufhören, so abergläubisch zu sein. Das hier war ein schönes Haus, und wir konnten uns glücklich schätzen, dass wir uns hier aufhalten durften, sei es auch nur für ein paar Tage. Doch ich mochte es einfach nicht, ich traute Flo nicht über den Weg und ich konnte es kaum abwarten, am nächsten Morgen wieder abzureisen. Ich überlegte, wie früh ich wohl aufbrechen könnte, ohne dass es unhöflich wäre. Nina und ich hatten Sitzplatzreservierungen für den Zug um siebzehn Uhr, aber mein Ticket war flexibel.

»Alles in Ordnung?« Die Stimme kam von hinter mir, gefolgt von einer langen Rauchwolke. Als ich mich umdrehte, sah ich Nina dort stehen, in einer Hand die Zigarette, den anderen Arm fest um den Brustkorb geschlungen, um sich gegen die Kälte abzuschirmen. »Sorry. Ich weiß, dass du allein sein wolltest. Ich wollte nur ... Ich musste mal eine rauchen. Ich musste da weg. Puh, diese Flo! Bei der krieg ich echt Gänsehaut. Was soll das ganze verrückte Zeug von wegen, sie kennt unsere Geheimnisse?«

»Keine Ahnung«, sagte ich unbehaglich.

»Wahrscheinlich hat sie uns bloß verarscht.« Nina zog an ihrer Zigarette. »Aber ich muss zugeben, ich saß da und bin in Gedanken all die Sachen durchgegangen, die ich Clare über die Jahre erzählt habe, und es fühlte sich gar nicht gut an, darüber nachzudenken, was sie alles an Flo weitergegeben haben könnte. Und Tom wirkte auch ganz schön aufgewühlt. Ich frag mich, was der wohl für Leichen im Keller hat?«

»Keine Ahnung«, wiederholte ich. Allmählich drang die Kälte in meine Knochen, und ich fröstelte.

»Ich glaube, Melanie hatte recht«, meinte Nina schließlich. »Flo ist nicht ganz normal. Und ihr schräges Verhältnis zu Clare – ›nicht gesund‹ ist da noch untertrieben. Dass sie Clares Kleidungsstil kopiert – das erinnert doch alles ein wenig an *Weiblich, ledig, jung sucht ...*, findest du nicht? Wenn du mich fragst, ist sie nur ein paar Pillen davon entfernt, die Duschszene in Psycho nachzuspielen.«

»Ach, hör doch auf«, fuhr ich sie an. Flo war seltsam, aber das war nun wirklich nicht fair. »Sie ist kein Psycho, sie hat nur nicht viel Selbstvertrauen. Ich weiß, wie sich das anfühlt, immer die zweite Geige zu spielen. Es ist nicht so einfach, Clares Freundin zu sein.«

»Nein. Nein, jetzt versuch nicht, sie zu entschuldigen, Nora. Die Klamotten und so – ich meine, okay, es ist schräg, aber wenn Clare das mitmachen will, ist das ihre Sache. Aber die kleine Show heute Abend war direkt gegen uns gerichtet, und das lasse ich mir nicht bieten. Hör mal, ich dachte mir, wegen morgen – ich weiß, wir haben den Fünf-Uhr-Zug reserviert, aber ...«

»Du meinst, ob wir früher fahren können? Genau das Gleiche hab ich auch gerade gedacht.«

»Mir steht's bis hier, wenn ich ehrlich bin. Wenn ich nüchtern wäre, würde ich heute Abend noch abhauen, aber in dem Zustand kann ich nicht fahren. Was meinst du – gleich nach dem Frühstück?«

»Flo wird ausflippen«, gab ich zu bedenken. Für morgen waren noch weitere Aktivitäten geplant; ich wusste nicht sicher, was, aber die Anweisung war klar gewesen – Abreise keinesfalls vor zwei Uhr.

»Ich weiß. Ich dachte eigentlich ...« Nina nahm einen langen Zug von ihrer Zigarette. »Ich dachte, wir könnten uns einfach davonstehlen. Wäre das feige?«

»Ja«, antwortete ich entschieden. »Sehr sogar.«

»Ach so, na dann.« Sie seufzte und stieß eine dicke Rauchwolke aus, die im Mondschein weiß leuchtete. »Vielleicht kann ich mir irgendeinen Notfall im Krankenhaus ausdenken. Ich lass mir heute Abend noch was einfallen.«

»Wie solltest du denn davon erfahren?«, fragte ich. »Wo es doch keinen Empfang und keine Telefonleitung gibt?«

»Eben, das ist ja auch noch so beknackt, oder? Angenommen, die irren Dorfbewohner kommen tatsächlich den Hügel hochgekrochen mit ihren Banjos und brennenden Fackeln, was zur Hölle sollen wir dann tun? Sie mit Schneebällen bewerfen?«

»Sei doch nicht so melodramatisch. Hier gibt's keine verrückten Dorfbewohner. Flos Tante hat das Ding vermutlich selbst angezündet, wegen der Versicherung, und es dann auf die Bauern geschoben.«

»Ich hoffe, du hast recht. Ich hab schließlich *Beim Sterben ist jeder der Erste* gesehen.«

»Freut mich für dich, aber zurück zu unserem Problem ...«

»Ach, ich tu einfach so, als sei eine einzelne SMS in der

Nacht durchgekommen. Und überhaupt, selbst wenn Flo mir nicht glaubt, was soll sie schon sagen?«

Sie würde vieles sagen, davon ging ich aus, doch solange sie nicht die Türen versperrte, würde sie Nina nicht von ihrem Plan abhalten können.

Es folgte ein langes Schweigen. Nina blies Rauchringe in die klare Nachtluft, während ich weiße Atemwölkchen ausstieß.

»Was war da los vorhin?«, fragte Nina schließlich. »Die kleine Panikattacke, meine ich. Lag das an der Botschaft auf dem Zettel?«

»Irgendwie schon.«

»Aber du hast doch wohl nicht geglaubt, dass du gemeint warst, oder?« Sie blickte mich neugierig von der Seite an und stieß einen Rauchring aus. »Ich meine, was in aller Welt könntest du getan haben, was man als Mord interpretieren kann?«

Ich zuckte mit den Schultern. »Nein, ich hab's auch nicht geglaubt. Und überhaupt, vielleicht hat da ja gar nicht *Mörder* gestanden. Da war so ein Durcheinander auf dem Blatt, dass ich mir nicht mal sicher bin, was das Gekritzel eigentlich heißen sollte.«

»Also, ganz ehrlich …« Sie blies einen weiteren Ring aus. »Ich dachte, dass es vielleicht an mich gerichtet war. Ich meine – ich habe niemals absichtlich jemanden getötet, aber es sind sicher schon Menschen gestorben, weil ich einen Fehler gemacht habe.«

»Wie – glaubst du wirklich, es war eine echte Botschaft?«

»Nein.« Sie nahm einen weiteren Zug. »Ich glaube nicht an solche Sachen. Ich meinte nur, ich könnte mir vorstellen, dass jemand damit einfach einen Schuss ins Blaue macht, um mich aufzuziehen. Es war definitiv Flo, keine Frage. Ich glaube, sie war sauer, weil wir am Anfang herumgealbert haben, und wollte uns bestrafen. Das mit dem Tequila war ich. Das war ihr wahrscheinlich klar.«

»Glaubst du?« Ich sah hinauf in den klaren Nachthimmel. Er war nicht schwarz, sondern von einem tiefen Marineblau, das so rein war, dass es mir in den Augen wehtat. Weit oben sah man einen Satelliten, der sich auf den Mond zubewegte. Ich versuchte, mich an Flos Gesicht zu erinnern, als sie das Wort vorgelesen hatte, an ihre geschlossenen Augen und ihre aufgeregte Miene. »Ich weiß nicht. Ich stehe schon die ganze Zeit hier draußen und überlege, aber ich kann mir irgendwie nicht vorstellen, dass sie es war. Sie wirkte aufrichtig erschrocken. Und sie ist die Einzige, die wirklich an so was glaubt. Ich denke nicht, dass sie sich mit den Geistern anlegen würde, indem sie das Ding absichtlich bewegt.«

»Also glaubst *du* jetzt, dass es echt war?« Nina klang ungläubig.

Ich schüttelte den Kopf. »Nein, das meine ich nicht. Ich glaube schon, dass es jemand geschoben hat. Ich bin mir nur nicht sicher, dass sie es war.«

»Dann bleiben also nur noch Tom und Clare?« Nina ließ ihre Zigarette fallen, trat sie im Schnee aus, und die Kippe erlosch mit einem Zischen. »Ernsthaft?«

»Ich weiß. Das war einer der Gründe, weswegen ich mich so aufgeregt habe. Ich glaube, es war …« Ich hielt inne und suchte nach den richtigen Worten, um mein Unbehagen zum Ausdruck zu bringen. »Es war nicht die Botschaft selbst, es war die Boshaftigkeit, die dahintersteckt. Ganz egal, ob es nun ein Mensch war oder nicht, es war furchtbar, so etwas zu sagen. Jemand im Raum wollte uns Angst einjagen.«

»Was ihm oder ihr auch gelungen ist.«

Wir drehten uns beide zum Haus um. Durch das Fenster konnte ich Clare sehen, die im Wohnzimmer herumlief, Gläser einsammelte und Nüsse vom Teppich aufklaubte. Tom war nirgends zu sehen – er war wohl nach oben gegangen. Flo war in der Küche und räumte die Spülmaschine ein. Sie knallte die Gläser mit einer solch nervösen, wilden Wucht hinein, dass ich mich wunderte, dass sie nicht zerbrachen.

Ich wollte nicht wieder reingehen. Trotz des Schnees, trotz der Minusgrade, die mich bereits schlottern ließen, war ich einen Moment lang versucht, mir Ninas Schlüssel zu borgen und im Auto zu schlafen.

»Na los«, sagte Nina schließlich. »Wir können nicht die ganze Nacht hier draußen stehen. Lass uns wieder reingehen, gute Nacht sagen und direkt nach oben gehen. Und morgen früh machen wir uns gleich aus dem Staub. Okay?«

»Von mir aus.«

Ich folgte ihr zurück durch die Küchentür und zog sie hinter uns zu.

»Schließ bitte ab«, sagte Flo knapp. Sie blickte von der Spülmaschine hoch. Sie sah übermüdet aus, die Wimperntusche war zerlaufen, die Haare hingen ihr ins Gesicht.

»Flo, lass gut sein«, schlug Nina vor. »Bitte. Wir machen das morgen früh schnell alle zusammen, versprochen.«

»Kein Problem«, erwiderte Flo barsch. »Ich brauche keine Hilfe.«

»Na schön!« Nina warf die Hände in die Luft. »Wie du meinst. Wir sehen uns beim Frühstück.« Sie wandte sich um und murmelte: »Verdammte Märtyrerin«, während sie den Raum verließ.

20

Nina schlief fast augenblicklich ein. Sie hatte alle viere von sich gestreckt wie ein sonnengebräunter Weberknecht und schnarchte vor sich hin.

Ich lag wach und versuchte einzuschlafen, doch die Gedanken über den vergangenen Abend und die seltsame kleine Truppe, die Clare da um sich versammelt hatte, hielten mich wach. Der Wunsch wegzulaufen war so stark, dass es wehtat – zu Hause zu sein, in meinem eigenen Bett, mit meinen eigenen Sachen, in Ruhe und Frieden. Ich zählte die Stunden, lauschte Ninas sanftem Schnarchen und im Hintergrund der Stille, die sich über das Haus und den Wald gelegt hatte.

Doch es war keine vollkommene Stille. Als ich gerade wegdöste, hörte ich ein leises Quietschen und dann einen Knall, nicht laut, nur so, als ob eine Tür im Wind klapperte.

Ich war fast eingeschlafen, als es wieder kam, ein langes, langsames *Iiiieeeek*, gefolgt von einem kurzen *Klack*.

Das Merkwürdige war, dass es klang, als käme es aus dem Inneren des Hauses.

Ich setzte mich im Bett auf, hielt den Atem an und versuchte, das Geräusch zwischen Ninas Schnarchern auszumachen.

Iiiiieeeek … klack!

Diesmal gab es keinen Zweifel. Das Geräusch kam mit Sicherheit nicht von draußen, sondern drang über die Treppe nach oben. Ich stand auf, nahm meinen Morgenmantel und schlich auf Zehenspitzen zur Tür.

Als ich sie öffnete, hätte ich um ein Haar laut aufgeschrien: Eine gespenstische Gestalt stand auf dem Treppenabsatz und beugte sich über das Geländer.

Ich schrie nicht. Doch ich musste irgendein ersticktes Japsen von mir gegeben haben, denn die Gestalt drehte sich um und legte den Finger auf die Lippen. Es war Flo in einem weißen, rosa geblümten Nachthemd, das sie im Mondlicht ganz bleich aussehen ließ.

»Du hast es auch gehört?«, flüsterte ich.

Sie nickte. »Ja, ich dachte, es kommt vielleicht vom Gartentor, aber das ist es nicht, es ist drinnen, im Haus.«

Hinter uns knarzte es, und wir beide fuhren herum und sahen Clare aus dem Schlafzimmer kommen, die sich die Augen rieb.

»Was ist los?«

»Pssst«, raunte Flo. »Unten ist irgendwas. Hör mal.«

Wir alle hielten inne.

Iiiiieeeek ... klack!

»Das ist doch bloß eine Tür im Wind«, befand Clare mit einem Gähnen. Flo schüttelte energisch den Kopf.

»Es ist im Haus. Was für ein Wind sollte hier wehen? Jemand muss eine Tür offen gelassen haben.«

»Unmöglich«, widersprach Clare. »Ich hab sie alle noch kontrolliert.«

Flo presste die Hände gegen die Brust, ihr Blick mit einem Mal angsterfüllt. »Wir müssen runtergehen, oder?«

»Lass uns Tom wecken«, schlug Clare vor. »Er sieht groß und furchteinflößend aus.«

Auf Zehenspitzen tapste sie zu seinem Zimmer, und ich hörte sie flüstern: »Tom! Tom! Da unten ist ein Geräusch.«

Er trat heraus, mit schläfrigem, fahlem Gesicht, und wir schlichen vorsichtig die Treppenstufen herunter.

Dass eine Tür offen stand, war sofort klar, als wir unten

ankamen. Es herrschte eisige Kälte, und durch den Flur wehte ein leichter Wind, der aus der Küche kam. Flo wurde leichenblass.

»Ich hol das Gewehr«, flüsterte sie kaum hörbar.

»Du hast doch gesagt«, hauchte Clare, »dass da nur Platzpatronen drin sind?«

»Ja«, zischte Flo, »aber das weiß *der* doch nicht, oder?«

Sie deutete mit dem Kopf zur Wohnzimmertür. »Du zuerst, Tom.«

»Ich?«, flüsterte Tom entsetzt, dann verdrehte er die Augen und schob den Kopf vorsichtig durch die Tür. Gleich darauf winkte er uns stumm, und erleichtert eilten wir ihm nach. Das Zimmer war leer, Mondlicht flutete über den hellen Teppichboden. Flo trat zum Kamin und nahm die Flinte herunter. Ihr Gesicht war bleich, doch voller Entschlossenheit.

»Bist du dir wirklich sicher wegen der Platzpatronen?«, fragte Clare noch einmal.

»Absolut sicher. Aber wenn hier jemand ist, wird es ihm einen gehörigen Schrecken einjagen.«

»Solange du die Knarre in der Hand hast, bleibe ich schön hinter dir«, sagte Tom. »Platzpatronen hin oder her.«

»Von mir aus.«

Was immer ich über Flo denken mochte, mangelnde Tapferkeit konnte man ihr nicht vorwerfen. Einen Moment lang blieb sie im Flur stehen, und ich sah, dass ihre Hände zitterten. Bebend holte sie tief Luft, dann stieß sie die Küchentür mit Schwung auf, so fest, dass die Tür gegen die gekachelte Wand knallte.

Es war niemand da. Doch die Glastür nach draußen stand offen, und im Mondschein war auf den Bodenfliesen eine dünne Schneeschicht zu erkennen, die der Wind hereingeweht hatte.

Clare eilte zum anderen Ende des Raums, ihre bloßen Füße

patschten sachte über die kalten Fliesen. »Guckt mal, da sind Fußspuren.« Sie deutete auf den Rasen: große, klobige Abdrücke, wie von Gummi- oder Wanderstiefeln.

»Fuck.« Toms Gesicht war ganz weiß. »Was ist passiert?« Er drehte sich zu mir um. »Du warst als Letzte draußen. Hast du nicht abgeschlossen?«

»I-ich hab sicher abgeschlossen.« In Gedanken ging ich die Ereignisse durch. Nina und ihr Angebot zu helfen, Flos wütendes Geklapper mit dem Geschirr. Ich erinnerte mich deutlich an meine Hand auf der Klinke. »Ja. Ich bin sicher, dass ich abgeschlossen habe.«

»Na, besonders gründlich kannst du jedenfalls nicht gewesen sein!«, fuhr Flo mich an. Im Schein des Mondes glich sie einer Statue, ihr Gesicht hart und unerbittlich wie Marmor.

»Ich *habe* abgeschlossen.« Langsam wurde ich wütend. »Und überhaupt, hat Clare nicht gesagt, sie hätte noch mal alles kontrolliert?«

»Ich habe nur kurz an jeder Tür gerüttelt«, sagte Clare. Ihre Augen waren riesig, die Schatten darum sahen aus wie Blutergüsse. »Ich habe nicht jedes Schloss kontrolliert. Wenn die Tür nicht aufging, bin ich davon ausgegangen, dass sie verschlossen war.«

»Ich habe abgeschlossen«, beteuerte ich stur. Flo gab einen zornigen Laut von sich, der fast wie ein Knurren klang. Dann klemmte sie sich die Schrotflinte unter den Arm und stakste nach oben.

»Ich habe abgeschlossen«, wiederholte ich und ließ meinen Blick von Clare zu Tom gleiten. »Glaubt ihr mir etwa nicht?«

»Schon gut«, sagte Clare. »Niemand ist schuld.« Sie ging zur Tür, knallte sie zu und drehte den Schlüssel um. »Jetzt ist sie jedenfalls abgeschlossen. Lasst uns ins Bett gehen.«

Gemeinsam trotteten wir die Treppe hinauf, während der

Adrenalinrausch nachließ und einem unguten Gefühl Platz machte. Nina, die oben auf dem Treppenabsatz stand, rieb sich verwirrt die Augen.

»Was war los?«, erkundigte sie sich, als ich oben ankam. »Wieso ist Flo gerade mit der verdammten Schrotflinte unter dem Arm an mir vorbeimarschiert?«

»Wir hatten eine kleine Schrecksekunde«, bemerkte Tom hinter mir. »Irgendjemand«, er warf mir einen Blick zu, »hat die Küchentür aufgelassen.«

»Ich war es *nicht*«, beharrte ich.

»Ja, egal. Sie war jedenfalls offen. Wir haben sie klappern gehört. Draußen waren Fußspuren.«

»Ach du Scheiße!« Jetzt war auch Nina richtig wach. Sie fuhr sich wieder mit der Hand übers Gesicht und rieb sich den letzten Rest Schlaf aus den Augen. »War jemand hier? Fehlt irgendwas?«

»Mir ist nichts aufgefallen.« Tom sah mich an und dann Clare. »Habt ihr was bemerkt? Der Fernseher war da. Das ganze offensichtliche Zeug war da. Hat irgendwer sein Portemonnaie herumliegen lassen? Meins ist im Schlafzimmer.«

»Meins auch«, sagte Clare. Sie drehte sich um und blickte zur Auffahrt hinaus. »Und alle Autos sind auch noch da.«

»Meine Tasche ist in meinem Zimmer, glaube ich«, antwortete ich. Ich steckte meinen Kopf durch die Tür, um nachzusehen. »Ja. Ist noch da.«

»Hm … es scheint, als wäre derjenige nicht auf Beute aus gewesen«, überlegte Tom mit hörbarem Unbehagen in der Stimme. »Wenn da nicht die Fußspuren wären, könnte man meinen, es handele sich nur um ein kaputtes Schloss.«

Aber da *waren* nun mal Fußspuren. Das war nicht zu leugnen.

»Sollen wir die Polizei rufen?«, fragte er.

»Können wir ja nicht, schon vergessen?«, erwiderte Nina bissig. »Kein Festnetz und kein Empfang.«

»Du hattest doch ein oder zwei Balken gestern«, erinnerte ich sie, doch sie schüttelte den Kopf.

»Muss ein einmaliger Glücksfall gewesen sein. Seitdem gar nichts mehr. Na ja, betrachten wir es mal positiv, es ist kein Benzin zu riechen, das heißt, wenn wir Glück haben, waren es nicht die irren Dorfbewohner mit ihren Kanistern, die ein zweites Freudenfeuer veranstalten wollten.«

Schweigen. Keiner lachte.

»Wir sollten wirklich zurück ins Bett gehen und versuchen, noch etwas Schlaf zu bekommen«, sagte Clare schließlich. Alle nickten.

»Willst du deine Matratze zu uns ins Zimmer räumen?«, schlug Nina Tom überraschend vor. »Ich würde jetzt nicht allein sein wollen.«

»Danke«, antwortete Tom. »Das … das ist lieb von dir. Aber ich komm schon klar. Ich schließ die Tür ab für den Fall, dass es jemand auf meine Unschuld abgesehen hat. Nicht, dass es da noch viel zu holen gäbe.«

»Das war aber nett«, sagte ich zu Nina, nachdem wir Tom und Clare gute Nacht gewünscht hatten und zurück in unsere Betten gekrabbelt waren. »Was du zu Tom gesagt hast, meine ich.«

»Ach, netti pupetti. Der arme Kerl hat mir einfach leidgetan. Außerdem sieht er so aus, als hätte er eine ordentliche Rechte drauf, falls tatsächlich jemand einbrechen sollte.« Sie seufzte und rollte sich auf die Seite. »Soll ich das Licht anlassen?«

»Nein, schon gut. Die Tür ist ja jetzt zu – das ist die Hauptsache.«

»Alles klar.« Sie knipste das Licht aus, und ich konnte das

Leuchten ihres Handys sehen. »Schon nach zwei. Meine Güte. Und immer noch kein bisschen Empfang. Wie ist es bei dir? Hast du Empfang?«

Ich griff nach meinem Telefon.

Es war nicht da.

»Warte mal, ich muss das Licht anmachen. Ich kann es nicht finden.«

Ich drückte den Schalter und sah mich um, unter dem Bett, unter dem Nachttisch, dann in meiner Tasche. Kein Handy weit und breit – nur das Ladegerät, dessen Kabel auf dem Boden lag. Ich versuchte, mich zu erinnern, wann ich das Telefon zuletzt gesehen hatte, und mir fiel ein, dass ich es schon vor dem Abendessen vermisst hatte. Ich erinnerte mich, dass ich es gegen Mittag benutzt hatte. Aber danach war ich mir nicht mehr so sicher. Normalerweise kontrollierte ich es regelmäßig – aber hier, ohne Empfang, schien das sinnlos.

»Es ist nicht hier«, sagte ich. »Ich muss es wohl im Auto gelassen haben.«

»Egal«, meinte Nina und gähnte. »Denk nur dran, es morgen früh zu suchen, bevor wir fahren, okay?«

»Klar. Nacht.«

»Gute Nacht.«

Ich hörte das Rascheln der Bettdecke, als sie sich hineinkuschelte. Ich schloss die Augen. Und versuchte zu schlafen.

Was ist dann passiert …?

Oh Gott. Was dann passiert ist. Ich weiß nicht, ob ich …

Ich sitze immer noch im Bett und versuche mein Gedankenwirrwarr zu ordnen, als plötzlich die Tür mit einem Schwung aufgeht und die Schwester mit einem Rollwagen zurückkommt.

»Der Doktor will sich erst noch schnell Ihre Aufnahmen ansehen, aber er sagt, dass Sie danach bestimmt ein Bad nehmen können. Bis dahin hab ich schon mal etwas Frühstück für Sie.«

»Ähm«, ich versuche, mich in den weichen Kopfkissen weiter aufzurichten. »Wegen der Polizei da draußen – sind die meinetwegen hier?«

Sie wirkt etwas nervös, und ihr Blick huscht zu dem kleinen quadratischen Glasfenster in der Tür, während sie mir eine kleine Packung Rice Krispies, ein Kännchen Milch und eine Klementine serviert. »Sie untersuchen den Unfall«, sagt sie schließlich. »Ich bin sicher, dass sie mit Ihnen sprechen wollen, aber der Doktor muss das erst absegnen. Ich hab denen schon gesagt, um diese Zeit können sie nicht einfach in eine Krankenstation reinplatzen. Da müssen sie sich gedulden.«

»Ich habe gehört …« Ich schlucke mühsam, mein Hals tut weh, als wolle sich irgendwas einen Weg nach draußen bahnen – ein Schluchzen oder vielleicht ein Schrei. »Ich hab gehört, dass sie etwas über einen T-todesfall gesagt haben …«

»Ach!« Sie wirkt verärgert und knallt die Schublade des Nachttisches mit unnötiger Heftigkeit zu. »Die sollten Sie nicht so beunruhigen, mit Ihrem armen Kopf!«

»Aber ist es denn wahr? Ist jemand gestorben?«

»Dazu kann ich nichts sagen. Ich darf nicht über andere Patienten sprechen.«

»Ist es *wahr*?«

»Beruhigen Sie sich«, sagt sie und streckt beschwichtigend die Hände aus, eine professionelle Geste, die mich rasend macht. »Es ist nicht gut für Ihren Kopf, wenn Sie sich aufregen.«

»Ich soll mich beruhigen? Jemand von meinen Freunden ist vermutlich tot, und Sie sagen mir, ich soll mich beruhigen? Wer ist es? Wer um Himmels willen ist es? Und warum kann ich mich nicht erinnern? Warum kann ich mich nicht erinnern, was vor dem Unfall passiert ist?«

»Das kann schon mal vorkommen«, antwortet sie, immer noch in diesem beschwichtigenden Tonfall, als wäre ich ein kleines Kind oder schwer von Begriff. »Nach einer Kopfverletzung. Hängt damit zusammen, wie das Gehirn das Kurzzeit- ins Langzeitgedächtnis überführt. Wenn der Prozess durch irgendwas unterbrochen wird, kann schon mal ein bisschen Zeit verlorengehen.«

Gott, ich muss mich einfach erinnern. Ich muss mich erinnern, was passiert ist, denn jemand ist tot und draußen stehen Polizisten und sie werden kommen und mich fragen, und woher soll ich es wissen, woher soll ich bloß wissen, was ich da sage, was ich preisgebe, wenn ich nicht weiß, was passiert ist?

Ich sehe mich selbst, wie ich laufe, durch den Wald laufe, mit Blut auf meinen Händen, meinem Gesicht und meinen Kleidern.

»Bitte«, sage ich. Meine Stimme klingt brüchig, fast flehend, und ich hasse mich dafür, dass ich so schwach und hilfsbedürftig bin. »Bitte sagen Sie es mir, bitte helfen Sie mir, was ist passiert? Was ist mit meinen Freunden passiert? Warum war ich voller Blut? Meine Kopfwunde war doch nicht *so* schlimm. Wo kam das ganze Blut her?«

»Das weiß ich nicht«, sagt sie sanft, und dieses Mal schwingt echtes Mitgefühl in ihrer Stimme mit. »Ich weiß es nicht, Schätzchen. Lassen Sie mich den Doktor holen, vielleicht kann der Ihnen mehr erzählen. In der Zwischenzeit möchte ich, dass Sie etwas essen, Sie müssen schließlich zu Kräften kommen. Außerdem möchte der Doktor gerne etwas Appetit sehen.«

Und dann schiebt sie ihren Rollwagen hinaus, und die Tür fällt hinter ihr zu. Ich bleibe allein mit meiner Schüssel Rice

Krispies und schaue ihnen zu, wie sie sich knisternd und knackend mit Milch vollsaugen und in eine süße Pampe verwandeln.

Ich sollte aufstehen. Ich sollte meine schwachen, wackeligen Glieder zwingen, ihre Pflicht zu tun, ich sollte sie aus dem Bett schwingen, auf den Flur marschieren und die Polizisten zur Rede stellen. Aber das tue ich nicht. Ich sitze bloß da, während mir Tränen über das Gesicht strömen, von meinem Kinn hinunter in die Rice Krispies tropfen, und der berauschende Geruch der überreifen Klementine mir etwas ins Gedächtnis ruft, an das ich mich nicht erinnern kann, und das ich nicht vergessen kann.

Bitte, denke ich, *bitte. Reiß dich doch zusammen, du dumme Kuh. Steh auf. Finde heraus, was geschehen ist. Finde heraus, wer tot ist.*

Doch ich bewege mich nicht. Und das nicht nur, weil mein Kopf schmerzt, weil meine Beine schmerzen und meine Muskeln sich wie nasse Lappen anfühlen.

Ich bewege mich nicht, weil ich Angst habe. Weil ich den Namen nicht hören will, den die Polizei mir sagen wird.

Und weil ich Angst habe, dass sie meinetwegen hier sind.

21

Das Gehirn hat kein gutes Gedächtnis. Es erfindet Geschichten. Es füllt die Lücken auf und verkauft die Fantasiegeschichten dann als Erinnerungen.

Ich muss versuchen, an die Fakten zu kommen.

Aber ich weiß nicht, ob ich mich an das erinnere, was geschehen ist, oder an das, wovon ich möchte, dass es geschehen ist. Ich bin Schriftstellerin. Ich bin eine professionelle Lügnerin. Es ist schwer zu wissen, wann man damit aufhören soll, verstehen Sie? Man sieht eine Lücke in der Erzählung und will sie mit einem Grund, einem Motiv, einer plausiblen Erklärung auffüllen.

Und je stärker ich nachbohre, desto mehr scheinen die Tatsachen unter meinen Fingern zu zerbröckeln …

Ich erinnere mich, dass ich aus dem Schlaf schreckte. Ich weiß nicht, wie spät es war, aber es war noch dunkel. Auf dem Bett neben mir saß Nina, aufrecht, ihre dunklen Augen waren weit aufgerissen und funkelten.

»Hast du das gehört?«, fragte sie.

Ich nickte. Schritte auf dem Treppenabsatz. Eine Tür, die sich leise öffnete.

Das Herz klopfte mir bis zum Hals, als ich die Decke von mir stieß und nach meinem Morgenmantel griff. Ich musste an die weit geöffnete Küchentür denken, die Fußspuren im Schnee.

Wir hätten das ganze Haus überprüfen sollen.

Einen Moment lang stand ich an der Tür und lauschte, dann, unendlich vorsichtig, öffnete ich sie. Draußen standen Clare und Flo mit aufgerissenen Augen, ihre Gesichter bleich vor Angst. Flo hatte die Flinte in der Hand.

»Habt ihr auch was gehört?«, flüsterte ich, so leise, wie ich nur konnte. Clare nickte bestimmt und deutete auf die Treppe, ihr Finger zeigte steil nach unten. Ich horchte angestrengt, versuchte, meinen zitternden Atem und mein pochendes Herz zu beruhigen. Wir hörten eine Art Kratzen und dann ein klares, eindeutiges *Klonk*, wie wenn eine Tür sanft geschlossen wird. Unten war jemand.

»Tom?«, formten meine Lippen lautlos. Doch im selben Moment öffnete sich seine Tür einen Spalt, und sein Gesicht erschien.

»Habt ihr … dieses Geräusch?«, flüsterte er. Clare nickte mit finsterem Blick.

Diesmal war es keine offen stehende Tür. Kein Wind. Diesmal konnten wir alle es hören: Schritte auf den Küchenfliesen, dann auf dem Parkettboden, und dann ein sanftes, aber deutliches Knarren, als jemand seinen Fuß auf die erste Treppenstufe setzte.

Wir hatten uns zu einem kleinen Knäuel zusammengedrängt. Ich spürte, wie jemand nach meiner Hand griff. Flo stand in der Mitte, die Flinte gezückt, aber die Mündung zitterte gefährlich. Mit meiner freien Hand stützte ich den Lauf.

Wieder knarrte die Treppe, und wir alle hielten den Atem an. Dann sahen wir plötzlich eine Gestalt um den Treppenpfosten biegen, deren Silhouette sich vor dem Glasfenster zum Wald abzeichnete.

Es war ein Mann – ein großer Mann. Er trug eine Art dunklen Kapuzenpullover, wodurch sein Gesicht nicht zu sehen war. Er blickte hinunter auf das Mobiltelefon in seiner Hand, dessen Bildschirm in der Dunkelheit gespenstisch leuchtete.

»Verpiss dich und lass uns in Ruhe!«, schrie Flo, und die Flinte ging los.

Es gab einen fürchterlichen, ohrenbetäubenden Knall, Glas schepperte, und das Gewehr ruckte wie ein bockendes Pferd. Daran erinnere ich mich – und daran, wie unser kleines Knäuel auseinanderfiel.

Ich weiß noch, dass ich aufblickte und sah – es ergab gar keinen Sinn –, wie das riesige Glasfenster zerbarst, die Scherben nach draußen flogen, sich im Schnee verstreuten, klirrend auf die hölzernen Stufen regneten.

Ich weiß noch, dass der Mann auf der Treppe einen erstickten Ausruf von sich gab – mehr ein Ausruf des Schreckens als des Schmerzes – und dann schlagartig umfiel und langsam die Stufen hinunterpolterte, wie ein Stuntman in einem Film.

Ich weiß nicht, wer das Licht einschaltete. Aber plötzlich war der hohe Gang erfüllt von einer solchen Helligkeit, dass ich zusammenzuckte und mir schützend die Hand vor die Augen hielt – und dann sah ich es.

Ich sah die Blutspritzer auf den mattgläsernen Stufen, das zerbrochene Fenster und die lange, verschmierte Blutspur, die der Körper des Mannes hinterlassen hatte, als er die Treppe hinuntergerutscht war.

»Oh Gott«, wimmerte Flo. »Die Flinte … die Flinte war geladen!«

Als die Schwester zurückkommt, liege ich weinend da.

»Was ist passiert?«, bringe ich heraus. »Jemand ist tot – bitte sagen Sie es mir doch, sagen Sie mir, wer tot ist!«

»Das darf ich nicht, Liebes.« In ihrem Gesicht ist ehrliches Bedauern zu lesen. »Ich wünschte, ich könnte es, aber es geht nicht. Aber ich habe Doktor Miller mitgebracht, damit der mal einen Blick auf Sie werfen kann.«

»Guten Morgen, Leonora«, sagt er, als er an mein Bett tritt. Seine Stimme klingt sanft, mitleidig. Am liebsten möchte ich ihm und seinem verdammten Mitgefühl eine verpassen. »Es tut mir leid, dass wir heute so traurig sind.«

»Jemand ist tot«, erwidere ich überdeutlich und versuche meine Atemzüge zu verlangsamen, versuche, nicht nach Luft zu schnappen, nicht zu schluchzen. »Jemand ist tot, und mir will einfach keiner sagen, wer. Und draußen sitzt die Polizei. Warum?«

»Darüber wollen wir uns im Moment mal keine Sorgen machen …«

»Ich mache mir aber Sorgen!«, schreie ich. Im Flur drehen sich einige Köpfe nach uns um. Der Arzt streckt besänftigend seine Hand aus, tätschelt mir durch die Bettdecke das Bein, und mich schaudert. Ich bin grün und blau. Ich bin verletzt. Ich trage ein Krankenhaushemd, das hinten offen ist, und ich habe meine Würde verloren, genau wie alles andere. Fass mich ja nicht an, du arrogantes Arschloch. Ich will nur nach Hause.

»Also«, sagt er. »Ich verstehe, dass Sie beunruhigt sind, und hoffentlich kann die Polizei Ihnen ein paar Ihrer Fragen beantworten, aber vorher würde ich Sie gerne untersuchen, um sicherzustellen, dass Sie ausreichend bei Kräften sind, um mit ihnen zu sprechen. Und das kann ich nur tun, wenn Sie sich beruhigen. Verstehen Sie das, Leonora?«

Ich nicke stumm und drehe das Gesicht zur Wand, während er den Verband an meinem Kopf überprüft, meinen Puls und Blutdruck misst und mit dem vergleicht, was die Maschine anzeigt. Ich schließe die Augen und lasse alles widerstandslos über mich ergehen. Ich beantworte seine Fragen.

Mein Name ist Leonora Shaw.

Ich bin sechsundzwanzig.

Heute ist … Hier weiß ich nicht weiter, aber die Schwester hilft mir auf die Sprünge. Es ist Sonntag. Ich bin noch keine zwölf Stunden hier. Das bedeutet, wir haben den sechzehnten November. Das fällt wohl eher unter Desorientierung als richtigen Gedächtnisverlust.

Nein, ich verspüre keine Übelkeit. Meine Sehkraft ist in Ordnung, danke.

Ja, ich kann mich an einige Ereignisse nicht erinnern. An manche Dinge sollte man sich aber auch nicht erinnern müssen.

»Na, Sie scheinen erstaunlich gut beisammen zu sein«, befindet Dr. Miller schließlich. Er hängt sich das Stethoskop um den Hals und steckt seine kleine Taschenlampe wieder in die Brusttasche seines Kittels. »Alle Messungen von heute Nacht sind in Ordnung, und das Ergebnis des CT-Scans ist schon mal sehr beruhigend. Die Gedächtnislücken machen mir ein wenig Sorgen – es ist zwar nicht ungewöhnlich, dass die letzten Minuten vor einer Kollision verloren gehen, aber es scheint, als reiche es bei Ihnen ein bisschen weiter zurück, sehe ich das richtig?«

Ich nicke zögernd, denke an die bruchstückhaften, stakkatoartig aufflackernden Bilder, die mir die ganze Nacht über durch den Kopf geschossen sind: die Bäume, das Blut, die flackernden Scheinwerfer.

»Na ja, es kann gut sein, dass es allmählich wiederkommt. Nicht alle Arten von Gedächtnislücken« – ich bemerke, dass er das Wort »Amnesie« vermeidet – »sind auf körperliche Traumata zurückzuführen. Manche sind eher … stressbedingt.«

Zum ersten Mal seit einer Weile blicke ich auf und sehe ihm direkt in die Augen. »Wie meinen Sie das?«

»Nun, wissen Sie, das ist nicht mein Fachgebiet – ich bin

für die körperlichen Traumata zuständig. Aber manchmal … manchmal kommt es vor, dass das Gehirn Ereignisse unterdrückt, für deren Verarbeitung wir noch nicht bereit sind. Ich schätze, es ist wohl eine … eine Art Bewältigungsmechanismus, wenn man so will.«

»Was für Ereignisse?« Meine Stimme klingt hart. Er lächelt. Seine Hand ist wieder auf meinem Bein. Ich muss mich anstrengen, nicht zurückzuzucken.

»Sie haben ganz schön was mitgemacht, Leonora. Gibt es jemanden, den wir anrufen sollen? Jemanden, den Sie gerne bei sich haben würden? Ihre Mutter haben wir informiert, soweit ich weiß, aber sie ist in Australien, stimmt das?«

»Das stimmt.«

»Gibt es irgendwelche anderen Verwandten? Einen Freund? Partner oder Partnerin?«

»Nein. Bitte, ich …« Ich schlucke, aber es hat keinen Zweck, es noch länger hinauszuzögern. Die Qual der Ungewissheit wird immer unerträglicher. »Ich möchte jetzt mit der Polizei sprechen, bitte.«

»Hmm.« Er bleibt stehen und betrachtet die Krankenakte. »Ich bin nicht sicher, ob Sie schon bereit dafür sind, Leonora. Wir haben ihnen schon gesagt, dass Sie noch nicht fit genug für eine Befragung sind.«

»Ich würde gern mit den Polizisten sprechen.«

Sie sind die Einzigen, die meine Fragen beantworten können. Ich muss sie einfach sehen. Ich starre ihn an, während er so tut, als studiere er die Messwerttabelle vor seiner Nase, und sich die Sache durch den Kopf gehen lässt.

Schließlich stößt er eine Art genervten Seufzer aus und schiebt die Tabelle zurück in den Halter am Fuß des Bettes.

»Na schön. Aber maximal eine halbe Stunde, Schwester, und es darf nicht zu aufwühlend sein. Wenn es Miss Shaw zu anstrengend wird …«

»Verstanden«, sagt die Schwester energisch.

Dr. Miller streckt die Hand aus, und ich schüttle sie, wobei ich versuche, nicht auf die Kratzer und das Blut auf meinen Armen zu blicken.

Er wendet sich zum Gehen.

»Ach, entschuldigen Sie«, platzt es aus mir heraus, als er die Tür erreicht. »Kann ich erst noch duschen?« Ich möchte mit den Polizisten sprechen, aber nicht in diesem Zustand.

»Baden«, sagt Dr. Miller und nickt. »Sie haben einen Verband um die Stirn, den ich lieber in Ruhe lassen möchte. Wenn Sie Ihren Kopf über Wasser halten, können Sie ein Bad nehmen.«

Damit verlässt er den Raum.

Es dauert lange, alles von der Maschine abzutrennen. Da sind Sensoren, Nadeln und die dicke Inkontinenzwindel, die mir die Schamesröte ins Gesicht treibt, als ich meine Beine aus dem Bett schwinge und ihr ganzes Ausmaß spüre. Habe ich mich in der Nacht eingenässt? Es hängt zwar kein Uringeruch in der Luft, aber sicher kann ich mir nicht sein.

Als ich aufstehe, hält mir die Schwester ihren Arm hin, und obwohl ich sie eigentlich wegschubsen will, bin ich ihr doch unendlich dankbar dafür und muss mich stärker auf sie stützen, als ich es mir eingestehen will, während ich unter Schmerzen zum Bad humpele.

Drinnen schalten sich die Lampen automatisch an, und die Schwester lässt das Badewasser ein, bevor sie mir hilft, die Bänder meines Hemdes zu lösen.

»Den Rest kann ich selbst«, beteuere ich, denn mir graut es davor, mich vor einer fremden Person, selbst im medizinischen Kontext, auszuziehen, doch sie schüttelt den Kopf.

»Ich darf Sie leider nicht ohne Hilfe in die Wanne steigen lassen, tut mir leid. Wenn Sie ausrutschen …« Sie spricht nicht weiter, doch ich weiß, was sie meint: noch ein Schlag auf den Kopf, nach allem, was schon passiert ist.

Ich nicke, streife mir die entsetzliche Erwachsenenwindel ab (die Schwester wirft sie weg, bevor ich mir Gedanken darüber machen kann, ob sie beschmutzt ist) und lasse das Hemd auf den Boden fallen. Prompt beginne ich zu zittern, obwohl es in dem Raum drückend heiß ist.

Ich rieche nicht gut, stelle ich beschämt fest. Ich rieche nach Angst und Schweiß und Blut.

Die Schwester hält meine Hand, während ich ungelenk in die Wanne steige. Ich fasse nach den Haltegriffen und lasse dann langsam meinen Körper in das siedend heiße Wasser gleiten.

»Zu heiß?«, fragt die Schwester sofort, als ich einen kleinen Schreckenslaut von mir gebe, doch ich schüttele den Kopf. Es ist nicht zu heiß. *Nichts* könnte zu heiß sein. Wenn ich mich mit kochendem Wasser sterilisieren könnte, würde ich es tun.

Endlich liege ich auf dem Rücken im Wasser. Meine Muskeln zittern von der Anstrengung. »Könnte ich … ich würde gern allein sein, b-bitte«, sage ich etwas verlegen. Die Schwester atmet hörbar ein, ich kann sehen, dass sie Nein sagen will, und plötzlich halte ich es nicht mehr aus – ich ertrage die prüfenden Blicke, die Freundlichkeit und die ständige Überwachung nicht eine Sekunde länger. »Bitte«, wiederhole ich, forscher als beabsichtigt. »Mein Gott, ich werde doch in fünfzehn Zentimetern Wasser nicht ertrinken.«

»Na schön«, gesteht sie mir schließlich widerstrebend zu. »Aber versuchen Sie auf keinen Fall, allein aufzustehen – ziehen Sie an der Schnur, dann komme ich und helfe Ihnen.«

»In Ordnung.« Ich gebe nicht gern zu, wenn ich etwas nicht kann, aber tief in meinem Inneren weiß ich, dass ich es allein nicht aus der Wanne schaffen würde.

Die Schwester geht, lässt die Tür jedoch einen winzigen Spalt offen stehen. Trotzdem schließe ich die Augen, sinke ins dampfende Wasser und verdränge einfach, dass sie da draußen steht und aufpasst, verdränge die Gerüche und Geräusche des Krankenhauses und das Summen der Neonröhre.

Während ich im Badewasser liege, lasse ich meine Hände über all die Schnittwunden und Kratzer und Blutergüsse gleiten, spüre, wie die kleinen Blutklumpen und Krusten unter meinen Fingern weich werden und sich auflösen, und versuche, mich daran zu erinnern, warum ich mit Blut an den Händen durch den Wald gelaufen bin. Doch ich bin nicht sicher, ob ich die Wahrheit ertragen kann.

Nachdem die Schwester mir herausgeholfen hat, trockne ich mich vorsichtig mit dem Handtuch ab und betrachte den mir so vertrauten Körper mit all diesen fremden Spuren aus Wunden und Nähten. Meine Schienbeine sind mit Rissen überzogen, tiefen, unebenen Kratzern, als wäre ich durch Brombeersträucher oder Stacheldraht gelaufen. Meine Füße und Hände sind voller Schnittwunden, weil ich ohne Schuhe über Glas gelaufen bin und mein Gesicht vor herumfliegenden Trümmerstücken geschützt habe.

Schließlich trete ich vor den Spiegel, wische ihn frei, und zum ersten Mal seit dem Unfall sehe ich mich selbst.

Ich war nie der Typ Frau, nach der man sich umdrehen würde – anders als Clare, deren Schönheit nicht zu übersehen ist, oder Nina, deren schlanker, amazonenhafter Körper einem schier die Sprache verschlägt –, aber ich war auch nie ein Freak. Jetzt, da ich in den kondenswassertropfenden Spiegel starre, muss ich erkennen, dass ich mich abwenden würde, wenn ich mir selbst auf der Straße begegnen würde, aus Mitleid oder vor Schreck.

Der Verband unter meinem Haaransatz ist nicht gerade

schmeichelhaft – es wirkt, als würde mein Gehirn davon nur notdürftig an Ort und Stelle gehalten –, und die kleineren Kratz- und Schnittwunden, mit denen meine Wangen und meine Stirn übersät sind, helfen auch nicht unbedingt, aber die sind nicht mal das Schlimmste. Das Schlimmste sind meine Augen – ich habe zwei dunkle, bronzefarbene Veilchen, die sich, ausgehend vom Nasenbein, unterhalb meiner Lider bis zu den Wangenknochen erstrecken, wo sie in einen gelben Farbton übergehen.

Das rechte ist spektakulär, das linke etwas weniger. Ich sehe aus, als hätte mich jemand ins Gesicht geschlagen, und zwar mehrmals. Aber ich bin am Leben, und jemand anders ist es nicht.

Dieser Gedanke ist es, der mich nun antreibt, mir das Krankenhaushemd überzuziehen, die Schnüre zuzubinden und hinauszuschlurfen, um der Welt entgegenzutreten.

»Haben Sie Ihre Veilchen bewundert?« Die Schwester gibt ein unbekümmertes Lachen von sich. »Keine Sorge, die Scans zeigen eindeutig, dass Sie keinen Schädelbasisbruch erlitten haben. Sie haben lediglich einen Schlag ins Gesicht bekommen, oder vielleicht auch zwei.«

»K-keinen was?«

»Schädelbasisbruch. Das kann ziemlich böse sein. Aber der kann definitiv ausgeschlossen werden, also keine Panik. Blaue Augen sind nach einem Autounfall nichts Ungewöhnliches, aber das wird in ein paar Tagen besser.«

»Ich bin bereit«, verkünde ich. »Für die Polizei.«

»Sind Sie sicher, dass Sie das durchstehen, Kleines? Sie müssen nicht.«

»Ich stehe es durch«, antworte ich entschlossen.

Ich sitze wieder im Bett, aufrecht und mit einer Tasse in der Hand, die etwas enthält, was der Schwester zufolge Kaffee sein soll, aber definitiv kein Kaffee ist – es sei denn, das Schädel-Hirn-Trauma hat meine Geschmacksnerven zerstört –, als es an der Tür klopft.

Mit pochendem Herzen sehe ich auf. Draußen, vor dem Drahtglasfenster der Zimmertür, steht eine Polizistin und lächelt. Sie ist vielleicht Mitte vierzig, und sie sieht umwerfend aus, von jener makellosen Schönheit, wie man sie auf Laufstegen sieht. Vom Gefühl her scheint mir das in krassem Gegensatz zu ihrem Job zu stehen, doch ich kann nicht sagen, warum. Warum sollte eine Polizistin nicht das Gesicht von David Bowies Ehefrau haben?

»He-herein«, sage ich. *Verdammt, hör auf zu stottern.*

»Hallo.« Sie öffnet die Tür und kommt ins Zimmer, immer noch lächelnd. Sie hat den schlanken, windhundähnlichen Körperbau einer Langstreckenläuferin. »Ich bin Detective Constable Lamarr.« Ihre Stimme hat einen warmen, vollen Klang und in ihren gedehnten Vokalen schwingt ein Hauch von Oberschicht mit. »Wie geht es Ihnen heute?«

»Schon besser, danke.« Besser? Besser als was? Ich bin im Krankenhaus, trage ein rückenfreies Hemd und habe zwei dicke Veilchen. Viel schlimmer kann es eigentlich nicht mehr sein.

Halt, das stimmt nicht ganz: Ich hänge nicht mehr an der Maschine, und die Windel ist auch weg. Offenbar traut man mir zu, eigenständig zu pinkeln. Das ist in der Tat besser.

»Ich habe mit Ihren Ärzten gesprochen, und sie meinten, Sie seien in der Lage, ein paar Fragen zu beantworten. Aber wenn es zu viel wird, können wir jederzeit aufhören. Sagen Sie einfach Bescheid. Einverstanden?«

Ich nicke, und sie beginnt: »Letzte Nacht … Können Sie mir sagen, woran Sie sich erinnern?«

»Nichts. Ich erinnere mich an nichts.« Es klingt härter und abweisender als beabsichtigt. Zu meinem großen Entsetzen bemerke ich umgehend einen Kloß in meinem Hals. Ich schlucke heftig. Ich werde nicht anfangen zu weinen! Verdammt noch mal, ich bin eine erwachsene Frau und kein kleines Kind, das sich auf dem Spielplatz das Knie aufgeschürft hat und nach seinem Papa heult.

»Nun, das stimmt ja so nicht ganz«, erwidert sie, doch es klingt nicht wie ein Vorwurf. Ihre Stimme hat den sanft ermutigenden Tonfall einer Lehrerin oder älteren Schwester. »Dr. Miller sagt, dass Sie die Ereignisse vor dem Unfall durchaus noch wissen. Warum erzählen Sie nicht einfach von Anfang an?«

»Von Anfang an? Sie wollen doch wohl nichts über irgendwelche Kindheitstraumata und dergleichen hören, oder?«

»Vielleicht doch.« Entgegen den Krankenhausregeln setzt sie sich ans Fußende des Bettes. »Sofern sie für die Ereignisse relevant sind. Ich mache Ihnen einen Vorschlag: Warum fangen wir nicht mit ein paar einfachen Fragen an, gewissermaßen zum Aufwärmen? Zum Beispiel: Wie ist Ihr Name?«

Ich bringe ein Lachen zustande, doch aus anderen Gründen, als sie denkt. Wie ist denn nun mein Name? Ich dachte, dass ich wüsste, wer ich bin, wer ich geworden bin. Jetzt, nach diesem Wochenende, bin ich mir nicht mehr so sicher. »Leonora Shaw«, antworte ich. »Aber ich bevorzuge Nora.«

»Also gut, Nora. Und Sie sind wie alt?«

Ich weiß, dass sie all das schon wissen muss. Vielleicht ist es eine Art Test, um zu sehen, wie sehr meine Erinnerung wirklich beschädigt ist.

»Sechsundzwanzig.«

»Dann erzählen Sie doch mal: Wie sind Sie hier gelandet?«

»Was, im Krankenhaus?«

»Im Krankenhaus, hier in Northumberland, einfach ganz allgemein.«

»Sie haben keinen nordenglischen Akzent«, bemerke ich überflüssigerweise.

»Ich bin in Surrey geboren«, erklärt sie. Sie schenkt mir ein leises, verschwörerisches Lächeln, mit dem sie ausdrückt, dass dies nicht ganz der Vorschrift entspricht, dass sie hier die Fragen stellen sollte, nicht beantworten. Es ist ein kleines Entgegenkommen, ein Austausch: ein Stückchen von ihr gegen ein Stückchen von mir.

Aber sie sitzt am längeren Hebel.

»Also«, fährt sie fort, »wie sind Sie hier gelandet?«

»Das war …« Ich hebe die Hand, um mir die Stirn zu reiben, aber der Verband ist im Weg, und ich habe Angst, dass er verrutscht. Die Haut darunter fühlt sich heiß an und juckt. »Wir haben Junggesellinnenabschied gefeiert, und sie hatte hier studiert. In Northumberland. Clare, meine ich. Der Junggesellinnenabschied. Sagen Sie, kann ich Sie mal was fragen – stehe ich unter Verdacht?«

»Verdacht?« Ihre schöne, volle Stimme lässt das schwere, kehlige Wort wie Musik klingen, verwandelt es in eine Solmisationsübung. Dann schüttelt sie den Kopf. »Nicht in diesem Stadium der Untersuchung. Wir sind noch dabei, Informationen zusammenzutragen, aber wir schließen nichts aus.«

Will heißen: Ich stehe nicht unter Verdacht – noch nicht.

»Und nun erzählen Sie mal: Was wissen Sie noch von gestern Nacht?« Wie eine bildschöne, geschmeidige Katze, die um ein Mauseloch herumstreunt, kehrt sie wieder zum Thema zurück. Ich will nach Hause.

Der Schorf unter meinem Verband kribbelt und kitzelt. Ich kann mich nicht konzentrieren. Aus dem Augenwinkel sehe ich plötzlich die ungegessene Klementine auf dem Nachttisch und muss den Blick abwenden.

»Ich erinnere mich …« Ich blinzle, und zu meinem Entsetzen steigen mir Tränen in die Augen. »Ich erinnere mich an …« Ich muss heftig schlucken und bohre meine Nägel in meine zerkratzten, blutigen Handflächen in der Hoffnung, dass der Schmerz das Bild vertreibt, das Bild von ihm, wie er daliegt auf dem honigfarbenen Parkettboden, wie mir sein Blut über die Arme fließt. »Bitte, bitte sagen Sie mir – wer …« Ich verstumme. Ich kann es nicht sagen. Ich kann es nicht.

Ich versuche es wieder. »Ist …« Das Wort bleibt mir im Halse stecken. Ich schließe die Augen, zähle bis zehn, bohre meine Nägel in die Wunden meiner Hand, bis mein ganzer Arm vor Schmerz zittert.

Ich höre, wie DC Lamarr ausatmet, und als ich meine Augen öffne, sehe ich zum ersten Mal Besorgnis auf ihrem Gesicht.

»Wir würden gerne Ihre Version der Geschichte hören, bevor wir noch mehr Verwirrung stiften«, sagt sie schließlich, aber sie wirkt beunruhigt, und ich weiß es, ich weiß genau, was es ist, das sie nicht sagen kann.

»Ist schon in Ordnung«, bringe ich zustande. Etwas in mir fällt auseinander, zerbricht. »Sie müssen es mir nicht sagen. Oh G-gott …«

Und dann kann ich nicht weitersprechen. Die Tränen strömen und strömen und strömen nur so über mein Gesicht. Es ist, was ich befürchtet habe. Was ich eigentlich schon wusste.

»Nora …«, höre ich Lamarr sagen, und ich schüttle den Kopf. Ich kneife die Augen fest zu, aber trotzdem spüre ich, wie die Tränen über meine Nase rollen und in den Wunden auf meinem Gesicht brennen. Sie gibt ein leises, mitleidig klingendes Geräusch von sich und steht auf.

»Ich lasse Sie mal einen Augenblick allein«, sagt sie. Dann höre ich, wie die Tür quietschend aufgeht und ein paar Mal hin- und herschwingt, bevor sie wieder zufällt. Ich bin allein. Und ich weine und weine und weine, bis ich keine Tränen mehr übrig habe.

22

Ich rannte die Treppe hinunter, so schnell ich konnte, versuchte dabei, nicht auf die Glassplitter zu treten, und hielt mich am Geländer fest, um nicht auf dem Blut des Mannes auszurutschen. Da lag er, am Fuß der Treppe, zusammengerollt wie ein Häufchen Elend.

Er lebte noch. Ich konnte hören, wie er leise wimmerte, wie ihm das Atmen schwerfiel.

»Nina!«, brüllte ich. »Nina, komm runter! Er lebt! Ruf doch jemand den Notarzt!«

»Wir haben verdammt noch mal keinen Empfang!«, rief Nina zurück, während sie die Treppe hinunterkraxelte.

»Leo«, flüsterte der Mann, und mir blieb das Herz stehen. Er hob das Gesicht aus seiner schmerzgekrümmten Haltung, und da wusste ich es.

An diesen Moment erinnere ich mich mit vollkommener, überwältigender Klarheit.

»James?« Es war Nina, die zuerst sprach, nicht ich. Die letzten Stufen überwand sie mehr rutschend als gehend, sodass sie fast bäuchlings neben uns auf dem Boden landete. Ihre Stimme klang brüchig, als sie sanft seinen Puls fühlte. »James? Was zum Teufel machst du hier? Oh Gott.« Sie war den Tränen nahe, doch ihre Hände verrichteten wie von selbst ihre Arbeit, prüften, von wo das Blut kam, maßen seinen Puls.

»James, sprich mit mir«, forderte sie. »Nora, bring ihn zum Reden. Halt ihn wach!«

»James …« Mir fiel nichts ein, was ich hätte sagen können. Seit zehn Jahren hatten wir nicht miteinander gesprochen und jetzt – und jetzt … »James, oh Gott, James … Warum, wieso nur?«

»Na… nach …«, ächzte er, dann musste er husten, und Blut trat auf seine Lippen. »Leo?«

Es klang wie eine Frage, doch ich wusste nicht, was er meinte. Nach was? Nach Hause? Nach Hause, Leo? Ich schüttelte nur den Kopf. So viel Blut.

Nina hatte den Reißverschluss seiner Kapuzenjacke geöffnet und sich von irgendwo eine Schere besorgt, mit der sie jetzt sein T-Shirt aufschnitt. Ich musste fast die Augen schließen beim Anblick seines Körpers, der Haut, die ich einst berührt und geküsst hatte und die nun über und über mit Blut bedeckt war.

»Fuck«, stöhnte Nina. »Er hat die volle Ladung Schrot abgekriegt. Wir brauchen einen Krankenwagen.«

»Hat …« James versuchte zu sprechen, trotz des Blutes, das auf seinen Lippen Bläschen warf. »Hat sie … dir erzählt?«

Von der Hochzeit?

»Er hat eine perforierte Lunge. Wahrscheinlich hat er innere Blutungen. Drück mal hier drauf.« Nina führte meine Hand zu einer Kompresse aus T-Shirt-Fetzen, die sie gegen James' Oberschenkel presste, aus dem das Blut mit beängstigender Geschwindigkeit hervorsprudelte.

»Was können wir bloß tun?« Ich bemühte mich mit aller Kraft, nicht zu weinen.

»Jetzt im Moment? Aufpassen, dass er nicht verblutet. Wenn die Arterie da so weitermacht, ist er so gut wie tot. Drück fester, es blutet immer noch. Ich versuche, es abzubinden, aber …«

»Oh Gott.« Es war Flo. Sie stand da wie ein Gespenst, die Hände vor dem Gesicht. »Mein Gott. Ich … es tut mir so leid – ich kann nicht … ich kann kein Blut sehen …« Sie gab einen kleinen Stoßseufzer von sich, sackte zu Boden, und ich konnte hören, wie Nina leise fluchte.

»Tom!«, brüllte sie. »Schaff Flo hier weg! Sie ist umgekippt. Bring sie in ihr Zimmer.« Sie strich sich die Haare aus dem Gesicht. Auf ihrer Wange und ihrer Augenbraue war Blut zu sehen.

»Clare …«, murmelte James. Er leckte sich über die Lippen. Seine Augen waren auf mich geheftet, es war, als ob er mir etwas sagen wollte. Ich drückte seine Hand und versuchte, mich zusammenreißen.

»Sie kommt gleich.« Wo zum Teufel war sie? »Clare!«, rief ich. Keine Antwort.

»Nein …«, stieß James mühsam hervor. »Clare … SMS … Hat sie … gesagt?« Seine Stimme klang so matt, dass ich ihn kaum verstehen konnte.

»Was?«

Er hatte die Augen geschlossen. Seine Hand in meiner wurde schlaff.

»Er stirbt«, rief ich Nina zu und hörte selbst, wie hysterisch ich klang. »Nina, tu doch was.«

»Was glaubst du wohl, was ich hier mache? Kaffeekränzchen? Hol mir ein Handtuch. Nein, halt, lass nicht die Kompresse los. Ich mach schon. Wo *zur Hölle* ist Clare?«

Sie stand auf und rannte in die Küche, und ich hörte, wie sie polternd die Schubladen durchwühlte.

James lag völlig still da.

»James?«, fragte ich, plötzlich von Panik ergriffen. »James, sag was!«

Gequält öffnete er die Augen und blickte zu mir auf, seine Augen schimmerten dunkel im sanften Licht des Korridors. Sein aufgeschnittenes T-Shirt sah aus wie die aufgeplatzte Schale einer Frucht, und sein blutiger Oberkörper war der kalten Luft schutzlos ausgeliefert. Ich wollte ihn berühren, ihn küssen, ihm sagen, dass alles wieder gut werden würde. Aber das konnte ich nicht. Denn es wäre gelogen.

Ich biss die Zähne zusammen und drückte die Kompresse noch fester auf sein Bein, wollte das Blut zum Stoppen zwingen.

»Es … tut … mir leid …«, sagte er leise, so leise, dass ich glaubte, mich verhört zu haben.

»Was?« Ich neigte den Kopf, um ihn besser zu verstehen.

»Es tut mir leid …« Er drückte meine Hand. Dann streckte er zu meinem Erstaunen den Arm aus und berührte zitternd vor Anstrengung meine Wange. Sein Atem rasselte, und aus seinem Mundwinkel rann ein wenig Blut.

Ich kniff die Augen zu, versuchte, die Tränen aufzuhalten. »Sei nicht albern«, stammelte ich. »Es ist so lange her. Es ist doch alles vorbei.«

»Clare …«

Verdammt, wo war sie bloß?

Eine Träne tropfte von meiner Nase auf seine Brust, und wieder streckte er die Hand aus, um mir über die Wange zu streichen, doch sein Arm war zu schwach, und so ließ er ihn wieder sinken.

»Nicht … weinen …«

»Oh, James!« Das war alles, was ich zustande brachte: ein schluchzender Appell, der alles sagen sollte, was ich nicht zu sagen vermochte. James, stirb nicht, bitte stirb nicht.

»Leo …«, hauchte er und schloss die Augen. So hat nur James mich genannt. Er einzig und allein.

Ich weine immer noch, als es an der Tür klopft. Mühsam richte ich mich in den Kissen auf, bevor mir der Knopf einfällt, der den Kopf des Bettes automatisch anhebt.

Das Bett schiebt mich in Sitzposition. Am ganzen Leib zitternd hole ich tief Luft und wische mir über die Augen.

»Herein.«

Die Tür geht auf, und herein tritt Lamarr. Ich weiß, dass meine Augen rot und geschwollen sein müssen, dass meine Stimme krächzt, aber es ist mir egal.

»Sagen Sie mir die Wahrheit«, fordere ich, bevor sie irgendetwas sagen kann, sogar noch bevor sie sich setzen kann. »Bitte. Ich erzähle Ihnen alles, was ich weiß, aber ich muss es wissen. Ist er tot?«

»Es tut mir leid«, erwidert sie, und ich verstehe. Ich versuche zu sprechen, doch es gelingt mir nicht.

Ich sitze nur da, schüttle den Kopf und suche nach Worten, doch sie wollen nicht kommen.

Lamarr schweigt, während ich um Fassung ringe. Als mein Atem sich langsam beruhigt, hält sie mir das kleine Tablett hin, das sie trägt.

»Kaffee?«, fragt sie mit sanfter Stimme.

Ich sollte ablehnen. James ist tot. Was zählt da noch Kaffee?

Ich nicke fast schon widerstrebend, und als sie mir den Becher reicht, nehme ich einen tiefen Schluck. Er ist heiß und stark. Er hat mit der wässrigen Krankenhausbrühe so wenig gemein wie Kreide mit Gorgonzola, und ich spüre, wie er in jede Zelle meines Körpers dringt und mich aufweckt. Es ist unbegreiflich, wie ich am Leben sein kann, wenn doch James tot ist.

Als ich die Tasse wieder abstelle, fühlt sich mein Gesicht steif an, und mein Kopf schmerzt. »Danke«, bringe ich mit rauer Stimme hervor. Lamarr beugt sich vor und drückt meine Hand.

»Das war das mindeste, was ich tun konnte. Ich wollte nicht, dass Sie es so erfahren, aber ich durfte nicht …« Sie hält inne, um neu zu formulieren. »Ich fand, es wäre nicht ratsam, Ihnen mehr mitzuteilen, als Sie ohnehin schon wussten. Wir wollten Ihre eigene Version hören. Ungefärbt.«

Ich sage nichts. Ich senke nur den Kopf. Jahrelang habe ich über genau so etwas geschrieben, über solche Befragungen, doch nie wäre mir in den Sinn gekommen, dass ich selbst mal in diese Situation geraten könnte.

»Ich weiß, das ist nicht leicht für Sie«, durchbricht sie schließlich das anhaltende Schweigen. »Aber könnten Sie bitte versuchen, sich an die vergangene Nacht zu erinnern? Was wissen Sie noch darüber?«

»Ich erinnere mich an alles bis zu dem – dem Schuss«, antworte ich. »Ich erinnere mich daran, wie ich die Treppe hinunterlief und ihn … ihn da liegen sah …« Ich beiße die Zähne zusammen, halte einen Moment inne und sauge geräuschvoll die Luft zwischen meinen Zähnen ein. Ich werde nicht wieder anfangen zu weinen. Ich nehme einen großen Schluck Kaffee, und es macht mir nichts aus, dass ich mir dabei den Mund verbrühe. »Über den Schuss wissen Sie Bescheid?«, frage ich. »Haben sie Ihnen davon erzählt, die anderen? Nina und Clare und alle?«

»Wir haben mehrere unterschiedliche Aussagen«, erwidert sie ausweichend. »Aber wir brauchen unbedingt alle Versionen der Ereignisse.«

»Wir hatten Angst«, erkläre ich und versuche, mich zurückzuversetzen. Es kommt mir vor, als wären hundert Jahre vergangen, seit wir, beinahe hysterisch vor alkoholgeschwängerter Erregung und echter Angst, durch das Haus geschlichen waren. Die Erinnerung ist halb versunken im Nebel des Adrenalinrauschs. »Wir hatten eine Botschaft auf dem Ouija-Brett – über einen Mörder.« Jetzt, im Rückblick, erscheint mir die Ironie des Ganzen schier unerträglich. »Natürlich haben wir nicht daran geglaubt – oder jedenfalls die meisten von uns –, aber ein bisschen nervös hat es uns wohl schon gemacht. Und dann waren da noch die Fußspuren, draußen im Schnee. Und als wir aufwachten, das erste Mal, meine ich, stand die Küchentür offen.«

»Wie kam es dazu?«

»Keine Ahnung. Jemand hatte sie abgeschlossen – oder behauptete es zumindest. Flo, glaube ich. Oder war es Clare? Auf jeden Fall hatte jemand sie kontrolliert. Trotzdem hat der Wind sie aufgestoßen, und das hat uns alle nur noch mehr verrückt gemacht. Und als wir dann die Schritte hörten …«

»Wessen Idee war es, das Gewehr zu holen?«

»Das weiß ich nicht mehr. Flo hatte es, glaube ich, noch von vorher, als die Tür offen stand. Aber es sollte ja nicht geladen sein. Da sollten Platzpatronen drin sein.«

»Und Sie haben es gehalten, ist das korrekt?«

»Ich?« Ehrlich erschrocken blicke ich zu ihr auf. »Nein! Das war Flo, glaube ich. Es war definitiv sie.«

»Aber Ihre Fingerabdrücke befinden sich auf dem Lauf.«

Es wurden Fingerabdrücke von dem Gewehr genommen? Ich starre sie an. Dann wird mir klar, dass sie auf eine Antwort wartet. »Auf dem L-lauf, ja.« *Hör auf zu stottern, verdammt.* »Aber nicht auf dem – dem anderen Teil. Dem Griffteil. Dem Schaft, meine ich. Sie hat wie eine Wahnsinnige mit dem Gewehr herumgefuchtelt. Ich habe nur versucht, es von uns fernzuhalten.«

»Wieso denn, wenn Sie dachten, dass es nicht geladen sei?«

Die Frage lässt mich stutzen. Obwohl die Sonne hereinscheint, wird es plötzlich kalt im Raum. Ich will wieder fragen, ob ich unter Verdacht stehe, doch sie hat schon Nein gesagt, und würde es nicht komisch aussehen, wenn ich sie das andauernd frage?

»W-weil ich es nicht besonders mag, wenn ein Gewehr auf mich gerichtet ist, egal, womit es geladen ist. Okay?«

»In Ordnung«, erwidert sie sanft und macht eine Notiz auf ihrem Block. Sie schlägt eine Seite um und wendet sich dann wieder mir zu. »Lassen Sie uns noch mal ein wenig weiter zurückgehen. James – wie gut kannten Sie ihn?«

Ich schließe die Augen und beiße mir auf die Innenseite der Wange, um mich vom Weinen abzuhalten. Es gibt so viel, das ich sagen könnte: Wir sind zusammen in die Schule gegangen. Wir waren Freunde. Er ist Clares Verlobter. *War,* korrigiere ich mich stumm. Ich kann einfach nicht glauben, dass er nicht mehr da ist. Und da plötzlich wird mir bewusst, wie selbstsüchtig meine Trauer ist. Ich denke die ganze Zeit an James. Aber Clare – Clare hat alles verloren. Gestern noch war sie eine zukünftige Braut. Und heute ist sie … was eigentlich? Es gibt noch nicht mal ein Wort dafür. Sie ist keine Witwe – und doch ihres Glückes beraubt.

»Er … wir waren mal zusammen«, sage ich schließlich. Es ist doch sicher besser, ehrlich zu sein. Oder zumindest so ehrlich wie möglich.

»Wann haben Sie sich getrennt?«

»Vor langer Zeit. Wir waren … äh … sechzehn oder siebzehn.«

Das *äh* ist ein bisschen geschwindelt. Es klingt, als wäre es nur grob geschätzt. In Wahrheit weiß ich auf den Tag genau, wann wir uns getrennt haben. Ich war sechzehn Jahre und zwei Monate alt. James war nur ein paar Monate von seinem siebzehnten Geburtstag entfernt.

»In Freundschaft?«

»Damals nicht, nein.«

»Aber Sie haben sich seitdem wieder vertragen? Ich meine, schließlich waren Sie auf Clares Junggesellinnenabschied …« Sie lässt den Satz verklingen, wie als Stichwort für mich, mich in Plattitüden zu ergehen, zum Beispiel, dass die Zeit alle Wunden heilt oder dass man mit sechsundzwanzig ja wohl über einen Vertrauensbruch hinweg ist, den man mit sechzehn erlitten hat.

Aber das tue ich nicht. Was soll ich sagen? Die Wahrheit?

Etwas Kaltes ergreift mein Herz, ein frostiges Gefühl, dem weder die Heizungsluft im Krankenhaus noch die Wärme der untergehenden Sonne etwas entgegenzusetzen haben.

Ich mag diese Fragen nicht.

James' Tod war ein Unfall: Aus einem Gewehr, das nicht geladen sein sollte, hat sich versehentlich ein Schuss gelöst. Wieso ist dann diese Polizistin hier und befragt mich zu lang vergangenen Trennungsgeschichten?

»Was hat das mit James' Tod zu tun?«, entgegne ich schroff. Zu schroff. Sie blickt von ihrem Notizblock auf, und ihre dunkelroten Lippen formen ein stummes, überraschtes »Oh«.

Mist. Mist, Mist, *Mist*.

»Wir bemühen uns nur um ein vollständiges Bild«, sagt sie sanft.

Ich spüre die Kälte in allen Gliedern.

James wurde mit einem Gewehr erschossen, das eigentlich nicht geladen sein sollte. Also, wer hat es dann geladen?

Ich fühle, wie mir das Blut aus den Wangen weicht. Ich möchte sehr gerne die Frage stellen, die ich schon zuvor gestellt habe: Stehe ich unter Verdacht?

Aber ich kann nicht. Ich kann nicht fragen, denn das würde verdächtig wirken. Und jetzt gerade möchte ich wirklich nicht verdächtig wirken.

»Es ist schon lange her«, sage ich, bemüht, mich zusammenzureißen. »Damals hat es sehr wehgetan, aber mit der Zeit kommt man ja darüber hinweg, nicht wahr?«

Nein, das tut man nicht. Nicht über so etwas. Oder zumindest ich nicht.

Doch sie bemerkt die Lüge in meiner Stimme nicht. Stattdessen wechselt sie elegant den Kurs. »Was geschah, nachdem auf James geschossen wurde?«, fragt sie. »Können Sie sich daran erinnern, was Sie alle als Nächstes getan haben?«

Ich schließe die Augen.

»Versuchen Sie, Schritt für Schritt die Ereignisse durchzugehen«, sagt sie. Ihre Stimme klingt weich, ermutigend, fast hypnotisch. »Sie waren mit ihm im Flur …«

Ich war mit ihm im Flur. Auf meinen Händen, meinem Schlafanzug war Blut. Sein Blut. Furchtbar viel Blut.

Seine Lider waren geschlossen, und nach ein paar Minuten hielt ich mein Gesicht dicht an seines, um zu hören, ob er noch atmete. Das tat er. Ich konnte seinen stockenden Atem auf meiner Wange spüren.

Wie er sich verändert hatte, seit wir zusammen gewesen waren – da waren ein paar Fältchen um seine Augen, ein Anflug von Bartstoppeln auf seinem Kinn, und sein Gesicht war schmaler und kantiger geworden. Aber es war immer noch James. Ich kannte die Form seiner Brauen, den Verlauf seines Nasenbeins, kannte die Kuhle unter seiner Lippe, in der sich in Sommernächten kleine Schweißperlen sammelten.

Er war immer noch mein James. Nur dass er das eben nicht mehr war. Wo in Teufels Namen war Clare?

Ich hörte Schritte hinter mir, doch es war Nina, die einen langen weißen Stoffstreifen dabeihatte, der wie ein Stück Bettlaken aussah. Sie kniete sich hin und begann, James' Bein damit fest zu verbinden.

»Ich denke, unsere einzige Hoffnung ist, dich so lange zu stabilisieren, bis wir dich ins Krankenhaus bringen können«, sagte sie, sehr laut und deutlich, an James gerichtet, aber auch an mich, das wusste ich. »James, kannst du mich hören?«

Er antwortete nicht. Sein Gesicht hatte eine seltsam wächserne Farbe angenommen. Nina schüttelte den Kopf und sagte dann zu mir: »Am besten wäre es, wenn Clare fährt. Du navigierst. Ich geh mit James auf den Rücksitz und versuche, ihn am Leben zu halten, bis wir ankommen. Tom sollte mit Flo hierbleiben. Ich glaube, sie steht unter Schock.«

»Wo ist Clare?«

»Sie war hinten im Garten, um zu gucken, ob sie Empfang kriegt. Anscheinend klappt es da manchmal.«

»Aber diesmal nicht«, ließ sich hinter mir eine Stimme vernehmen. Es war Clare. Ihr Gesicht war weiß wie Milch, doch sie war schon angezogen. »Kann er sprechen?«

»Er hat ein paar Worte gesagt«, antwortete ich. Mein Hals war kratzig und meine Stimme vor Tränen ganz heiser. »Aber ich … ich glaube, er ist jetzt bewusstlos.«

»Oh Gott.« Ihr Gesicht wurde noch weißer, selbst aus ihren Lippen war das Blut gewichen. »Ich hätte früher zurückkommen sollen. Ich dachte nur …«

»Red keinen Unsinn«, schnitt Nina ihr das Wort ab. »Du hast das Richtige getan – einen Krankenwagen zu rufen war das Wichtigste, wenn wir nur verdammt noch mal Empfang hätten. Okay, ich glaube, besser kriege ich den Druckverband nicht hin – etwas anderes versuche ich jetzt auch nicht mehr, lasst ihn uns einfach hier wegschaffen.«

»Ich fahre«, sagte Clare sofort.

Nina nickte. »Ich gehe mit James auf die Rückbank.« Sie blickte aus dem Fenster. »Clare, geh schon mal raus und fahr den Wagen so nah wie möglich an die Haustür ran.« Clare nickte und rannte los, um ihre Autoschlüssel zu holen. An mich gerichtet, sagte Nina: »Wir brauchen etwas, womit wir ihn tragen können. Es wird ihm zu viele Schmerzen bereiten, wenn wir ihn einfach so hochheben.«

»Was sollte das sein?«

»Ideal wäre etwas Flaches, wie eine Bahre.« Wir beide sahen uns um, fanden aber nichts, was sich dafür zu eignen schien.

»Wir könnten eine Tür aushängen«, meldete sich Tom plötzlich hinter uns zu Wort, und wir fuhren beide zusammen. Er blickte auf James hinunter, der, inzwischen völlig bewusstlos, in einer immer größer werdenden Lache seines eigenen Blutes lag. Auf seinem Gesicht lag ein Ausdruck von Entsetzen. »Flo liegt ohnmächtig im Schlafzimmer. Wird er durchkommen?«

»Ganz ehrlich?«, fragte Nina. Sie warf einen kurzen Blick auf James. Ihr Gesicht sah müde aus, und zum ersten Mal, seit sie das Kommando übernommen hatte, entdeckte ich Spuren von Angst darin. »Ich weiß es nicht. Möglich wäre es. Das mit der Tür ist eine gute Idee. Kannst du einen Schraubenzieher suchen? Ich glaube, unter der Treppe ist eine Art Werkzeugkiste.«

Tom nickte knapp und verschwand.

Nina schlug die Hände vors Gesicht. »Verdammt«, fluchte sie, die Stimme durch ihre Handflächen gedämpft. »Verdammt, verdammt, verdammt.«

»Alles okay?«

»Nein. Doch.« Sie blickte auf. »Mir geht es gut. Es ist nur – oh Gott … Was für ein idiotischer, überflüssiger Tod. Wie kann man bloß mit einem Gewehr schießen, wenn man nicht weiß, womit es geladen ist?«

Ich dachte an Tom, wie er gestern zum Spaß damit herumgewedelt hatte, und mir wurde plötzlich übel.

»Die arme Flo«, sagte ich.

»Hat sie abgedrückt?«, fragte Nina.

»Ich – ich gehe davon aus. Ich weiß nicht. Sie hatte es in der Hand.«

»Ich dachte, das warst du.«

»Ich?« Mir fiel vor Schreck die Kinnlade herunter. »Oh Gott, nein. Aber jeder von uns hätte sie anstupsen können, wir standen alle so nah beieinander.«

Von draußen war Motorengeräusch zu hören und dann das Knirschen von Reifen auf dem schneebedeckten Kies vor der Eingangstür. Gleichzeitig ertönte ein dumpfer Aufprall aus dem Wohnzimmer, und im nächsten Moment erschien Tom und zerrte eine schwere Eichentür hinter sich her, an der die Klinke noch befestigt war.

»Die wiegt bestimmt eine Tonne«, ächzte er. »Aber wir müssen es ja nur bis zum Auto schaffen.«

»Okay.« Nina übernahm wieder das Kommando. Es war offensichtlich, dass sie wusste, was sie tat. »Tom, du nimmst seine Schultern. Ich halte ihn an den Füßen. Nora, du stützt sein Becken, während wir ihn anheben und auf die Tür schieben. Pass auf, dass du nicht an den Verband am Oberschenkel kommst und dass er nicht an der Klinke hängen bleibt. Bereit? Ich zähle von drei runter; drei, zwei, eins, hoch.«

Gemeinsam hievten wir ihn auf die improvisierte Trage, wobei James unwillkürlich aufstöhnte und erneut Blut aus seinem Mund quoll. Ich rannte los, um die riesige Stahltür zu öffnen – zum ersten Mal war ich dankbar für die Größe des Hauses, denn die Zimmertür passte problemlos durch – und dann zurück, um Nina mit dem Fußende der Tür zu helfen. Sie war unsäglich schwer, doch es gelang uns, sie durch den Korridor und hinaus in die eisige Nacht zu schleppen, wo Clare mit laufendem Motor wartete und der Auspuff eine weiße Wolke in die kalte Luft stieß.

»Wie geht's ihm?«, fragte sie über ihre Schulter hinweg, während sie sich zurücklehnte, um die Tür zur Rückbank zu öffnen. »Atmet er noch?«

»Er atmet noch«, bestätigte Nina, »aber er steht auf der Kippe. Okay, ziehen wir ihn von der Tür runter.«

Irgendwie gelang es uns, ihn in einer Art grausigem, zitterndem, blutspritzendem Rausch auf den Rücksitz zu befördern, wo er schließlich zusammengesackt dalag und auf eine flache, gurgelnde Weise atmete, bei der mir angst und bange wurde. Sein Bein ragte aus dem Auto, und ich sah, dass das Blut, das durch den Verband sickerte, in der eisigen Luft dampfte. Wie erstarrt stand ich da, die Augen unverwandt auf das groteske Bild gerichtet, zu geschockt, um auch nur einen klaren Gedanken zu fassen, während Tom das Bein sanft anwinkelte, es in den Fußraum schob und dann die Tür schloss.

»Da ist nicht genug Platz für uns beide«, sagte Nina. Einen Moment lang wusste ich nicht, wovon sie sprach, doch dann begriff ich: James nahm die gesamte Rückbank ein. Nina würde unmöglich neben ihn passen, wie sie es vorgeschlagen hatte.

»Ich bleibe hier«, beschloss ich. »Du solltest mit ihnen fahren.«

Nina widersprach nicht.

»Nora?« Lamarrs Stimme klingt freundlich, aber bestimmt. »Nora? Sind Sie wach? Können Sie mir sagen, woran Sie sich erinnern?«

Ich öffne die Augen.

»Wir haben James zum Auto rausgebracht. Wir hatten keine Trage, also hat Tom eine Tür aus den Angeln gehoben. Clare sollte fahren – Nina sollte eigentlich mit Tom auf dem Rücksitz sitzen, und ich sollte navigieren.«

»Eigentlich?«

»Es … es gab ein Missverständnis. Ich bin nicht sicher, was passiert ist. Wir haben James ins Auto verfrachtet und dann gemerkt, dass es nicht genug Platz für uns alle gab. Ich habe zu Nina gesagt, dass sie mitfahren sollte – sie ist Ärztin – und ich zurückbleiben würde. Sie stimmte zu, und wir sind ins Haus zurückgerannt, um ihr Handy zu holen und Decken fürs Auto. Aber dann geschah etwas …«

»Und zwar?«

Ich schließe die Augen, versuche, mich zu erinnern. Die Ereignisse verschwimmen allmählich ineinander. Ich weiß noch, dass Clare aufs Gaspedal trat und Tom ihr über die Schulter etwas zurief. »Warum nicht?«, rief Clare zurück. Und dann, ungeduldiger: »Ach egal, ich ruf an, wenn ich da bin.«

Gleich darauf hörte man wieder das Knirschen der Räder auf dem Kies, und ich sah noch ihre roten Rücklichter, während sie über den zerfurchten Weg in Richtung Hauptstraße rumpelte.

»Waaas? Was zur Hölle?«, rief Nina von oben. Sie stürmte die Treppe herunter und brüllte: »Clare! Was machst du da?«

Doch Clare war fort.

»Es gab ein Missverständnis«, wiederhole ich. »Tom meinte, er habe Clare gesagt, wir würden jeden Moment kommen, aber Clare muss gedacht haben, er hätte gesagt, dass wir nicht mehr kommen. Also ist sie ohne Nina losgefahren.«

»Und was dann?«

Was dann? Da bin ich mir nicht mehr so sicher.

Ich erinnere mich daran, dass ich Clares Jacke über dem Verandageländer hängen sah. Vermutlich wollte sie sie mitnehmen und hat sie dann vergessen. Ich weiß noch, dass ich sie aufhob.

Ich weiß noch …

Ich weiß noch …

Ich weiß noch, dass Nina weinte.

Ich weiß noch, dass ich in der Küche stand, meine Hände unter den Wasserhahn hielt und zusah, wie James' Blut im Abfluss verschwand.

Und dann … ich weiß nicht, ob es am Schock liegt oder an dem, was danach geschah, jedenfalls wird die Erinnerung bruchstückhaft. Und je stärker ich nachbohre, desto unsicherer werde ich, ob ich mich an das erinnere, was geschehen ist, oder an das, wovon ich glaube, dass es geschehen ist.

Ich erinnere mich daran, dass ich Clares Jacke aufhob. War es wirklich Clares? Plötzlich kommt mir ein Bild von Flo beim Tontaubenschießen in den Sinn. Da hatte sie eine ganz ähnliche schwarze Lederjacke angehabt. War es Clares Jacke? Oder die von Flo?

Ich erinnere mich daran, dass ich die Jacke aufhob.

Ich erinnere mich an die Jacke.

Irgendwas an der Jacke war seltsam – aber was?

Und dann laufe ich, laufe durch den Wald, versuche verzweifelt, sie aufzuhalten.

Etwas hatte mich veranlasst loszulaufen. Mich in Panik versetzt und dazu gebracht, in meine kalten Laufschuhe zu schlüpfen und über den schmalen Waldpfad zu rennen, so schnell, dass ich fast gestürzt wäre, während die Kopflampe in meiner Hand wild hin und her baumelte.

Doch was?

Ich sehe an mir hinunter. Unwillkürlich habe ich die Finger gekrümmt, als wollte ich etwas Kleines und Hartes festhalten. Die Wahrheit vielleicht.

»Ich weiß es nicht mehr«, sage ich zu Lamarr. »An dieser Stelle werden die Erinnerungen richtig verschwommen. Ich weiß noch, dass ich durch den Wald gerannt bin …«

Ich halte inne, versuche, die Teile zusammenzusetzen. Ich sehe hinauf in die grelle Neonröhre und dann wieder hinunter auf meine Hände, als könnten sie mich auf die richtige Spur bringen. Doch meine Hände sind leer.

»Wir haben eine Aussage von Tom«, meint Lamarr schließlich. »Er sagte, Sie hätten etwas in der Hand gehalten, es angeschaut und seien dann einfach losgerannt, sogar ohne Ihre Jacke überzuziehen. Was hat Sie dazu veranlasst?«

»Ich *weiß* es nicht.« In meiner Stimme liegt schiere Verzweiflung. »Ich wünschte, ich wüsste es. Ich kann mich nicht erinnern.«

»Bitte geben Sie sich Mühe, es ist sehr wichtig.«

»Ich weiß, dass es wichtig ist!« Es ist ein Schrei, erschreckend laut in dem kleinen Raum. Meine Finger krallen sich in die dünne Krankenhausdecke. »G-glauben Sie nicht, dass ich das nicht weiß? Es geht hier immerhin um einen Freund von mir, meinen – meinen ...«

Ich kann nicht weitersprechen. Ich finde kein Wort, das beschreibt, was James für mich ist – war. Ich habe meine Knie an die Brust gezogen und ich keuche, japse nach Luft, will meinen Kopf auf die Knie schlagen, immer wieder, bis die Erinnerungen aus mir herausbluten, doch ich kann es nicht, ich erinnere mich nicht.

»Nora ...«, sagt Lamarr, und ich bin nicht sicher, ob ihre Stimme beruhigend oder warnend klingt. Vielleicht beides.

»Ich will mich doch erinnern.« Ich knirsche mit den Zähnen. »Sie glauben gar nicht, wie sehr ich das will.«

»Ich glaube Ihnen«, versichert Lamarr. Ihre Stimme hat etwas Trauriges. Ich spüre ihre Hand auf meiner Schulter, und dann klopft es an der Tür, und die Schwester kommt mit einem Wägelchen herein.

»Was ist hier los?« Sie sieht mein tränenüberströmtes Gesicht, meine offenkundige Verzweiflung und wirft Lamarr einen missbilligenden Blick zu, ihr rundliches, liebenswertes Gesicht in tiefe Falten gelegt. »Sie, junge Dame, ich lasse nicht zu, dass Sie meine Patienten in Aufregung versetzen!« Sie deutet mit dem Zeigefinger auf Lamarr. »Es ist noch keine vierundzwanzig Stunden her, dass sie fast bei einem Autounfall ums Leben gekommen wäre. Raus hier!«

»Sie hat nicht ...«, setze ich an. »Es war nicht ...«

Aber das stimmt nur zum Teil. Lamarr hat mich sehr wohl in Aufregung versetzt, und trotz meines Protests bin ich froh, als sie geht, froh, dass ich mich auf die Seite legen und unter meiner Bettdecke zusammenrollen kann, während die Schwester Hackfleischauflauf und verkochte grüne Bohnen auftischt und dabei grummelnd über die Selbstherrlichkeit der Polizei schimpft – was die denn denken, wer sie sind, einfach hier reinplatzen, ohne um Erlaubnis zu fragen, auch noch ihre Patienten aufregen, den Heilungsprozess um Tage, wenn nicht gar Wochen zurückwerfen ... Ein Geruch wie in der Schulkantine erfüllt den Raum, als sie mit der Kelle das Essen auf den Teller klatscht und schließlich das Tablett neben mir abstellt.

»Jetzt essen Sie erst mal, Lämmchen«, sagt sie und klingt beinahe zärtlich. »Sie sind ja nur Haut und Knochen. Rice Krispies sind schön und gut, aber davon kann man nicht gesund werden. Dafür braucht man Fleisch und Gemüse.«

Ich bin nicht hungrig, aber ich nicke.

Doch als sie weg ist, esse ich nicht. Ich bleibe auf der Seite liegen, schlinge die Arme um meine schmerzenden Rippen und versuche, aus all dem schlau zu werden.

Ich hätte fragen sollen, wie es Clare geht, wo sie ist.

Und Nina, wo ist Nina? Geht es ihr gut? Warum ist sie noch nicht vorbeigekommen? Ich hätte all diese Fragen stellen sollen, aber ich habe meine Chance verpasst.

Ich liege weiter da, starre die Seite des Nachttisches an und denke an James, daran, was wir einander einst bedeutet haben, und an alles, was ich getan und verloren habe. Denn was mir klar wurde, als ich seine Hand hielt und sein Blut über den Boden strömte, war, dass meine Wut, die ich für abgrundtief und unüberwindbar gehalten hatte, bereits verblasste, aus mir hinausströmte, aus meinem Herzen wich wie das Leben aus James' Körper.

Die Bitterkeit über das, was damals passiert ist, hat mein Leben so lange bestimmt. Und plötzlich ist alles weg – die

Bitterkeit ist weg, aber auch James, der einzige andere Mensch, der wusste, was geschehen war.

Bei dem Gedanken überkommt mich eine Art Erleichterung, doch gleichzeitig drückt die Erkenntnis wie eine schwere Last auf meine Schultern.

Ich liege da und denke zurück an den Anfang – nicht das erste Mal, dass ich ihn sah; da müssen wir erst zwölf oder dreizehn gewesen sein, vielleicht sogar jünger. Sondern das erste Mal, dass ich ihn bemerkte. Es war das Sommerhalbjahr in der zehnten Klasse, und James spielte Bugsy Malone in der Schulaufführung. Clare war – natürlich – Blousey Brown. Sie hatte die Wahl zwischen Blousey und Tallulah gehabt, aber Blousey bekommt am Ende den Mann, und Clare hatte nie gerne die Verliererin gespielt.

Ich hatte James schon zuvor im Unterricht gesehen, wie er herumalberte, Papierflugzeuge warf und seinen Arm bekritzelte. Aber auf der Bühne … wenn er auf der Bühne stand, brachte er den Raum zum Leuchten. Ich war gerade fünfzehn geworden, und James würde in wenigen Monaten sechzehn werden – einer der ältesten unseres Jahrgangs – und in jenem Jahr hatte er sich einen wilden Undercut rasiert und die oben verbliebenen schwarzen Locken am Hinterkopf zu einem kleinen Knoten gezwirbelt. Das ließ ihn punkmäßig und rebellisch wirken, aber für die Rolle des Bugsy hatte er es mit Haaröl geglättet und heruntergekämmt, und irgendwie gelang es ihm mit diesem einfachen Kniff, selbst während der Proben in seiner Schuluniform, tatsächlich haargenau wie ein Gangster der Dreißigerjahre auszusehen. Er lief wie ein Gangster. Er stand da wie einer, die unsichtbare Zigarre in seinem Mundwinkel so überzeugend, dass ich den Rauch förmlich riechen konnte – obwohl es keinen gab. Er sprach mit lakonischem, näselndem Tonfall. Ich wollte mit ihm Sex haben und wusste, dass alle Mädchen im Raum und einige der Jungs das Gleiche dachten.

Ich wusste, was Clare dachte, denn sie hatte es mir gesagt, hatte sich aus der Reihe hinter mir vorgebeugt und es mir mit ihren pink geschminkten Blousey-Lippen ins Ohr geflüstert, dass es kitzelte.

»Ich werde mir James Cooper schnappen«, verkündete sie. »Das habe ich beschlossen.«

Ich sagte nichts. Clare bekam für gewöhnlich ihren Willen.

Während der Sommerferien passierte nichts, und ich begann mich zu fragen, ob Clare ihr Vorhaben vergessen hatte. Doch dann fing die Schule wieder an, und an tausenden kleinen Zeichen – der Art, wie sie ihr Haar zurückwarf, an der Zahl der offenen Knöpfe an ihrer Schulbluse – erkannte ich, dass Clare nichts vergessen hatte. Sie wartete nur ab.

Das Herbststück war *Die Katze auf dem heißen Blechdach,* und während James als Brick besetzt wurde, bekam Clare die Rolle der Maggie. Mit diebischer Freude schilderte sie mir, wie viel zusätzliche Probenzeit nötig sein würde, die nur sie zwei im Proberaum verbringen würden. Doch das Pfeiffer'sche Drüsenfieber ließ sich noch nicht mal von jemandem wie Clare bezirzen. Sie wurde für den Rest des Halbjahres krankgeschrieben, und ihre Rolle ging an die Zweitbesetzung. Mich.

Und so spielte ich, und nicht Clare, die Maggie, die heißblütige, sexy Maggie. Ich küsste James eine Woche lang jeden Tag, stritt mich mit ihm und warf mich mit einer Sinnlichkeit auf ihn, von der ich gar nicht wusste, dass ich sie besaß, bis er sie aus mir herauslockte. Ich stotterte nicht. Ich war auch gar nicht mehr Lee. Nie habe ich so gespielt, nicht davor und nicht danach. Doch James war Brick, der betrunkene, wütende, verwirrte Brick, und so wurde ich Maggie.

Am letzten Abend feierten wir Schauspieler eine Party mit Cola und belegten Broten in dem von uns so genannten Green Room, der eigentlich bloß ein leeres Klassenzimmer am hinteren Ende des Schulflurs war. Und dann, später, mit Cola und Jack Daniels auf dem Parkplatz und in der Küche von Lois Finchs Haus.

Dort nahm James meine Hand, und zusammen schlichen wir die Treppe hoch, hinauf in das Zimmer von Lois' Bruder, und dann lagen wir auf Toby Finchs knarzendem Einzelbett, und was wir dann taten, lässt mich bis heute erzittern, wenn ich nur daran denke, selbst hier, im Krankenhauszimmer, zehn Jahre später.

Das war die Nacht, in der James Cooper seine Unschuld verlor. Mit sechzehn in einer Winternacht, auf einem Spiderman-Bettbezug, unter einem Mobile aus Modellflugzeugen, das sich über uns drehte, während wir uns küssten und bissen und keuchten.

Von da an waren wir zusammen – so war es einfach, es bedurfte keiner weiteren Diskussion.

Mein Gott, wie ich ihn geliebt habe.

Und jetzt ist er weg. Es kann nicht sein.

Ich muss an Lamarr denken, die mit weicher, samtig näselnder Stimme fragte: *Und James – wie gut kannten Sie ihn?*

Was hätte ich antworten sollen, wenn ich die Wahrheit hätte sagen wollen?

Ich kannte ihn so gut, dass ich sein Gesicht im Dunkeln hätte berühren können und gewusst hätte, dass er es ist.

Ich kannte ihn so gut, dass ich Ihnen jede einzelne Narbe und jedes Mal auf seinem Körper beschreiben könnte, die Blinddarmnarbe rechts, die Naht von seinem Fahrradunfall, die drei großen Wirbel in seinem Haar, wie sie sich ineinander verfingen.

Ich kannte ihn in- und auswendig.

Und jetzt ist er weg.

Zehn Jahre lang habe ich nicht mit ihm gesprochen, aber ich habe jeden einzelnen Tag an ihn gedacht.

Er ist weg – und mit ihm, gerade jetzt, da ich sie am dringendsten gebrauchen könnte, ist auch die Wut verschwunden, die ich die ganze Zeit über gehegt hatte, selbst während ich mir einredete, dass es mir nichts mehr ausmachte, dass dieser Teil meines Lebens für immer abgeschlossen, vergangen und vorüber wäre.

Er ist weg.

Wenn ich es nur oft genug sage, kann ich es vielleicht irgendwann glauben.

23

In dieser Nacht schlafe ich wie ein Stein, ungeachtet des Lärms und des Piepsens der Maschinen auf dem Flur, trotz der aufdringlichen Lichter. Die Schwestern kommen nicht mehr alle zwei Stunden, um nach mir zu sehen, und so schlafe ich … schlafe … und schlafe.

Als ich aufwache, bin ich zunächst etwas desorientiert – wo bin ich? Was für ein Tag ist heute? Automatisch greife ich nach meinem Handy.

Es ist nicht da. Stattdessen ist da eine Plastikkanne mit Wasser.

Und dann holt mich die Gegenwart ein und schlägt mir mit voller Wucht auf den Hinterkopf.

Es ist Montag.

Ich bin in einem Krankenhaus.

James ist tot.

»Aufwachen, junge Dame«, sagt eine neue Schwester, die mit schnellem Schritt hereinmarschiert und mit professionellem Blick mein Krankenblatt überfliegt. »In ein paar Minuten gibt es Frühstück.«

Ich trage immer noch mein Krankenhausnachthemd, und als sie Anstalten macht zu gehen, rufe ich ihr nach: »Warten Sie!«

Sie dreht sich um, zieht eine Augenbraue hoch und ist offenbar nicht in der Stimmung, auf ihrer morgendlichen Runde unterbrochen zu werden.

»E-entschuldigung«, stottere ich. »Ich wollte nur fragen: K-könnte ich ein paar Klamotten haben? Ich hätte gern meine eigenen Anziehsachen. Und mein Handy, wenn es geht.«

»Wir bitten immer die Angehörigen, sie mitzubringen«, antwortet sie kurz angebunden. »Wir sind doch hier kein Lieferdienst.« Und dann ist sie verschwunden, die Tür fällt hinter ihr zu.

Sie weiß also nichts. Über mich. Über das, was passiert ist. Mir schießt durch den Kopf, dass das Haus vermutlich als Tatort gilt. Nina, Clare und die anderen können unmöglich noch dort sein und auf Zehenspitzen um die Spuren von James' getrocknetem Blut herumschleichen. Sie müssen nach Hause gefahren sein – oder sie sind in ein Hotel verfrachtet worden. Ich muss Lamarr danach fragen, wenn sie zurückkommt. *Falls* sie zurückkommt.

Zum ersten Mal wird mir bewusst, wie abhängig ich von der Polizei bin. Sie ist mein einziger Draht zur Außenwelt.

Es ist ungefähr elf Uhr morgens, als es an der Tür klopft. Ich liege auf der Seite und höre Radio 4. Gerade läuft das *Woman's Hour Drama,* und wenn ich meine Augen fest genug zukneife und mir die Kopfhörer tief in die Ohren presse, gelingt es mir beinahe, mich nach Hause zurückzuversetzen, mit einer Tasse Kaffee – richtigem Kaffee – neben mir, während von draußen das sanfte Rauschen des Verkehrs hereindringt.

Als ich das Klopfen höre, brauche ich einen Moment, um Lamarrs Gesicht in der Drahtglasscheibe zu erkennen. Ich nehme die Kopfhörer aus den Ohren und setze mich mühsam auf.

»Herein.«

Sie hat einen Pappbecher in der Hand. »Kaffee?«

»Oh, *danke.*« Ich bemühe mich, nicht zu überschwänglich

zu klingen, ihr nicht den Becher aus der Hand zu reißen, doch es ist erstaunlich, welche Bedeutung diesen Nebensächlichkeiten zukommt, wenn man sich eingesperrt fühlt wie ein Goldfisch im Glas.

Der Kaffee ist noch viel zu heiß zum Trinken. Ich puste darauf, um ihn abzukühlen, während ich darüber nachdenke, wie ich am besten in Worte fassen kann, was ich sagen will, und Lamarr über das unverhältnismäßig schöne Winterwetter schwatzt und darüber, wie die Straßen nach dem Schnee vom Wochenende nun wieder frei werden. Endlich hört sie auf zu reden, und ich ergreife meine Chance.

»Sergeant Lam…«

»Constable.«

»Entschuldigung.« Ich ärgere mich über den Fehler, versuche aber, mich davon nicht aus der Fassung bringen zu lassen. »Hören Sie, ich wollte fragen, wie geht es denn Clare?«

»Clare?« Sie beugt sich vor. »Erinnern Sie sich jetzt?«

»Was?«

»Können Sie sich jetzt an das erinnern, was passiert ist, nachdem Sie das Haus verlassen haben?«

»Was?«

Wir starren einander an, bis sie fast bedauernd den Kopf schüttelt.

»Es tut mir leid. Es klang so, als ob …«

»Was soll das heißen? Ist Clare etwas zugestoßen?«

»Erzählen Sie mir, woran Sie sich erinnern«, erwidert sie, doch eine Weile sage ich erst mal gar nichts, sondern versuche, aus ihrem schönen, verschlossenen Gesicht etwas herauszulesen. Unsere Blicke begegnen sich, aber ich kann ihren Ausdruck nicht deuten. Sie verheimlicht mir etwas.

»Ich weiß noch …« Ich spreche langsam. »Ich weiß noch, dass ich durch den Wald gelaufen bin … und ich erinnere mich an Scheinwerfer und Glas … und dann, nach dem Unfall, weiß ich noch, dass ich über die Straße gestolpert bin. Ich hatte einen Schuh verloren, und da lagen überall große Glasstücke.« Während ich rede, kommen die Erinnerungen zurück, an die kahlen Äste, die sich einander tunnelartig zuneigten, hell angestrahlt von dem Autoscheinwerfer, und daran, wie ich humpelnd die Straße entlangrannte, während ich versuchte, ein Auto, irgendeins, anzuhalten. Ein Transporter kam mir entgegen, seine grellen Scheinwerfer waren direkt auf mich gerichtet. Ich blieb stehen und winkte wie wild, Tränen strömten mir übers Gesicht, und einen Moment lang glaubte ich, er würde nicht anhalten, würde mich einfach überfahren. Doch das tat er nicht – schlitternd kam er zum Stehen, und das Gesicht des Fahrers war ganz bleich, als er das Fenster herunterkurbelte. *Oh Scheiße,* sagte er, und dann: *Hat Sie jemand …* Das Ende des Satzes hing unausgesprochen in der Luft.

»Aber das ist alles. Dazwischen ist alles so durcheinander … Es ist, als würden die Bilder immer heftiger durcheinandergewirbelt, und zurück bleibt nur eine leere Stelle. Sagen Sie, ist etwa Clare etwas zugestoßen? Sie ist doch nicht …«

Oh Gott.

Oh Gott. Das kann nicht sein.

Ich spüre, wie meine Finger sich in das Bettlaken krallen, meine zerbissenen Nägel sich so tief hineinbohren, dass es wehtut.

Ist sie tot?

»Sie wird es überstehen«, sagt Lamarr langsam, fast vorsichtig. »Aber sie war auch in den Unfall verwickelt, in denselben Unfall wie Sie.«

»Ist bei ihr alles in Ordnung? Kann ich sie sehen?«

»Nein, tut mir leid. Wir konnten sie noch nicht befragen. Wir müssen erst Ihre Version der Ereignisse bekommen, bevor …«

Sie spricht nicht zu Ende. Ich weiß, was sie sagen will. Sie will meine Wahrheit und Clares Wahrheit – aber getrennt, damit sie die Geschichten vergleichen kann.

Und wieder habe ich dieses kalte, krampfartige Gefühl im Magen. Stehe ich unter Verdacht? Wie kann ich das herausfinden, ohne mich verdächtig zu machen?

»Sie ist noch nicht stabil genug für eine Befragung«, erklärt Lamarr schließlich.

»Weiß sie von James?«

»Ich glaube nicht, nein.« In Lamarrs Stimme schwingt Mitleid mit. »Sie ist noch nicht stabil genug, um es zu erfahren.«

Ich weiß nicht, wieso, aber diese Information bringt mich mehr aus dem Konzept als alles andere, was sie heute gesagt hat. Ich kann den Gedanken kaum ertragen, dass Clare irgendwo in diesem Krankenhaus liegt und nicht weiß, dass James nicht mehr lebt.

Fragt sie sich, warum er noch nicht gekommen ist? Oder ist sie auch dafür zu schwach?

»Wird sie wieder gesund?« Beim letzten Wort bricht mir die Stimme weg, und ich stürze einen Schluck Kaffee herunter, um mir meine Verzweiflung nicht anmerken zu lassen.

»Die Ärzte sagen Ja, aber wir warten noch auf ihre Familie, und dann werden sie entscheiden, ob sie genug bei Kräften ist, dass man es ihr mitteilen kann. Es tut mir leid – ich wünschte, ich könnte Ihnen mehr sagen, aber ich bin nicht in der Lage, Auskunft über ihre medizinische Verfassung zu geben.«

»Ja, das weiß ich«, sage ich matt. Tränen stauen sich hinter meinen Augen, bereiten mir Kopfschmerzen, und mein Blick verschwimmt, als ich versuche, sie wegzudrücken. »Was ist mit Nina?«, bringe ich schließlich hervor. »Kann ich sie sehen?«

»Wir sind noch dabei, die Aussagen von allen zusammenzutragen, die im Haus waren. Aber sobald das abgeschlossen ist, denke ich, dass sie Sie besuchen darf.«

»Heute?«

»Hoffentlich heute noch, ja. Aber es wäre wirklich sehr, sehr hilfreich, wenn Sie sich an das erinnern könnten, was passiert ist, nachdem Sie das Haus verlassen hatten. Wir hätten gerne Ihre Version der Ereignisse, nicht die von jemand anderem, und wir müssen aufpassen, dass der Austausch mit anderen Personen kein … kein Durcheinander stiftet.«

Ich bin nicht sicher, was sie damit meint. Befürchtet sie, dass ich nur abwarte, den Gedächtnisverlust vortäusche, um meine Geschichte mit einer anderen abzugleichen? Oder macht sie sich Sorgen, ich könnte unbewusst eine fremde Version in das Vakuum meines eigenen Gedächtnisses einpflanzen?

Ich weiß, wie leicht so etwas passiert – viele Jahre lang »erinnerte« ich mich an einen Urlaub meiner Kindheit, in dem ich auf einem Esel geritten war. Auf dem Kaminsims stand ein Foto, das mich im Alter von drei oder vier auf dem Esel zeigte, als Silhouette vor der untergehenden Sonne, dunkel und verschwommen mit einem Heiligenschein aus sonnenbestrahltem Haar. Ich erinnerte mich an den salzigen Wind in meinem Gesicht, das Glitzern der Sonne auf dem Meer und die kratzige Decke zwischen meinen Schenkeln. Erst als ich fünfzehn war, erfuhr ich von meiner Mutter, dass das Foto gar nicht mich zeigte, sondern meine Cousine Rachel. Ich war nie dort gewesen.

Also, was wollen die mir sagen? Rück mit deinen Erinnerungen heraus, dann darfst du mit deiner Freundin sprechen?

»Ich versuche ja, mich zu erinnern«, beteuere ich verbittert. »Glauben Sie mir, ich will mich erinnern, mir ist es noch wichtiger als Ihnen. Sie brauchen mich nicht mit Nina zu ködern.«

»Darum geht es auch gar nicht«, antwortet Lamarr. »Wir möchten nur zuerst Ihre Schilderung bekommen – es soll keine Bestrafung sein, versprochen.«

»Wenn ich Nina schon nicht sehen darf, kann ich dann wenigstens ein paar meiner eigenen Anziehsachen bekommen? Und mein Handy?« Es muss mir schon langsam besser gehen, wenn ich mir um mein Telefon Gedanken mache. Gedanken um all die E-Mails und Nachrichten, die sich anhäufen, und dass ich keine Möglichkeit habe, sie zu beantworten. Heute ist Montag, ein Arbeitstag. Meine Lektorin wird sich schon wegen der neuen Fassung gemeldet haben. Und meine Mutter – hat sie versucht, mich zu erreichen? »Ich brauche mein Handy wirklich«, sage ich. »Ich kann gerne versprechen, dass ich niemanden von den anderen kontaktiere, falls das das Problem ist.«

»Ach ja«, sagt sie, und da ist etwas in ihrem Ausdruck, eine Art Zögern. »Nun, das ist eigentlich auch etwas, wonach wir Sie fragen wollten. Wir würden uns Ihr Handy gerne ansehen, wenn Sie nichts dagegen haben.«

»Ich habe nichts dagegen. Aber kann ich es danach wiederhaben?«

»Ja, aber wir können es nicht ausfindig machen.«

Das lässt mich innehalten. Wenn sie es nicht haben, wo ist es dann?

»Hatten Sie es dabei, als Sie aus dem Haus gerannt sind?«, fragt Lamarr.

Ich versuche, mich zurückzuversetzen. Ich bin mir sicher, dass ich es nicht hatte. Eigentlich kann ich mich nicht daran erinnern, es an dem Tag überhaupt gehabt zu haben.

»Ich glaube, es war in Clares Auto«, antworte ich schließlich. »Ich nehme an, ich habe es nach dem Tontaubenschießen da liegen gelassen.«

Lamarr schüttelt den Kopf. »Das Auto haben wir von vorne

bis hinten auseinandergenommen. Da ist es definitiv nicht. Und auch das Haus haben wir ziemlich gründlich durchsucht.«

»Vielleicht am Schießplatz?«

»Dort werden wir es noch probieren.« Sie macht sich eine Notiz auf ihrem Block. »Aber wir haben Ihre Nummer schon mal angerufen, und niemand hat abgenommen. Ich würde erwarten, dass es jemand klingeln gehört hätte, wenn Sie es dortgelassen hätten.«

»Es klingelt?« Ich bin erstaunt, dass die Batterie noch funktioniert. Ich weiß nicht mehr, wann ich es zuletzt aufgeladen habe. »Sie haben meine Nummer angerufen? Woher haben Sie die?«

»Die hat uns Dr. da Souza gegeben«, erwidert sie knapp. Ich brauche einen Augenblick, um zu verstehen, dass sie Nina meint.

»Und es klingelt also ganz bestimmt?«, frage ich langsam. »Es geht nicht sofort die Mailbox ran?«

»Ich …« Sie hält inne und denkt nach. »Ich muss noch mal nachfragen, aber ja, ich bin ziemlich sicher, dass es geklingelt hat.«

»Also, wenn es klingelt, kann es nicht im Haus sein. Da ist kein Empfang.«

Lamarr runzelt die Stirn, zwischen ihren schmalen, perfekt geformten Augenbrauen bildet sich eine Falte. Dann schüttelt sie den Kopf. »Nun, wir haben die Jungs von der Technik darauf angesetzt, die können es sicher zumindest annähernd orten. Wir lassen es Sie wissen, sobald wir es gefunden haben.«

»Danke«, sage ich. Doch die Frage, die mir durch den Kopf schwirrt, spreche ich nicht aus: Was wollen sie mit meinem Handy?

Dass ich mich auf dem Weg der Besserung befinde, weiß ich aus folgenden Gründen: Ich habe verdammt großen Hunger – als das Mittagessen vor zwei Stunden gebracht wurde, dachte ich: *Das ist alles?* Wie im Flugzeug, wenn man diese spielzeuggroßen Portionen bekommt und sich fragt, was bitte schön man mit einem Esslöffel Kartoffelbrei und einem Würstchen von der Größe eines kleinen Fingers anfangen soll. Das ist keine Mahlzeit, sondern ein Kanapee in einer nicht ganz so schicken Schickimickibar.

Und ich langweile mich. Himmel, wie ich mich langweile. Jetzt, wo ich nicht mehr so viel schlafe, habe ich nichts zu tun. Kein Handy. Keinen Laptop. Ich könnte schreiben, doch ohne Zugang zu meinem Computer und dem aktuellen Manuskript kann ich nichts machen. Selbst das Radio ärgert mich. Zu Hause, wo es nur als Hintergrundgeräusch meinen Alltag begleitet, liebe ich die ständige Wiederholung, den beruhigenden Zyklus des Tages, in dem *Start the Week* auf das *Today Programme* folgt und die *Woman's Hour* auf *Start the Week*, genauso sicher, wie auf Montag der Dienstag und der Mittwoch folgen. Hier aber werde ich allmählich verrückt davon. Wie oft kann ich die Schlagzeilen des Tages in Endlosschleife hören, bevor ich durchdrehe?

Doch vor allem habe ich Angst.

Wenn man sehr krank ist, beginnt man, die Dinge in einem anderen Licht zu betrachten. Das habe ich bei meinem Großvater erlebt, als er im Sterben lag. Man hört auf, sich über die großen Dinge Gedanken zu machen. Die Welt schrumpft auf wenige kleine Gefühle zusammen: darauf, wie der Gürtel des Morgenmantels unangenehm gegen die Rippen drückt, den Schmerz in der Wirbelsäule, den Druck einer fremden Hand in deiner.

Ich schätze, diese Verengung des Sichtfelds hilft einem dabei, irgendwie durchzuhalten. Das Drumherum spielt keine

Rolle mehr. Und während man kränker und kränker wird, schrumpft die eigene Welt weiter, bis das Weiteratmen das Einzige ist, was noch zählt.

Doch ich gehe in die entgegengesetzte Richtung. Als ich eingeliefert wurde, wollte ich nur eines: nicht sterben. Gestern wollte ich nur allein gelassen werden und meine Wunden lecken.

Jetzt, heute, fange ich an, mir Sorgen zu machen.

Ich stehe nicht offiziell unter Verdacht; als Krimiautorin weiß ich, dass Lamarr mich sonst vor der Vernehmung über meine Rechte hätte aufklären und mir einen Anwalt hätte anbieten müssen.

Aber sie fühlen nur vor, suchen nach *irgendetwas.* Sie glauben nicht, dass James' Tod ein Unfall war.

Ich erinnere mich noch an den Satz, der in der ersten Nacht durch das dicke Glas gedrungen ist: *Himmel, also haben wir es jetzt mit Mord zu tun?* Die Worte kamen mir zwar erschreckend, aber surreal vor – sie waren bloß Teil des benebelten Traumzustands, in dem ich mich befand. Jetzt jedoch erscheinen sie mir nur allzu real.

24

Als es wieder klopft, würde ich am liebsten gar nicht reagieren. Ich liege mit geschlossenen Augen da und höre über die Kopfhörer Radio 4 in dem Versuch, das laute Treiben auf der Station zu übertönen und mir vorzustellen, ich wäre wieder zu Hause.

Die Schwestern klopfen nicht – das heißt, sie tun es schon, aber nur pro forma, denn sie kommen sowieso herein. Nur Lamarr klopft und wartet auf eine Antwort. Und ich kann mich Lamarr mit ihren freundlichen, besonnenen, merkwürdig hartnäckigen Fragen jetzt nicht aussetzen. Ich erinnere mich nicht. Ich erinnere mich einfach nicht, okay? Ich verberge nichts, es ist nur so, dass ich mich verflucht noch mal wirklich an nichts erinnere.

Ich kneife die Augen zu und lausche, durch die Klänge einer Folge der *Archers* hindurch, ob sie wieder verschwindet, doch stattdessen höre ich, wie die Tür vorsichtig geöffnet wird, als ob jemand seinen Kopf hindurchsteckt.

»Lee?«, höre ich, ganz leise. »Ich meine, sorry, Nora?«

Ich setze mich kerzengerade auf. Es ist Nina.

»Nina!« Ich zerre die Kopfhörer heraus und versuche, meine Beine aus dem Bett zu schwingen, aber dann – ich weiß nicht, ob es an meinem Kopf liegt oder bloß mein Blutdruck zu niedrig ist – scheint der Raum sich plötzlich zu drehen, und eine Woge von Schwindel überkommt mich.

»Hey!« Wie aus der Ferne dringt ihre Stimme zu mir,

durch das Rauschen in meinen Ohren. »Hey, immer langsam mit den jungen Pferden. Nach allem, was man hört, haben sie dir gerade erst das Gehirn wieder eingenäht.«

»Alles in Ordnung«, sage ich, doch ich bin mir nicht sicher, ob ich damit sie beruhigen will oder mich selbst. »Alles in Ordnung. Bei mir ist alles klar.«

Und dann ist wirklich alles in Ordnung. Der Schwindel verfliegt, und ich kann Nina umarmen, ihren unverwechselbaren Duft einatmen: Jean-Paul Gaultier und Zigaretten.

»Ach Gott, ich bin so froh, dich zu sehen.«

»Ich bin froh, *dich* zu sehen.« Sie entzieht sich meiner Umarmung und mustert mich mit argwöhnischen, sorgenvollen Augen. »Weißt du, als sie uns erzählt haben, dass du einen Autounfall hattest, dachte ich … na ja. *Einen* Schulfreund verbluten zu sehen ist eigentlich genug.«

Ich zucke zusammen, und sie senkt den Blick.

»Scheiße, sorry. Ich – es ist nicht so, dass ich …«

»Ich weiß.« Es ist nicht so, dass Nina nichts fühlt. Sie geht nur anders damit um als die meisten Menschen. Sarkasmus ist ihr Schutz gegen das Leben.

»Sagen wir einfach, ich bin froh, dass du noch da bist.« Sie nimmt meine Hand und küsst den Handrücken, und ich bin erstaunt und irgendwie berührt zu sehen, dass ihr Gesicht ganz weich und zerfurcht wirkt. »Obwohl ich sagen muss, gut siehst du nicht aus.« Sie lacht etwas nervös. »Mann, ich brauch 'ne Kippe. Glaubst du, die merken, wenn ich hier aus dem Fenster rauche?«

»Nina, was zur Hölle ist passiert?«, frage ich und halte dabei immer noch ihre Hand fest. »Die Polizei ist hier – die stellen die ganze Zeit Fragen. James ist *tot*, wusstest du das?«

»Ja, das wusste ich«, erwidert Nina leise. »Sie sind am Sonntag früh ins Haus gekommen. Sie haben es uns zwar nicht sofort gesagt, aber na ja … so ein Riesenaufgebot ist ja nicht gerade üblich, wenn die Sache glimpflich ausgegangen ist. Spätestens, als sie unsere Fingerabdrücke genommen und uns auf Schmauchspuren untersucht haben, war es ziemlich offensichtlich.«

»Was ist denn bloß passiert? Wie konnte das Gewehr überhaupt geladen sein?«

»Also, so wie ich das sehe«, sagt sie mit grimmiger, fester Stimme, »gibt es zwei Möglichkeiten. Nummer eins«, sie hält den Zeigefinger hoch, »Flos Tante hatte das Gewehr gar nicht mit Platzpatronen geladen. Aber angesichts der Fragen, die sie uns gestellt haben, halte ich das für unwahrscheinlich.«

»Und Nummer zwei?«

»Jemand von uns hat es geladen.«

Genau das war auch mein Gedanke. Trotzdem ist es ein Schock, wenn man es laut ausgesprochen hört, hier im Krankenhaus, in dieser kleinen Einsiedlerzelle. Lange Zeit sitzen wir schweigend da und denken nach, darüber, wie Tom in der Nacht zuvor mit dem Gewehr herumgespielt hat, und über all das Wie und Warum und Was Wenn.

»Was sagt Jess zu alldem?«, frage ich schließlich, hauptsächlich um das Thema zu wechseln.

Nina verzieht das Gesicht. »Wie du dir sicher denken kannst, hat sie wie immer ganz besonnen reagiert. Der hysterische Anfall am Telefon hat nur fünfundvierzig Minuten gedauert. Erst war sie völlig außer sich, dass sie mich hierbehalten haben, um eine Aussage zu machen, und dann wollte sie selbst hierherkommen, aber ich habe Nein gesagt.«

»Wieso?«

Nina wirft mir einen Blick zu, der zugleich mitleidig und ungläubig wirkt. »Machst du Witze? Aus irgendeinem irren Grund scheinen sie zu glauben, dass James ermordet wurde. Würdest du deine Lieben da mit reinziehen wollen?

Ganz sicher nicht. Jess hat Gott sei Dank nichts damit zu tun, und dabei bleibt es auch. Die soll mal ganz weit wegbleiben.«

»Auch wieder wahr.« Ich rutsche etwas auf dem Bett zurück und umschlinge meine Knie mit den Armen.

Nina zieht sich den Stuhl heran, dann greift sie nach meinem Krankenblatt und sieht es mit unverhohlener Neugier durch.

»Ähm, Entschuldigung, könntest du das wieder weglegen?«, frage ich. »Ich weiß nicht, ob ich unbedingt will, dass du die Einzelheiten meines letzten Stuhlgangs und dergleichen kennst.«

»Sorry, Berufskrankheit. Wie geht es deinem Kopf jetzt? Klingt, als hättest du ganz schön was abgekriegt.«

»Ja, so hat es sich auch angefühlt. Alles in allem geht's mir aber eigentlich ganz gut. Bloß habe ich halt … ich habe Gedächtnislücken.« Ich reibe an der Stelle, wo der Verband sitzt, als könnte ich dadurch das Durcheinander der Bilder irgendwie glätten, in eine Ordnung bringen. »Nur der Teil, nachdem ich das Haus verlassen habe, fehlt.«

»Hm. Posttraumatische Amnesie. Da geht es aber normalerweise nur um ein paar Augenblicke. Bei dir klingt es, als ob … ich weiß nicht, wie lange, glaubst du?«

»Ist ein bisschen schwierig, das mit Sicherheit zu sagen, weil ich – keine Ahnung ob ich das schon erwähnt hatte – mich ja nicht erinnern kann«, antworte ich. Ich weiß, dass es schnippisch klingt, und ich ärgere mich über meine eigene Gereiztheit, doch Nina sieht darüber hinweg.

»Aber es kann ja nicht so lange sein, oder?«

»Hör mal, ich weiß, du meinst es gut.« Ich massiere mir die Schläfen. »Aber können wir vielleicht über was anderes reden? Ich habe den ganzen Vormittag mit einer Polizistin verbracht und versucht, mich zu erinnern, und ehrlich gesagt habe ich genug. Es kommt einfach nichts. Ich habe Angst, wenn ich es erzwingen will, denke ich mir nur irgendwas aus und rede mir dann ein, dass es die Wahrheit ist.«

»Okay.« Einen Moment lang bleibt sie still, dann sagt sie: »Also, ich habe denen von dir und James erzählt. Ich habe gesagt, dass ihr mal ein Paar wart. Nur, damit du Bescheid weißt. Ich weiß ja nicht, was du ihnen erzählt hast, aber …«

»Ist schon in Ordnung. Ich will nicht, dass irgendwer lügt. Ich habe Lamarr gesagt, dass wir zusammen waren. Das ist die Polizistin, die den Fall …«

»Ich weiß«, unterbricht mich Nina. »Sie hat auch mit uns gesprochen. Weiß sie das von eurer Trennung?«

»Was meinst du?«

»Du weißt schon, das große Geheimnis. Die Geschlechtskrankheit, die Ansteckung. Oder wie auch immer du es nennen willst.«

»Zum letzten Mal, keiner hat mich mit irgendwas angesteckt.«

»Wenn du das sagst. Also, hast du ihr etwas erzählt?«

»Nein, ich habe nichts gesagt. Du?«

»Nein. Ich hatte ja nichts zu erzählen. Ich habe nur gesagt, dass ihr zusammen wart. Und dann Schluss gemacht habt.«

»Genau. Und mehr gibt es auch nicht zu erzählen.« Ich kneife die Lippen zusammen.

»So? Hm, lass uns mal nachdenken.« Sie beginnt, mit ihren Fingern die Punkte abzuzählen. »Ihr macht Schluss, du verlässt die Schule, brichst den Kontakt zur Hälfte deiner Freunde ab und sprichst zehn Jahre kein Wort mit ihm. Und das nennst du ›nichts zu erzählen‹?«

»Es gibt nichts zu erzählen«, beharre ich, während ich meine Finger betrachte, die über meinem Knie verschränkt sind. Die Schnitte fangen allmählich an, dunkler zu werden und Schorf zu bilden. Bald werden sie verheilt sein.

»Denn es ist nun mal so«, fährt Nina fort, »dass James tot ist und sie nach einem Motiv suchen.«

Hier sehe ich auf. Ich blicke ihr direkt in die Augen. Sie erwidert den Blick, ohne zu blinzeln.

»Was willst du damit sagen?«

»Ich will sagen, ich mache mir Sorgen um dich.«

»Willst du etwa andeuten, dass ich James getötet habe?!«

»Ach, leck mich doch!« Mit diesen Worten springt sie auf und beginnt, im Zimmer auf und ab zu laufen. »Das will ich *nicht*. Ich will – ich versuche nur …«

»Du weißt r-rein gar nichts darüber«, entgegne ich. *Scheiße. Hör auf zu stottern!* Aber es stimmt nun mal, Nina weiß rein gar nichts darüber. Niemand weiß von diesem Aspekt meines Lebens – nicht mal meine Mutter. Die einzige Person, die irgendetwas weiß, ist Clare, und selbst sie kennt nicht die ganze Geschichte. Und Clare …

Clare ist im Krankenhaus.

Clare ist … was? Zu krank für eine Vernehmung? Vielleicht sogar im Koma? Aber sie wird aufwachen.

»Hast du Clare gesehen?«, frage ich kaum hörbar. Nina schüttelt den Kopf.

»Nein. Ich glaube, ihr geht es sehr schlecht. Was immer bei diesem Unfall geschehen ist …« Wieder schüttelt sie den Kopf, dieses Mal offenkundig aus Verzweiflung. »Und weißt du, was das Schlimmste ist? James hätte vermutlich überlebt. Er war sehr schwer verletzt, aber ich schätze, es gab mindestens eine fünfzigprozentige Überlebenschance.«

»Was meinst du damit?«

»Der Unfall hat ihn getötet. Oder jedenfalls die Verzögerung, die durch den Unfall entstanden ist, was aufs Gleiche hinausläuft.«

Schlagartig wird mir klar, warum Lamarr so auf den fehlenden Minuten beharrt.

Was im Haus geschehen ist, war nur die halbe Geschichte.

Der richtige Mord ist danach passiert, auf der Straße.

Ich *muss* mich daran erinnern, was geschehen ist.

Ich hätte nie herkommen sollen. Das war mir in dem Moment klar, als die E-Mail in meinem Posteingang erschien.

Man sollte nie zurückblicken.

Und dennoch. Ich denke an James, wie er auf dem Boden lag, seine dunklen Augen in meine blickten, während sein Blut über den Boden strömte. Ich denke daran, wie seine Hand, die von dem vielen Blut ganz glitschig war, meine drückte, als wäre er ein Ertrinkender und nur ich könnte ihn retten. Ich denke an seine Stimme, die *Leo* sagt …

Wenn ich damals gewusst hätte, was ich jetzt weiß, hätte ich dann die E-Mail gelöscht?

Nina ergreift meine Hand, und ich spüre ihren warmen, trockenen Griff und ihre starken Finger, mit denen sie über das Raster aus Wunden und Kratzern fährt. »Es wird alles wieder gut«, sagt sie. Aber ihre Stimme klingt brüchig, und wir beide wissen, dass es gelogen ist – denn was auch immer nun mit Lamarr und mir und dem Rest der Ermittlungen passiert, die ganze Angelegenheit hat schon lange den Punkt überschritten, an dem die Dinge sich wieder zum Guten wenden könnten. Ob Clare sich wieder erholt oder nicht, ob ich nun verdächtigt werde oder nicht, James ist tot.

»W-wie geht es Flo?«, frage ich schließlich.

Nina beißt sich auf die Lippe, als müsste sie erst überlegen, was sie darauf antworten soll, und seufzt schließlich. »Nicht so toll. Ehrlich gesagt glaube ich, dass sie einen Nervenzusammenbruch hat.«

»Weiß sie von Clare?«

»Ja, sie wollte sie sehen, aber sie erlauben keinen Besuch.«

»Hat irgendjemand sie schon gesehen? Clare, meine ich.«

»Ihre Eltern, glaube ich.«

»Und …« Ich muss schlucken. Ich werde nicht stottern. Nein. »Und James' Eltern? Waren sie da?«

»Ich glaube schon, ja. Ich meine, sie waren gestern hier und haben …« Sie sieht hinunter auf meine Hände, fährt mit dem Finger sanft über die längste der Wunden. »… ihn identifiziert. Soweit ich weiß, sind sie wieder nach Hause gefahren. Ich habe sie jedenfalls nicht gesehen.«

Ich fühle einen Stich, als mich plötzlich die Erinnerung an James' Mutter durchfährt, wie sie vor zehn Jahren war, ihre langen, lockigen Haare in einer Spange zusammengebunden, das Klimpern ihrer Armreifen, während sie beim Telefonieren gestikulierte und lachte, das Flattern ihres Halstuchs in der Zugluft eines offen stehenden Fensters. Ich weiß noch, wie sie sich den Hörer gegen die Schulter hielt, als James mich vorstellte: *Das ist Leo. Sie wird jetzt öfter kommen. Gewöhn dich besser an sie,* und wie seine Mutter lachte und sagte: *Ich weiß, was das bedeutet. Lass mich dir mal den Kühlschrank zeigen, Leo. In diesem Haus kocht niemand, also wenn du was essen willst, nimm dir einfach was raus.*

Das war so anders als bei mir zu Hause. Hier herrschte niemals Stille. Die Tür stand immer offen, und immer waren Freunde zu Gast oder Schüler kamen vorbei, und die ganze Zeit wurde gestritten – gelacht – geküsst – getrunken. Es gab keine festen Essenszeiten, keinen Zapfenstreich. James und ich lagen am helllichten Tag auf seinem Bett und niemand klopfte an die Tür, um uns zu sagen, dass wir unterlassen sollten, was auch immer wir gerade taten.

Ich erinnere mich an James' Vater, mit seinem Vollbart und dem Akkordeon. Er war Dozent für Marxistische Theorie an der Universität und war immer kurz davor, zu kündigen oder entlassen zu werden. Er fuhr mich im Dunkeln in seinem zerbeulten Wagen heim, während er über die Marotten des Chokes schimpfte und mich mit albernen Witzen unterhielt.

James war ihr einziges Kind.

Den Gedanken, dass sie jetzt in Trauer sind, kann ich kaum ertragen.

»Pass auf.« Nina drückt meine Hand ein letztes Mal. »Ich sollte jetzt besser gehen. Ich habe nur eine Stunde Parken bezahlt, und die ist fast um.«

»Danke. Danke, dass du gekommen bist.« Ich umarme sie unbeholfen. »Hör mal, du hast nicht zufällig irgendwas von meinen Klamotten mitgenommen, als du das Haus verlassen hast, oder?«

Nina schüttelt den Kopf. »Nein, tut mir leid. Sie haben ganz streng geregelt, was wir mitnehmen durften und was nicht. Ich habe für mich selbst nur ein Teil zum Wechseln mitgenommen. Ich könnte dir ein paar Sweatshirts besorgen, was meinst du?«

»Danke, das wäre super. Ich geb dir das Geld zurück.«

Nina tut es mit einem Schnauben und einer abwehrenden Handbewegung ab. »Pfff, lass stecken. Du hast Größe S, oder? Irgendwelche Wünsche?«

»Mir ist alles recht. Bloß nichts allzu Buntes – du kennst mich ja.«

»Okay. Weißt du was, in der Zwischenzeit lasse ich dir das hier da.« Sie streift ihren Cardigan ab, ein marineblaues Strickteil mit kleinen dunklen, blumenförmigen Knöpfen. Ich schüttele den Kopf, doch sie hängt ihn mir über die Schultern. »Bitte schön. Jetzt kannst du wenigstens das Fenster aufmachen, ohne zu erfrieren.«

»Danke«, sage ich und schmiege mich hinein. Es fühlt sich unglaublich gut an, etwas zu tragen, das kein Krankenhauseigentum ist. Als hätte ich meine Persönlichkeit wieder. Nina zuckt mit den Schultern, gibt mir einen Kuss, ziemlich brüsk diesmal, und geht zur Tür.

»Mach dich nicht verrückt, Shaw. Nicht dass wir zwei Leute haben, die durchdrehen, zusätzlich zu dem ganzen anderen Scheiß.«

»Flo? Geht's ihr so schlecht?«

Nina zuckt nur die Schultern, aber sie sieht traurig aus. Dann wendet sie sich zum Gehen. Ich sehe ihr nach, wie sie durch den Korridor davonstakst, und plötzlich fällt mir etwas auf. Der Wachposten vor meiner Tür ist verschwunden.

25

Etwa eine halbe Stunde später klopft es erneut, forscher diesmal, und eine Schwester eilt herein. Erst glaube ich, dass sie das Abendessen bringt, und mein Magen grummelt und protestiert, doch der charakteristische Geruch von Kantinenfutter, der normalerweise damit einhergeht, bleibt diesmal aus.

»Hier ist ein junger Mann, der Sie sehen möchte«, verkündet sie ohne Umschweife. »Sein Name ist Matt Ridout. Er sagt, dass er Sie gerne besuchen würde, wenn Sie dazu bereit sind.«

Ich blinzle. Ich habe noch nie von ihm gehört.

»Ist er von der Polizei?«

»Das weiß ich nicht. Er trägt keine Uniform.«

Einen Moment lang spiele ich mit dem Gedanken, sie zurückzuschicken, um weitere Informationen einzuholen, aber sie wippt schon ungeduldig mit dem Fuß, hat offensichtlich viel zu tun, und mir wird klar, dass es das Leichteste wäre, ihn einfach hereinzubitten und es hinter mich zu bringen.

»Schicken Sie Ihn herein«, bitte ich also.

»Maximal eine halbe Stunde«, mahnt sie. »Die Besuchszeit endet um vier.«

»Ist in Ordnung.« Gut. Dann habe ich eine Ausrede, um ihn loszuwerden, wenn er mir unangenehm ist.

Mit Ninas Strickjacke um die Schultern richte ich mich im Bett auf und streiche mir die Haare aus dem Gesicht. Ich sehe sowieso aus wie vom LKW überfahren, daher könnte ich mir die Mühe eigentlich sparen, doch es ist mehr ein symbolischer Akt zur Wahrung meiner Selbstachtung.

Ich höre Schritte im Korridor und dann ein zögerliches, schüchternes Klopfen.

»Herein«, sage ich, und ein Mann betritt den Raum.

Er ist etwa in meinem Alter – vielleicht ein paar Jahre älter – und trägt Jeans und ein ausgeblichenes T-Shirt. Seine Jacke hängt locker über seinem Arm, und ihm ist anzusehen, dass ihm das tropenähnliche Klima des Krankenhauses nicht gut bekommt. Er hat einen strubbeligen Hipsterbart und kurze Haare; keinen Igelschnitt, sondern eher wie ein römischer Soldat, mit kurzen Löckchen, die eng an seinem Kopf anliegen.

Doch was mir wirklich auffällt, ist, dass er geweint hat.

Erst weiß ich nicht, was ich sagen soll, und auch er schweigt. Er steht im Türrahmen, mit den Händen in der Hosentasche, und scheint über meinen Anblick erschrocken.

»Sie sind nicht von der Polizei«, bemerke ich schließlich überflüssigerweise. Er fährt sich mit der Hand durch die Haare.

»Ich – mein Name ist Matt. Ich bin – oder jedenfalls …« Er hält inne und verzieht den Mund. Offensichtlich kämpft er gegen eine sehr starke Gefühlsregung an. Dann holt er tief Luft und beginnt von vorn: »Ich war James' Trauzeuge.«

Ich sage nichts. Wir starren einander an, während ich die beiden Seiten von Ninas Strickjacke mit den Händen fest an meinen Hals presse, als wäre sie eine Art Rüstung, und er starr und steif im Türrahmen steht. Dann rinnt ihm eine einzelne Träne über das Gesicht, die er unwirsch mit seinem Ärmel wegwischt, und ich sage im gleichen Moment: »Komm rein. Setz dich. Möchtest du was trinken?«

»Hast du Whisky?«, fragt er und stößt ein kurzes, unsicheres Lachen hervor. Ich versuche, auch zu lachen, doch es klingt nicht wie Lachen, eher wie Ersticken.

»Schön wär's. Krankenhaustee, Automatenkaffee oder Wasser.« Ich deute auf die Plastikkanne. »Ich persönlich kann das Wasser empfehlen.«

»Schon gut«, sagt er. Er tritt näher und setzt sich auf den Plastikstuhl neben meinem Bett. Doch kaum hat er sich hingesetzt, springt er wieder auf. »Scheiße, tut mir leid. Ich hätte nicht kommen sollen.«

»Nein!« Ich greife nach seinem Handgelenk, doch dann fällt mein Blick auf meine Hand, die seinen Arm festhält, und ich wundere mich über mich selbst. Was zum Teufel mache ich hier bloß? Sofort lasse ich von ihm ab, als wäre seine Haut glühend heiß. »Es – es tut mir leid. Ich wollte nur ...« Ich verstumme. Was will ich denn? Ich habe keine Ahnung. Nur, dass er nicht geht. Er ist eine Verbindung zu James.

»Bitte bleib«, bringe ich schließlich hervor. Er bleibt stehen, schaut zu mir herunter und nickt dann kurz, beinahe schroff, bevor er sich wieder hinsetzt.

»Es tut mir leid«, wiederholt er. »Ich hatte nicht erwartet ... Du siehst ...«

Ich weiß, was er meint. Ich sehe aus, als wäre ich halbtot geprügelt und dann wieder zusammengeflickt worden. Schlecht zusammengeflickt.

»Es ist nicht so schlimm, wie es aussieht«, versichere ich und bringe zu meiner Überraschung ein Lächeln zustande. »Hauptsächlich Kratzer und blaue Flecken.«

»Dein Gesicht«, meint er, »deine Augen. In meiner Arbeit bekomme ich ja einiges an häuslicher Gewalt zu sehen, aber solche Veilchen ...«

»Ich weiß. Ganz schön spektakulär, oder? Sie tun aber nicht weh.«

Einen Moment lang sitzen wir schweigend da, bis er vorschlägt: »Ach weißt du, wenn ich's mir recht überlege, hole ich mir vielleicht doch einen Kaffee. Möchtest du auch einen?«

»Nein danke.« Ich schwelge immer noch in der Erinnerung an den Kaffee, den Lamarr gebracht hat. Für das Automatengebräu bin ich noch nicht verzweifelt genug.

Ich sehe Matt nach, wie er steif aufsteht, den Raum verlässt, und ich sehe die Anspannung in seinen Schultern, als er im Flur verschwindet. Für einen kurzen Moment frage ich mich, ob er überhaupt wiederkommen wird, aber das tut er.

»Sollen wir noch mal von vorne beginnen?«, fragt er, als er sich hinsetzt. »Sorry, ich hab's irgendwie vermasselt. Du musst Leo sein, richtig?«

Fast zucke ich zusammen. Es ist ein Schock, diesen Namen, den James für mich hatte, aus seinem Mund zu hören.

»Ja, richtig. Also hat James … er hat dir von mir erzählt?«

»Ein bisschen, ja. Ich weiß, ihr wart … keine Ahnung. Wie würdest du es nennen? Erste Liebe?«

Aus irgendeinem Grund treiben mir diese Worte die Tränen in die Augen, und meine Lippen beben, als ich versuche, zu antworten. Stattdessen nicke ich nur stumm.

»Verdammt.« Er stützt den Kopf in die Hände. »Tut mir leid – es ist nur – ich kann es nicht glauben. Vor ein paar Tagen hatte ich noch mit ihm gesprochen. Ich wusste, dass irgendwas los war … dass irgendwas falschlief … aber so etwas …«

Etwas lief falsch?

Ich möchte mehr wissen, ihn ausfragen, aber ich bringe die Worte nicht heraus, und Matt redet schon weiter.

»Es tut mir wirklich leid, dass ich einfach so hereinplatze. Wenn ich gewusst hätte, wie schlecht es dir geht, wäre ich nicht … aber die Krankenschwester hat nichts gesagt. Ich habe nur gefragt, ob ich dich sehen kann, und sie meinte, sie würde fragen. Aber ich habe von James' Mutter gehört, dass du bei ihm warst, als er …« Er hält inne, schluckt, zwingt sich zum Weiterreden. »… als er starb. Und ich weiß ja, wie viel du ihm bedeutet hast, daher wollte ich …«

Wieder verstummt er, und diesmal kann er nicht weitersprechen. Er beugt sich über seine Tasse, und ich weiß, dass er versucht, seine Tränen zu verbergen.

»Es tut mir leid«, sagt er schließlich mit einem Kratzen in der Stimme und räuspert sich. »Ich habe es erst gestern erfahren. Es ist so … ich kann mich nicht an den Gedanken gewöhnen. Ich denke die ganze Zeit, dass es irgendein Missverständnis sein muss, aber dich jetzt so zu sehen … das hat das Ganze irgendwie real gemacht.«

»Wie … woher kennst du James?«

»Wir haben in Cambridge zusammen studiert. Wir standen beide auf Theater, aufs Schauspielern, weißt du?« Er wischt sich mit dem Ärmel über das Gesicht und sieht lächelnd auf. »Ich muss wohl nicht betonen, dass ich eine echte Katastrophe war, aber das habe ich zum Glück rechtzeitig bemerkt. Es half auch nicht gerade, neben James zu spielen. Wenn man wissen will, wie schlecht man wirklich ist, muss man nur dem wahren Künstler zuschauen.«

»Und ihr seid immer in Kontakt geblieben?«

»Ja. Ich bin immer mal wieder zu seinen Aufführungen gegangen. Alle anderen aus unserem Jahrgang sind Banker oder Beamte oder so was geworden. Es kam mir so vor, als wäre er der Einzige gewesen, der es wirklich geschafft hat, und das hat mich irgendwie stolz gemacht, weißt du? Er ist sich nie untreu geworden.«

Ich nicke langsam. Ja, das ist der James, den ich kenne. Der Mann, den er da beschreibt, ist mir auf schmerzhafte Weise vertraut. Das ist *mein* James. Völlig anders als die unwirkliche, materialistische Person, von der das ganze Wochenende die Rede war. Ich dachte, James hätte sich verändert. Aber vielleicht hat er das nicht. Oder nicht vollständig.

»Also, was ist passiert?«, fragt Matt schließlich. »Im – in dem Haus? Sie haben gesagt, dass er von einer Schrotflinte getroffen wurde, aber das kommt mir so … warum war er überhaupt da?«

»Ich weiß es nicht.« Ich schließe die Augen, und meine Hand wandert über den heißen, verschwitzten Verband auf meiner Stirn. »Ich habe gar nicht gefragt. Als wir seine Schritte im Haus hörten, dachten wir, er wäre ein Einbrecher.« Auf die Einzelheiten gehe ich nicht ein – die weit offen stehende Tür, unsere alberne Hysterie. Es klingt zu sehr nach einem Horrorfilm, voller lächerlicher Klischees. »Wahrscheinlich sollte es eine Art Streich sein, dass der Bräutigam auftaucht, um seine Zukünftige im Bett zu überraschen.«

»Nein.« Matt schüttelt den Kopf. »Das glaube ich nicht – er wäre niemals ungebeten hingefahren.«

»Wieso nicht?«

»Na ja, erstens tut man das ja wohl nicht, oder? Man schneit nicht einfach so auf dem Junggesellinnenabschied seiner Verlobten herein. Das ist doch ein bisschen krass. Es ist ihre letzte Chance, sich noch mal wie ein Single zu benehmen, und man muss schon ein ziemlicher Arsch sein, um ihr das wegzunehmen.«

Da hat er wohl recht. Aber ich sage nichts. Ich warte auf den zweiten Grund. Matt holt tief Luft.

»Und zweitens … na ja … sie hatten ein paar Probleme.«

»*Was?*« Noch während ich es ausspreche, wird mir bewusst, dass meine Stimme zu laut, zu nachdrücklich, zu schockiert klingt. Erschrocken blickt Matt auf.

»Also, ich will es nicht schlimmer darstellen, als es war, aber … ja. Hat Clare nichts gesagt?«

»Nein … oder jedenfalls … nein, ich glaube nicht.« Ich denke zurück an unsere Gespräche, versuche, mich zu erinnern, worüber wir geredet haben. Aber ich kenne Clare. Sie würde niemals zugeben, dass es Probleme gibt. Die Fassade musste immer perfekt sein, die Maske durfte nicht verrutschen. »Was war denn los?«

»Keine Ahnung.« Es ist ihm sichtlich unangenehm, darüber zu sprechen. »Ich … Wir haben nie wirklich darüber geredet. So ungewöhnlich ist es ja auch nicht, wenn man vor der Hochzeit Muffensausen kriegt, oder? Ich habe schon genug Kumpels zum Traualtar begleitet, um zu wissen, wie das läuft – die völlig normale Freundin verwandelt sich in ein Brautmonster, alle stehen unter Strom, die Familien mischen sich ein, Freunde werden hineingezogen, Kleinigkeiten entwickeln sich plötzlich zu ausgewachsenen Fehden, und alle müssen Partei ergreifen.«

»Aber warum war er dann dort?«, frage ich schließlich.

»Keine Ahnung. Ich kann nur vermuten, dass … jemand ihn gebeten hat zu kommen.«

»Jemand soll ihn *gebeten* haben? Aber – aber …«

Aber wer? Clare? Nein. Auf keinen Fall. Gerade sie wusste, was es bedeuten würde, wenn James plötzlich auftauchen würde; nie im Leben hätte sie gewollt, dass er und ich auch nur zwei Stunden lang am gleichen Ort festsitzen würden, geschweige denn vierundzwanzig. Entweder wäre ich wutentbrannt hinausgestürmt oder es hätte einen Riesenkrach gegeben, und das wusste sie. Deshalb hatte sie mich auch nicht zur Hochzeit eingeladen. Vielleicht hatte jemand von den anderen es aus Unwissenheit getan, oder aus Bosheit. Aber auf keinen Fall würde Clare ihren eigenen Junggesellinnenabschied ruinieren. Warum sollte sie auch?

Flo? Könnte sie es als eine Art Scherz getan haben? Sie wusste nichts über meine Vergangenheit mit James. Vielleicht wollte sie einfach nur ihr »perfektes« Wochenende mit einem lustigen Streich krönen? Schließlich war durch Melanies Abreise ein Doppelzimmer frei geworden. Und das würde auch ihren plötzlichen Zusammenbruch erklären: Sie fühlte sich nicht nur schuldig, weil sie mit einem geladenen Gewehr herumgefuchtelt hatte, sondern weil sie den entsetzlich missglückten Streich überhaupt erst ausgeheckt hatte. Aber dann hätte sie ja wohl auch gewusst, dass es wahrscheinlich James sein würde, der da die Treppe heraufkam. Warum hätte sie dann schießen sollen – selbst wenn sie davon ausging, dass die Flinte nicht geladen war? Ich hatte ihr Gesicht gesehen, als die schemenhafte Figur um die Treppenwindung bog. Sie hatte wirklich verängstigt ausgesehen. Entweder war sie verrückt oder die begnadetste Schauspielerin aller Zeiten.

Könnte es Tom gewesen sein? Hatte es etwas mit diesem Streit mit Bruce zu tun, etwas, weshalb er James eins auswischen wollte? Oder Nina, mit ihrem seltsamen, schrägen Sinn für Humor, die sich einen Jux machen wollte? Aber wieso? Warum sollte irgendjemand von ihnen so etwas tun?

Ich schüttele den Kopf. Das Ganze treibt mich langsam in den Wahnsinn. Keiner in diesem Haus hat James eingeladen. Niemand. Sonst wäre es niemals zu dieser Schießerei gekommen.

»Das kann nicht sein«, sage ich in die Stille hinein. »Du musst dich irren. Er muss von sich aus beschlossen haben zu kommen. Wenn er und Clare wirklich Streit hatten, ist er vielleicht gekommen, um sich wieder zu versöhnen, meinst du nicht? Er war schon immer …«

»Ein bisschen blöd?«, fragt Matt. Er lacht, aber seine Stimme zittert dabei. »Wer weiß, vielleicht hast du ja recht. Er ist nicht gerade für seine weise Voraussicht bekannt. Ich meine …« Er hält inne, und ich sehe, dass er die Hand auf seinem Knie zur Faust geballt hat. »… Ich meine, das *war* er nicht.« Er verstummt. Schweigend sitzen wir beide da, denken an den James, der in unseren Köpfen, in unseren Gedanken weiterlebt. »Ich erinnere mich«, fährt er nach einer

Weile fort, »ich weiß noch, wie er im Studium mal an den Außenwänden unseres Colleges hochgeklettert ist und allen Wasserspeiern Weihnachtsmützen aufgesetzt hat. Idiot. Er hätte dabei sterben können.«

Als die letzten Worte seine Lippen verlassen, holt ihn schlagartig die Gegenwart ein, und er zuckt zusammen. Unwillkürlich strecke ich die Hand aus.

»Ich sollte besser gehen«, sagt er. »Ich – ich hoffe, es geht dir bald besser.«

»Das wird schon wieder«, versichere ich. Und dann, weil ich weiß, dass ich es bereuen werde, wenn ich es nicht tue, überwinde ich mich, ihn zu fragen: »Wirst du – kannst du wiederkommen?«

»Ich fahre morgen früh zurück nach London«, antwortet er. »Aber es wäre schön, wenn wir in Kontakt bleiben könnten.«

Er nimmt den Stift, der an meinem Krankenblatt klemmt, und schreibt seine Telefonnummer auf die einzige beschreibbare Oberfläche weit und breit – auf die Seite seines Kaffeebechers.

»Du hattest recht«, sagt er, als er den Becher vorsichtig auf meinem Nachttisch abstellt. »Wasser wäre besser gewesen. Tschüss, Leo.«

»Tschüss.«

Langsam fällt die Tür hinter ihm zu, und durch das Glasfenster sehe ich seiner Silhouette nach, die über den Korridor verschwindet. Vielleicht ist es komisch, wenn man bedenkt, dass ich allein lebe und mich seit meiner Einlieferung ins Krankenhaus nach dem Alleinsein gesehnt habe, doch mit einem Mal fühle ich mich sehr einsam … und das ist ein fremdes, sehr eigenartiges Gefühl.

26

Ich vertilge gerade mein Abendessen, als es wieder klopft. Die Besuchszeit ist vorbei, daher bin ich erstaunt, als ich Nina mit einer Tüte in der Hand durch die Tür kommen sehe. Sie legt einen Finger auf die Lippen.

»Psst. Sie haben mich nur reingelassen, weil ich die alte ›Wissen Sie nicht, wer ich bin?‹-Nummer abgezogen habe.«

»Hast du ihnen wieder erzählt, dass du Salma Hayeks Cousine bist?«

»Ich *bitte* dich! Sie ist noch nicht mal Brasilianerin.«

»Oder Ärztin.«

»Eben. Wie auch immer, ich habe versprochen, dass es schnell geht, also bitte schön.« Sie wirft die Tasche auf das Bett. »Ich fürchte, die Sachen sind nicht gerade Haute Couture. Um genau zu sein, hast du Glück, dass es keine pastellfarbenen Nickipullis sind. Ich habe getan, was ich konnte.«

»Sie sind toll«, sage ich dankbar, während ich die Tüte mit den grauen, nichtssagenden Sweatern durchwühle. »Ehrlich. Das Einzige, worauf es mir ankommt, ist, dass sie weder hinten offen sind noch das Logo ›Krankenhauseigentum‹ eingenäht haben. Wirklich, ich weiß es sehr zu schätzen, Nina.«

»Ich habe dir sogar Schuhe mitgebracht – es sind bloß Flipflops, aber ich weiß, wie eklig die Krankenhausduschen sein können, und ich dachte, wenn sie dich kurzfristig wieder rausschmeißen, hast du wenigstens was zum Laufen. Du hast doch Größe neununddreißig, oder?«

»Eigentlich achtunddreißig – aber keine Sorge, neununddreißig ist prima. Hier«, ich ziehe mir ihre Strickjacke von den Schultern und halte sie ihr hin, »nimm das wieder.«

»Ach, kein Problem. Behalte die, bis du deine eigenen Sachen wiederhast. Brauchst du Geld?«

Ich schüttele den Kopf, aber sie zieht trotzdem zwei Zehner aus der Tasche und wirft sie auf den Nachttisch.

»Kann nicht schaden. Wenn dir das Krankenhausessen zum Hals raushängt, kannst du dir so wenigstens ein Sandwich besorgen. Okay, ich sollte besser gehen.«

Doch sie geht nicht. Sie steht nur da und betrachtet ihre kurzen, quadratischen Fingernägel. Ich sehe ihr an, dass sie etwas sagen will und es – mit einer Nervosität, die ich von ihr gar nicht kenne – zurückhält.

»Na, dann tschüss«, sage ich schließlich, in der Hoffnung, sie damit zum Sprechen zu bringen, doch sie sagt bloß: »Tschüss«, und wendet sich zum Gehen.

Dann, die Hand schon an der Tür, bleibt sie stehen und dreht sich um.

»Hör mal, was ich vorhin gesagt habe – ich meinte nicht …«

»Wie: Was du gesagt hast?«

»Über James. Das mit dem Motiv. Ehrlich, ich dachte nicht wirklich, dass du je … ach, Scheiße.« Sie boxt leicht gegen die Wand. »Das kommt jetzt ganz falsch rüber. Pass auf, ich glaube immer noch, dass es ein Unfall war, und das habe ich auch Lamarr gesagt. Ich habe nie gedacht, dass das irgendwas mit dir zu tun haben könnte. Ich habe mir doch nur Sorgen gemacht, okay? *Um* dich, nicht wegen dir.«

Dass ich die ganze Zeit die Luft angehalten habe, merke ich erst, als ich nun laut hörbar ausatme. Ich schwinge meine Beine aus dem Bett und gehe mit unsicheren Schritten zu ihr, um sie zu drücken. »Ist schon in Ordnung. Ich wusste, wie du es gemeint hast. Ich mache mir auch Sorgen – um uns alle.«

Sie streicht mir über die Haare, und ich lasse sie los. Sie sieht mich an. »Die glauben aber trotzdem nicht, dass es ein Unfall war, oder? Warum bloß?«

»Jemand hat das Gewehr geladen«, erkläre ich. »Darum geht es im Endeffekt.«

»Aber selbst dann – das kann ja auch irgendwer anders gemacht haben. Vielleicht hat Flos Tante es aus Versehen getan und war dann zu verängstigt, es der Polizei zu sagen. Die Polizisten reiten die ganze Zeit auf dem Tontaubenschießen rum – war die Munition ordentlich verschlossen, könnte irgendjemand unbeaufsichtigt Zugang zu der scharfen Munition gehabt haben … Sie glauben offenbar, dass die Patronen von da kamen, oder versuchen zumindest, dafür Beweise zu finden. Aber wenn irgendeiner von uns James töten wollte, warum zur Hölle sollten wir ihn dann dafür ans Ende der Welt locken?«

»Ich weiß es nicht«, antworte ich. Meine Beine fühlen sich schwer und wackelig an, allein von der Anstrengung, die es mich gekostet hat, für diese kurze Konversation aufzustehen. Ich lasse Ninas Arm los und wanke zum Bett zurück. Das ganze Gerede über Waffen und Munition gibt mir ein flaues Gefühl. »Ich weiß es wirklich nicht.«

»Ich meine nur …«, setzt Nina an und verstummt wieder.

»Was?«

»Ich meine nur … Ach, vergiss es. Weißt du – was auch immer die unaussprechlich furchtbare Sache war, die zwischen dir und James vorgefallen ist, ich finde, dass du es ihnen sagen solltest. Ich weiß …« Sie hält eine Hand hoch. »… Ich weiß, es geht mich nichts an und ich kann mir meine ungebetenen Ratschläge sonst wo hinstecken, aber ich meine ja nur, was auch immer es ist, es ist vermutlich nicht so schlimm, wie du glaubst, und es sieht nun mal viel besser aus, wenn du es ihnen *jetzt* sagst.«

Ich schließe müde die Augen und reibe über den juckenden

Verband auf meiner Stirn. Dann seufze ich und öffne die Augen wieder. Nina steht da, die Hände in die Hüften gestemmt, in ihrem Ausdruck eine merkwürdige Mischung aus Streitlust und Fürsorge.

»Ich denke darüber nach«, versichere ich. »Okay? Das mache ich. Versprochen.«

»Okay«, sagt Nina. Sie hat die Unterlippe wie ein schmollendes Kind vorgeschoben, und ich weiß, wenn sie es noch hätte, würde sie jetzt mit dem Piercing, das früher dort saß, gegen ihre Zähne klacken. An dieses Geräusch während unserer Schulprüfungen erinnere ich mich noch genau. Gott sei Dank hat sie es rausgenommen, als sie mit dem Studium fertig war. Anscheinend sehen Patienten es nicht so gerne, wenn Chirurgen Löcher im Gesicht haben.

»Ich geh dann mal. Pass auf dich auf, Shaw. Und wenn sie dich plötzlich vor die Tür setzen, ruf mich an, okay?«

»Mach ich.«

Als sie weg ist, liege ich da und denke mir, dass sie wohl recht hat. Mein Kopf fühlt sich heiß an und juckt, und Wörter wie *Kugel* und *Blutspritzer* und *Patrone* schwirren darin herum. Nach einer Weile halte ich es nicht mehr aus. Ich stehe auf, schlurfe wie eine alte Frau zum Badezimmer und drücke den Lichtschalter.

Das Spiegelbild, das mich begrüßt, ist, wenn überhaupt, sogar noch schlimmer als gestern. Mein Gesicht fühlt sich besser an – viel besser sogar –, aber die Blutergüsse sind mittlerweile nicht mehr lila, sondern gelb und braun und grün – all die Farben, die ein Maler benutzen würde, um die Landschaft Northumberlands einzufangen. Bei diesem Gedanken huscht ein leicht schiefes Lächeln über mein Gesicht.

Doch meine Aufmerksamkeit gilt nicht den blauen Flecken. Sie gilt dem Verband.

Ich zupfe an der Ecke des Klebebands, und tatsächlich – oh, welche Erleichterung – löst es sich, begleitet von einer Art süßem, ziehendem Schmerz, als der Klebefilm die feinen Härchen an meinen Schläfen und dem Haaransatz abreißt und der Verband selbst an der Wunde rupft.

Ich hatte eigentlich Nähte erwartet, doch es sind keine zu sehen. Stattdessen ist da eine lange, hässliche Schnittwunde, zusammengehalten von kleinen Klebestreifen, und etwas, das aussieht wie – kann es wirklich Sekundenkleber sein?

Dort, wo die Wunde sich in den Haaransatz schlängelt, hat man mein Haar halbkreisförmig abrasiert, doch es beginnt schon wieder nachzuwachsen. Ich berühre die Stelle mit meinen Fingern. Es fühlt sich stachelig und zugleich weich an, wie eine Babybürste.

Diese Erleichterung. Die Erleichterung, die kalte Luft auf meiner Stirn zu spüren, kein Jucken und Ziehen mehr unter dem Verband. Ich werfe die blutige Wundauflage in den Papierkorb und gehe langsam zum Bett zurück, in Gedanken noch immer bei Nina. Und Lamarr. Und James.

Was zwischen mir und James vorgefallen ist, hat mit alldem hier nichts zu tun. Doch vielleicht hat Nina recht. Vielleicht sollte ich reinen Tisch machen. Vielleicht wäre es sogar eine Erleichterung, nach all den Jahren des Schweigens.

Keiner wusste etwas. Keiner kannte die Wahrheit, nur ich und James. Ich habe so lange meine Wut auf ihn gepflegt. Und jetzt ist sie weg. *Er* ist weg.

Vielleicht werde ich es Lamarr sagen, wenn sie am Morgen zurückkommt. Ich werde ihr die Wahrheit sagen – nicht nur die Wahrheit, denn alles, was ich bisher gesagt habe, ist wahr. Sondern die ganze Wahrheit.

Und die Wahrheit lautet wie folgt:

James hat mit mir Schluss gemacht. Und ja, er hat per SMS Schluss gemacht.

Aber was ich all die Jahre für mich behalten habe, ist der Grund dafür. Er hat mich verlassen, weil ich schwanger war.

Ich weiß nicht, wann es passiert ist, weiß nicht, bei welchem von den Dutzenden, vielleicht Hunderten von Malen ein Baby entstanden ist. Wir waren vorsichtig – oder jedenfalls glaubten wir das.

Ich weiß nur, dass ich eines Tages merkte, dass ich lange keine Periode mehr gehabt hatte, zu lange. Also habe ich einen Test gemacht.

Wir waren in James' Dachbodenzimmer, als ich es ihm sagte, saßen auf dem Bett, und er wurde ganz weiß und starrte mich aus großen schwarzen Augen an, aus denen eine Art Panik sprach.

»Kann es …«, hob er an. Dann weiter: »Glaubst du nicht, dass es vielleicht …«

»Ein Irrtum ist?«, ergänzte ich. Ich schüttelte den Kopf. Ich brachte sogar ein bitteres kleines Lachen zustande. »Glaub mir, nein. Ich habe den Test ungefähr acht Mal gemacht.«

»Was ist mit der Pille danach?«, fragte er. Ich versuchte, nach seiner Hand zu greifen, doch er stand auf und begann, in dem kleinen Zimmer nervös auf und ab zu laufen.

»Dafür ist es schon viel zu spät. Aber ja, wir müssen …« Ich hatte einen Kloß im Hals und merkte, dass ich Mühe hatte, die Tränen zu unterdrücken. »… Wir müssen e-entscheiden …«

»Wir? Das ist deine Entscheidung.«

»Ich wollte aber vorher mit dir darüber sprechen. Ich weiß, was ich tun will, aber es ist ja auch dein B…«

Auch dein Baby, hatte ich sagen wollen. Doch ich kam nicht dazu. Er stöhnte plötzlich auf, als hätte ich ihn geschlagen, und wandte das Gesicht ab.

Ich stand auf und ging zur Tür. »Leo«, bat er mit erstickter Stimme. »Warte.«

»Hör zu.« Mit einem Fuß stand ich schon auf der Treppe, meine Tasche hatte ich über die Schulter geworfen. »Ich weiß, ich habe dich überrumpelt. Wenn du bereit bist zu reden … ruf mich an, okay?« Doch das tat er nicht.

Clare rief mich an, als ich nach Hause kam, und sie war sauer. »Wo zum Teufel warst du? Du hast mich einfach versetzt! Eine halbe Stunde habe ich im Odeon gewartet, und du bist noch nicht mal ans Telefon gegangen!«

»Es tut mir leid«, sagte ich. »Ich hatte … ich hatte etwas …« Mehr brachte ich nicht heraus.

»Was? Was ist denn passiert?«, fragte sie, doch ich konnte nicht antworten. »Ich komme vorbei.«

Er hat nie angerufen. Stattdessen hat er eine SMS geschrieben, später am selben Abend. Den Nachmittag hatte ich mit Clare verbracht, mir den Kopf darüber zerbrochen, was ich tun sollte, ob ich es meiner Mutter sagen sollte, ob James unter Anklage gestellt würde – ich war fünfzehn gewesen beim ersten Mal, doch inzwischen war ich seit ein paar Monaten sechzehn.

Die SMS kam gegen acht Uhr.

Lee. Es tut mir leid, aber das hier ist dein Problem, nicht meins. Das musst du selbst lösen. Und ruf mich nicht mehr an. J.

Also habe ich es gelöst. Ich habe es meiner Mutter nie erzählt. Clare … Clare war wirklich großartig. Ja, sie konnte zickig sein und spitze Bemerkungen machen, aber in einer Krise wie dieser war sie wie eine Löwin, die ihre Jungen beschützt. Nun, da ich auf diese Zeit zurückblicke, weiß ich wieder, warum wir all die Jahre Freundinnen waren. Und mir wird klar, wie egoistisch mein Verhalten hinterher war.

Sie begleitete mich im Bus zur Klinik. Es war ein frühes

Stadium, früh genug, um einfach die Tabletten zu nehmen, und das Ganze war überraschend schnell vorbei.

Es war nicht die Abtreibung. Die mache ich James nicht zum Vorwurf – das war ja, was ich selbst auch wollte, ich wollte kein Kind mit sechzehn, und was immer passiert war, es war ebenso meine Schuld wie seine. Und was immer die Leute denken mochten, es war nicht das, was mich kaputt gemacht hat. Ich habe keine quälenden Schuldgefühle wegen des Verlusts eines Zellhaufens. Ich weigere mich, Schuld zu empfinden.

All das war es nicht.

Es war … ich weiß es nicht. Ich weiß nicht, wie ich es ausdrücken soll. Es war Stolz, glaube ich. Eine Art Ungläubigkeit über meine eigene Dummheit. Die Vorstellung, dass ich ihn so sehr geliebt und mich so sehr geirrt hatte. Wie konnte das sein? Wie konnte ich nur so unglaublich falschgelegen haben?

Und wäre ich in die Schule zurückgegangen, hätte ich mit diesem Wissen leben müssen – mit der Erinnerung an uns beide als Paar in den Augen der anderen. Ich hätte hundert Menschen sagen müssen: *Nein, wir sind nicht mehr zusammen. Ja, er hat Schluss gemacht. Nein, mir geht es gut.*

Es ging mir nicht gut. Ich war eine Idiotin gewesen – eine verdammte kleine Idiotin. Wie hatte ich mich so irren können? Ich hatte mir stets etwas auf meine Menschenkenntnis eingebildet und ich hatte geglaubt, dass James mutig und liebevoll war und dass er mich liebte. Nichts davon stimmte. Er war schwach und feige und er konnte mir nicht einmal in die Augen sehen, als er unsere Beziehung beendete.

Nie wieder würde ich auf mein eigenes Urteil vertrauen.

Wir hatten zu der Zeit keinen Unterricht, sondern lernten für unsere GCSE-Prüfungen. Ich ging noch in die Schule, um die Prüfungen abzulegen, doch danach kam ich nicht mehr zurück. Nicht, um meine Ergebnisse abzuholen, nicht zum Herbstfest, nicht, um irgendeinen der Lehrer aufzusuchen, die mich vorbereitet und zu guten Leistungen angespornt hatten. Stattdessen wechselte ich auf ein Oberstufencollege, das eine Zugfahrt mit Umsteigen entfernt lag und bei dem ich mir sicher sein konnte, dass mich dort niemand kennen würde. Mein Tag war irrsinnig lang – ich verließ das Haus um halb sechs Uhr morgens und kam jeden Abend um sechs zurück.

Dann zog auch noch meine Mutter weg, um mit Phil zusammenzuwohnen. Ich hätte wütend sein sollen, weil sie das Haus meines Großvaters verkaufte, in dem ich aufgewachsen war, in dem wir alle viele Jahre lang zusammengelebt hatten, in dem all unsere Erinnerungen steckten. Doch ein Teil von mir war auch erleichtert – die letzte Verbindung zu Reading und zu James war damit abgebrochen. Ich würde ihn nie wieder sehen müssen.

Niemand außer Clare wusste, was passiert war, und selbst sie wusste nichts von der SMS. Ich erzählte ihr am nächsten Tag von meiner Entscheidung, das Baby nicht zu behalten, und dass ich mich von James trennen würde. Sie umarmte mich und weinte und sagte: »Du bist so tapfer.«

Aber das war ich nicht. Ich war genauso ein Feigling. Ich bin James nie gegenübergetreten, ich habe ihn nie gefragt, *warum*. Wie konnte er das tun? War es aus Angst? Feigheit?

Später erfuhr ich, dass er sich systematisch durch ganz Reading vögelte, Mädchen wie Jungs. Es bestätigte nur, was ich ohnehin schon wusste. Den James Cooper, den ich zu kennen glaubte, hatte es nie gegeben. Er war das Produkt meiner Einbildungskraft. Meine eigenen Hoffnungen hatten mir eine falsche Erinnerung eingepflanzt.

Doch jetzt, da ich auf die vergangenen zehn Jahre zurückblicke … bin ich mir nicht mehr so sicher. Es ist nicht etwa so, dass ich James seine gedankenlosen, grausamen Worte verzeihe, doch ich sehe auch mich selbst: rasend vor Wut, selbstgerecht und unerbittlich gegen uns beide. Vielleicht verzeihe ich mir nun endlich den Fehler, dass ich James geliebt habe. Mir ist klar geworden, wie jung wir waren – kaum mehr als Kinder, mit der leichtfertigen Grausamkeit und strikten Schwarz-Weiß-Moral, die mit diesem Alter einhergehen. Wenn man jung ist, gibt es kein Grau. Es gibt nur Helden und Bösewichte, richtig und falsch. Die Regeln sind völlig klar – die ethischen Linien dieser Spielplatzmoral sind deutlich gezogen; wie auf einem Spielfeld, mit klaren Fouls und Strafen.

James hatte etwas Falsches getan.

Ich hatte ihm vertraut.

Deshalb hatte auch ich etwas Falsches getan.

Doch jetzt ... jetzt sehe ich vor mir ein verschrecktes Kind, das sich einer gewaltigen moralischen Entscheidung gegenübersah, die zu treffen es nicht gerüstet war. Ich sehe meine Worte nun, wie er sie damals gesehen haben muss – als Versuch, diese unausweichliche Entscheidung auf seine Schultern zu laden, eine Verantwortung, auf die er nicht vorbereitet war und die er nicht wollte.

Und ich sehe mich selbst – genauso verängstigt, genauso schlecht vorbereitet ...

Und ich fühle Mitleid mit uns beiden.

Wenn Lamarr morgen kommt, werde ich es ihr sagen. Ich werde ihr die ganze Wahrheit sagen. Im erlöschenden Licht des Tages betrachtet, ist es gar nicht so schlimm, wie ich befürchtet hatte. Es ist kein Mordmotiv, nur ein alter, müder Kummer. Nina hatte recht.

Dann endlich schlafe ich ein.

Doch als Lamarr am Morgen hereinkommt, wirkt ihr Gesicht grimmig. Im Schlepptau hat sie einen Kollegen, einen Koloss von einem Mann, dessen wulstiges Gesicht zu einem dauerhaften Stirnrunzeln verzogen ist. Lamarr hält etwas in der Hand.

»Nora«, beginnt sie ohne Begrüßung, »könnten Sie das hier für mich identifizieren?«

»Ja«, sage ich überrascht. »Das ist mein Handy. Wo haben Sie es gefunden?«

Doch Lamarr antwortet nicht. Stattdessen setzt sie sich hin, klickt auf die Aufnahmetaste ihres Diktiergeräts und spricht in ernstem, förmlichem Ton die Worte, vor denen ich mich gefürchtet habe.

»Leonora Shaw, wir möchten Sie als Verdächtige im Todesfall James Cooper befragen. Sie haben das Recht zu schweigen, aber es könnte sich zuungunsten Ihrer Verteidigung auswirken, wenn Sie es unterlassen, bei der Vernehmung etwas zu erwähnen, auf das Sie sich später vor Gericht berufen. Sie haben das Recht auf einen Anwalt. Haben Sie mich verstanden?«

27

Wer unschuldig ist, muss sich nicht fürchten. Richtig?

Warum habe ich dann solche Angst?

Meine vorherigen Aussagen wurden nicht aufgezeichnet, und ich wurde nicht über meine Rechte belehrt. Sie wären vor Gericht nicht verwertbar, weshalb wir jetzt die ersten fünf Minuten damit zubringen, die Dinge, die ich Lamarr bereits erzählt habe, noch einmal durchzugehen, damit sie alles auf Band hat. Ich will keinen Anwalt. Ich weiß, dass das nicht besonders klug ist, aber ich habe immer noch das Gefühl, dass Lamarr auf meiner Seite ist – dass ich ihr vertrauen kann. Wenn ich sie nur von meiner Unschuld überzeugen kann, wird alles in Ordnung kommen. Was sollte ein Anwalt da schon ausrichten?

Lamarr ist nun fertig mit dem, was wir bereits klargestellt haben, und betritt neues Terrain.

»Könnten Sie bitte einen Blick auf dieses Mobiltelefon werfen …«, sie hält es in einer verschweißten Plastiktüte hoch, »… und mir sagen, ob Sie es erkennen?«

»Ja, es ist meins.« Ich widerstehe dem Drang, an meinen Nägeln zu kauen. Die Ereignisse der letzten Tage haben sie zu geschundenen Stummeln zerschlissen.

»Sind Sie sich da ganz sicher?«

»Ja, ich erkenne den Kratzer auf der Hülle.«

»Und Ihre Nummer ist …« Sie blättert in ihrem Block und liest sie vor. Ich nicke.

»Ja, das ist k-korrekt.«

»Ich würde gerne etwas über die letzten Nachrichten und Anrufe erfahren, die Sie damit getätigt haben. Können Sie mir sagen, woran Sie sich erinnern?«

Damit habe ich nicht gerechnet. Ich kann mir beim besten Willen nicht vorstellen, was das mit James' Tod zu tun haben soll. Vielleicht versuchen sie, die Angaben über unsere Aufenthaltsorte zu überprüfen. Ich weiß zumindest, dass sie mithilfe von Handysignalen Personen orten können.

Ich versuche fieberhaft, mich zu erinnern. »Nicht viele. Es gab keinen Empfang im Haus. Auf dem Schießplatz habe ich meine Voicemail gecheckt … und Twitter. Oh, und ich habe einen Fahrradladen in London zurückgerufen, die reparieren gerade mein Rad. Ich glaube, das ist alles.«

»Keine SMS?«

»Ich … ich glaube nicht.« Ich versuche, mich zu erinnern. »Nein, ziemlich sicher nicht. Ich glaube, die letzte, die ich geschrieben habe, war an Nina, um ihr zu sagen, dass ich im Zug auf sie wartete. Das war am Freitag.«

Elegant wechselt sie den Kurs.

»Ich würde Ihnen gerne noch einige Fragen zu Ihrer Beziehung zu James Cooper stellen.«

Ich nicke, bemüht, einen ausgeglichenen, geradezu hilfsbereiten Gesichtsausdruck zu wahren. Aber ich habe damit gerechnet. Vielleicht ist Clare inzwischen aufgewacht. In meinem Magen kribbelt es unbehaglich.

»Sie haben sich damals in der Schule kennengelernt, ist das richtig?«

»Ja. Wir waren etwa fünfzehn, sechzehn. Wir waren eine kurze Zeit zusammen und haben uns dann getrennt.«

»Wie kurz?«

»So vier oder fünf Monate?«

Das stimmt nicht ganz. Wir waren sechs Monate zusammen. Aber ich habe nun mal »kurz« gesagt, und sechs Monate klingt gar nicht so kurz. Ich möchte nicht den Eindruck erwecken, als würde ich mir selbst widersprechen. Glücklicherweise fragt Lamarr nicht die genauen Daten ab.

»Sind Sie danach in Kontakt geblieben?«, fragt sie.

»Nein.«

Sie wartet auf eine Erklärung. Ich warte auch. Lamarr faltet ihre Hände im Schoß zusammen und sieht mich an. Ich weiß nicht, worauf sie hinauswill, aber wenn es etwas gibt, das ich gut kann, dann ist es Schweigen. Die Pause hängt schwer in der Luft. Ich kann das Ticken ihrer teuren Armbanduhr hören und frage mich kurz, woher sie das ganze Geld hat: Dieser Rock wurde sicher nicht von einem Beamtensalär bezahlt und die goldenen Klunker an den Ohren auch nicht. Sie sehen echt aus.

Es geht mich nichts an. Aber es gibt mir etwas zum Spekulieren, während die Zeit vorbeitickt.

Doch auch Lamarr kann gut warten. Sie hat die Geduld einer Katze, diese Fähigkeit, einfach ungerührt dazusitzen und abzuwarten, bis die Maus in Panik verfällt und sie sich auf sie stürzen kann. Am Ende ist es ihr Begleiter, DC Roberts, der es nicht mehr aushält. »Sie erzählen uns hier, dass Sie seit zehn Jahren keinen Kontakt mehr zu ihm haben«, sagt er mit forscher Stimme, »und dennoch lädt er Sie zu seiner Hochzeit ein?«

Mist. Aber es hat keinen Zweck zu lügen. Sie würden nur zwei Minuten brauchen, um bei Clares Mutter, oder wer auch immer sonst für die Gästeliste verantwortlich war, nachzufragen.

»Nein. Clare hat mich zum Junggesellinnenabschied eingeladen, aber nicht zur Hochzeit.«

»Das ist ein bisschen merkwürdig, oder?« Lamarr übernimmt wieder. Sie lächelt, als wäre das hier ein Gespräch unter Freundinnen bei einer Tasse Cappuccino. Ihre Wangen sind rund und rosig, mit hohen Wangenknochen, die an Nofretete erinnern, und ihr Lächeln ist breit und warm und herzlich.

»Nicht wirklich«, lüge ich. »Ich bin nun mal James' Exfreundin. Ich schätze, Clare fand, dass das etwas seltsam werden könnte – für mich ebenso wie für sie.«

»Aber warum dann die Einladung zum Junggesellinnenabschied – um ihre Hochzeit zu feiern? Ist das nicht genauso seltsam?«

»Ich weiß nicht. Da müssten Sie Clare fragen.«

»Also hatten Sie seit der Trennung überhaupt keinen Kontakt zu James Cooper?«

»Nein. Keinen Kontakt.«

»SMS? E-Mails?«

»Nein. Nichts.«

Plötzlich bin ich mir nicht mehr sicher, wohin das hier führen soll. Versuchen sie nachzuweisen, dass ich James gehasst habe? Dass ich es nicht aushalten konnte, ihn in meiner Nähe zu haben? Wieder wird mir flau im Magen, und in meinem Kopf flüstert eine leise Stimme: *Es ist noch nicht zu spät, um nach einem Anwalt zu fragen …*

»Also«, höre ich mich sagen. Vor Anspannung klingt meine Stimme einen halben Ton höher. »Es ist ja nicht gerade ungewöhnlich, wenn man zu seinen Exfreunden keinen Kontakt mehr hat.«

Doch Lamarr antwortet nicht. Stattdessen wechselt sie wieder das Thema, was mich etwas aus dem Konzept bringt. »Könnten Sie mir vielleicht noch mal Schritt für Schritt nachzeichnen, wann Sie im Haus wo waren? Haben Sie das Grundstück zu irgendeinem Zeitpunkt verlassen?«

»Na ja, wir sind zum Tontaubenschießen gefahren«, sage ich unsicher. »Aber das wissen Sie ja.«

»Ich meine allein. Sie sind laufen gegangen, oder?«

Laufen? Plötzlich verstehe ich gar nichts mehr. Es ist unerträglich, nicht zu wissen, worauf sie hinauswollen.

»Ja«, bestätige ich. Ich greife mir ein Kissen und halte mich daran fest. Dann, weil ich glaube, ich sollte kooperativ sein, füge ich hinzu: »Zweimal. Einmal kurz nach unserer Ankunft am Freitag und einmal am Samstag.«

»Könnten Sie mir die ungefähren Zeiten sagen?«

Ich versuche zurückzudenken. »Ich glaube, am Freitag war es vielleicht gegen sechzehn Uhr dreißig? Vielleicht auch etwas später. Ich weiß noch, dass es ziemlich dunkel war. Auf dem Weg zurück habe ich Clare in der Auffahrt getroffen, so gegen sechs. Und am Samstag … das war früh. Noch vor acht Uhr, glaube ich. Viel genauer kann ich es nicht sagen. Definitiv nicht vor sechs – es war hell. Melanie war schon auf – vielleicht erinnert sie sich.«

»Okay.« Lamarr schreibt die Zeiten auf, offenbar will sie sich nicht auf das Tonbandgerät verlassen. »Und Ihr Telefon haben Sie dabei nicht benutzt?«

»Nein.« Wo zum Teufel soll das hinführen? Meine Finger bohren sich tief in die Kapokfüllung des Kissens.

»Was ist mit Samstagabend, sind Sie da rausgegangen?«

»Nein.« Da fällt mir etwas ein. »Haben die anderen Ihnen von den Fußspuren erzählt?«

»Fußspuren?« Sie blickt von ihrem Schreibblock auf und wirkt erstaunt. »Was für Fußspuren?«

»Da waren Fußspuren im Schnee. Als ich am Morgen vom Laufen zurückkam. Zwischen der Garage und der Hintertür.«

»Hm. Ich werde dem nachgehen. Danke schön.« Sie macht sich eine Notiz. Dann ein weiterer Kurswechsel. »Sind Ihnen noch weitere Einzelheiten eingefallen aus dem Zeitraum, nachdem Sie Samstagnacht das Haus verlassen haben? Als Sie hinter dem Auto hergerannt sind?«

Ich schüttele den Kopf. »Nein, tut mir leid. Ich erinnere mich daran, dass ich durch den Wald gerast bin … ich habe Flashbacks von Autos und zerbrochenem Glas und so etwas … aber nein, nichts wirklich Konkretes.«

»Aha.« Sie klappt ihr Notizbuch zu und steht auf. »Vielen Dank, Nora. Noch irgendwelche Fragen, Roberts?«

Ihr Begleiter schüttelt den Kopf, also hält Lamarr für die Aufnahme Zeit und Ort des Gesprächs fest, schaltet das Gerät aus und geht.

Ich bin tatverdächtig.

Als sie weg sind, versuche ich, die Neuigkeit zu verarbeiten.

Ist es, weil sie mein Handy gefunden haben? Aber was soll mein Handy mit dem Mord an James zu tun haben?

Und dann wird mir etwas klar, was mir schon vorher hätte klar sein sollen.

Ich war schon *die ganze Zeit* tatverdächtig.

Der einzige Grund, warum sie mich nicht vorher schon offiziell verhört haben, war, dass jegliche Befragungen als Beweismittel nutzlos gewesen wären. Angesichts meiner Erinnerungslücken hätte jeder Anwalt meine Aussage in der Luft zerrissen. Sie wollten Einzelheiten über die Ereignisse – durch die Informationen, die ich ihnen geben konnte –, und sie wollten sie rasch. Dafür sind sie das Risiko eingegangen, mich in einem Zustand zu befragen, in dem ich keine zuverlässigen Auskünfte geben konnte.

Doch jetzt haben die Ärzte mir Zurechnungsfähigkeit bescheinigt, und für eine richtige Vernehmung bin ich gesund genug. Jetzt beginnen sie, Beweismaterial zu sammeln.

Immerhin haben sie mich nicht festgenommen. Das ist ein Hoffnungsschimmer.

Sie haben mich nicht angeklagt. Noch nicht.

Wenn ich mich nur an diese letzten paar Minuten im

Wald erinnern könnte. Was ist da geschehen? Was habe ich getan?

Das quälende Verlangen, mich zu erinnern, wird immer stärker, klebt mir wie ein Schluchzen im Hals, und ich kralle meine Finger in das weiche Kissen, begrabe mein Gesicht in seinem sauberen Weiß und will die Erinnerung erzwingen. Wie kann ich darauf hoffen, Lamarr davon zu überzeugen, dass ich die Wahrheit sage, solange diese paar Minuten fehlen?

Ich schließe die Augen und versuche, mich zurückzuversetzen, auf die stille Lichtung des Waldes, zu dem aus riesigen leuchtenden Klötzen zusammengesetzten Haus, dessen Licht durch die dunklen, dicht zusammengedrängten Bäume hindurchstrahlte. Da ist wieder der Duft gefallener Kiefernnadeln, ich spüre die beißende Kälte des Schnees auf meinen Fingern und in meiner Nase. Ich erinnere mich an die Klänge des Waldes, das sanfte Prasseln des Schnees, wenn er von überladenen Zweigen rutscht, den Ruf einer Eule, das Dröhnen eines Motors, der in der Dunkelheit verschwindet.

Und ich sehe mich selbst jenen langen geraden Pfad in Richtung der Bäume stolpern, meine Schritte weich und federnd dank der Nadeln unter meinen Füßen.

Doch ich kann mich nicht an das erinnern, was danach kommt. Wenn ich es versuche, ist es, als ob ich versuche, nach einem Spiegelbild in einem Teich zu schnappen. Da sind Bilder, aber wenn ich nach ihnen greife, zerkräuseln sie sich zu tausenden kleinen Wellen und ich stelle fest, dass meine Hand nur Wasser hält.

Irgendetwas ist uns im Wald widerfahren, mir, Clare und James. Oder irgend*jemand*. Bloß wer? Oder was?

»Nun, Leonora, ich bin sehr zufrieden mit Ihren Fortschritten.« Dr. Miller steckt seinen Stift in die Tasche. »Ein bisschen

Sorgen machen mir noch die Gedächtnislücken, aber es hört sich ja so an, als kämen die Erinnerungen langsam zurück, und ich sehe keinen Grund, Sie noch länger hierzubehalten. Sie werden noch ein paar Nachuntersuchungen benötigen, aber darum kann sich auch Ihr Hausarzt kümmern.«

Bevor ich verarbeiten kann, was er da gerade sagt, fährt er fort. »Gibt es zu Hause jemanden, der Ihnen zur Seite stehen kann?«

Was? »N-nein«, stottere ich. »Ich lebe allein.«

»Nun ja, könnten Sie ein paar Tage bei einer Freundin unterkommen? Oder haben Sie jemanden, der zu Ihnen kommen kann? Sie sind auf dem allerbesten Weg, aber ich habe gewisse Vorbehalte, Sie in ein leeres Haus zurückzuschicken.«

»Ich lebe in London«, bemerke ich überflüssigerweise. Was sollte ich ihm auch sagen? Ich habe niemanden, bei dem ich mich eine Woche lang einnisten könnte, und ich kann mich auch schlecht nach Australien aufmachen, wo meine Mutter mich mit offenen Armen erwartet.

»Verstehe. Gibt es jemanden, der Sie nach Hause fahren kann?«

Ich denke angestrengt nach. Nina vielleicht. Ich könnte sie fragen, ob sie mir irgendwie helfen kann. Aber sie können mich doch sicher nicht so schnell rauswerfen? Plötzlich bezweifle ich, dass ich schon bereit bin, entlassen zu werden.

»Ich verstehe das nicht«, sage ich zu der Krankenschwester, nachdem der Arzt seine Unterlagen zusammengepackt und das Zimmer verlassen hat. »Davon hat mir keiner was gesagt.«

»Keine Sorge«, erwidert sie mit beruhigender Stimme. »Wir werden Sie nicht rauswerfen, ohne dass Sie wissen, wohin. Aber wir brauchen nun mal das Bett, und Sie sind nicht mehr in kritischem Zustand, also …«

Also will man mich nicht länger hierhaben.

Es ist komisch, aber diese Nachricht trifft mich wie ein Hieb in die Magengrube. Mir wird schlagartig bewusst, dass ich in dieser kurzen Zeit meines Aufenthalts hier geradezu heimisch geworden bin. Zwar fühlt dieser Ort sich wie ein Käfig an, aber jetzt, da die Tür offen steht, will ich nicht weg. Ich habe mich darauf verlassen, dass die Ärzte und Pfleger und der Alltag in diesem Krankenhaus mich beschützen – vor der Polizei, vor dem, was wirklich passiert ist.

Was soll ich tun, wenn sie mich vor die Tür setzen? Wird Lamarr mich nach Hause gehen lassen?

»Sie sollten mit der Polizei sprechen«, höre ich mich sagen. Ich fühle mich seltsam unbeteiligt. »Ich weiß nicht, ob die wollen, dass ich Northumberland verlasse.«

»Ach ja, hatte ich ganz vergessen, Sie sind ja das arme Mädel mit dem Unfall. Keine Sorge, wir geben der Polizei Bescheid.«

»DC Lamarr«, beharre ich. »Das war die, die immer hergekommen ist.« Ich will nicht, dass sie mit Roberts spricht, mit seinem Stiernacken und dem finsteren Blick.

»Ich werde es sie wissen lassen. Und keine Sorge. Heute Nacht bleiben Sie auf jeden Fall noch hier.«

Als sie weg ist, versuche ich zu verarbeiten, was gerade geschehen ist.

Man wird mich rauswerfen. Vielleicht sogar schon morgen. Und was dann?

Entweder lässt man mich zurück nach London oder … oder man lässt mich nicht. Und wenn nicht, bedeutet das eine Festnahme. Ich versuche, mir in Erinnerung zu rufen, was ich über meine Rechte weiß. Bei einer Festnahme können sie mich zur Vernehmung … wie war das noch … sechsunddreißig Stunden dabehalten? Ich glaube, sie können eine Genehmigung für eine Verlängerung einholen, aber ich kann mich nicht genau erinnern. Himmel. Ich bin doch Krimiautorin. Wie kann ich so etwas nicht wissen?

Ich muss Nina anrufen. Aber ich habe mein Handy nicht. Neben dem Bett ist ein Telefon – man braucht aber seine Bankkarte, um Guthaben zu kaufen, und mein Portemonnaie sowie alle meine Sachen sind bei der Polizei. Vermutlich könnte ich von der Schwesternstation anrufen – bestimmt würden sie mir ein Telefon geben, wenn es etwas Dringendes wäre wie etwa der Transport nach Hause –, doch ich weiß Ninas Nummer nicht. All meine Kontaktdaten sind in meinem Handy.

Ich versuche, mich an irgendwelche Nummern zu erinnern, die ich auswendig weiß. Früher wusste ich mal die Nummer von Ninas Eltern – aber sie sind längst umgezogen. Ich kenne meine eigene Festnetznummer, die nichts nützt, weil ja keiner da ist. Ich kann noch unsere alte Festnetznummer auswendig, aber das war das alte Haus, in dem ich aufgewachsen bin. Die Nummer meiner Mutter in Australien weiß ich nicht. Ich wünschte, ich hätte jemanden wie Jess – eine Person, die ich in jeder Lage kontaktieren und ihr ohne falsche Scham sagen könnte: *Ich brauche dich.* Doch ich habe niemanden. Ich habe immer geglaubt, dass Selbstgenügsamkeit eine Stärke sei, doch jetzt wird mir klar, dass es ebenso eine Schwäche ist. Was zum Teufel soll ich tun? Ich könnte wohl die Schwestern bitten, meine Lektorin zu googeln – aber die Vorstellung, ihr in diesem Zustand gegenüberzutreten, erfüllt mich mit unglaublicher Scham.

Die einzige Nummer, an die ich mich noch ohne Probleme erinnern kann, ist die von James' Elternhaus. Bestimmt hundertmal habe ich sie gewählt. Er hat ständig sein Handy verloren. Und sie leben noch immer da, das weiß ich. Aber sie kann ich nicht anrufen. Nicht in dieser Situation.

Wenn ich nach London zurückkehre, muss ich mich bei ihnen melden. Ich muss mich nach der Beerdigung erkundigen. Ich muss … ich muss …

Ich schließe die Augen. Ich werde nicht schon wieder anfangen zu weinen. Das kann ich tun, wenn ich hier raus bin, aber jetzt muss ich praktisch denken. Ich darf nicht an James denken, oder an seine Eltern.

Und dann plötzlich bleibt mein Blick auf dem Pappbecher haften, der neben meinem Bett steht. Matts Telefonnummer. Vorsichtig reiße ich das Stück aus dem Becher, falte es und stecke es in die Tasche. Ihn kann ich nicht anrufen. Er wird schon auf dem Weg zurück nach London sein. Doch ich finde es auf seltsame Weise tröstlich zu wissen, dass es zumindest eine Person gibt, an die ich mich in einer wirklichen Notlage wenden könnte.

Vor zwei Tagen hatte ich nicht die geringste Ahnung, dass es ihn überhaupt gibt. Und jetzt ist er meine einzige Verbindung zur Außenwelt.

Doch es wird schon nicht so schlimm werden. Nina wird wiederkommen, oder Lamarr. Mit ihnen werde ich in Kontakt treten können.

Ich muss nur abwarten.

Ich sitze immer noch da, starre vor mich hin und beiße auf meinen zerschundenen Nägeln herum, als plötzlich eine Schwester ihren Kopf durch die Tür steckt.

»Anruf für Sie, Schätzchen. Ich stelle ihn durch.« Sie deutet auf das weiße Plastiktelefon, das auf einem Halter neben meinem Bett befestigt ist, und verschwindet wieder.

Wer kann das sein? Wer weiß, dass ich hier bin? Vielleicht meine Mutter? Ich blicke auf die Uhr. Nein – in Australien ist es jetzt mitten in der Nacht.

Dann, wie eine kalte Hand auf der Schulter, ergreift mich ein Gedanke. James' Eltern. Sie müssen wissen, dass ich hier bin.

Das Telefon beginnt zu klingeln. Einen Moment lang verliere ich den Mut und fast will ich nicht drangehen. Doch ich beiße die Zähne zusammen und zwinge mich, den Hörer abzunehmen.

»Hallo?«

Eine Pause folgt, und dann sagt eine Stimme: »Nora? Bist du das?«

Es ist Nina. Eine Welle der Erleichterung erfasst mich, und eine irrationale Sekunde lang frage ich mich, ob es Telepathie vielleicht doch gibt. »Nina!« Es tut so gut, ihre Stimme zu hören, zu wissen, dass ich nicht hier gestrandet bin. »Gott sei Dank rufst du an. Ich glaube, die wollen mich rauswerfen – und mir ist plötzlich eingefallen, dass ich deine Nummer gar nicht habe. Rufst du deshalb an?«

»Nein«, antwortet sie kurzangebunden. »Pass auf, ich werde nicht um den heißen Brei herumreden. Flo hat versucht, sich umzubringen.«

28

Ich kann nicht sprechen.

»Nora?«, meldet sich Nina nach einer Weile. »Nora, bist du noch dran? Ist die verdammte Leitung abgebrochen?«

»Ja«, sage ich benommen. »Ja, ja, ich bin hier. Ich bin nur – Scheiße.«

»Ich wollte es dir nicht auf diese Weise sagen, aber ich wollte auch nicht, dass du es von den Schwestern oder der Polizei oder sonst wem hörst. Sie wird gerade in dein Krankenhaus gebracht.«

»Oh Gott. Ist sie … hat sie überlebt?«

»Fürs Erste, ja. Ich habe sie gefunden, in dem Badezimmer der Pension, in der wir übernachten. Sie war die ganze Zeit ziemlich durch den Wind, aber ich hatte keine Ahnung, dass …« Sie klingt erschüttert, und zum ersten Mal wird mir klar, unter welcher Anspannung sie stehen muss. Während Clare und ich im Krankenhaus sind und so nicht die volle Wucht der Ermittlungen zu spüren bekommen, sind Nina, Flo und Tom vermutlich rund um die Uhr verhört worden. »Es war reiner Zufall, dass ich früher zurückgekommen bin, als ich gesagt hatte. Ich hätte doch etwas merken müssen. Es war schon ganz schön schlimm die letzten Tage, aber ich dachte doch nicht …«

»Es ist nicht deine Schuld.«

»Ich bin Ärztin, Nora, verdammt noch mal.« Ihre Stimme am anderen Ende der Leitung klingt gequält. »Okay, es ist schon ein bisschen her, dass ich mich mit Psychiatrie beschäftigt habe, aber wir sollten ja wohl unsere Grundausbildung im Kopf behalten. *Scheiße.* Ich hätte etwas merken sollen.«

»Aber sie wird wieder in Ordnung kommen?«

»Ich weiß nicht. Sie hat einen Haufen Schlaftabletten genommen, zusammen mit etwas Diazepam und einer Riesenmenge Paracetamol, und das alles mit Whisky runtergespült. Das Paracetamol macht mir Sorgen – das ist ziemlich übles Zeug. Es kann passieren, dass du aufwachst und dich eigentlich gut fühlst, und dann gibt deine Leber den Geist auf, gerade wenn du beschlossen hast, dass Sterben dir eigentlich doch nicht so gut in die Frühjahrsplanung passt.«

»Oh Gott. Arme Flo. Hat sie was … hat sie gesagt, warum?«

»Sie hat nur einen Zettel geschrieben, auf dem steht, dass sie es nicht mehr aushält.«

»Glaubst du …« Ich halte inne, weiß nicht, wie ich die Frage formulieren soll.

»Was? Dass sie Schuldgefühle hatte?« Ich kann beinahe hören, wie Nina am Telefon mit den Schultern zuckt. »Ich weiß es nicht. Aber unabhängig davon, was man persönlich vermutet, sie hatte nun mal das Gewehr in der Hand. Ich glaube nicht, dass Lamarr und Roberts besonders sanft mit ihr umgegangen sind.«

»Wie ist sie an die Tabletten gekommen?«

»Das Diazepam und die Schlaftabletten hat sie verschrieben bekommen. Sie – wir alle standen ganz schön unter Druck, Nora. Sie hat gesehen, wie jemand erschossen wurde. Ich sage nur: posttraumatische Belastungsstörung.«

Ich schließe die Augen. Ich war die ganze Zeit sicher hier, eingewickelt in meinen Kokon aus Unwissenheit, während Flo einen Zusammenbruch erlitten hat.

»Sie war so besessen«, sage ich langsam. »Weißt du noch,

wie sie die ganze Zeit davon gefaselt hat, Clare den *perfekten* Junggesellinnenabschied bescheren zu wollen?«

»Ja, ich weiß«, antwortet Nina. »Glaub mir, davon haben wir in den letzten paar Tagen viel gehört. Sie hat fast pausenlos nur geweint und sich für das, was passiert ist, Vorwürfe gemacht.«

»Aber was ist denn passiert, Nina?« Plötzlich merke ich, dass ich meine Finger so fest um den weißen Plastikhörer kralle, dass es wehtut. »Lamarr glaubt, es war Mord. Das weiß ich. Sie stellen mir komische Fragen über mein Handy. Sie haben mich über meine Rechte belehrt. Ich bin tatverdächtig.«

»Wir sind *alle* Verdächtige«, erwidert Nina matt. »Wir waren in einem Haus, in dem ein Mann erschossen wurde. Das bist nicht nur du. Mann, ich wünschte, das alles wäre vorbei. Ich vermisse Jess so sehr, dass ich kaum klar denken kann. Warum zur Hölle haben wir überhaupt zugesagt, Nora?«

Sie klingt müde. Nicht nur von diesem Gespräch, sondern müde von allem. Und plötzlich kann ich sie vor mir sehen, sie und Tom allein in ihren Pensionszimmern, wie sie warten, auf das nächste Verhör, auf Neuigkeiten von Flo und Clare und alles andere.

Man hat sie gebeten, nicht abzureisen. Sie ist genauso gefangen wie ich. Gefangen von den Ereignissen im Haus.

»Hör mal, ich muss Schluss machen«, sagt Nina schließlich. »Ich habe nur so eine miese Prepaid-Karte und ich glaube, da ist nicht mehr viel drauf. Aber ich rufe noch mal an und hinterlasse meine Nummer, ja? Sag ihnen, sie sollen mich anrufen, wenn sie dich rauswerfen wollen.«

»Okay«, sage ich. Mir steckt ein Kloß im Hals, und ich huste, um es mir nicht anmerken zu lassen. »Pass auf dich auf, hörst du? Und mach dich nicht fertig wegen Flo. Sie wird wieder gesund.«

»Ich weiß nicht, ob das stimmt«, meint Nina. Ihre Stimme klingt niedergeschlagen. »In der Ausbildung habe ich ein paar Paracetamol-Vergiftungen gesehen und ich weiß, wie das läuft. Aber danke für den Versuch. Und Nora …« Sie hält inne.

»Ja?«, hake ich nach.

»Ich, äh … ach nichts, es hat gar keinen Zweck, wenn ich das sage. Vergiss es.«

»Was denn?«

»Ich meinte nur – versuch, dich daran zu erinnern, was passiert ist, nachdem du das Haus verlassen hast, ja? Da hängt eine Menge von ab. Aber fühl dich bloß nicht unter Druck gesetzt«, fügt sie mit einem etwas unsicheren Lachen hinzu.

»Ja, ich weiß«, versichere ich. »Tschüss, Nina.«

»Tschüss.«

Sie legt auf, und ich reibe mir übers Gesicht. »Fühl dich bloß nicht unter Druck gesetzt«, hat sie gesagt. Ich nehme an, das sollte ein Witz sein. Sie weiß genauso gut wie ich, wie sehr wir unter Druck stehen. Wir alle.

Ich muss mich erinnern. Ich muss mich erinnern.

Ich schließe die Augen und versuche, mich zu erinnern.

»Nora.« Eine Hand liegt auf meiner Schulter und rüttelt mich wach. »Nora.«

Ich blinzle und versuche, mich aufzusetzen, versuche zu verstehen, wo ich bin und was vor sich geht.

Es ist Lamarr. Ich bin eingeschlafen.

»Wie viel Uhr ist es?«, frage ich benebelt.

»Es ist bald Mittag«, antwortet sie. Ihre Stimme klingt streng. Keine Spur von einem Lächeln mehr. Vielmehr macht sie ein sehr ernstes Gesicht. DC Roberts steht hinter ihr, seine finstere Miene unverändert und unbewegt. Er scheint mit einem Bleistift in der Hand und einem mürrischen Ausdruck auf die Welt gekommen zu sein. Man kann ihn sich unmöglich dabei vorstellen, wie er ein Baby in den Armen hält oder eine Geliebte küsst.

»Wir würden Ihnen gern ein paar weitere Fragen stellen«, kündigt Lamarr an. »Brauchen Sie noch einen Moment?«

»Nein, nein, passt schon«, beteuere ich. Ich schüttele den Kopf, versuche, wach zu werden. Lamarr sieht mir dabei zu. »Legen Sie los«, sage ich.

Lamarr nickt, schaltet das Aufnahmegerät ein und wiederholt die Belehrung. Dann zieht sie ein paar Blätter Papier hervor. »Nora, ich möchte Sie bitten, das zu lesen. Es ist ein Transkript der E-Mails und Kurznachrichten sowohl von Ihrem als auch von James' Handy aus den letzten paar Tagen.«

Sie reicht mir die Zettel, und ich setze mich gerade hin, wische mir den Schlaf aus den Augen und versuche, den Text auf den eng bedruckten Seiten zu entziffern. Es ist eine Liste von SMS, und neben jeder ist die Telefonnummer vermerkt, von der die Nachricht geschickt wurde, sowie das Datum, die Zeit und eine andere Angabe, die ich nicht deuten kann – vielleicht die GPS-Standortbestimmung?

Die erste ist versehen mit meiner Nummer und »Freitag, 16:52 Uhr«.

LEONORA SHAW: James, ich bin's, Leo. Leo Shaw.
JAMES COOPER: Leo?? Krass bist du das wirklich?
LEONORA SHAW: Ja, ich bin's. Ich muss dich unbedingt sehen. Ich bin auf Clares Junggesellinnenabschied. Kannst du bitte herkommen? Es ist dringend.
JAMES COOPER: Was, im Ernst?
JAMES COOPER: Hat C es dir erzählt?
LEONORA SHAW: Ja. Bitte komm. Ich kann übers Telefon nicht sagen, worum es geht, aber ich MUSS mit dir reden.

JAMES COOPER: Du willst wirklich, dass ich komme? Kann es nicht warten, bis du wieder in London bist?
LEONORA SHAW: Nein. Es ist wirklich dringend. Bitte. Ich habe dich nie um etwas gebeten, aber das bist du mir schuldig. Morgen? Sonntag ist zu spät.

Die nächste Antwort von James trifft erst um 23:44 Uhr ein:
JAMES COOPER: Habe Matinee & Abendvorstellung morgen. Bin am Theater erst um 10/11 fertig. Könnte dann losfahren, dauert aber 5+ h. Ich wär erst mitten in der Nacht da. Willst du wirklich, dass ich das mache?

Samstag, 07:21 Uhr:
LEONORA SHAW: Ja.

Samstag, 14:32 Uhr:
JAMES COOPER: Ok.
LEONORA SHAW: DANKE. Lass dein Auto in der Auffahrt stehen. Geh hinten ums Haus herum. Ich schließe die Küchentür nicht ab. Mein Zimmer ist oben, zweite Tür rechts. Ich erkläre dir alles, wenn du ankommst.

Es folgt eine weitere lange Pause. James' Antwort trifft um 17:54 Uhr ein und sie bricht mir fast das Herz.
JAMES COOPER: Ok. Es tut mir so leid, Leo – alles tut mir so leid. Jx

Und dann, um 23:18 Uhr:
JAMES COOPER: Bin auf dem Weg.

Und dann nichts mehr.

Als ich zu Lamarr aufblicke, sind meine Augen voller Tränen und ich bringe kein Wort hervor.

»Die Befragte hat das Transkript gelesen«, spricht sie leise aufs Band. An mich gewandt sagt sie: »Und, Nora? Haben Sie eine Erklärung? Dachten Sie, wir würden das nicht finden? Die Nachrichten zu löschen war leider zwecklos, wir haben sie vom Server sichergestellt.«

»Ich … ich …«, hebe ich an. Ich atme tief durch und zwinge mich weiterzusprechen. »Ich habe die nicht geschrieben.«

»Ach, wirklich.« Es ist keine Frage, bloß eine flache, etwas müde Feststellung.

»Wirklich. Sie müssen mir glauben.« Noch während ich das sage, weiß ich, dass es hoffnungslos ist. »Jemand anders könnte sie geschickt haben. Vielleicht hat jemand meine SIM-Karte kopiert.«

»Wir sind ja nicht ganz blöd, Nora. Sie wurden von Ihrem Mobiltelefon aus geschickt, und die Zeitstempel Ihrer Nachrichten stimmen mit den Zeiten Ihrer Läufe im Wald und dem Tontaubenschießen überein.«

»Aber ich habe mein Handy zum Laufen gar nicht mitgenommen!«

»Die GPS-Daten sind eindeutig. Wir wissen, dass Sie aus dem Haus und den Hügel hochgegangen sind, bis Sie ein Signal empfangen konnten.«

»Ich habe sie nicht geschrieben«, beharre ich, ohne Hoffnung. Ich will zurück ins Bett kriechen und mir die Decke über den Kopf ziehen. Lamarr hat sich zu voller Länge aufgerichtet und blickt auf mich herunter; die Zeiten des kuscheligen Am-Bett-Sitzens sind vorbei. Ihr Gesicht wirkt starr, wie aus Ebenholz geschnitzt. Zwar haben ihre Züge etwas Gütiges, doch auch eine Art Härte, die ich bis jetzt nicht bemerkt hatte. Ihr Gesicht zeigt jene schonungslose Abgeklärtheit, die ich bei einem Engel vermuten würde – keinem Engel der Barmherzigkeit, sondern einem der Strafe.

»Wir haben außerdem inzwischen den Bericht über die

Untersuchung des Fahrzeugs bekommen, Nora. Wir wissen, was passiert ist.«

»Was ist denn passiert?« Ich versuche, nicht in Panik zu verfallen, doch ich weiß, dass meine Stimme zittrig und schrill klingt. Sie wissen es. Sie wissen etwas, das ich nicht weiß. »*Was* ist passiert?«

»Clare hat Sie aufgesammelt. Und als sie wieder sicher auf der Straße war und mit hoher Geschwindigkeit fuhr, haben Sie ins Lenkrad gegriffen – erinnern Sie sich? Sie haben ins Lenkrad gegriffen und den Wagen von der Straße abgebracht.«

»Nein.«

»Ihre Fingerabdrücke sind auf dem gesamten Lenkrad verteilt. Die Kratzer auf Ihren Händen, die abgebrochenen Nägel – das alles deutet auf einen Kampf mit Clare hin. Sie hat Abwehrverletzungen an Händen und Armen. Unter ihren Nägeln haben wir Hautfragmente von Ihnen gefunden.«

»Nein!«

Doch noch während ich es sage, erlebe ich einen Flashback, ein Albtraum am helllichten Tag: Clares entsetztes Gesicht, grün angestrahlt vom Licht des Armaturenbretts, wir beide im Handgemenge.

»Nein!«, wiederhole ich, doch es ist mehr ein Schluchzen. Was habe ich getan?

»Was hat Clare Ihnen erzählt, Nora? Hat sie Ihnen gesagt, dass sie James heiratet?«

Ich kann nicht sprechen. Ich schüttele nur den Kopf, doch es ist kein Abstreiten. Ich kann es nicht ertragen, ich halte diese Fragen nicht aus.

»Die Befragte schüttelt den Kopf«, bemerkt Roberts schroff.

»Flo hat uns die Vorgeschichte erzählt«, fährt Lamarr ungerührt fort. »Clare hatte sie gebeten, es unter Verschluss zu halten. Sie hatte vor, es Ihnen dieses Wochenende zu sagen, habe ich recht?«

Oh Gott.

»Seit der Trennung hatten Sie nie wieder eine andere Beziehung, oder?«

Nein. Nein. Nein.

»Sie waren von ihm besessen. Clare hatte es hinausgeschoben, Ihnen davon zu erzählen, weil sie sich vor Ihrer Reaktion fürchtete. Sie hat sich zu Recht gefürchtet, nicht wahr?«

Bitte lass mich aus diesem Albtraum erwachen.

»Also haben Sie ihn zum Haus gelockt und ihn dann erschossen.«

Nein. Oh Gott. Ich muss reden. Ich muss etwas sagen, damit Lamarr den Mund hält, damit diese geschmeidige, lieblich volle Stimme mit ihren bösartigen Anschuldigungen aufhört.

»Es ist die Wahrheit, Nora, nicht wahr?«, sagt sie und ihr Tonfall ist dabei weich und milde, und schließlich, endlich, setzt sie sich ans Fußende meines Bettes und streckt ihre Hand nach mir aus. »Nicht wahr?«

Ich blicke zu ihr auf. Meine Augen sind voller Tränen, doch ich kann Lamarrs Gesicht erkennen, ihren mitfühlenden Blick, ihre schweren Ohrringe, die eigentlich viel zu schwer sind für so einen schlanken Nacken. Ich höre das Klicken und Surren des Aufnahmegeräts.

Ich finde meine Stimme wieder.

»Ich möchte einen Anwalt.«

29

Ich versuche, mich an die Uhrzeit der ersten Nachricht zurückzuerinnern, die ich James angeblich geschrieben habe, die um 16:52 Uhr von meinem Handy aus geschickt wurde. Ich war laufen gegangen. Mein Handy lag unbeaufsichtigt oben in meinem Zimmer. Wer also hatte Zugang dazu?

Clare war noch nicht da – das weiß ich sicher, weil ich sie bei ihrer Ankunft auf der Auffahrt getroffen habe, aber alle anderen kommen infrage.

Aber warum? Warum würde irgendjemand mich auf diese Weise vernichten wollen – und James und *Clare*?

In Gedanken gehe ich die verschiedenen Möglichkeiten durch.

Melanie kommt mir am unwahrscheinlichsten vor. Ja, sie war da, als ich laufen gegangen bin, und sie war sogar die Einzige, die zur Zeit meines zweiten Laufs schon auf war. Aber ich kann mir beim besten Willen nicht vorstellen, dass ich oder James für sie wichtig genug wären, um etwas Derartiges zu tun. Warum sollte sie alles riskieren, um jemanden, den sie noch nicht einmal getroffen hatte, in so etwas zu verwickeln? Außerdem war sie längst abgereist, als James ankam, als James … James … Ich schließe die Augen und versuche, die Bilder auszublenden, die Bilder von James, der schwerverletzt und blutüberströmt auf dem Holzboden liegt. *Sie kann trotzdem die Patrone ausgetauscht haben,* flüstert eine leise Stimme in meinem Kopf. *Sie hätte das jederzeit tun können. Und vielleicht würde es erklären, warum sie es so eilig hatte abzureisen …?* Das stimmt. Sie könnte die Patrone ausgetauscht haben. Aber den Rest kann sie unmöglich vorausgesehen haben – die offene Tür, das Gewehr, das Durcheinander …

Tom also. Er hatte die Gelegenheit – er war zu der Zeit im Haus, als mein Handy dort war, er war auch beim Tontaubenschießen dabei. Und – das kommt mir plötzlich in den Sinn – er war derjenige, der Clare alleine in den Wald geschickt hat. Was war es, das sie so plötzlich veranlasst hat loszufahren? Wir haben nur seine Version der Ereignisse, und jetzt, im Lichte dessen, was passiert ist, scheint seine Behauptung, dass sie ihn so grundlegend missverstanden haben soll, ein etwas zu seltsamer Zufall zu sein. Würde sie wirklich einfach so in die Nacht davonrasen, ohne sich zu vergewissern? Nina war schließlich die Ärztin. Alle Hoffnung für James' Überleben ruhte auf ihr.

Was, wenn er ihr sagte, dass sie fahren soll? Er hätte alles Mögliche behaupten können – dass Nina nicht mitkomme, aber gesagt habe, sie solle losfahren und im Krankenhaus auf sie warten. Was das Motiv angeht … ich denke zurück an unser betrunkenes Gespräch über seinen Mann und James. Wenn ich bloß aufgepasst hätte. Wenn ich bloß zugehört hätte! Doch ich war gelangweilt – gelangweilt von dieser Litanei mir unbekannter Namen und den Gehässigkeiten der Theaterwelt. Könnte da etwas sein, hegte vielleicht Bruce einen Groll gegen James? Oder vielleicht genau das Gegenteil …

Doch das ist nicht sehr wahrscheinlich. Und selbst wenn Tom Clare wirklich in die Nacht hinausgeschickt hätte, was hätte er damit erreicht? Er hätte nicht vorhersehen können, was danach passierte.

Aber vor allem konnte er nichts über meine Vergangenheit mit James wissen. Es sei denn … es sei denn, jemand hätte ihm davon erzählt.

Clare könnte es ihm erzählt haben. Daran führt kein Weg vorbei. Aber dagegen spricht: Der Mord wurde so inszeniert, dass er nicht nur James vernichtet hat, sondern nun auch Clare und mich. Es scheint mir mehr als ein Kollateralschaden zu sein; es ist etwas zutiefst Böswilliges und *Persönliches* an der Art, wie ich vorsätzlich mit hineingezogen wurde und bei uns beiden langvergessene Wunden aufgerissen wurden. Wer würde so etwas tun? *Warum* würde jemand das tun?

Ich versuche, das Ganze zu betrachten, als wäre es eines meiner Bücher. Wenn ich die Handlung entwerfen müsste, könnte ich mir schon einen Grund ausdenken, warum Tom James wehtun wollte. Und vermutlich könnte ich auch ein Motiv dafür konstruieren, dass er im selben Zug Clare schaden wollte. Aber mir? Warum sollte er zu solchen Mitteln greifen, um jemanden hineinzuziehen, den er nicht einmal kannte? Die einzige Person, die überhaupt auf so eine Idee kommen könnte, müsste uns alle drei kennen. Jemand, der anwesend war, als alles begann. Jemand wie …

Nina.

Vor dem Gedanken scheue ich zurück, fast zucke ich zusammen. Nina kann seltsam sein; scharfzüngig, sarkastisch und oft gedankenlos. Doch niemals würde sie so etwas tun. Bestimmt nicht. Oder? Ich sehe ihr Gesicht vor mir, ernst, fast wie in Trauer, als sie über die Schusswunden sprach, die sie in Kolumbien behandelt hatte. Sie lebt doch dafür, Menschen zu helfen. Bestimmt könnte sie so etwas nicht tun?

Aber in meinem Ohr ist ein Flüstern, ein leises Stimmchen, das mich erinnert, wie kaltblütig Nina sein kann. Ich weiß noch, wie sie einmal in sehr betrunkenem Zustand sagte: »Chirurgen machen sich nichts aus Menschen, zumindest nicht aus Gefühlsduselei. Sie sind wie Mechaniker:

Sie wollen sie aufschneiden, sehen, wie sie funktionieren, und sie auseinandernehmen. Der Durchschnittschirurg ist wie ein kleiner Junge, der die Armbanduhr seines Dads zerlegt, um sich das Räderwerk anzusehen, und sie hinterher irgendwie wieder zusammenbaut. Je öfter man das macht, desto besser wird man darin, die Teile wieder zusammenzusetzen. Aber Narben hinterlassen wir immer.«

Ich denke auch an das gelegentliche, erschreckend heftige Aufflammen ihrer Verachtung für Clare. Ich denke daran, wie wütend sie an jenem Abend war, als sie darüber sprach, wie Clare ständig nachhaken und stochern musste und frohlockte, wenn es ihr gelungen war, eine Reaktion zu provozieren. Ich denke an die Bitterkeit, die sie nach all den Jahren über die Art und Weise empfand, wie Clare sie geoutet hatte. Ist da vielleicht immer noch etwas, das sie Clare nie vergeben hat?

Und schließlich denke ich an ihr Verhalten am ersten Abend nach unserer Ankunft. Das *Ich-hab-noch-nie*-Spiel. Ich erinnere mich daran, mit welch genüsslicher Boshaftigkeit sie verkündet hatte: *Ich habe nie mit James Cooper gefickt.*

Mit einem Mal wird mir in diesem überhitzten, saunaähnlichen Zimmer ganz kalt. Denn genau *das* ist die Art von grausamer, persönlich gemeinter Niedertracht, die der ganzen Situation zugrunde liegt. Es war nicht einfach eine Indiskretion aus Neugier oder Gedankenlosigkeit. Es war vorsätzliche Grausamkeit – mir und Clare gegenüber. Wer ist es denn nun, der nachhakt und stochert und hinterher frohlockt?

Doch ich schiebe diesen Gedanken von mir. Ich werde nicht so über Nina denken. Nein, das werde ich nicht. Wenn ich das zulasse, verliere ich den Verstand.

Flo. Zu ihr kehre ich immer wieder zurück. Sie war von

Anfang an da. Sie hat die Gäste eingeladen. Sie hielt das Gewehr in der Hand. Sie war diejenige, die behauptet hatte, es sei nur mit Platzpatronen geladen.

Flo – Flo mit ihrer seltsamen Fixierung auf Clare. Mit ihrer labilen Emotionalität. Sie hätte jederzeit von mir und James erfahren haben können – schließlich war sie seit dem Studium Clares beste Freundin. Was wäre naheliegender, als dass Clare ihr die Geschichte anvertraut hat?

Hat sie deshalb eine Überdosis genommen? Ist ihr klar geworden, was sie angerichtet hat?

Tief in Gedanken versunken hebe ich den Blick, dann bleiben meine Augen plötzlich an etwas hängen, einer Bewegung vor der Tür.

Und mir wird klar, worum es sich dabei handelt.

Der Wächter ist zurück – der Wachpolizist vor meiner Tür. Nur dass ich diesmal absolut keinen Zweifel habe: Er ist nicht hier, um mich zu beschützen. Er ist hier, um mich zu bewachen. Ich werde nicht nach Hause gehen, wenn sie mich entlassen, sondern auf eine Polizeiwache. Ich werde verhaftet, verhört und höchstwahrscheinlich angeklagt werden, wenn sie glauben, dass sie mir das anhängen können.

Kalt und leidenschaftslos wende ich mich nun der letzten Person auf dem Junggesellinnenabschied zu: Ich untersuche die Anschuldigungen gegen mich.

Ich war da. Ich hätte James diese Nachrichten schicken können. Ich hätte die Platzpatronen gegen scharfe Munition eintauschen können. Meine Hand lag auf dem Gewehr, als Flo abdrückte. Es wäre ein Leichtes gewesen, den Gewehrlauf ein wenig zu lenken, um sicherzustellen, dass er auf James zeigte, als dieser gerade die Treppe heraufkam.

Und, was noch wichtiger ist, ich war bei Teil zwei des Mordes an James dabei. Ich war im Auto, als es von der Straße abkam.

Was zum Teufel ist in diesem Auto passiert? Warum erinnere ich mich nicht?

Ich denke an das zurück, was Dr. Miller gesagt hat: *Manchmal kommt es vor, dass das Gehirn Ereignisse unterdrückt, für deren Verarbeitung wir noch nicht bereit sind. Ich schätze, es ist wohl eine … eine Art Bewältigungsmechanismus, wenn man so will.*

Was ist es, das mein Gehirn nicht verarbeiten kann? Die Wahrheit?

Ich fühle, wie mein ganzer Körper zittert, als würde ich frieren, obwohl die Hitze im Krankenhaus so drückend ist wie eh und je, und ich ziehe mir Ninas Strickjacke vom Fuß des Bettes heran, kuschele mich hinein, und während ich ihren Duft von Zigaretten und Parfüm einatme, versuche ich, mich zu fangen.

Es ist nicht der Gedanke daran, verhaftet und angeklagt zu werden, der mich so schockiert hat – ich glaube immer noch nicht, dass das wirklich passiert. Bestimmt, ganz bestimmt werden sie mir doch glauben, wenn ich nur alles erkläre?

Was mich wirklich aus dem Gleichgewicht gebracht hat, ist dies: Irgendjemand empfindet genug Hass auf mich, um mir das anzutun. Doch wer?

Den Gedanken an die allerletzte Möglichkeit erlaube ich mir nicht. Sie ist zu schrecklich, als dass ich sie in mein Bewusstsein dringen ließe, höchstens in der Form eines winzigen, nagenden Flüsterns, das sich einstellt, wenn ich in Gedanken woanders bin.

Doch als ich mich unter der dünnen Krankenhausdecke ganz klein mache, mit Ninas Strickjacke um die Schultern, kehrt das Flüstern zurück: *Was, wenn es wahr ist?*

Der Rest des Tages vergeht langsam, selbst die Luft fühlt sich an, als ob sie aus Sirup bestünde. Es erinnert mich an die

Albträume, die ich manchmal habe, in denen meine Glieder so schwer sind, dass ich sie nicht bewegen kann. Etwas verfolgt mich, und ich muss fliehen, doch ich stecke im Schlamm fest, meine Beine sind taub und langsam, und mir bleibt nur, unter Qualen durch den Traum zu waten, während der unbestimmte Schrecken in meinem Rücken immer näher kommt.

Mein kleines Zimmer fühlt sich mehr und mehr an wie eine Gefängniszelle, mit dem schmalen drahtverstärkten Fenster und dem Wächter vor meiner Tür.

Ich weiß jetzt, was passiert, wenn sie mich entlassen. Ich werde nicht nach Hause fahren. Man wird mich festnehmen, auf ein Polizeirevier bringen und dann vermutlich anklagen. Die SMS sind Beweis genug, um mich festzuhalten, zusammen mit der Tatsache, dass ich leugne, sie verfasst zu haben.

Ich erinnere mich daran, wie ich vor langer Zeit, als ich mein erstes Buch schrieb, mit einem Polizisten über Verhörtechniken gesprochen habe. *Man hört zu,* sagte er. *Man hört zu, bis die Lüge kommt.*

Lamarr und Roberts haben ihre Lüge gefunden: Ich habe behauptet, diese Nachrichten nicht geschrieben zu haben. Und doch sind sie da.

Ich versuche zu essen, doch das Essen schmeckt nach nichts, und ich lasse das meiste auf dem Tablett liegen. Ich versuche, ein Kreuzworträtsel zu lösen, aber die Wörter auf dem Papier entziehen sich mir, sind nichts als Tintenspuren, während mein inneres Auge von anderen Bildern heimgesucht wird.

Ich, auf einer Anklagebank, in einer Gefängniszelle.

Flo, angeschlossen an die Herz-Lungen-Maschine, irgendwo in diesem Krankenhaus.

Clare, flach auf dem Bett liegend, deren Augen sich unter geschlossenen Lidern langsam hin- und herbewegen.

James, inmitten einer immer größer werdenden Blutlache.

Plötzlich dringt der Geruch in meine Nasenlöcher – der Schlachtereigeruch seines Blutes, das meine Hände und meinen Schlafanzug bedeckt und langsam in den Boden sickert …

Ich werfe die Decke von mir und stehe auf. Ich gehe zum Badezimmer, um mir Wasser ins Gesicht zu spritzen und den Gestank des Blutes und die ungebetenen Erinnerungen fortzuspülen. Die Erinnerungen, die ich will, kommen nicht. Kann es sein … kann es sein, dass ich doch diese Nachrichten geschrieben und die Erinnerung daran gemeinsam mit dem, was im Auto geschah, begraben habe?

Wem kann ich noch vertrauen, wenn nicht mir selbst?

Ich lege mein Gesicht in meine Hände, und als ich den Kopf wieder hebe, betrachte ich mich selbst im Spiegel, unter dem gnadenlosen fluoreszierenden Licht. Die Blutergüsse um meine Augen sind immer noch da, doch sie verblassen allmählich. Ich sehe gelbsüchtig aus, hohläugig. In den Kuhlen an den Seiten meiner Nasenwurzel befinden sich ein paar dunkle Flecken, ebenso unterhalb der Augen, doch ich sehe nicht mehr aus wie ein Freak. Hätte ich einen Abdeckstift, würde ich die Schatten übermalen. Habe ich aber nicht. Ich habe gar nicht daran gedacht, Nina darum zu bitten.

Ich sehe dürr aus und alt. Eine Seite meines Gesichts ist vom Liegen auf den rauen Krankenhauslaken zerknautscht.

Ich denke an die Person, die ich im Innern bin. In meinem Kopf bin ich seit fast zehn Jahren sechzehn. Mein Haar ist noch lang. Ich ertappe mich immer wieder dabei, wie ich in Stresssituationen versuche, es mir aus dem Gesicht zu streichen, obwohl es nicht mehr da ist.

In meinem Kopf ist James noch am Leben. Ich kann nicht glauben, dass er es nicht ist.

Ob sie mich ihn sehen lassen?

Ich schaudere, fahre mir mit der nassen Hand durch das

struppige Haar und reibe meine Hände an der grauen Jogginghose trocken.

Dann drehe ich mich um und verlasse das Bad.

In meinem Zimmer fällt mir auf, dass irgendetwas anders ist. Ich kann nicht ausmachen, was es ist: Mein Buch liegt immer noch auf dem Bett. Meine Flipflops stehen darunter. Die Wasserkanne steht immer noch halbvoll auf dem Nachttisch und die Krankenakte steckt immer noch schief im Halter am Fußende des Bettes.

Dann sehe ich es.

Der Wächter ist nicht da.

Ich gehe zur Tür, spähe hinaus durch die verdrahtete Scheibe. Der Stuhl steht da. Eine Tasse Tee steht auch da, schwach dampfend. Aber kein Wächter.

Ich spüre das leichte Kribbeln eines Adrenalinschubs, und die Härchen in meinem Nacken stellen sich auf. Mein Körper weiß bereits, was ich jetzt tun werde, noch bevor mein Verstand es verarbeitet hat. Meine Finger greifen nach den Flipflops, und meine Füße gleiten hinein. Meine Hände knöpfen die Strickjacke zu. Zuletzt greife ich nach den zwei Zehnpfundscheinen, die immer noch gefaltet an der Kante des Nachttisches liegen.

Mein Herz pocht, als ich vorsichtig gegen die Tür drücke. Ich rechne jeden Moment damit, dass jemand *Stopp!* brüllt oder eine Schwester mich anspricht und fragt: *Ist alles in Ordnung, Schätzchen?*

Doch niemand sagt etwas.

Niemand tut etwas.

Ich spaziere aus dem Zimmer, den Flur hinunter, vorbei an den anderen Krankenbetten, während meine Füße in den Flipflops auf dem Linoleumboden *pitsch, patsch, pitsch, patsch* machen.

Vorbei an der Schwesternstation – keiner da. Da ist zwar

eine Schwester hinten in dem kleinen Büroraum, doch sie sitzt mit dem Rücken zur Scheibe und ist mit Papierkram beschäftigt.

Pitsch, patsch, pitsch, patsch. Durch die Flügeltür und hinaus auf den Hauptkorridor, wo weniger der Geruch von Desinfektionsmittel als vielmehr die Dünste aus der Großküche am anderen Ende des Korridors die Luft erfüllen. Ich beschleunige meinen Schritt leicht. Weiter vorn hängt ein Schild, auf dem *Ausgang* steht, mit einem Pfeil, der um die Ecke zeigt.

Als ich um die Ecke biege, bleibt mir fast das Herz stehen. Da steht der Wachpolizist, direkt vor der Herrentoilette, und murmelt etwas in sein Funkgerät. Einen Moment zögere ich. Beinahe will ich die Flucht ergreifen und in mein Zimmer zurücklaufen, bevor er bemerken kann, dass ich weg bin.

Aber ich tue es nicht. Ich fasse mich wieder und laufe an ihm vorbei, *pitsch, patsch, pitsch, patsch,* während mein Herz im Gleichtakt *bumm, bumm, bumm, bumm* schlägt. Er schenkt mir keine Beachtung.

»Roger«, sagt er, als ich ihn passiere. »Verstanden.«

Und dann bin ich vorbei, und er ist weg.

Ich gehe weiter, nicht zu schnell, nicht zu langsam. Mich wird doch sicher jemand aufhalten? Man kann doch wohl nicht einfach so aus einem Krankenhaus spazieren?

Ich sehe ein *Ausgang*-Schild, das den Flur entlang zeigt, vorbei an Reihen von Patientenkabinen. Ich bin fast da.

Und dann, als ich fast die Tür vor dem Treppenhaus mit den Aufzügen erreicht habe, sehe ich etwas, *jemanden,* durch das schmale Glasfenster.

Lamarr.

Ich halte den Atem an, und fast ohne nachzudenken ducke ich mich und schleiche rückwärts in eine durch einen Vorhang abgetrennte Kabine, bete, dass der Patient darin schläft.

Verstohlen ziehe ich den Vorhang zu, wobei mir das Herz bis zum Hals schlägt, und dann stehe ich da, wartend und horchend. Ich höre das Geräusch der auf- und zugehenden Tür, und kurz darauf höre ich das *klick, klack, klick, klack* ihrer Absätze auf dem Linoleumboden. An der Schwesternstation fast gegenüber meinem Versteck halten die Schritte plötzlich inne, und ich stehe da mit zitternden Händen und warte, dass der Vorhang aufgerissen wird, dass man mich entdeckt.

Doch stattdessen tauscht sie nur einige Höflichkeiten mit der diensthabenden Oberschwester aus, und wenig später höre ich das *klick, klack, klick, klack* auf dem Korridor verschwinden, in Richtung der Toiletten und meines Zimmers.

Gott sei Dank. Gott sei Dank. Gott sei Dank.

Meine Beine sind wackelig, zittern vor Erleichterung, und einen Moment lang glaube ich, dass ich nicht mehr stehen kann. Aber ich muss. Ich muss hier raus, bevor sie in mein Zimmer geht und merkt, dass ich weg bin. Plötzlich wünschte ich, ich hätte das Bett mit Kissen ausgestopft oder den kleinen Vorhang am Fenster zugezogen.

Zwei- oder dreimal hole ich tief Luft, um mich zu beruhigen, dann drehe ich mich um, bereit, mich bei dem Patienten im Bett zu entschuldigen.

Doch als ich sehe, wer darin liegt, bleibt mir beinahe das Herz stehen.

Clare.

Clare – die Augen geschlossen, ihr goldenes Haar auf dem Kissen ausgebreitet.

Sie ist sehr blass, und ihr Gesicht ist fast noch schlimmer zugerichtet als meins. An ihrem Finger klemmt ein Kabel zum Monitor, und weitere Drähte führen unter die Bettdecke.

Oh Gott. Oh, Clare.

Ich weiß, dass es verrückt ist, aber ich kann mir nicht helfen. Unwillkürlich strecke ich die Hand nach ihrem Gesicht aus und streiche ihr eine Haarsträhne von den Lippen. Unter den Lidern zucken ihre Augen unruhig, und ich halte den Atem an, doch dann entspannt sie sich und gleitet zurück in ihren – Schlaf? Koma? – Zustand. Ich stoße einen erleichterten Seufzer aus.

»Clare«, flüstere ich, ganz leise, damit niemand es hört, aber die Worte vielleicht in ihre Träume dringen. »Clare, ich bin es, Nora. Ich schwöre, ich werde die Wahrheit herausfinden. Ich werde herausfinden, was passiert ist. Versprochen.«

Sie sagt nichts. Ihre Augen bewegen sich unter den Lidern, und ich muss an Flo denken, wie sie während unserer Séance blind, ziellos nach etwas suchte, das niemand von uns sehen konnte.

Es zerreißt mir fast das Herz.

Wie angewurzelt stehe ich da. Vielleicht suchen sie schon nach mir.

Heimlich, vorsichtig spähe ich zwischen den Vorhängen hindurch. Der Flur ist menschenleer – die Schwesternstation ist nicht besetzt, alle sind mit Patienten beschäftigt, und die Oberschwester ist verschwunden.

Ich schleiche mich hinaus, ziehe die Vorhänge hinter mir zu, und dann renne ich zur Tür am Ende der Station und stolpere in den Aufzugvorraum.

Ich drücke die Knöpfe, nicht einmal, sondern fünf-, zehn-, fünfzehnmal, drücke wieder und wieder, als könnte ich die Aufzüge dazu bringen, sich zu beeilen.

Endlich ertönt ein quietschendes Geräusch. Ein *Ping*, und die Türen des hintersten Aufzugs öffnen sich. Halb gehend, halb rennend schaffe ich es hinein, mit klopfendem Herzen. Ein Pfleger steht darin, der eine Frau im Rollstuhl schiebt und durch die Zähne ein Lied von Lady Gaga pfeift. Bitte, bitte, lass mich es schaffen.

Holpernd kommt der Aufzug zum Stehen. Ich lasse dem Pfleger und der Frau den Vortritt, bevor ich hinaustrete und den Schildern zum Haupteingang folge. An der Pforte blättert eine gelangweilt aussehende Frau in einer Zeitschrift.

Als ich mich ihr nähere, beginnt das Telefon zu läuten, und unwillkürlich beschleunige ich meinen Schritt. *Nicht abheben. Nicht abheben.*

Sie hebt ab. »Pforte.«

Ich gehe viel zu schnell, das weiß ich, aber ich kann nicht anders. Ich muss doch aussehen wie eine Patientin. Wie kann sie nicht merken, dass ich Flipflops trage? Normale Menschen, etwa Besucher, tragen keine Flipflops im November. Nicht mit einer grauen Jogginghose und einer blauen Strickjacke.

Sie wird mich anhalten, das ist mir klar. Sie wird etwas zu mir sagen, fragen, ob alles in Ordnung ist. Die zwei Zehnpfundscheine in meiner geballten Faust sind ganz feucht geworden vom Schweiß.

»Wirklich?«, fragt die Pförtnerin mit schneidender Stimme, als ich an ihr vorbeiziehe. Sie wickelt sich das Telefonkabel um einen Finger. »Ja, ja, alles klar. Ich werde die Augen offen halten.«

Mir schlägt das Herz bis zum Hals. Sie weiß Bescheid. Ich halte das nicht aus.

Doch sie blickt nicht auf. Sie nickt. Vielleicht sprechen sie gar nicht über mich.

Ich bin fast an der Tür. Daneben hängt ein Schild, das die Besucher ermahnt, beim Rein- und Rausgehen das Desinfektionsgel zu benutzen. Sollte ich stehen bleiben? Würde es mehr auffallen, wenn ich stehen bleibe oder wenn ich es nicht tue?

Ich bleibe nicht stehen.

Die Frau an der Pforte ist immer noch im Gespräch und schüttelt den Kopf.

Ich befinde mich jetzt in der Drehtür. Kurz erfüllt mich Panik bei dem Gedanken, dass sie mittendrin einfach stehen bleiben könnte, dass ich gefangen wäre in einer dreieckigen Kabine, mit nicht mehr als einem hauchdünnen Spalt nach draußen, gerade genug, um meine Hand hindurchzustecken, doch zu wenig, um zu fliehen.

Aber natürlich passiert das nicht. Die Tür setzt ihren reibungslosen Umlauf fort.

Die kalte Luft trifft mich wie ein himmlisches Geschenk.

Ich bin raus aus dem Krankenhaus.

Ich bin entkommen.

Ich bin frei.

30

Der Wind bläst mir kalt ins Gesicht, und ich fühle mich völlig verloren. Dieser Ort ist mir ganz fremd – plötzlich erfasst mich auf schmerzhafte Weise die Erkenntnis, dass ich bei meiner Einlieferung bewusstlos war und nicht die leiseste Ahnung habe, wie ich hierhergekommen bin und wie ich wieder wegkommen soll.

Nach der brütenden Hitze des Krankenhauses zittere ich nun vor Kälte. Einzelne Schneeflocken treiben im Wind. Ich richte meinen Blick nach oben, wie auf der Suche nach einem Wunder, und da ist es schon, in Form eines Schildes mit der Aufschrift *Taxis* über einem Pfeil.

Langsam, fröstelnd biege ich um die Ecke des Gebäudes und dort, unter einem zweiten »Taxi«-Schild, steht ein einzelner Wagen mit eingeschaltetem Licht. Darin sitzt ein Mann, glaube ich zumindest, es ist durch die beschlagenen Scheiben schwer zu erkennen.

Ich humpele näher heran – die Flipflops scheuern allmählich die Innenseite meines Fußes wund – und klopfe ans Fenster. Es öffnet sich einen Spalt, und ein fröhliches braunes Gesicht grinst mich an.

»Was kann ich für Sie tun, junge Dame?«, fragt er. Er ist ein Sikh, der seinen Turban in einem schicken Schwarz trägt, in der Mitte ein Anstecker mit dem Logo seines Taxiunternehmens. Sein Akzent ist eine ungewöhnliche Mischung aus Pandschabi und Newcastle-Englisch, die mich im ersten Augenblick fast zum Lachen bringt.

»Ich … ich muss nach …« Ich habe keine Ahnung, wohin ich will. Zurück nach London?

Nein.

»Ich muss ins *Glass House*«, sage ich. »Das ist ein Landhaus in der Nähe von Stanebridge. Kennen Sie das Dorf?«

Er nickt und legt seine Zeitung zur Seite. »Klar, kenn ich. Springen Sie rein.«

Aber das tue ich nicht. Trotz der Kälte und der Tatsache, dass ich mittlerweile am ganzen Leib schlottere, zögere ich noch, mit der Hand auf dem Türgriff.

»Wie viel wird das kosten, bitte? Ich habe nur zwanzig Pfund.«

»Normalerweise fünfundzwanzig«, antwortet er, wobei er meine Blutergüsse in Augenschein nimmt, »aber in Ihrem Fall sagen wir mal zwanzig.«

Gott sei Dank. Ich bringe ein schwaches Lächeln zustande, doch mein Gesicht fühlt sich an, als sei es halb gefroren und könnte unter der Anstrengung zerbrechen.

»D-danke«, sage ich, und diesmal ist es kein Stottern, sondern das Klappern meiner Zähne.

»Na los, rein mit Ihnen.« Er öffnet die Tür hinter sich. »Sonst erfrieren Sie mir noch. Nun steigen Sie schon ein.«

Ich folge seiner Aufforderung.

Wie ein schützender Kokon umhüllt mich die Wärme des Wagens. Es riecht nach abgenutztem Plastik, dem künstlichen Kieferduft des Lufterfrischers und altem Zigarettenrauch, der vertraute, universale Taxigeruch, und ich will mich hineinkuscheln in die weichen, warmen Sitze, einschlafen und nie wieder aufwachen.

Meine Finger zittern, als ich versuche, den Sicherheitsgurt zu schließen. Auf einmal merke ich, wie müde ich bin, wie geschwächt meine Muskeln von dem Aufenthalt im Krankenhaus sind.

»Sorry«, nuschle ich, als er sich umdreht, um zu prüfen, ob ich angeschnallt bin. »Sorry. Hab's fast geschafft.«

»Gar kein Problem. Wir haben's nicht eilig.«

Und dann schließt sich der Gurt mit einem beruhigenden *Klick*, und ich lehne mich zurück, spüre schmerzhaft meinen müden Körper.

Der Fahrer startet den Motor. Ich schließe die Augen. Endlich weg.

»Hey, junge Dame. Aufwachen.«

Verwirrt und benommen öffne ich die Augen. Wo bin ich? Nicht zu Hause. Nicht im Krankenhaus.

Ich brauche einen Moment, bevor ich begreife, dass ich auf dem Rücksitz eines Taxis sitze, in meiner Krankenhauskleidung, und dass der Wagen zum Stehen gekommen ist.

»Wir sind da«, sagt er. »Aber ich kann nicht bis ans Haus ran. Die Straße ist gesperrt.«

Ich blinzle und wische das beschlagene Fenster frei. Es stimmt. Auf dem Weg stehen zwei mit Polizeiabsperrband festgezurrte Metallbarrieren.

»Das passt schon.« Ich reibe mir den Schlaf aus den Augenwinkeln und taste in meiner Hosentasche nach dem Geld. »Hier, bitte schön, zwanzig, stimmt doch?«

Er nimmt das Geld, erkundigt sich jedoch: »Sind Sie sicher, dass Sie klarkommen werden? Sieht aus, als wär das Haus verschlossen.«

»Ich komme schon zurecht.«

Ist das wahr? Mir bleibt nichts anderes übrig. Es muss einen Weg hinein geben. Ich gehe zwar davon aus, dass die Polizei das Grundstück gesichert hat, aber ich kann mir nicht vorstellen, dass sie es in eine Art Fort Knox verwandelt hat, dafür liegt es zu weit draußen. Hier kommt keiner vorbei, der den Tatort stören könnte.

Der Taxifahrer wirkt nicht besonders glücklich, als ich aus dem Auto steige. Er sieht mir nach, während ich mich an der Barriere vorbeischiebe. Ich will das nicht. Ich ertrage den Gedanken nicht, dass er mir dabei zusieht, wie ich in meinen jämmerlichen Flipflops den zerfurchten Pfad hinaufstolpere. Also bleibe ich stehen, halte mich an der Absperrung fest, zwinge mich, nicht zu zittern, und winke ihm entschlossen zu.

Er kurbelt das Fenster herunter und atmet eine weiße Wolke in die eisige Luft.

»Sind Sie ganz sicher? Ich kann hier warten, wenn Sie wollen, und Sie zurück nach Stanebridge fahren, wenn keiner da ist. Werd ich nicht berechnen. Ist eh auf meinem Rückweg.«

»Nein, danke«, beharre ich. Ich presse die Zähne zusammen, um zu verhindern, dass sie klappern. »Alles in Ordnung. Danke schön. Auf Wiedersehen!«

Er nickt, immer noch nicht überzeugt, lässt dann aber doch den Motor aufheulen. Ich sehe ihm nach, als sein Wagen in die beginnende Dämmerung entschwindet, dessen rote Rücklichter den rieselnden Schnee anstrahlen.

Himmel, ist die Auffahrt lang. Ich hatte vergessen, wie lang. Ich denke an meinen Lauf zurück, als ich Clare bei ihrer Ankunft traf, erinnere mich an meine müden, schmerzenden Beine und die Kälte auf meiner Haut.

Das war nichts im Vergleich zu jetzt. Was hat das Krankenhaus mit meinen Muskeln gemacht? Ich habe nicht mal die Hälfte der Strecke zurückgelegt, als meine Beine zu zittern beginnen; es ist das Muskelzittern, das sich einstellt, wenn man seinem Körper beim Sport zu schnell zu viel abverlangt hat. Meine Füße bluten in den harten Plastikschuhen, doch sie sind so taub, dass ich keine Schmerzen spüre. Nur die roten Tupfen, die in den Schnee sickern, verraten mir, was los ist.

Wenigstens ist der Matsch gefroren, so muss ich mich immerhin nicht mit ekligen Klumpen herumschlagen, die an meinen Füßen kleben. Doch dann, als ich in eine besonders tiefe Furche trete, knackt es, und mein Fuß durchbricht die dünne Eisschicht und landet direkt in der eisigen Schlammpfütze darunter.

Ich schnappe nach Luft und gebe eine Art fiependes Wimmern von mir, als ich meinen Fuß unter Schmerzen zwischen den Eissplittern herausziehe. Es ist ein dünner, jämmerlicher Ton, der an eine Maus erinnert, die von einer Eule gefangen wird.

Mir ist so kalt. Mir ist so furchtbar, furchtbar kalt.

War es eine sehr dumme Idee?

Doch es hilft nichts, ich muss weitergehen. Es hat keinen Sinn umzukehren – selbst wenn ich auf der Straße jemanden anhalten könnte, wo sollte ich hin? Zurück zum Krankenhaus, wo mich Lamarrs Handschellen schon erwarten? Ich bin davongelaufen, getürmt. Ich muss es zu Ende bringen. Es gibt keinen Weg zurück.

Ich zwinge meine Füße voran, einen Schritt nach dem anderen, die Arme fest um meinen Oberkörper geschlungen, um mich so gut es geht warmzuhalten, und ich danke Gott und Nina für die blaue Strickjacke, ohne die ich an Unterkühlung sterben würde. Wieder heult der Wind, ein langes, klagendes Ächzen geht durch die Bäume, und dann fällt raschelnd und prasselnd der Schnee zu Boden.

Einen Schritt noch.

Und noch einen.

Ich kann nicht einschätzen, wie weit es noch ist – jetzt, da das Haus leer ist, gibt es keine grellen Lichter, die mir den Weg weisen. Ich habe jedes Zeitgefühl verloren, weiß nicht, wie lange ich schon in der bitteren Kälte unterwegs bin. Ich weiß nur, dass ich weitergehen muss – denn tue ich es nicht, werde ich sterben.

Noch einen Schritt.

Als ich mich dem Haus nähere, drängen sich Bilder in meinen Kopf. Flo, mit angstverzerrtem Gesicht, das Gewehr vor der Brust. Das Entsetzen in Ninas Gesicht, ihre blutigen Hände, während sie versucht, den Blutfluss zu stoppen.

James. James, der im Sterben liegt, in einer Lache seines eigenen Blutes.

Ich weiß jetzt, was er mir sagen wollte, als er sagte *na… nach … Leo?*

Es war nicht »nach«, sondern »Nachricht«. Er hat mich gefragt, warum ich ihn hergebracht habe. Warum ich ihn hier sterben lasse.

Er ist meinetwegen gekommen. Er ist gekommen, weil ich ihn darum gebeten habe.

Habe ich das?

Ich bin mir nicht mehr sicher. Oh Gott, mir ist so kalt.

Es fällt mir schwer, einen klaren Kopf zu bewahren.

Ich erinnere mich an die SMS, die Lamarr mir auf dem bedruckten Papier gezeigt hat, und plötzlich bin ich mir nicht mehr sicher, ob ich mich daher daran erinnere oder noch von davor.

Habe ich James gebeten zu kommen?

Ich wusste nicht, dass Clare James heiraten würde, bis sie mir im Auto davon erzählt hat. Ich wusste es nicht. Warum also sollte ich ihm geschrieben haben?

Ich muss mich daran festhalten – ich muss mich an dem festhalten, dessen ich mir sicher bin.

Flo muss es getan haben. Sie war die Einzige, die das Ganze

eingefädelt haben könnte – sie hat die Gäste eingeladen, sie hat das Haus ausgewählt, sie wusste von dem Gewehr.

Sie war im Haus, als die Nachrichten verschickt wurden.

Sie wusste, dass ich laufen gegangen war.

Wieder denke ich daran, wie merkwürdig angespannt sie war, an ihre Stimmungswechsel, ihre enorme, überbordende, erschreckende Liebe zu Clare. Ist es möglich, dass sie fürchtete, Clare an James zu verlieren? Dass sie es nicht ertragen konnte, dass er nun zwischen sie treten würde? Und auf wen ließe sich da leichter die Schuld schieben als mich, James' Exfreundin, Clares ehemalige beste Freundin.

Und dann … dann wurde ihr bewusst, was sie getan hatte. Dass sie nicht nur ihren Rivalen, sondern auch ihre Freundin vernichtet hatte. Dass sie Clares Leben ruiniert hatte.

Und damit konnte sie nicht fertigwerden.

Oh Gott, mir ist so kalt. Ich bin so müde. Da liegt ein umgestürzter Baum am Wegesrand. Ich könnte mich draufsetzen, nur eine Minute lang, nur um das Zittern in meinen Beinen zu stoppen.

Einen mühsamen Schritt nach dem anderen nähere ich mich dem Baum und lasse mich auf seinen rauen, moosbedeckten Stamm fallen. Ich presse meinen Oberkörper gegen die Knie, atme in meine Beine hinein in dem verzweifelten Versuch, ein wenig Wärme zu bewahren.

Ich mache die Augen zu.

Ich wünschte, ich könnte schlafen.

Nein.

Die Stimme kommt von irgendwo außerhalb meines Körpers. Ich weiß, dass sie nicht real ist, und doch höre ich sie klar und deutlich.

Nein.

Ich will schlafen.

Nein.

Wenn ich einschlafe, werde ich sterben. Das weiß ich. Es macht mir nichts mehr aus. Ich bin so müde.

Nein.

Ich will schlafen.

Doch irgendetwas lässt mich nicht. Etwas in mir lässt mich nicht ruhen.

Es ist nicht der Lebenswille – ich mache mir nichts mehr daraus. James ist tot. Clare ist verletzt. Flo liegt im Sterben. Nur noch eines bleibt – und zwar die Wahrheit.

Ich werde nicht sterben. Ich werde nicht sterben, denn irgendjemand muss es tun – irgendjemand muss der Wahrheit auf den Grund gehen.

Ich stehe auf. Meine Knie schlottern so heftig, dass ich kaum stehen kann, doch ich stütze mich mit der Hand auf dem Baumstamm ab und es gelingt mir, mich aufzurichten.

Ich mache einen Schritt.

Und noch einen.

Ich werde durchhalten.

Ich werde durchhalten.

31

Ich weiß nicht, wie lange ich brauche. Es ist dunkel geworden. Die Stunden scheinen ineinanderzufließen, sich mit dem Schnee zu vermischen, der den gefrorenen Matsch weiß sprenkelt. Ich bin müde – so müde, dass ich nicht denken kann, und meine Augen tränen im Wind, der nun immer stärker weht.

Mein Gesicht ist schon ganz taub, meine Augen feucht und mein Blick verschwommen, als ich schließlich aufblicke und es vor mir sehe: das *Glass House.*

Es ist nicht mehr der riesige goldene Leuchtturm, den ich in jener ersten Nacht sah – dunkel und still fügt es sich nun nahtlos in den Wald ein, fast unsichtbar. Ein Halbmond ist aufgegangen, dessen Licht sich im Fenster des vorderen Schlafzimmers spiegelt, in dem Tom untergebracht war. Er hat einen Hof aus Eiskristallen, und ich ahne, dass diese Nacht nur noch kälter werden wird.

Die Dunkelheit ist nicht das Einzige, was anders ist. Die Tür ist mit Absperrband verklebt, und das zerbrochene Fenster am oberen Treppenende hat man mit einer Art Metallgitter vernagelt, wie man es in leerstehenden Häusern in Problemvierteln sieht.

Unter Schmerzen schleppe ich mich die letzten Meter über den Kiesboden, nur um dann, am ganzen Leib zitternd, stehenzubleiben und die kahle Glasfassade zu betrachten, die sich vor mir aufbaut. Nun, da ich hier bin, bin ich mir nicht mehr sicher, ob ich es wirklich fertigbringe, ob ich einfach hineingehen und den Ort aufsuchen kann, an dem James den Tod gefunden hat. Doch ich muss es tun. Nicht nur um James' willen, nicht nur, weil es der einzige Weg ist, die Wahrheit herauszufinden. Sondern weil ich, wenn ich nicht hineingehe und Unterschlupf suche, an Unterkühlung sterben werde.

Die Vordertür ist verschlossen, und es gibt kein Fenster, das ich aufbrechen könnte. Ich hebe einen Stein auf und nehme die riesige Glaswand des Wohnzimmers ins Visier. Ich kann hineinsehen, auf den kalten, toten Holzofen und das glänzende Schwarz des Flachbildschirms. Ich stelle mir vor, wie ich den Stein in die riesige Scheibe werfe – doch ich tue es nicht. Nicht nur wegen des Lärms und der Scherben, sondern weil ich nicht glaube, dass sie brechen würde – die Scheibe ist doppelt-, vielleicht sogar dreifachverglast. Eine Schrotflinte war nötig, um das Treppenhausfenster zu zerbrechen; ich bin mir ziemlich sicher, dass mein mickriger Stein an dieser Scheibe einfach abprallen würde.

Ich lasse den Stein wieder fallen und mache mich langsam, unter Qualen, auf den Weg zur Rückseite des Hauses. Meine Füße sind völlig taub, und mehr als einmal stolpere ich, sehe, wie zwischen meinen Zehen das Blut hervorquillt. Ich schiebe die Frage, wie ich wieder von hier wegkommen soll, ganz weit von mir – laufen kann ich nicht, das steht fest. Aber ich habe die schreckliche Ahnung, dass es in einem Streifenwagen sein wird. Oder schlimmer.

Die Hinterseite des Hauses scheint genauso wenig aussichtsreich. Ich probiere es an der langen Glasschiebetür am hinteren Ende des Wohnzimmers, presse meine Nägel zwischen die flachen Glasplatten und versuche, sie seitlich aufzustemmen, in der verzweifelten Hoffnung, dass sie nicht verriegelt sind. Ich blicke an der glatten Fassade empor.

Wäre es möglich, auf den Balkon zu klettern, auf dem Nina geraucht hat?

Einen Moment lang erwäge ich es – da ist ein Abflussrohr an der Hauswand. Doch dann holt mich die Wirklichkeit ein. Ich mache mir etwas vor. Niemals wäre ich in der Lage, diese rutschige Glaswand hinaufzuklettern, nicht einmal mit Kletterschuhen und Haltegurt, geschweige denn in Flipflops und mit tauben Fingern. In der Schule war ich immer die Erste, die an den Kletterseilen scheiterte; wie ein Häufchen Elend hing ich da, die dünnen Arme über dem Kopf bis zum Zerreißen gestreckt, bevor ich wie ein Stein hinunterplumpste und zerknautscht auf der Gummimatte landete, während die anderen Mädchen mühelos bis nach oben kletterten und mit der Handfläche auf den darüber befestigten Holzbalken schlugen.

Hier gibt es keine Gummimatte. Und das Zinkrohr ist rutschiger und tückischer als ein geknotetes Kletterseil. Wenn ich runterfalle, ist alles aus – ich könnte mich glücklich schätzen, wenn ich mit einem gebrochenen Knöchel davonkäme.

Nein. Das mit dem Balkon wird nicht funktionieren.

Zu guter Letzt, fast ohne jede Hoffnung, versuche ich es an der Hintertür.

Und sie schwingt auf.

Ich spüre ein Kribbeln im Nacken: Schock, Unglaube, eine Art Hochgefühl. Ich kann es nicht fassen. Ich kann nicht glauben, dass die Polizei sie nicht abgeschlossen hat. Kann es wirklich so einfach sein, nachdem alles andere so schwierig war?

Absperrband klebt über der Tür, doch ich ducke mich und trete halb gehend, halb kriechend ein. Als ich mich aufrichte, rechne ich fast damit, dass eine Sirene losgeht oder dass von einem Stuhl in der Ecke ein Polizist aufsteht. Doch es ist dunkel und still im Haus, und außer den paar Schneeflocken, die über den Schieferboden wehen, bewegt sich nichts.

Ich strecke die Hand aus, um die Tür zuzuziehen, doch sie lässt sich nicht ganz schließen. Sobald sie auf die Zarge trifft, springt sie wieder auf. Ich greife danach, versuche es wieder, und dabei fällt mir etwas auf. Über der Schlossfalle ist ein Stück Klebeband befestigt, das verhindert, dass die Tür richtig schließt.

Plötzlich begreife ich, warum die Tür in jener Nacht immer wieder aufging – warum sie, selbst nachdem wir sie verschlossen hatten, nie gesichert war. Das Schloss ist so beschaffen, dass beim Verschließen nur die Türklinke fixiert wird, sodass sie sich nicht mehr bewegen lässt und somit die Schlossfalle nicht zurückschnappen kann. Ist jedoch die Falle selbst schon hineingedrückt, ist die Klinke nutzlos. Sie fühlt sich steif an, wenn man daran rüttelt, obwohl die Tür von nichts anderem zugehalten wird als der Trägheit ihrer eigenen Masse.

Einen Moment lang spiele ich mit dem Gedanken, das Klebeband abzuziehen – doch dann wird mir klar, wie dumm das wäre. Dies – endlich – ist ein Beweis. Vor mir liegt, unschuldig im Türrahmen versteckt, der unumstößliche Beweis, dass jemand James' Tod inszeniert hat und dass derjenige, der das Klebeband dort befestigt hat, dahintersteckt. Vorsichtig, um nichts zu verändern, drücke ich die Tür zu und ziehe durch die Küche einen Stuhl heran, den ich gegen die Innenseite der Tür lehne.

Dann sehe ich mich zum ersten Mal um.

Die Küche wirkt merkwürdig unberührt. Ich weiß nicht genau, was ich erwartet habe: Spurensicherungspulver vielleicht, das auf allen Oberflächen silbrig schimmert. Doch schnell sehe ich ein, wie sinnlos das wäre. Niemand von uns hat je abgestritten, im Haus gewesen zu sein. Unsere Fingerabdrücke wären überall zu finden, und was wäre damit bewiesen?

Mehr als alles andere möchte ich jetzt nach oben in eines

der Betten kriechen und schlafen. Aber das geht nicht. Mir bleibt vielleicht nicht viel Zeit. Inzwischen haben sie sicher entdeckt, dass mein Zimmer leer ist. Sie wissen, dass ich aus eigener Kraft nicht weit gekommen sein kann – nicht ohne Geld, Schuhe oder einen Mantel. Es wird nicht lange dauern, bis sie den Taxifahrer finden. Und wenn sie ihn finden …

Ich laufe durch die Küche, meine Atemzüge laut in der Stille, bleibe kurz stehen und öffne dann die Tür zum Flur.

Sie haben aufgeräumt, jedenfalls teilweise. Das Blut ist mehr oder weniger weg, der Großteil der Glassplitter ebenfalls, wenngleich gelegentlich noch vereinzelte Splitter unter meinen Plastiksohlen knirschen. Wo das Blut war, befinden sich nun Markierungen auf dem Boden und den Wänden, kleine Klebezettel mit Kennzeichnungen, die ich im Dunkeln nicht lesen kann. Ich wage es nicht, das Licht anzuschalten. Es gibt keine Vorhänge, die ich zuziehen könnte, meine Anwesenheit wäre über das gesamte Tal hinweg sichtbar.

Aber hier und da sind noch Sprenkel zu sehen, dunkle, rostfarbene Spritzer von etwas, das einmal James war – und es nicht mehr ist.

Es ist so merkwürdig – er ist fort, doch das Blut aus seinem Herzen ist noch da. Ich knie auf dem polierten Parkettboden, der jetzt schartig ist von den Glasscherben, die wir mit unseren Schuhen festgetreten haben. Das Holz hat die Spritzer aufgesogen, und ich fahre mit meinen Fingern die blutbefleckten Rillen entlang und denke: *Das war James.* Vor ein paar Tagen noch war es in ihm drin, hielt ihn am Leben, ließ seine Haut erröten und sein Herz schlagen. Und nun ist es nicht mehr dort – es liegt hier, vergeudet, und es ist alles, was von ihm übrig ist. Irgendwo wird sein Körper gerade obduziert. Und dann wird er begraben oder eingeäschert. Doch ein Teil von ihm wird hier zurückbleiben, in diesem Haus.

Ich stehe auf, zwinge meine durchfrorenen, müden Beine, ihren Dienst zu tun. Mühsam humpele ich ins Wohnzimmer und schnappe mir einen der Überwürfe vom Sofa. Auf dem Tisch stehen immer noch die benutzten Weingläser von unserem letzten Abend. Im Bodensatz einiger Gläser befinden sich die ausgedrückten Stummel von Ninas Selbstgedrehten, inzwischen aufgequollen zu matschigen weißen Würmchen. Aber die Planchette ist weggepackt worden, und auch die Zettel sind nicht mehr da. Der Gedanke, dass die Polizei diese gestörten Kritzeleien gelesen hat, jagt mir einen kleinen Schauer über den Rücken. Was hatte es zu bedeuten, das langgezogene, geschwungene *M … M … MMMMMÖRDERRRRRRRRRRRR?* Hatte es jemand mit Absicht geschrieben? Oder war es einfach vom kollektiven Unbewussten der Gruppe heraufbeschworen worden, wie ein Seeungeheuer, das von unseren innersten Ängsten an die Oberfläche getrieben wird und dann wieder versinkt?

Die Decke riecht nach kaltem Zigarettenrauch, doch ich wickle sie mir um die Schultern, während mein Blick auf die leeren Holzpflöcke in der Wand über dem Kamin schweift. Ich sehe weg. Ich darf nicht darüber nachdenken, was ich jetzt tun werde. Doch ich muss es tun. Es ist meine einzige Chance herauszufinden, was wirklich passiert ist.

Ich beginne am oberen Treppenabsatz, an der Stelle, an der wir alle uns in jener Nacht zusammendrängten. Flo stand rechts von mir, und ich erinnere mich daran, meine Hand zum Gewehr ausgestreckt zu haben. Clare und Nina standen auf der anderen Seite, Tom hinter uns.

Durch die Stille, die Dunkelheit und das Pochen meines Herzens ähnelt die Szene so sehr der jener Nacht, dass ich einen Moment fürchte, ohnmächtig zu werden. Reglos stehe ich da, atme durch die Nase ein und aus und rufe mir ins

Gedächtnis, dass es vorbei ist, dass James nicht diese Stufen hinaufkommen wird. Wir haben ihn getötet – gemeinsam, in unserer hysterischen, verängstigten Trunkenheit. Wir alle hielten das Gewehr in der Hand.

Ich muss mich überwinden, um nachzuvollziehen, was als Nächstes geschah, wie James die Treppe hinunterfiel, Nina und ich ihm nacheilten. Diesmal gehe ich sehr langsam, halte mich am Geländer fest. Auf den Stufen liegen noch Glassplitter von dem zerbrochenen Fenster, und im Dunkeln will ich mich nicht auf die Flipflops verlassen; es wäre leicht, auf den Scherben unter meinen Füßen auszurutschen.

Hier hat Nina versucht, James wiederzubeleben.

Hier habe ich in einer Lache seines Blutes gekniet, während er versuchte, mir etwas zu sagen.

Ich spüre, wie mir die Tränen über das Gesicht laufen, doch ich wische sie weg. Für Trauer ist keine Zeit. Mir bleiben nicht viele Stunden bis zur Morgendämmerung, bis sie kommen, um mich zu holen.

Was geschah dann?

Die Wohnzimmertür ist nach wie vor ausgehängt, seit Tom sie aus den Angeln gehoben hat und wir sie durch die Vordertür nach draußen geschleppt haben, wo Clare im Auto wartete.

Die Vordertür ist nicht abgeschlossen worden, sodass ich sie von innen ohne Schwierigkeit öffnen kann. Als ich das tue, schlägt die Wucht des Windes mir die Stahltür beinahe ins Gesicht. Schnee wirbelt herein, wie eine lebende Kreatur scheint er entschlossen, sich Zutritt zu verschaffen und den Rest Wärme im Haus nach draußen zu drängen.

Ich kneife die Augen zusammen und trete hinaus in den Schneesturm, die Decke fest um meine Schultern gewickelt. Ich stehe auf der Veranda, wo ich in jener Nacht stand, um auf Nina zu warten. Ich weiß noch, wie Tom Clare etwas zurief und Clare den Motor aufheulen ließ.

Und ich weiß noch, dass mir ihre Jacke auffiel, die über dem Verandageländer hing.

Ich strecke die Hand aus, als wollte ich sie aufheben.

Ich zittere am ganzen Körper, doch ich versuche, so gut ich kann, mich an jene Nacht zurückzuerinnern, an etwas Kleines und Rundes in der Jackentasche.

Ich strecke die Hand weiter aus, während die harten Schneekörner mir ins Gesicht peitschen und meine Augen tränen lassen.

Und plötzlich erinnere ich mich. Ich erinnere mich daran, was ich in der Hand hielt.

Und ich weiß, warum ich plötzlich losrannte.

Es war eine Patrone. Für eine Schrotflinte. Die fehlende Platzpatrone.

Jetzt hier zu stehen, in meinen eigenen Fußstapfen, lässt die Gedanken wieder durch mein Gehirn rasen, wie sie es in jener Nacht taten, und ich kann mich plötzlich erinnern: Es ist, als ob ich zusehe, wie der Schnee schmilzt und die vertraute Landschaft darunter zum Vorschein kommt.

Sie hätte noch vom Tontaubenschießen in der Tasche sein können. Doch seit unseren Schießübungen weiß ich genug, um eine scharfe von einer Platzpatrone zu unterscheiden. Scharfe Schrotpatronen fühlen sich in der Hand solide an, vollgepackt mit Kügelchen, die sie schwerer machen, als ihre kleine Form erahnen lässt. Was ich in jener Nacht in der Hand hielt, war leicht wie Plastik und enthielt keinen Schrot. Es war eine Platzpatrone. Die Platzpatrone. Die eigentlich in der Schrotflinte hätte stecken sollen.

Es war also Clare, die sie durch eine scharfe Patrone ersetzt hatte.

Und soeben war sie losgefahren in die Nacht, mit dem sterbenden James auf dem Rücksitz.

Warum? *Warum?*

Es ergab in dem Moment keinen Sinn für mich und das tut es auch jetzt nicht, doch damals hatte ich keine Zeit zu überlegen. Es gab nur eine Option: Clare einzuholen und sie zur Rede zu stellen.

Jetzt habe ich die Zeit. Langsam drehe ich mich um und gehe zurück ins Haus, verschließe die Tür hinter mir. Dann gehe ich ins Wohnzimmer, setze mich, stütze den Kopf in die Hände und versuche, der Sache auf den Grund zu gehen.

Bis zum Morgengrauen kann ich hier nicht weg – es sei denn … ich stehe auf, ganz steif vor Kälte, und nehme den Telefonhörer ab.

Nein, die Leitung ist immer noch tot, nur ein leises Rauschen und Knistern ist zu hören. Dann stecke ich also fest, bis es hell wird, es sei denn, ich will erneut diesen gefrorenen, zerfurchten Weg entlangwanken, und ich bin mir nicht mal sicher, dass es mir gelingen würde.

Ich gehe zurück zum Sofa und kuschele mich tiefer in die Decke, in dem vergeblichen Versuch, meinen Gliedern etwas Wärme zuzuführen. Gott, ich bin so müde – aber ich kann jetzt nicht schlafen. Ich muss es verstehen.

Clare hat die Patrone ersetzt.

Also hat Clare James getötet.

Doch das ergibt keinen Sinn. Clare hat kein Motiv – und sie ist die Einzige, die die gefälschten SMS nicht gesendet haben kann.

Denk nach.

Die Frage, zu der ich immer wieder zurückkomme, ist die nach dem Warum; warum sollte Clare James kurz vor ihrer Hochzeit töten?

Und dann, plötzlich, begleitet von einem eisigen Schauer, der nichts mit der Kälte im Raum zu tun hat, fallen mir Matts Worte im Krankenhaus ein. James und Clare hatten Probleme.

Ich schüttele den Gedanken sofort wieder ab. Das ist doch lächerlich. Ja, Clares Leben muss immer perfekt sein; ja, sie hat unglaublich hohe Ansprüche, aber sie ist schließlich auch früher schon mal verlassen worden! Zwar hatte sie es dem Typen ziemlich übel genommen – das weiß ich, denn ich saß neben ihr, als sie sich unter Ricks E-Mail-Adresse bei jeder Pornoseite und jedem Viagra-Newsletter anmeldete, die sie finden konnte. Aber sie hat ihn ja wohl nicht umgebracht.

Doch es gibt einen großen Unterschied.

Als Clare von Rick sitzen gelassen wurde, war Flo nicht dabei.

Ich denke an Flos Worte, als sie in der ersten Nacht vor dem Badezimmer schluchzte: *Sie ist mein Fels in der Brandung, und ich würde alles für sie tun.*

Alles?

Ich erinnere mich an ihre Reaktion darauf, dass ich einfach nur schlafen gehen wollte – wie sie förmlich explodiert war und mich der Sabotage beschuldigt hatte. *Ich bring dich um, wenn du es ruinierst,* hatte sie mir gedroht. Ich hatte sie nicht ernst genommen. Doch vielleicht hätte ich es tun sollen.

Und das hier war bloß ein Junggesellinnenabschied. Was würde sie dann erst dem Mann antun, der plante, ihre beste Freundin vor dem Altar stehen zu lassen?

Und wer eignete sich besser zum Sündenbock als die böse Exfreundin, die Clare ihres rechtmäßigen Besitzes beraubt hatte und anschließend für zehn lange Jahre verschwunden war?

Doch irgendwie war alles außer Kontrolle geraten.

Dann fällt mir wieder ein, dass Flo an jenem Abend fast das Gleiche angehabt hat wie Clare – und plötzlich schießt mir durch den Kopf: Was, wenn es gar nicht Clares Jacke auf dem Geländer war, sondern Flos, und Clare sie sich einfach aus Versehen gegriffen hatte?

Flo. Sie war es, die das Gewehr genommen hatte.

Flo war diejenige, die behauptet hatte, dass es nicht geladen war.

Flo war diejenige, die das ganze Wochenende vorbereitet, mich zum Kommen überredet, alles veranlasst hatte.

Und Flo hätte die SMS geschrieben haben *können.*

Ich fühle mich, als sei ich in einem Spinnennetz gefangen, und je mehr ich kämpfe, desto fester wird es mich einschließen.

James ist tot.

Clare liegt im Sterben.

Flo liegt im Sterben.

Und irgendwo in einer Pension steht Nina kurz vor dem Zusammenbruch, während sie und Tom mit Fragen konfrontiert werden, die sie nicht beantworten, und Anschuldigungen, die sie nicht abschütteln können.

Bitte mach, dass ich aus diesem Albtraum aufwache.

Ich kauere mich seitlich auf dem Sofa zusammen, ziehe die Knie an die Brust, die Decke fest um mich gewickelt. Ich muss nachdenken, ich muss überlegen, was zu tun ist, doch in diesem verwirrten, erschöpften Zustand drehe ich mich nur im Kreis.

Ich habe die Wahl: Ich kann hier auf die Polizei warten und versuchen, meine Anwesenheit zu erklären, das mit der Platzpatrone und Flos Jacke zu erklären, und hoffen, dass sie mir glauben.

Oder ich kann sofort bei Tagesanbruch aufbrechen und hoffen, dass sie nicht merken, dass ich hier war.

Doch wohin soll ich gehen? Nach London? Zu Nina? Wie soll ich hier wegkommen?

Natürlich wird die Polizei mich finden, aber es wird besser aussehen, als wenn sie mich hier finden.

Ich spüre, wie mir gegen meinen Willen die Augen zufallen

und meine Beine, eben noch zittrig von der Müdigkeit, sich langsam entspannen, wie die Muskeln alle paar Minuten vor Erschöpfung aufzucken, während sie sich zum Schlaf lockern. Ich kann nicht mehr denken. Ich werde morgen versuchen, eine Lösung zu finden.

Von irgendwo tief drinnen bahnt sich ein enormes Gähnen seinen Weg, und ich merke, dass das Zittern aufgehört hat. Ich lasse die Flipflops zu Boden fallen und spüre, wie vom Gähnen ein winziges Rinnsal Tränen meine Wange hinunterfließt, doch ich bin zu müde, um sie wegzuwischen.

Oh Gott, ich muss endlich schlafen.

Ich werde über all das nachdenken … morgen …

Es ist Nacht. Es ist die Nacht, in der der Schuss fiel. Ich hocke im grellen Licht des Flurs, eingetaucht in den goldenen Schein des Mondes und in James' Blut.

Das Blut ist in meinen Nasenlöchern, auf meinen Händen, unter meinen Nägeln.

Er blickt zu mir auf, ich sehe das feuchte Schimmern seiner weit aufgerissenen, dunklen Augen.

»Die Nachricht …«, sagt er. Seine Stimme klingt heiser. »Leo …«

Ich strecke die Hand aus, um sein Gesicht zu berühren – und dann plötzlich ist er weg, das Blut ist weg, und das Licht ist weg.

Ich wache auf, es ist dunkel, und mein Herz rast in meiner Brust.

Einen Augenblick lang liege ich nur da, spüre mein Herz wie eine Trommel schlagen und versuche zu verstehen, was mich aufgeweckt hat. Ich kann nichts hören.

Doch dann drehe ich den Kopf, und mir fallen zwei Dinge auf.

Erstens, dass draußen vor der Glasfassade auf der Vorderseite etwas Dunkles steht, das vorher nicht da war. Ich bin mir ziemlich sicher, dass es ein Auto ist.

Zweitens, dass ich aus der Küche ein Geräusch hören kann. Ein langsames, stockendes, schabendes Geräusch.

Es ist das Geräusch eines Stuhls, der über die Schieferplatten geschoben wird, während jemand die Tür öffnet.

32

Es ist jemand im Haus.

Ich setze mich kerzengerade auf, wobei mir die Decke von den Schultern rutscht. Das Herz schlägt mir bis zum Hals, so heftig, dass mir übel wird.

Einen Moment lang erwäge ich, zu rufen, den Eindringling herauszufordern. Doch dann wird mir klar, dass das verrückt wäre.

Wer immer es ist, was immer sein Motiv ist, hier aufzukreuzen: Es kann nichts Gutes sein. Die Polizei ist es nicht. Die würde nicht bei Nacht und Nebel hier anrücken und sich durch die Hintertür hereinschleichen. Nein, es gibt nur zwei Möglichkeiten: Irgendein Einbrecher hat sein Glück versucht und die offene Hintertür entdeckt. Oder der Mörder ist zurückgekommen.

Ich wäre so glücklich, wenn es ein Einbrecher wäre. Was einiges darüber aussagt, wie verkorkst mein Leben inzwischen ist – dass irgendein Unbekannter, der mitten in der Nacht hier einbricht, die bestmögliche Erklärung wäre. Doch tief drinnen weiß ich, dass es nicht wahr ist. Der Mörder ist hier. Meinetwegen.

Sehr, sehr vorsichtig stehe ich auf, die Decke um mich gewickelt wie einen Schutzschild, als könnte die weiche rote Wolle mich gegen die Gefahr abschirmen.

Mein einziger Trost ist, dass der Eindringling genauso wenig das Bedürfnis haben wird, das Licht einzuschalten, wie ich. Im Dunkeln kann ich ihm vielleicht ausweichen, mich verstecken, die Flucht ergreifen.

Verdammt. Wo soll ich hin?

Die großen Fenster hier führen auf den Garten hinaus, aber sie sind bestimmt verschlossen – ich hatte von draußen daran gerüttelt und ich weiß noch, dass Flo sie in der letzten Nacht abgeschlossen hat. Sie hatte einen Schlüssel. Ich habe keine Ahnung, wo er ist.

Ich kann die Person in der Küche hören. Mit sachten Schritten läuft sie über die Fliesen.

Zwei heftige Impulse streiten in meinem Kopf. Der erste ist, loszurennen – zur Tür raus, die Treppe hoch, im Bad einschließen –, alles zu tun, um davonzukommen.

Der zweite ist, hierzubleiben und zu kämpfen.

Ich bin eine Läuferin. Das ist, was ich am besten kann – ich laufe. Doch manchmal ist Laufen keine Option.

Ich stehe da, die Fäuste geballt, das Blut pocht mir in den Ohren, mein Atem stockt in meiner Brust. Flucht oder Angriff. Flucht oder Angriff. Flucht oder …

Im Flur knirschen die Glassplitter, als jemand darübergeht. Und dann hört das Knirschen auf.

Ich weiß, dass der Mörder jetzt da steht und horcht – nach mir horcht. Ich halte den Atem an.

Jemand steht im Türrahmen, und ich kann nicht erkennen, wer es ist. Alles, was ich im Halbdunkel sehen kann, ist eine schwarze Gestalt vor dem spiegelnden Stahl der Eingangstür.

Es könnte jeder sein – die Person ist in einen Mantel gehüllt, und ihr Gesicht wird von den Schatten verdeckt. Doch dann bewegt sich die Gestalt, und ich sehe blondes Haar schimmern.

»Hallo, Flo«, sage ich. Mein Hals ist wie zugeschnürt, sodass ich kaum sprechen kann.

Und dann lacht sie.

Sie lacht und lacht, und eine ganze Weile verstehe ich nicht, warum.

Immer noch lächelnd tritt sie in einen mondhellen Streifen auf dem Boden. Das Glas knirscht unter ihren Füßen.

Und dann begreife ich.

Denn es ist nicht Flo.

Es ist Clare.

Sie stützt sich an der Wand ab, und mir wird klar, dass sie ebenso mitgenommen ist wie ich. Vielleicht geht es ihr nicht so schlecht, wie sie vorgab, als ich sie im Krankenhaus sah, aber angeschlagen ist sie allemal. Ihre Haltung lässt sie doppelt so alt wirken, als sei sie halb totgeschlagen worden und noch lange nicht genesen.

»Warum bist du zurückgekommen?«, bringt sie schließlich hervor. »Warum konntest du es nicht einfach auf sich beruhen lassen?«

»Clare?«, krächze ich. Es ergibt keinen Sinn. Nichts ergibt Sinn. Sehr langsam tastet sie sich zum Sofa vor und lässt sich stöhnend darauf fallen. Im schwachen, von Wolken gedämpften Mondlicht sieht sie furchtbar aus – schlimmer als ich. Ihr Gesicht ist zerschnitten, und an der Seite der Stirn hat sie einen riesigen, geschwollenen Bluterguss, pechschwarz im blassen Licht.

»Clare – warum?«

Ich werde aus alldem nicht schlau.

Sie sagt nichts. Ninas Tabak und Zigarettenpapier liegen auf dem Tisch, und sichtlich unter Schmerzen greift sie danach, stößt, als sie in die Kissen zurücksinkt, einen kleinen Seufzer der Erleichterung aus, bevor sie sich langsam, mühevoll eine Zigarette dreht. Sie trägt Handschuhe, doch trotzdem zittern ihre Hände stark, und sie verschüttet den Tabak zweimal, bevor sie die Zigarette schließlich zuklebt und anzündet.

»Ich habe seit Jahren nicht geraucht.« Sie nimmt einen langen Zug. »Gott, hab ich das vermisst.«

»Warum?«, wiederhole ich. »Warum bist du hier?«

Ich kann meinen Verstand immer noch nicht dazu bringen zu akzeptieren, was gerade geschieht. Clare ist hier – folglich muss sie die Mörderin sein. Aber warum, *wie*? Sie kann unmöglich die erste SMS geschrieben haben – sie ist die Einzige aus dem Haus, die es nicht getan haben kann.

Ich sollte wegrennen. Ich sollte mich mit einem Brotmesser bewaffnet hinter das Sofa kauern. Aber es will mir nicht in den Kopf. Es ist doch Clare, beharrt mein Gehirn. Sie ist deine Freundin. Als sie mir die Zigarette hinhält, nehme ich sie halb geistesabwesend entgegen und sauge den Rauch tief ein, bis das Zittern in meinen Gliedern nachlässt und mein Kopf sich leicht anfühlt.

Ich will sie zurückgeben, doch Clare zuckt mit den Schultern.

»Behalt sie. Ich kann noch eine drehen. Mann, ist das kalt. Möchtest du einen Tee?«

»Danke«, sage ich, immer noch in diesem seltsamen, traumgleichen Zustand. Mir will einfach nicht einfallen, was ich tun soll – und so flüchte ich mich in diese absurden, automatisierten Höflichkeitsrituale.

Mit schmerzverzerrtem Gesicht steht sie auf und humpelt in die Küche. Ein paar Minuten später höre ich das Klicken des Wasserkochers und sein zischendes Brodeln, als er zu kochen beginnt.

Was soll ich tun?

Die Zigarette ist heruntergebrannt. Vorsichtig lege ich sie auf dem Tisch ab. Es gibt keinen Aschenbecher, aber das ist mir jetzt auch egal.

Ich mache die Augen zu, reibe mir mit den Händen über das Gesicht, und während ich das tue, holt mich blitzartig eine Erinnerung ein, wie eine Projektion auf den Innenseiten meiner Lider: James, dessen Blut im Schein der Lampen wie rote Ölfarbe leuchtet.

Den Geruch aus meinem Traum habe ich immer noch in der Nase, seine heisere Stimme in meinem Kopf.

Ein schwaches Geräusch dringt vom Türrahmen aus herüber, und dann sehe ich Clare, die mit zwei Tassen in der Hand mühsam auf mich zuschlurft. Sie stellt sie ab, ich nehme mir eine, und sie lässt sich auf das Sofa sinken, bevor sie eine Pillenpackung aus der Tasche zieht, zwei Kapseln zerbricht und deren Inhalt in den Tee schüttet, was mit den dicken Wollhandschuhen mehr schlecht als recht gelingt.

»Schmerztabletten?«, frage ich, einfach um etwas zu sagen. Sie nickt.

»Ja. Man soll die Kapseln eigentlich im Ganzen schlucken, aber ich kriege Tabletten einfach nicht runter.« Sie nimmt einen Schluck und schüttelt sich. »Oh Gott, ist das ekelhaft. Ich weiß nicht, ob es die Pillen sind oder ob die Milch schlecht geworden ist.«

Ich nehme selbst einen Schluck. Es schmeckt widerlich – Tee ist immer widerlich, aber diesmal noch widerlicher als gewöhnlich. Er schmeckt säuerlich und bitter, selbst durch den Zucker hindurch, den Clare beigegeben hat – aber wenigstens ist er heiß.

Eine Weile schlürfen wir still vor uns hin, bis ich das Schweigen nicht länger ertrage.

»Was machst du hier, Clare? Wie bist du hergekommen?«

»Mit Flos Auto. Sie hat es meinen Eltern geliehen, und die haben die Schlüssel bei mir im Krankenhaus gelassen, damit Flo sie abholen kann. Nur … sie ist nicht gekommen.«

Nein. Sie ist nicht gekommen. Weil …

Clare blickt auf. Ihre Augen über dem Tassenrand glänzen, und die Pupillen sind im Dämmerlicht geweitet. Sie ist wunderschön – selbst jetzt, in einen alten Mantel eingemummelt, mit zerschürftem Gesicht und vollkommen ungeschminkt.

»Und übrigens könnte ich dich dasselbe fragen. Was machst *du* hier?«

»Ich bin zurückgekommen, um meine Erinnerungen wiederzufinden«, antworte ich.

»Und, hast du?« Ihre Stimme klingt unbekümmert, als unterhielten wir uns über eine alte Folge von *Friends*.

»Ja.« Ich sehe ihr im Halbdunkel direkt in die Augen. Die Tasse in meinen tauben Händen ist sehr heiß. »Ich habe mich an die Patrone erinnert.«

»Was für eine Patrone?« Ihr Gesicht ist ausdruckslos, doch da ist etwas in ihren Augen …

»Die Patrone in deiner Jackentasche. Ich habe sie gefunden.«

Sie schüttelt den Kopf, und plötzlich fühle ich, wie ich wütend werde, sehr, sehr wütend.

»Versuch nicht, mich zu verarschen, Clare! Es war deine Jacke. Ich weiß es. Warum sonst würdest du hierher zurückkommen?«

»Vielleicht …« Sie blickt auf die Tasse in ihrer Hand und sieht dann wieder zu mir auf. »Vielleicht, um dich vor dir selbst zu schützen?«

»Was zur Hölle soll das heißen?«

»Du weißt wirklich nicht, was passiert ist, oder?«

»Woher willst du das wissen?«

»Die Schwestern. Sie reden. Besonders, wenn man schläft – oder zu schlafen scheint.«

»Ja und?«

»Du weißt nicht, was im Wald passiert ist, oder? Im Auto?«

»Wovon zum Teufel redest du?«

»Du hast ins Lenkrad gegriffen«, sagt sie sanft. »Du hast

mir gesagt, dass du ohne James nicht leben kannst, dass du seit zehn Jahren seinetwegen völlig am Ende bist. Dass du von ihm geträumt hast – dass du nie darüber hinweggekommen bist, was er in der SMS geschrieben hatte. Du hast uns von der Straße abgebracht, Lee.«

Die Worte schlagen über mir zusammen wie eine Flutwelle. Der Schock hinterlässt ein Kribbeln auf meinen Wangen, als hätte sie mich geschlagen – und dann ebbt die Welle ab, und ich sitze da und schnappe nach Luft.

Denn es ist die Wahrheit. Während sie es sagt, erlebe ich einen Flashback, stechend, quälend – Hände am Steuer, Clare, die gegen mich kämpft wie gegen den Teufel persönlich, meine Nägel in ihrer Haut.

»Bist du sicher, dass du dich richtig erinnerst?«, fragt sie mit sanfter Stimme. »Ich habe dich gesehen, Lee. Du hattest deine Hand auf dem Lauf. Du hast das Gewehr in seine Richtung geschoben.«

Einen Moment lang kann ich gar nichts sagen. Ich sitze da, um Atem ringend, meine Hände fest um die Teetasse geklammert, als sei sie eine Waffe. Dann schüttele ich den Kopf.

»Nein. Nein, nein, nein! Warum bist du dann hier? Warum erzählst du es nicht einfach der Polizei?«

»Woher willst du denn wissen«, erwidert sie leise, »dass ich das nicht längst getan habe?«

Oh Gott. Ich spüre, wie das Entsetzen mich lähmt. Ich nehme einen großen Schluck Tee, während ich versuche, nachzudenken und die Fäden zusammenzuführen. Meine Zähne klappern so heftig, dass sie gegen den Rand der Tasse schlagen.

Es ist nicht wahr. Clare versucht, mir das Gehirn zu waschen. Keine Person, die noch bei Trost ist, würde hier sitzen und mit der Frau Tee trinken, die ihren Verlobten umgebracht und versucht hat, ihr Auto von der Straße abzubringen.

»Die Patrone«, beharre ich. »Die Patrone war in deiner Jacke.«

»Ich habe keine Ahnung, wovon du sprichst«, sagt sie, und ihre Stimme klingt stockend dabei. »Bitte, Lee, ich hab dich doch gern. Ich habe Angst um dich. Was immer du getan hast …«

Ich kann nicht klar denken. Mein Kopf tut weh. Ich fühle mich so merkwürdig, und ich habe einen widerlichen Geschmack im Mund. Ich nehme noch einen Schluck Tee, um ihn wegzuspülen, doch der Geschmack wird nur intensiver.

Ich mache die Augen zu, und vor meinen geschlossenen Lidern erscheint wieder das Bild von James, wie er in meinen Armen stirbt. Ist dies das Bild, das ich nun für den Rest meines Lebens sehen werde, wenn ich die Augen schließe?

»Nachricht …«, keucht er. »Nachricht, Leo«, und seine Lungen füllen sich mit Blut.

Und dann plötzlich, inmitten des Geflechts aus nebulösen Erinnerungen und wirren Verdachtsmomenten – begreife ich.

Ich weiß jetzt, was James gesagt hat. Was er versucht hat zu sagen.

Ich stelle die Tasse ab.

Ich weiß, was passiert ist. Und ich weiß, warum James sterben musste.

33

Gott, war ich dumm. Ich war so dumm. Ich kann gar nicht glauben, wie dumm – zehn Jahre lang ist es mir nicht mal aufgefallen. Ich sitze da, stocksteif, und gehe in Gedanken jedes *Was wenn?* durch – wie anders alles hätte kommen können, wenn ich nur begriffen hätte, was damals, vor all den Jahren, direkt vor meiner Nase lag.

»Lee?«, fragt Clare. Sie sieht mich an, ihr Gesicht ein Inbild der Fürsorge. »Lee, ist alles in Ordnung? Du siehst … du siehst nicht gut aus.«

»Nora. Mein Name ist Nora«, sage ich mit heiserer Stimme.

Zehn Jahre. Seit zehn Jahren ist diese verdammte SMS in meinem Herzen eingebrannt, und ich habe es nie bemerkt.

»Lee«, sage ich zu Clare. Sie nimmt einen Schluck Tee und starrt mich über die Tasse hinweg an, ihre schönen, schmalen Augenbrauen zu einem irritierten Stirnrunzeln verzogen. »Lee«, wiederhole ich, »es tut mir leid, aber das hier ist dein Problem, nicht meins. Das musst du selbst lösen. Und ruf mich nicht mehr an. J.«

»Was?«

»Lee.«

»Was zum Teufel redest du da?«

»*Lee.* Er hat mich nie Lee genannt. James hat mich nie Lee genannt.«

Einen Moment lang starrt sie mich in völligem Unverständnis an – und wieder einmal wird mir bewusst, was für eine großartige Schauspielerin sie war. *Ist.* Nicht James war für die Bühne geschaffen. Clare ist es. Sie ist einfach unglaublich.

Dann stellt sie ihren Tee ab und schneidet eine reumütige Grimasse. »Ach Gott. Das ist so lange her, Lee.«

Es ist kein Schuldeingeständnis – nicht ganz. Aber ich kenne sie gut genug, um zu wissen, dass es einem Eingeständnis gleichkommt. Sie protestiert nicht mehr.

»Zehn Jahre. Ich bin echt langsam«, bemerke ich bitter. Bitter nicht nur, weil mein Fehler mein eigenes Leben zerstört hat, sondern weil James, wenn ich nur ein klein wenig schneller von Begriff gewesen wäre, noch am Leben sein könnte. »Warum hast du das getan?«

Als sie die Hand zu mir ausstreckt, zucke ich zusammen. Sie erwidert: »Hör zu, ich sage nicht, dass es richtig war, was ich getan habe – ich war jung und dumm. Aber Lee, ich wollte nur das Beste. Ihr hättet euer beider Leben ruiniert. Also, ich bin an dem Nachmittag bei ihm vorbeigegangen. Er hat sich fast in die Hose gemacht – er war noch nicht bereit, Vater zu werden. Du warst nicht bereit, Mutter zu werden. Aber ich wusste, dass keiner von euch beiden den Mumm gehabt hätte, die nötige Entscheidung zu treffen.«

»Das stimmt nicht«, sage ich. Meine Stimme bebt.

»Ihr wart zu feige, alle beide.«

»Nein!« Es klingt wie ein Schluchzen.

»Du kannst es abstreiten, soviel du willst«, fährt sie mit sanfter Stimme fort, »aber du warst diejenige, die weggelaufen ist, und er hat dich gelassen. Es hätte nichts gebraucht außer einer SMS, einer kurzen Nachricht, einem Anruf – und die Wahrheit wäre ans Licht gekommen. Aber ihr beide, ihr wart nicht mal dazu in der Lage. Es ist nun mal so, dass er aus der Sache rauswollte – er war bloß zu feige, um selbst den Schlussstrich zu ziehen. Ich wollte nur euer Bestes.«

»Du lügst«, sage ich schließlich. Meine Stimme klingt heiser und erstickt. »Dir ist das doch egal – es war dir immer egal. Du wolltest immer nur James, und ich war dir im Weg.«

Ich muss wieder an jenen Tag in der Aula denken, als die Sonne heiß durch die hohen Glasfenster strahlte und Clare lakonisch verkündete: »Ich werde mir James Cooper schnappen.«

Doch stattdessen wurde er *mein* Freund.

»Er hat es herausgefunden, stimmt's?« Starr blicke ich sie an, ihr fahles Gesicht, ihr zerzaustes Haar, das im Mondschein silberweiß glänzend. »Das mit der SMS. Wie?«

Sie seufzt.

Und dann endlich sagt sie etwas, das wie die Wahrheit klingt.

»Ich hab's ihm erzählt.«

»*Was?*«

»Ich habe es ihm erzählt. Wir hatten eine Diskussion – über Ehrlichkeit, über die Ehe. Er sagte, vor unserer Hochzeit wolle er etwas loswerden. Er fragte, ob er mir etwas sagen könne – und ich ihm verzeihen würde. Und ich sagte, ja, alles, absolut alles. Ich sagte, dass ich ihn liebe, dass er mir alles sagen könne. Und dann erzählte er mir, dass auf der Party, auf der wir uns wiedergetroffen hatten, eigentlich sein Freund an mir interessiert war – mit dem hatte ich den ganzen Abend geflirtet, das weiß ich noch. Am Ende gab ich seinem Freund meine Nummer – und James sagte, er habe dann den Zettel in der Jackentasche seines Freundes gefunden und für sich selbst behalten. Seinem Freund redete er ein, dass ich nicht interessiert sei, und meldete sich dann an seiner Stelle bei mir, schrieb, Julian hätte ihm die Nummer gegeben und ob ich Lust hätte, was trinken zu gehen.«

Sie seufzt wieder und starrt aus dem Fenster.

»Er meinte, das habe die ganzen Jahre über an ihm genagt«, fährt sie fort. »Dass unsere Beziehung auf einer Lüge basiert, dass eigentlich sein Freund mit mir hätte zusammenkommen sollen. Aber er sagte auch, dass Julian ein ziemlicher Frauenheld sei und dass er es zwar teilweise aus egoistischen Gründen getan hätte, aber teilweise auch mir zuliebe. Er wollte nicht zusehen, wie Julian mich hinhalten, benutzen und dann abservieren würde. Er ging davon aus, dass ich wütend sein würde – doch während er sprach, konnte ich die ganze Zeit nur daran denken, dass er gelogen und getrickst hatte, um mich zu bekommen, ja, dass er dafür sogar gegen seine eigenen Prinzipien verstoßen hatte. Du weißt ja, wie er ist … war.«

Ich nicke. Von der Bewegung wird mir ganz schwindelig, aber ich weiß, was sie meint. James war eine widersprüchliche Mischung – ein Anarchist mit seinem eigenen strengen Moralkodex.

»Es war komisch.« Clare spricht jetzt ganz langsam. Ich glaube, sie hat fast vergessen, dass ich da bin. »Er hatte Angst, dass ich ihn nach seinem Geständnis weniger lieben würde. Aber das tat ich nicht – es machte meine Liebe nur stärker. Ich begriff, dass er es für mich getan hatte, aus Liebe zu mir. Und da wurde mir klar, dass das auch auf mich zutraf. Dass ich aus Liebe zu ihm gelogen hatte. Und ich dachte … wenn ich ihm verzeihen kann …«

Es ergibt Sinn. Ich kann die verquere Logik dahinter erkennen. Und ihr ständiges Bedürfnis, andere übertreffen zu wollen: Du hast dies für mich getan, ich habe für dich etwas noch Schlimmeres getan. Ich liebe dich *noch mehr.*

Doch sie hat James auf verhängnisvolle Weise missverstanden.

Ich sitze da und versuche, mir sein Gesicht vorzustellen,

als sie ihm gestand, was sie getan hatte. Hat sie versucht, es zu rechtfertigen, wie sie es mir gegenüber getan hat? Er war noch nicht bereit, Vater zu werden – da hatte sie absolut recht. Aber das Argument hätte James nicht milde gestimmt. Er hätte nur die Gemeinheit des Betrugs gesehen.

»Was hattest du denn zu ihm gesagt?«, frage ich schließlich. Vor Müdigkeit bin ich ganz benommen, und mein Körper fühlt sich taub und fremdartig an, meine Muskeln schlaff wie Wolle. Clare scheint es ähnlich schlecht zu gehen – ihre Handgelenke sehen aus, als könnten sie einfach so durchbrechen.

»Was meinst du?«

»Du musst ihm damals etwas anderes erzählt haben. Sonst hätte er mich doch angerufen. Was hast du gesagt?«

»Oh.« Sie reibt sich die Schläfe und streicht sich eine Haarsträhne hinters Ohr. »Ich weiß nicht mehr genau. Ich habe irgendwas gesagt von wegen … du hättest mich gebeten, ihm zu sagen, dass du Zeit für dich brauchst – dass du der Meinung wärst, er hätte dein Leben ruiniert, und dass du ihn nicht sehen wolltest. Dass er dich nicht anrufen sollte – sondern dass du dich bei ihm melden würdest, sobald du dazu bereit wärst.«

Doch natürlich tat ich das nie. Ich ging nur in die Schule zurück, um meine Prüfungen abzulegen, und ignorierte ihn standhaft. Dann verschwand ich von der Bildfläche.

Ein Teil von mir möchte ihm eine dafür scheuern, dass er so dumm war, dass er sich so leicht hat einwickeln lassen. Warum konnte er seine Skrupel nicht einfach überwinden und mich wenigstens *anrufen*? Doch ich kenne die Antwort. Aus dem gleichen Grund, aus dem ich ihn nie angerufen habe. Stolz. Scham. Feigheit. Und noch etwas – eine Art Schockstarre vielleicht, aufgrund derer es einfacher war, weiterzumachen, nicht zurückzublicken. Etwas Folgenschweres hatte sich in unserem Leben ereignet, etwas, für das wir überhaupt nicht gerüstet gewesen waren. Und wir waren beide benommen von den Nachwirkungen, versuchten, nicht zu viel zu denken, nicht zu viel zu fühlen. Es war leichter, einfach dichtzumachen.

»Was hat er dazu gesagt?«, bringe ich schließlich hervor. Ich klinge heiser, und der Hals tut mir weh, weshalb ich einen weiteren Schluck Tee trinke. Kalt schmeckt er noch schlimmer, doch vielleicht kann ich dank des Zuckers und des Koffeins bis zum Morgen wach bleiben, bis die Polizei kommt. Ich bin so müde – so, so müde. »Hinterher, meine ich. Als er davon erfahren hat.«

Clare seufzt. »Er wollte die Hochzeit abblasen. Ich bettelte und flehte – ich sagte zu ihm, er würde sich wie Angel in *Tess von den D'Urbervilles* benehmen. Du weißt schon, wo Angel den Ehebruch gesteht, es dann aber nicht ertragen kann, als Tess sagt, dass sie von Alec ein Kind bekommen hatte.«

Das Buch mussten wir für die GCSE-Prüfung lesen. Ich kann mich noch genau daran erinnern, wie leidenschaftlich James im Unterricht Angel verurteilt hatte. *Er ist ein verfickter Heuchler!*, hatte er gerufen und war daraufhin wegen des Gebrauchs eines Kraftausdrucks aus dem Klassenraum geschickt worden.

»Er sagte, dass er Zeit bräuchte, um nachzudenken, aber dass er mir, wenn überhaupt, nur verzeihen könnte, wenn ich dir die Wahrheit sagen würde. Also erzählte ich ihm, ich hätte dich zu meinem Junggesellinnenabschied eingeladen und würde es dir dort sagen.« Sie lacht, wie jemand, der erst mit Verzögerung die Pointe eines Witzes versteht. »Ich bemerke gerade die Ironie an der Geschichte: Ich fand Junggesellinnenabschiede immer total ätzend, und James hat ewig versucht, mich zu einem zu überreden – und am Ende war es tatsächlich er, der mich überredet hat, nur nicht aus den vermeintlichen Gründen. Wenn er nicht immer wieder davon angefangen hätte, wäre mir die Idee für all das wohl überhaupt nicht gekommen.«

Ich verstehe jetzt. Ich verstehe vollkommen.

Clare durfte nie im Unrecht sein. Es musste immer jemand anders die Schuld tragen. Es musste immer jemand anders büßen.

Hat James sie jemals wirklich gekannt? Oder hat er nur eine Illusion von Clare geliebt, eine Rolle, die sie für ihn spielte? Denn aus den zwanzig Jahren, die ich Clare kenne, weiß ich, dass sein Plan niemals aufgehen konnte. Es hätte mit dem Teufel zugehen müssen, wenn Clare einen solchen Fehler zugegeben hätte. Nicht nur, weil sie dann mir gegenüber im Unrecht wäre – sondern weil sie in den Augen *aller* ein Unrecht begangen hätte, für alle Zeiten. Sie konnte nicht erwarten, dass ich den Mund halten würde über das, was passiert war – es wäre alles herausgekommen: zehn Jahre der Lüge und der Täuschung, und, wohl die größte Demütigung von allen, dass Clare Cavendish zu solchen Mitteln greifen musste, um sich ihren Mann zu angeln.

Sie muss auch gewusst haben, dass James' Entscheidung auf der Kippe stand. Ich weiß nicht genau, was er zu Matt gesagt hat, aber wenn er bereit war, mit anderen über seinen Kummer zu sprechen, muss es schon sehr ernst gewesen sein. Und er hatte Clare keine Versprechungen gemacht – er sagte bloß, dass er ihr *wenn überhaupt* nur verzeihen könne, wenn sie alles gestehen würde.

So wie ich James kenne, glaube ich nicht, dass er ihr hätte verzeihen können.

Nein. Clare hätte durch Ehrlichkeit alles verloren und nichts gewonnen.

Sie hatte zwei Optionen: die Wahrheit zu sagen und sich selbst bloßzustellen, oder sich zu weigern, James' Plan zu-

zustimmen, und ihren Verlobten zu verlieren – und auch dann wäre die Wahrheit ans Licht gekommen. So oder so wäre sie jetzt zugrunde gerichtet, und das Bild, das sie über all die Jahre so sorgfältig aufgebaut hatte – das Bild einer guten Freundin, einer liebenden Partnerin, einer fürsorglichen, aufrechten Person –, läge in Trümmern.

Ich weiß, wie schwer es ist, vor der Vergangenheit wegzulaufen und neu anzufangen – und Clare hat ein glückliches, strahlendes und erfolgreiches Leben. Sie muss auf all das, was sie erreicht hatte, was sie sich aufgebaut und errungen hatte, geblickt und es gegen eine Lüge abgewogen haben.

Sie konnte sich von dieser Sache zugrunde richten lassen – oder James töten und als tragische und vorbildhaft tapfere Witwe aus der ganzen Sache hervorgehen, bereit für einen Neuanfang.

James *musste* sterben – seine Hinrichtung war zwar bedauerlich, aber notwendig.

Doch meine – meine ist eine Bestrafung. Es ist nicht genug, dass James tot ist. Jemand muss für seinen Tod den Kopf hinhalten. Es kann unmöglich Clares Schuld sein, noch nicht einmal als Unfall.

Nein, immer muss jemand anders büßen. Und diesmal bin ich es.

Warum ich?, frage ich beinahe. Doch ich tue es nicht. Denn ich kenne die Antwort.

Ich habe ihr den Mann weggenommen. Vor über zehn Jahren habe ich mich zwischen Clare Cavendish und ihr rechtmäßiges Eigentum gestellt, habe ihn ihr vor der Nase weggeschnappt, als sie zu krank war, um für das, was ihr gehörte, zu kämpfen. Und nun habe ich es wieder getan, bin aus der Versenkung aufgetaucht wie die Hand, die sich aus dem Grab emporreckt, um mich ein letztes Mal zwischen sie und James zu stellen.

Ich werde dieses Haus nicht mehr verlassen, das weiß ich. Clare kann es sich nicht erlauben, mich gehen zu lassen.

Mir schlägt das Herz bis zum Hals, so heftig, dass mich ein merkwürdiger Schwindel erfasst, als ob ich jeden Moment umkippen könnte. Mit der Tasse in der Hand stehe ich unsicher auf, gerate ins Wanken und lasse sie fallen. Clare streckt ihre Hand aus, versucht noch, sie aufzufangen, doch mit den Handschuhen kann sie das Porzellan nicht festhalten, und die Tasse rutscht ihr durch die Finger und schlittert geräuschvoll über den Wohnzimmertisch.

Als sich die Teereste über die Glasplatte ergießen, sehe ich es … Ich sehe den weißen Bodensatz in der Tasse. Kein Zucker – der hätte sich aufgelöst. Etwas ganz anderes. Etwas, das den Tee noch scheußlicher schmecken ließ als ohnehin.

Alles ergibt jetzt Sinn. Mein Schwindelgefühl. Warum Clare so viel gesagt hat, mich in alles eingeweiht hat. Und auch, oh Gott, auch die Handschuhe ergeben Sinn.

Sie blickt hinunter auf die Tasse und sieht dann zu mir hoch.

»Ups«, sagt sie. Und lächelt.

34

Erst mal tue ich gar nichts. Ich stehe nur da, starre wie blöde in die Tasse, spüre die Lethargie in meinen Armen und Beinen und das wirbelnde Durcheinander in meinem Kopf, das verhindert hat, dass ich die Wirkung des Pulvers früher bemerkte. Was ist es? Schmerztabletten? Ein Schlafmittel?

Wankend stehe ich da, versuche, mich zusammenzureißen. Das Gleichgewicht zu halten.

Dann stolpere ich zum Türrahmen.

Ich bin nicht schnell. Ich bewege mich langsam – langsam wie in einem Albtraum.

Doch als Clare auf mich zuspringen will, gehorchen ihr die geschundenen Glieder nicht ganz. Ihr Fuß bleibt am Teppich hängen, und sie stürzt zu Boden, wobei sie mit der Hüfte auf die tückisch scharfe Kante des Wohnzimmertisches knallt. Sie stößt einen Schrei aus, dessen Echo im hohen Flur widerhallt und der das Brummen in meinem Kopf nur noch verstärkt – und dann torkele ich in den Flur.

Ich habe Mühe mit dem Schloss der Vordertür – dem Schloss, das noch vor ein paar Stunden so leicht zu öffnen war. Meine Finger rutschen ab – der Zylinder lässt sich nicht drehen –, doch schließlich gelingt es mir, und ich stürze hinaus, reiße dabei mühelos das dünne Absperrband entzwei und mache mich auf in die kalte, frische Luft.

Meine Beine fühlen sich an wie Gummi, mein Kopf schwer und benebelt.

Aber das ist, was ich am besten kann. Ich laufe. Ich kann es schaffen.

Ich mache einen Schritt. Und dann noch einen. Und noch einen und noch einen. Und dann verschluckt mich der Wald.

Es ist unglaublich, unbeschreiblich dunkel. Doch ich darf nicht stehen bleiben.

Kalt bläst mir die Luft ins Gesicht, und vor dem schwarzen Hintergrund zeichnen sich die schwarzen Silhouetten der Bäume kaum ab. Aus dem frostigen Dunkel richten sie sich plötzlich auf, und ich winde und schlängele mich an ihnen vorbei, ducke mich unter Ästen hindurch, die Hände schützend vor das Gesicht gehalten.

Meine Schienbeine verfangen sich in Farngestrüpp und Brombeersträuchern, die mir in die Haut schneiden, doch meine Beine sind kalt und wie betäubt, sodass ich die Schnitte kaum spüre und nur von den Dornen, die sich in meiner Haut verhaken, gebremst werde.

Das ist wie in meinem Albtraum. Nur, dass ich dieses Mal nicht versuche, James zu retten – sondern mich selbst.

Hinter mir höre ich eine Autotür zuknallen und einen Motor aufheulen. Zwischen den Baumstämmen glimmen Fernlichtscheinwerfer auf, schweifen in einem weiten Bogen herum, als das Auto in einer Hundertachtzig-Grad-Wendung umkehrt und dann langsam den durchfurchten Zufahrtsweg herunterpoltert.

Die Zufahrt ist so angelegt, dass sie sich in langen Kurven über den Hügel windet, um einen zu steilen An- und Abstieg zu vermeiden. Der Waldpfad ist direkt. Wenn ich schnell laufe, kann ich es schaffen. Ich kann vor Clare die Straße erreichen. Und was dann?

Aber daran darf ich jetzt nicht denken. Mit zusammengepressten Zähnen atme ich schluchzend ein und aus und treibe meine schlotternden Muskeln dazu an, härter zu arbeiten, schneller.

Ich will nur am Leben bleiben.

Ich beschleunige. Der Pfad geht hier steiler bergab, und meine Muskeln müssen sich jetzt nicht mehr anstrengen, um mich vom Fleck zu bekommen, sondern um meinen Vorwärtsschwung einzudämmen. Ich hüpfe über einen herabgefallenen Ast, einen Dachsbau, ein dunkles Loch, das ich im blassen Schnee erkenne – und dann, mit einer Plötzlichkeit, die mir den Atem raubt, knalle ich gegen einen Baum.

Ich falle im Schnee auf Hände und Knie, in meinem Kopf setzt ein Schmerzgewitter ein. Blut strömt aus meiner Nase – ich sehe die Tropfen im Schnee, während ich keuche und keuche, und als ich Ninas Strickjacke berühre, ist sie vorne ganz feucht, vollgesogen mit Blut. Ich schüttele den Kopf, um die Zacken und Lichtblitze zu verdrängen, die in meinem Sichtfeld herumflimmern, und dabei spritzt Blut auf die Lichtung.

Ich muss weiter. Meine einzige Chance ist, zur Straße zu gelangen, bevor Clare mir den Weg abschneiden kann. Mit einer Hand am Baum versuche ich, das Gleichgewicht wiederzufinden, den Schwindel zu überwinden, und dann laufe ich wieder los.

Beim Laufen schießen mir Bilder durch den Kopf, plötzlich aufflackernde Blitze, ein Wetterleuchten in der Landschaft.

Clare in ihren Gummistiefeln, wie sie sich früh am Morgen heimlich aus dem Haus schleicht, um die Nachrichten von meinem Handy zu senden, von der Stelle am Waldrand, wo der Empfang wieder einsetzt – und ihre Fußspuren im Schnee hinterlässt.

Clare, die wartet, bis Nina im Haus verschwunden ist, und dann in die Dunkelheit davonrast, um – um was zu tun? Um das Auto unauffällig in einer Ausbuchtung am Straßenrand zu parken und darauf zu warten, dass James verblutet?

Clare und ihr vom Mondlicht weiß angestrahltes Gesicht, starr vor Schreck, als ich plötzlich aus dem Wald stürme und auf die Straße renne, sie anbrülle, dass sie anhalten, mich reinlassen soll.

Reflexartig stieg sie auf die Bremse und ich kletterte auf den Beifahrersitz. Als ich die Tür zuknallte, warf sie erst mir, dann James einen Blick zu, beide nicht angeschnallt, und gleich darauf, ohne jede Vorwarnung, ließ sie den Motor aufheulen und trat mit voller Wucht aufs Gaspedal.

Einen Augenblick lang verstand ich nicht, was vor sich ging. Sie steuerte direkt auf den Baum zu, der in der Dunkelheit emporragte.

Da begriff ich.

Ich griff nach dem Lenkrad, bohrte meine Nägel in ihre Haut, rang um die Kontrolle über den Wagen – und dann wird alles schwarz.

Oh Gott, ich muss zur Straße gelangen, bevor sie es tut. Wenn sie das Auto am Ende des Pfades parkt und mir den Weg abschneidet, ist alles verloren.

Es tut so weh. Alles, alles tut so weh. Doch die Pillen, die Clare mir gegeben hat, haben auch ein Gutes: Sie haben dem Schmerz etwas von seiner Schärfe genommen und ermöglichen mir so das Weiterlaufen, zusammen mit meiner eigenen Angst und dem Adrenalin.

Ich will am Leben bleiben. Noch nie war mir das so bewusst.

Gott, ich will unbedingt am Leben bleiben.

Und dann plötzlich, fast ohne es zu merken, erreiche ich die Straße. Der Waldweg spuckt mich aus, hinaus auf den Asphalt, so schnell, dass ich stolpere, als ich versuche, meine Schritte zu verlangsamen, um nicht in ein vorbeifahrendes

Auto zu laufen. Ich bleibe stehen, die Hände auf die Knie gestützt, während ich versuche, mich zu erinnern, in welche Richtung ich laufen soll.

Wo ist Clare?

Plötzlich ist ein Geräusch zu hören, der Lärm eines über Schlaglöcher hinwegrasenden und riskant die Kurven schneidenden Fahrzeugs. Es ist nicht weit weg. Sie muss fast am Ende der Auffahrt sein. Und ich kann nicht mehr – ich kann nicht weiterlaufen. Ich habe meinen Körper über seine Grenzen hinausgetrieben.

Aber ich muss laufen, sonst werde ich sterben.

Ich kann es nicht. Ich kann nicht. Ich kann kaum stehen – geschweige denn einen Fuß vor den anderen setzen.

Lauf, schreie ich in meinem Kopf. *Lauf, du dämliche Kuh. Willst du etwa sterben?*

Clares Auto ist jetzt an der Straße. Ich sehe den Strahl ihrer Scheinwerfer um die Ecke biegen, er erhellt die Nacht.

Und dann ertönt ein furchterregendes, durchdringendes Reifenquietschen, gefolgt von einem Knall, wie ich ihn noch nie gehört habe. Ich höre das Schleifen von Gummi und das schrille Scheppern von Metall, Auto gegen Auto; ein gellendes Geräusch, das in dem Tunnel, den die einander zugeneigten Bäume formen, endlos fortzuhallen scheint. Ich stehe da, die Augen vor Entsetzen weit aufgerissen, starre dem Klang der Kollision nach.

Und dann Stille – bis auf das Gebläse einer Autoheizung, das heiße Luft in die Nacht hinausstößt.

Ich kann nicht mehr laufen. Gehen bringe ich gerade noch zustande, auf wackeligen Beinen. Meine Flipflops habe ich verloren, und der Asphalt ist sicher eisig kalt – doch ich spüre nichts.

In der Stille höre ich wimmernde, keuchende Laute und ein knisterndes Rauschen. Dann, so plötzlich, dass ich zusammenschrecke und fast zu Boden falle, werden die Bäume erhellt von einem gespenstisch blauen Licht, flackernd wie zuckende Flammen.

Noch ein Schritt. Noch einer. Ich zwinge mich zum Weitergehen, um die Biegung herum, zum Ort des Geschehens.

Doch bevor ich dort ankomme, höre ich eine Stimme, eine bebende weibliche Stimme. Sie spricht in etwas hinein – ein Telefon? Als ich näher komme, erkenne ich ein Polizeifunkgerät.

Es ist Lamarr. Sie steht an der geöffneten Tür ihres Wagens. Blut strömt ihr über das Gesicht, es sieht schwarz aus im blinkenden Blaulicht.

»Achtung Zentrale. Dringende Nachricht.« Ihre Stimme zittert, und es schwingt ein Schluchzen mit. »Brauche umgehend Verstärkung und einen Rettungswagen auf die B4146 kurz vor Stanebridge, Ende.« Reglos hört sie der knisternden Antwort aus dem Gerät zu. »Roger«, sagt sie schließlich und: »Nein, ich bin unverletzt. Aber der andere Fahrer – also, schicken Sie einfach den Rettungswagen. Und ein Feuerwehrfahrzeug mit … mit Schneidegerät, Ende.«

Vorsichtig legt sie das Funkgerät ab und geht zurück zu dem anderen Fahrzeug.

»Lamarr«, krächze ich, doch sie hört mich nicht. Meine Beine sind so schwer, dass ich nicht glaube, noch einen Schritt tun zu können. Ich halte mich an einem Baumstamm am Straßenrand fest. »Lamarr …«, bringe ich ein weiteres Mal hervor, meine Stimme nur ein dünner Hauch gegen das Knistern des Funkgeräts. »Lamarr!«

Sie dreht sich um und blickt in meine Richtung, und dann endlich dürfen meine Beine nachgeben, und auf dem kalten, schneenassen Asphalt sinke ich in die Knie und muss nicht mehr laufen.

»Nora!«, höre ich durch den Nebel. »Nora! Du lieber Himmel, sind Sie verletzt? Sind Sie verletzt, Nora?«

Doch ich habe nicht die Kraft zu antworten. Lamarr rennt auf mich zu, und ich sacke zusammen, spüre ihre starken Hände unter meinen Armen, die mir Halt geben und mich vorsichtig zu Boden sinken lassen.

Es ist vorbei. Es ist endlich vorbei.

35

»Nora.« Die sanfte, aber beharrliche Stimme verfängt sich in meinem wirren, unruhigen Schlaf wie ein Haken und zerrt mich gnadenlos zurück in die Realität. Ich kenne die Stimme. Es ist nicht Nina. Zu tief für Nina. »Nora«, sagt die Stimme noch einmal.

Ich öffne die Augen.

Es ist Lamarr. Sie sitzt auf dem Stuhl am Rand meines Krankenhausbettes, die dunklen Augen groß und funkelnd, das glänzende Haar aus der wohlgeformten Stirn gekämmt.

»Wie fühlen Sie sich?«

Mühsam richte ich mich in den Kissen auf und bemerke, dass sie eine Halskrause trägt, die irgendwie einen Stilbruch zu ihrer seidenen Tunika darstellt.

»Ich war gestern schon mal hier«, ergänzt sie, »aber da haben sie mich weggescheucht.«

»Sind Sie auch als Patientin hier?«, krächze ich. Sie reicht mir etwas Wasser, das ich dankbar hinunterstürze. Sie schüttelt den Kopf, wobei ihre schweren Goldohrringe sanft mitschwingen.

»Nein. Nur leichtverletzt – ich wurde gestern Morgen aus der Notaufnahme entlassen. Ist auch gut so, meine Kinder mögen es gar nicht, wenn ich über Nacht weg bin. Die Kleinste ist erst vier.«

Sie hat Kinder? Diese Mitteilung scheint ein Friedensangebot zu sein. Etwas in unserem Verhältnis ist jetzt anders.

»Bin ich …«, bringe ich gerade noch hervor, und dann muss ich schlucken, bevor ich erneut ansetze. »Ist es vorbei?«

»Mit Ihnen ist alles in Ordnung«, antwortet Lamarr. »Falls das Ihre Frage war. Und was den Fall angeht: Im Zusammenhang mit James' Tod ermitteln wir gegen niemand anderen mehr als Clare.«

»Wie geht es Flo?«

Vielleicht bilde ich es mir ein, aber ich glaube zu sehen, wie ein Schatten über Lamarrs Gesicht huscht. Ich kann die Veränderung nicht genau festmachen, ihr Ausdruck ist so glatt und ruhig wie zuvor, aber plötzlich scheint etwas das kleine Zimmer zu erfassen, ein Grauen.

»Sie … schlägt sich tapfer«, sagt Lamarr endlich.

»Kann ich zu ihr?«

Lamarr schüttelt den Kopf. »Sie … ihre Familie ist bei ihr. Die Ärzte erlauben zurzeit keine Besucher.«

»Haben Sie sie gesehen?«

»Gestern, ja.«

»Also geht es ihr heute schlechter?«

»Das habe ich nicht gesagt«, widerspricht Lamarr, doch in ihren Augen liegt Kummer. Ich weiß, was sie mir verschweigt. Ich weiß, warum sie herumdruckst. Ich erinnere mich an Ninas Worte über Paracetamolvergiftungen und begreife, dass die zerstörerischen Wellen, die Clares Handlungen geschlagen haben, immer noch nicht abgeklungen sind.

Von allem, was Clare getan hat, ist dies vielleicht die größte Grausamkeit. Was sie James angetan hat, was sie versucht hat, mir anzutun, dafür gab es wenigstens einen Grund. Aber Flo? Ihr einziges Vergehen war ihre Zuneigung zu Clare.

Ich weiß nicht, wann Flo die Wahrheit zu dämmern begann – wann sie anfing, eins und eins zusammenzuzählen und zu begreifen, was wirklich hinter der Nachricht steckte, die sie selbst auf Clares Bitte hin nach meiner Ankunft von meinem Handy geschickt hatte. Die war ja recht harmlos: *James, ich bin's, Leo. Leo Shaw.* Ich weiß nicht, was Clare ihr erzählt hat – irgendetwas Albernes, schätze ich. Ein Streich zum Junggesellinnenabschied.

Vermutlich begann sie etwas zu ahnen, als Nina die Katze aus dem Sack ließ über meine Vergangenheit mit James; vielleicht wunderte es sie, warum ausgerechnet Clare ein Interesse daran haben könnte, die alten Geschichten wieder aufzurühren. Und als dann Lamarr anfing, Fragen über Mobiltelefone zu stellen … und über SMS … da muss ihr klar geworden sein, dass etwas nicht stimmte.

Ich glaube nicht, dass sie die ganze Wahrheit erraten hat – zumindest nicht am Anfang. Sie versuchte, Clare im Krankenhaus zu besuchen, doch sie ließen sie nicht zu ihr. Clare war zu krank, und die Polizei sah es auch nicht so gerne, wenn die Zeugen aus der Pension Besuche im Krankenhaus machten; Nina sagte ja, sie habe wie eine Löwin kämpfen müssen, um mich zu sehen, und auch das erst, nachdem sie ihre Aussage hundertmal durchgegangen waren. Und Clare war zu diesem Zeitpunkt noch dabei, allen vorzuspielen, sie sei desorientiert und nur halb bei Bewusstsein, während sie vermutlich abwartete, was meine Gespräche mit Lamarr ergaben, bevor sie schließlich »aufwachte«.

Nein. Flo saß in der Pension, grämte sich, zerbrach sich den Kopf und hatte keine Möglichkeit, Clare zu fragen, was sie sagen sollte. Sie log. Sie verstrickte sich in ihren eigenen Lügen. Sie fragte sich, was sie getan hatte, was sie da in Bewegung gesetzt hatte. Sie begann, Clares Beweggründe anzuzweifeln. Sie verzweifelte.

»Wissen Sie Bescheid?«, frage ich, schlucke angestrengt und versuche, die Gedanken an Flo, daran, dass sie irgendwo am Ende des Flurs liegt und mit dem Tod ringt, zu verdrängen. »Wissen Sie, was passiert ist? Hat Clare es Ihnen erzählt?«

»Clare ist zu schwach, um Fragen zu beantworten«, erwidert Lamarr mit grimmiger Miene. »Jedenfalls behauptet ihr Anwalt das. Aber wir haben auch so genug, um die Ereignisse zu rekonstruieren. Dank dem, was Sie uns gesagt haben, dem toxikologischen Bericht über das Mittel, das Clare Ihnen verabreicht hat, und vor allem dank Flos Aussage haben wir genug. Sie hat übrigens nie den Notarzt gerufen.«

»Was meinen Sie damit?«

»Vom Haus aus. Als James im Sterben lag. Es gibt keine Aufzeichnung eines Anrufs bei der Notrufnummer. Das hätte uns schon einen Wink geben sollen, aber wir waren mit unserer Aufmerksamkeit woanders.« Sie seufzt. »Wir brauchen natürlich noch eine offizielle Aussage, wenn es Ihnen etwas besser geht. Aber darum kümmern wir uns ein andermal.«

»Ich dachte, es war Flo«, sage ich schließlich. »Als ich Clares Jacke mit der Patrone drin gefunden habe. Ich dachte später, es wäre Flos Jacke. Ich dachte, sie hätte die Patrone ausgetauscht. Ich konnte mir einfach nicht vorstellen, warum Clare so etwas tun sollte – sie hatte endlich, was sie wollte, das perfekte Leben, den perfekten Verlobten. Warum sollte sie all das zum Fenster hinauswerfen? Erst als ich über die SMS von damals nachdachte, wirklich darüber nachdachte, wurde mir klar: James hat mich nie ›Lee‹ genannt. Den Fehler hat sie ja auch nicht zweimal gemacht. Aber ich hätte es doch damals merken müssen.«

»Sie hat so etwas übrigens schon mal getan«, sagt Lamarr. Ihre volle Stimme ist wie eine weiche, warme Decke, die die Kälte ihrer Worte umhüllt. »Oder zumindest etwas Ähnliches. Es hat ein bisschen gedauert, bis wir es ausgegraben hatten, aber da gab es einen Professor an ihrer Universität. Er wurde entlassen, weil er anzügliche E-Mails an Studentinnen verschickt hatte, in denen er andeutete, dass sie bessere Noten bekämen, wenn sie mit ihm schlafen würden, und dass es Sanktionen gäbe, sollten sie irgendwem davon erzählen. Er stritt es durchweg ab, doch es gab keinen Zweifel daran, dass die Studentinnen die Nachrichten erhalten hatten, und als sein PC beschlagnahmt wurde, befanden sie sich alle in seinem Gelöscht-Ordner, obwohl er einen unbeholfenen Versuch unternommen hatte, sie zu vernichten.« Sie schüttelt den Kopf.

»Inzwischen ist ziemlich offenkundig, dass Clare involviert war, doch zu dem Zeitpunkt kam niemand auf die Idee, sie zu verdächtigen. Sie war nicht unter den Studentinnen, denen er E-Mails geschickt hatte. Doch ein paar Wochen zuvor hatte er ihr gegenüber Kritik an einer ihrer Hausarbeiten geäußert, er war überzeugt, dass sie plagiiert hatte, und drohte, weitere Schritte einzuleiten. Natürlich ging die Anschuldigung in dem dann folgenden Furor unter – doch eine seiner Kolleginnen erinnerte sich, dass er es angesprochen hatte. Sie sagte, sie habe schon die ganze Zeit so einen Verdacht gehabt …«

Ich schließe die Augen und fühle eine einzelne Träne an meiner Nase hinabrinnen. Ich weiß nicht, warum ich weinen muss. Nicht aus Erleichterung. Ich glaube, es ist noch nicht mal mehr Trauer um James. Vielleicht ist es einfach Zorn und Frust über die Sinnlosigkeit des Ganzen, Wut auf mich selbst, weil ich es nicht früher begriffen habe, weil ich so dumm war.

Doch was dann? Was, wenn ich es bemerkt hätte? Wäre ich es dann gewesen, die dort gelegen hätte, meine Eingeweide auf dem hellen Holz und dem matten Glas verspritzt?

»Ich lasse Sie jetzt allein«, sagt Lamarr sanft, und das Kunstleder des Stuhls knarzt, als sie aufsteht. »Ich komme morgen noch mal mit einem Kollegen zurück. Dann nehmen wir Ihre offizielle Aussage auf, wenn Sie dazu in der Lage sind.«

Ich sage nichts, nicke nur, die Augen immer noch fest zugekniffen.

Als sie weg ist, erfüllt Stille den Raum, durchbrochen nur durch die Anfangsmelodie einer Seifenoper, die schwach durch die Wand dringt. Während ich daliege, lausche ich der Melodie und dem gleichmäßigen Geräusch meines Atems.

Und dann wird die Ruhe durch ein Klopfen an der Tür gestört.

Sofort öffne ich die Augen, denke, Lamarr ist zurückgekommen, aber sie ist es nicht. Draußen steht ein Mann. Im ersten Moment setzt mein Herz einen Schlag aus, doch dann sehe ich, dass es Tom ist.

»Klopf-klopf«, sagt er, als er den Kopf durch die Tür steckt.

»Komm rein«, erwidere ich. Meine Stimme klingt heiser.

Er schlurft herein. Er wirkt schüchtern, unsicher, ob er willkommen ist. Er sieht blass aus, keine Spur von dem gestylten Großstädter, den ich erst vor ein paar Tagen kennengelernt habe. Sein Karohemd ist zerknittert, und es sind Flecken darauf. Doch an seinem Ausdruck merke ich, dass ich selbst noch viel schlimmer aussehen muss. Die Veilchen verblassen zwar allmählich zu Gelb- und Brauntönen, doch wenn man sie zum ersten Mal sieht, sind sie immer noch furchterregend.

»Hi, Tom«, sage ich. Ich ziehe das Krankenhaushemd hoch, wo es mir über die Schulter gerutscht ist, und er lächelt das steife, eingefrorene Lächeln von jemandem, dessen sichere Umgangsformen ihn vorübergehend verlassen haben.

»Pass auf, ich muss etwas loswerden«, platzt es zu guter Letzt aus ihm heraus. »Ich dachte, dass du es warst. Ich meine, die ganze Sache mit dir und James … und als dann die Polizei mit deinem Handy und den Nachrichten anfing, dachte ich halt …« Er verstummt. »Es tut mir sehr, sehr leid.«

»Ist schon okay«, versichere ich. Ich deute auf den Stuhl neben dem Bett. »Setz dich doch. Mach dir keine Sorgen. Die Polizei dachte ja auch, dass ich es war, und die waren nicht mal dabei.«

»Es tut mir so leid«, wiederholt er mit brüchiger Stimme, während er sich umständlich hinsetzt und die Arme um die Knie schlingt. »Ich habe nur … ich dachte doch nicht …« Er hält inne und seufzt. »Weißt du, Bruce hat sie nie leiden können. James hat er geliebt. Also, wirklich geliebt, bei allen Höhen und Tiefen, die sie hatten. Aber mit Clare konnte er nie viel anfangen. Als ich ihn gestern Abend angerufen und ihm alles erzählt habe, meinte er: ›Ich bin schockiert, aber nicht überrascht. Das Mädel hat doch nie mit dem Schauspielern aufgehört.‹«

Schweigend sitzen wir eine Weile da, während ich mir Bruce' Worte durch den Kopf gehen lasse, das Urteil eines Mannes, den ich nie getroffen habe, über eine meiner ältesten Freundinnen. Und mir wird klar, dass er recht hat. Clare hat nie mit dem Schauspielern aufgehört. Schon seit frühester Kindheit spielte sie stets eine Rolle, die Rolle der guten Freundin, die Rolle der Musterschülerin, der idealen Tochter, der hinreißenden Partnerin. Und da plötzlich wird mir bewusst, dass vielleicht dies der Grund ist, warum ich mich so schwer damit getan habe, die Clare, die ich kannte, gedanklich mit den anderen Partygästen zusammenzubringen. Sie war für jeden von uns eine andere. Was wohl mit ihr geschehen wird, frage ich mich. Würde jemals eine Geschworenenjury jemand so Charmantes, Liebenswertes, so Wunderwunderschönes für schuldig befinden?

»Ich frage mich …«, setze ich an, halte dann jedoch mitten im Satz inne.

»Was denn?«, fragt Tom.

»Ich frage mich die ganze Zeit – was, wenn ich Nein gesagt hätte? Zu der Einladung, meine ich. Ich wollte doch eigentlich gar nicht kommen.«

»Schwer zu sagen«, antwortet Tom bedächtig. »Genau darüber haben Nina und ich gestern auch gesprochen. Wenn du mich fragst, ging es bei der ganzen Sache nicht um dich. Es ging um James. Du warst nur das Tüpfelchen auf dem i.«

»Also meinst du …« Ich verstumme, versuche, es zu begreifen, und er nickt.

»Ich glaube, wenn du nicht da gewesen wärst, hätte es stattdessen einen von uns erwischt.«

»Dann wäre es Flo gewesen«, sage ich betrübt. »Sie hat ja immerhin die SMS geschrieben.«

Tom nickt. »Es wäre Clare nicht schwergefallen, die Wahrheit ein wenig zu verdrehen, zu behaupten, sie habe Angst gehabt vor Flo, dass Flo eifersüchtig auf James gewesen sei, dass ihr Verhalten unberechenbar sei. Das Schlimmste ist, dass wir ihr dabei vermutlich sogar noch behilflich gewesen wären.«

»Warst du bei Flo?«, erkundige ich mich.

»Ich habe es versucht«, sagt er. »Aber sie lassen niemanden rein. Ich glaube … ich weiß nicht …«

Er bringt den Satz nicht zu Ende. Wir wissen beide, was es ist, das er nicht ausspricht.

»Heute Abend fahre ich zurück nach London«, sagt er schließlich. »Aber es wäre schön, wenn wir in Kontakt bleiben könnten.« Er durchsucht seine Geldbörse und fischt eine stabile, hochglanzbeschichtete Visitenkarte hervor, auf der der Name Tom Deauxma, seine Handynummer und E-Mail-Adresse eingeprägt sind.

»Sorry«, sage ich. »Ich habe keine Karte, aber wenn du einen Stift hast …«

Er hält mir sein Smartphone entgegen, und ich tippe meine E-Mail-Adresse hinein und sehe zu, während er mir eine leere E-Mail schickt.

»Okay«, sagt er und steht auf. »Also, dann sollte ich mich wohl auf den Weg machen. Pass auf dich auf, Shaw.«

»Ich geb mir Mühe.«

»Wie kommst du denn zurück nach London?«

»Weiß ich noch nicht.«

»Ich aber«, meldet sich eine Stimme bei der Tür zu Wort. Ich wende den Kopf, und da steht Nina, an den Türrahmen gelehnt, eine nicht brennende Zigarette zwischen die Lippen geklemmt. Nuschelnd spricht sie daran vorbei, wie ein Detektiv aus einem Groschenroman. »Mit mir.«

36

Daheim. Ein so kleines Wort, und doch spüre ich, als ich die Tür meiner winzigen Wohnung hinter mir zuziehe und verriegele, wie sich eine Woge der Erleichterung breitmacht, die zu groß scheint, als dass sie von diesen sechs Buchstaben erfasst werden könnte.

Daheim. Ich bin *daheim*.

Jess hat uns zurückgefahren. Sie war den ganzen Weg von London raufgekommen, um mich und Nina abzuholen und nach Hause zu bringen. Als wir meine Straße erreichten, boten sie mir an, mit reinzukommen, mir zu helfen, meinen Koffer die drei Stockwerke hochzutragen, doch ich lehnte ab.

»Ich freue mich darauf, allein zu sein«, sagte ich, und das war die Wahrheit. Außerdem wusste ich, dass auch sie sich darauf freuten, allein zu sein – zusammen allein. Ich hatte die stummen Gesten der Zuneigung auf der langen Fahrt beobachtet, Ninas Hand, die in Jess' Schoß ruhte, Jess, die Ninas Knie streichelte, wenn sie den Gang wechselte. Doch ich fühlte mich nicht ausgeschlossen – das war es nicht.

Mir war nur bis zu diesem Zeitpunkt nie bewusst gewesen, wie enorm wichtig mir mein Rückzugsort ist.

Flo starb wenige Stunden, nachdem Tom bei mir gewesen war – drei Tage, nachdem sie die Überdosis genommen hatte. Also hat Nina recht behalten. Und sie hatte auch recht damit, dass Flo am Ende ihre Meinung ändern würde. Ich selbst war nicht bei ihr, doch Nina stattete ihr einen Besuch ab und hörte zu, wie sie weinte und redete, Pläne für die Zukunft schmiedete, für die Zeit nach ihrer Entlassung. Ihre Eltern waren bei ihr, als sie starb. Ich weiß nicht, ob es ein friedlicher Tod war – Nina wollte es mir nicht sagen, daher habe ich meine Zweifel.

Ich seufze und lasse den Koffer zu Boden fallen. Ich bin ganz müde, ausgedörrt und steif von der langen Fahrt.

Ich klappe die Kaffeemaschine auf, gieße Wasser hinein und setze den Filter passgenau ein. Dann öffne ich mein Kaffeeglas und schnuppere an dem kleinen Rest Kaffeepulver darin. Es ist eine Woche alt, aber noch frisch genug, um das Innere meiner Nase zu beglücken.

Mit dem glucksenden Geräusch der Kaffeemaschine, dem Geruch des dampfenden Kaffees kehre ich endgültig heim; dies ist der Klang und der Duft von Zuhause. Und dann endlich rolle ich meinen geschundenen Körper auf dem Bett zusammen, den gepackten Koffer noch auf dem Teppich, und nehme einen genüsslichen, tiefen Schluck. Die Wintersonne schimmert durch das Rattanrollo, und vom Verkehr unten dringt nur ein dumpfes Dröhnen herauf, zu weit entfernt, um die Ruhe zu stören, mehr wie das Rauschen des Meeres am Strand.

Ich denke an das Glashaus, in weiter Ferne, in der Stille des Waldes, an die vorbeiziehenden Vögel und die Wildtiere, die durch den Garten schleichen. Ich denke an die glatten, gläsernen Wände, hinter denen man die dunklen Umrisse der Bäume erkennen kann, durch die das Mondlicht sickert.

Anscheinend will Flos Tante das Haus verkaufen. Das haben Flos Eltern Nina erzählt. Zu viel Blut ist dort vergossen worden, zu viele Erinnerungen hängen daran. Und sie wird auch die Planchette verbrennen, sobald die Polizei sie wieder freigibt.

Das ist der Teil, den ich nicht verstehe. Die Séance.

Alles andere war notwendig. Alles andere war Teil des Plans. Aber das Ouija-Brett und diese furchtbar gruselige Botschaft?

Ich sehe sie immer noch vor mir, wie sie sich über den Zettel windet und schlängelt.

M M MMMMMÖRDERRRRRRRRRRRR

Lamarr glaubt, dass es Absicht war, ein Teil des Plans, um uns alle zu verunsichern, nervös zu machen, sodass wir, als dann die Hintertür aufschwang, eher in Panik verfallen und dem Vorschlag, das Gewehr zu holen, zustimmen würden.

Doch ich bin mir nicht sicher. Ich denke wieder an das, was Tom gesagt hat, an Botschaften, die aus dem Unbewussten an die Oberfläche dringen … Waren es Clares unwillkürliche Handbewegungen, die ans Licht brachten, was sie so dringend zu unterdrücken suchte?

Ich schließe die Augen in dem Versuch, die Erinnerungen an jene Nacht zu verdrängen. Doch es wird mir nie gelingen, sie völlig auszublenden. Flo ist tot, aber der Rest von uns, Tom, Nina und ich, wir werden mit dem, was Clare getan hat, was wir getan haben, für alle Zeit leben müssen.

Mein Koffer liegt auf dem Boden, und ich mache ihn auf und ziehe meinen Laptop heraus. Die Polizei hat immer noch mein Handy, aber wenigstens kann ich meine E-Mails checken. Es ist über eine Woche her, dass ich London verlassen habe, und als ich mein E-Mail-Programm öffne, blinkt eine Benachrichtigung auf: »Lade 1 von 187 E-Mails.«

Ich sitze da und schaue zu, wie sie, eine nach der anderen, in meinen Posteingang rieseln.

Eine Nachricht von meiner Lektorin. Und noch eine. Zwei von meiner Agentin. Eine von meiner Mutter, mit dem Betreff »Alles OK??«. Dann, ganz zum Schluss, kommen die E-Mails, die über meine Website gesendet wurden: »Heiße Thai-Bräute« … »Mit diesem unglaublichen Tipp lassen

Sie die Pfunde schmelzen« … »Sie haben drei neue Kommentare«.

Und inmitten der Spam-Nachrichten eine andere. »Von: Matt Ridout. Betreff: Kaffee.«

Ich taste in meiner Hosentasche nach dem zerknüllten Stück Pappe, abgerissen von einem Kaffeebecher. Seine Nummer ist kaum noch zu lesen. Der Kugelschreiber ist schon fast zur Unkenntlichkeit verblichen, und über den mittleren beiden Ziffern befindet sich ein Knick, doch ich glaube, dass es zwei Siebenen sind, oder vielleicht Einsen.

Ich wollte eigentlich das Schicksal entscheiden lassen. Sollte ich mein Handy von der Polizei zurückbekommen, bevor die Nummer verschwunden ist …

Und jetzt das.

Ich erinnere mich daran, wie er das Gesicht in den Händen vergrub, als er um James weinte.

Ich erinnere mich an sein Lächeln.

Ich erinnere mich an den Ausdruck in seinem Gesicht, als er ging.

Ich weiß nicht, ob ich das kann. Ich weiß nicht, ob ich alles, was passiert ist, hinter mir lassen und neu anfangen kann. Eine Weile verharrt mein Finger unschlüssig über dem »Löschen«-Button.

Und dann: Klick.

Dank

Erst mal möchte ich meinen lieben Freunden bei Vintage danken, die mich auf jedem Schritt des Wegs ermuntert haben (und taktvollerweise nicht allzu oft nachgefragt haben, wie es denn so vorangehe). Die Liste derjenigen, die Dank verdienen, würde ein ganzes Telefonbuch füllen, doch besonderer Dank gilt allen Mitarbeitern von Harvill, darunter vor allem meiner wunderbaren Lektorin (und wahrhaftig Königin des Krimis) Alison Hennessey, die zum ersten Mal das Wort »Junggesellinnenabschied« fallen ließ und damit alles andere in Bewegung setzte. Dank auch an Liz, Michal und Rowena im Lektorat, Bethan und Fiona in der Presseabteilung, Jane, Monique, Sam und Penny aus dem Rechte- und Lizenzteam, an alle im Vertrieb (zu zahlreich, um sie alle zu nennen, aber ich liebe euch alle!), Simon in der Herstellung, an das fantastische Designteam und besonders Rachel sowie an Vicki und den Rest des großartigen Marketingteams.

An alle anderen – Clara, Poppy, Susannah, Parisa, Becky, Christian, Dan, Lisa, Ceri, Alex, Fran, Rachel, Clara (noch einmal) und an alle anderen, für deren Nennung hier der Platz nicht ausreicht – ich wünschte, ich könnte euch alle erwähnen, aber ich möchte, dass ihr wisst, dass ich euch alle liebe und vermisse. Besonders die talentierten, leidgeprüften, bescheidenen und überhaupt total entzückenden Menschen in der Presseabteilung.

Ein immerwährendes Dankeschön an meine ersten Leserinnen, Meg, Eleanor, Kate und Alice, dafür, dass ihr immer das richtige Maß zwischen gnadenlos und unterstützend gefunden und stets die richtigen Fragen gestellt habt.

Und vielen Dank an die Autoren und Freunde, die sich eine Zeitlang von ihren eigenen Problemen abgewandt haben, um sich mit meinen zu befassen; sowohl on- als auch offline: Eva, Emma, Leila, Eve, Jenn, Geri, Jess und alle bei BF und YAT. Ihr sollt wissen, dass ihr mein Leben Tag für Tag besser und lustiger macht.

In technischer Hinsicht habe ich Sam, Jon, Richard und Lorna sehr viel zu verdanken, die mir Auskunft über Feinheiten der polizeilichen Arbeit, medizinischen Abläufe und Schusswaffen gegeben haben. Es versteht sich von selbst, dass etwaige Fehler allein mein Verdienst sind (und ich möchte mich für die dramaturgische Freiheit entschuldigen, die ich mir bei einigen ihrer Ratschläge erlaubt habe).

Einen Riesendank auch an Eve und Jack von der literarischen Agentur Eve White für all ihre Fürsorge und Unterstützung.

Und schließlich an meine liebe Familie, besonders Ian und die Kinder, vielen Dank, dass ihr mich in Ruhe im Gästezimmer habt vor mich hin tippen lassen, wenn ihr eigentlich viel lieber etwas anderes gemacht hättet.